视线有多长

朱辉 著

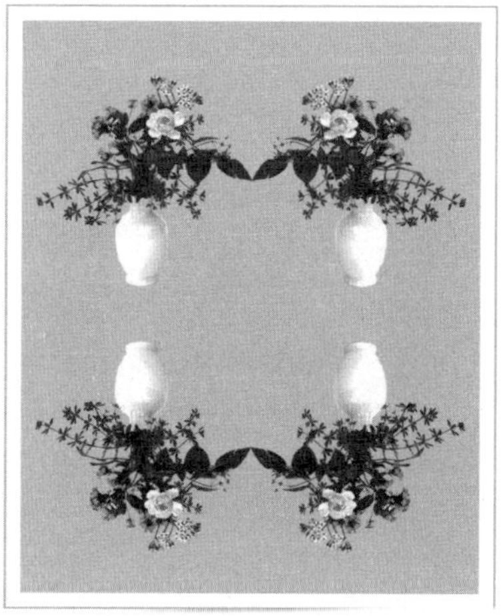

作家出版社
全国百佳出版社

绘者：葛震

朱辉，江苏省兴化人，一级作家，教授，中国作家协会会员。现为《雨花》杂志主编，享受国务院特殊津贴专家。

主要作品有长篇小说《我的表情》《牛角梳》《白驹》《天知道》，小说集《红口白牙》《我离你一箭之遥》《和辛夷在一起的星期三》《要你好看》，短篇小说《变脸》《驴皮记》《吞吐记》《郎情妾意》《绝对星等》《七层宝塔》等。

曾多次荣获紫金山文学奖长篇小说和短篇小说奖、第五届汪曾祺文学奖、第四届作家金短篇奖、第七届鲁迅文学奖短篇小说奖。

目 contents 录

关于写作的乱想（代序）

对于文学，我是想的时候多，写的时候少。每天写，日产几千字甚至上万字，对我而言，那是疯了。近年来我只写短篇，满负荷工作，一年最多四五个。大量的时间是读书，还有，乱想。

有一种迹象：为人不谈《红楼梦》，纵谈诗书也枉然。不谈《红楼梦》似乎已开不了口。好吧，我也来说几句。我奇怪的是，那么多人吃红楼饭，或者喝红楼茶，可为什么多考据，却绝少有人从写作学角度去研究《红楼梦》呢？谁写的，谁批的，谁续的，那是几百年前的事，大概永远也搞不清，是不是正因为有乐趣、无风险，才更令人趋之若鹜、乐此不疲？但我觉得，把《红楼梦》研究搞得像阿加莎·克里斯蒂的小说，好玩是好玩的，但意义不那么大。一部伟大的小说摆在面前，为什么不多研究它好在哪里，我们可以如何借鉴？作为一个写小说的，我更关心这个。

就说大观园吧。它是女儿国，是谈情说爱、拈酸吃醋之园，也是钩心斗角之地，但它不是空中楼阁，不是无所凭依的雾中楼台。元春是大观园建立的缘起，也是它上方的悬索，差不多就是命悬一线的那个索。大观园是相对独立的，但应该注意到，它同时也通过几座“栈桥”与外界相连。大观园富贵温柔，莺声燕语，但这几条与外界的通道、几次与外界的来往，却是大观园存在的社会基础和社会背景。袭人从大观园回家，她的平民之家与大观园形成了通连和对比；晴雯被驱逐出园，那一番惨景，与袭人的家境一起，构成了环绕大观园的市民社会。这是近景：刘姥姥的三进三出，出尽洋相，却巧妙地为大观园布设了当时农村生活的远景。

元妃省亲让大观园和天家相接，袭人、晴雯连接了市民社会，刘姥姥通向了农民农村，傻大姐捡到的“妖精打架”则暗示了不明确的更多隐秘通道。所以大观园不是全封闭的，它是活的。作者开的这几个门，通天达地，大有深意，也极尽巧思。

所以可以浓缩和象征，可以建设缩微景观，但是，它得透气。有气才活。

小说要塑造人物。可我们为什么轻忽了外貌描写呢？你要表现性格，外貌难道不是性格之表？哪怕表里不一哩。我们希望人物立得起来，希望他走进人心，那给他个外貌，有的时候简直就是前提。姑娘小伙相亲，讲究眼缘，第一眼看的啥？还不就是外貌？生活逻辑也是小说逻辑。姑娘小伙很有道理。

“脸谱化”当然不好，但没有脸恐怕也不好。一个面目不清的人，在小说里晃荡，这是现代派的路数，我也干过，我的小说，有主人公通篇没有名字。但是对所谓现实主义的小说，外貌有大用。京剧的脸谱，忠奸善恶，阴鸷豪爽，虽说简单化了点，其实也便捷。

小说家需要有画静物的能力，但小说从整体上说并不是静物。小说要动，灵动；小说人物也要动。要写好人物的性格，让他遇到事件、经受考验是个好办法，有的时候还要对他施加压力。要写水面，可以扔个石头；写锣鼓，最好去敲几下，“偷来的锣鼓打不得”，但小说家要会敲锣打鼓，能敲出花式更好。人家搞古董的经常在电视上示范，看瓷器是否有裂，用指关节敲敲，这一招连假专家都会的。只会用眼扒着看，何其笨也。

一个人，面对饭桌：拿起一根筷子，用力拗断，筷子的结实度、人的力量，都出来了；拿起一双筷子，啪地拗断，这是情节，有意思了；抓起一把筷子，用力拗，双臂肌肉凸起，面红耳赤，但筷子不断，这里头有哲学了。

好小说大多有一点哲学。有的时候，素材中自带哲学；另一些时候，哲思早已跑在前面，等着材料围拢过来。这都没关系。但形而上是重要的。

《七层宝塔》获得了第七届鲁迅文学奖。这篇小说对我来说是个异数，它本不在我的计划之内。某一日，我们去参观“农民新村”，看到那些目前尚还是农民的“新城市人”，我突然心中一动，觉得可以写个东西了。我想了一年多，终于找到了小说的“关节”——我称之为小说的“腰眼”；真正打字，也就半个月，很顺。事后回想，写出这个东西是有因缘的：我 17 岁之前生活在小镇，我熟悉那里的人和事；我大学学的是农田水利；我的妻子是水利专家，专业是城镇规划，她难免回家跟我叨叨……这些都是准备。一堆柴火，只需要一根火柴。

我说过，我想得多，写得少，但也有几百万字。从中挑出一个短篇集，难免踌躇。这么说吧，这个集子里的20篇小说，都是我各个时期短篇写作的代表。未必最好，但是我自己喜欢。

是为序。

朱辉

2018年8月

鼻血

孔阳参加院运会的5000米比赛，完全是桑撺掇的结果。孔阳很清楚，桑肌肉发达，精力充沛，天天长跑不辍，这个冠军非他莫属。5000米的距离路途漫漫，能坚持跑完全程的不多。雄姿英发的桑需要一个实力恰当的陪衬人——这显然是个阴谋。但孔阳还是很爽快地报了名。岚问他："你行吗？"孔阳笑笑。如果说报了名后孔阳还有一丝后悔，这会儿他却说："我怎么不行？"他说："你就等着瞧吧！"

5000米比赛是这届田径运动会的压台戏。桑在整个赛程中几乎一直一马当先，尽领风骚。孔阳始终较着劲儿咬住不放。剩最后一圈的时候，场上只剩下6个人了，也就是说只要能坚持到最后，个个都有名次，区别只是名次的先后。桑加快了步伐，很显然，他有点慌了，因为孔阳这时几乎已经与他齐头并进。孔阳看见看台上的同学全站了起来，潮水似的声浪滚滚而来；岚正使劲挥舞着太阳帽，孔阳根本听不清她在喊些什么，但他被汗水刺得火辣辣的眼睛却准确地接住了岚抛过来的飞吻。进入最后的100米直道的时候，孔阳已经追上桑并同他并驾齐驱。这时桑射来了一道无可奈何甚至是怨恨的目光。孔阳毫不理会。他浑身血脉偾张。他似乎已经清楚地看见自己站在高高的冠军领奖台上向观众振臂欢呼的情景。然而就在这时，孔阳丁得仿佛在喷火的鼻孔忽然蹿出了某种冰凉的东西。紧接着，他急速摆动的手臂上就落上了几滴鲜红的血迹。孔阳顿时乱了阵脚。他立即用手捂住流血的鼻子，很滑稽地单臂摆动着踉踉跄跄冲向了终点。远远望去，类似于一个单手划水的溺水者。在孔阳冲过终点以前，"终点线"已经牢牢地缠在了桑的脖子上。

孔阳张着大嘴沮丧地站在终点附近的跑道上。他的脸上灿若红霞，白背心上也染上了一片红云。两个校医提着药箱飞跑过来。他们手忙脚乱，一时无法断定究竟哪个鼻孔在流血，索性用药棉把两个鼻孔全堵上了。孔阳此刻恨不能七窍通气。他看着被拦在栏杆外急得直跺脚的岚，心中一片茫然。这时候他发现冠军桑正气急败坏地把“终点线”往下扯。桑满身大汗，白带子像条恶毒的长蛇缠在他脖子上不肯下来。好不容易解下来后，孔阳看见桑漂亮的脖子上被拉出了一道血红的口子。同鼻血性质相同的红色液体正缓缓地渗出来。孔阳想，这个骄傲的脖子上肯定会落下一道疤痕，就像旧社会的鞭子抽过一样。多谢你了，冠军！孔阳早已心平气和，这时候他的鼻血也已止住了。

当天晚上，月上柳梢头。孔阳如约来到了图书馆的后山上。在幽暗的灌木林深处，岚已经在那儿等着了。四月的夜晚天气乍暖还寒，岚穿着一身白色的羊毛套裙。淡淡的晚妆把她的美丽强调得使孔阳几乎不敢相认。岚说：“你的鼻子怎么样啦？”孔阳满不在乎。“没什么，”他说，“早好了。”他在地上铺好一张报纸，坐了下来。岚迟疑着。孔阳说：“这是新报纸，很干净。”岚小心地挨着他坐下了。两人不再说话。黑暗中，孔阳嗅到了一丝发香。他的心剧烈地跳动起来。他猛地搂住了岚温软的身体，嘴唇同时贴了上去。这是孔阳独自预演了无数次的场面，今晚终于梦幻成真。岚的柔顺令孔阳心荡神怡，浑身战栗不已。他想象着岚丰满娇柔的身体，他自己身体的某一部分立即被激起了疯狂的反应。在销魂蚀骨的长吻中，孔阳首先感到一股温热的液体鼻涕一样滑了下来，然后他怀里的岚猛地挺直身子，惊叫了一声。孔阳惊恐地瞪大了眼睛，如有一盆雪水灌顶而下。他看见岚的脸上涂满了惨烈的红颜色，岚恐惧的表情仿佛电影中被死神追踪的少女。就在他目瞪口呆的当儿，岚身上那昂贵的羊毛裙已经无可挽回地被洒上了一片血迹。孔阳慌忙捂住鼻子，但为时已晚，岚已经哇地哭着跑走了。孔阳呆立于树影扶疏的月色之下，他撕下报纸的一角卷起来塞进鼻孔。不一会儿，刚才的一切就已恍若梦境，泉涌的鼻血也奇迹般地止住了。

从此以后，岚同孔阳形同路人，因此，这个故事事实上与爱情无关。

自从与岚分手以后，孔阳心灰意冷。除了某次丰盛的聚餐上，他的鼻子很留面子地淌了几滴血以外，可以说再没有同他捣过蛋。孔阳像只把头埋在沙堆里的鸵鸟，一头扎进了书本。因此，对两年一度的英语六级考试，孔阳可以说成竹在胸。考卷一共 15 页，前 14 页他只花了 60 分钟就全部做完了，而且他自信做得很好。最后一题是一篇非常艰深的英文，讲的是一个名叫约翰的冒险者的故事，要求把它翻译成中文。真正的分量全在这上面。孔阳粗略地浏览了一遍，然后仔细推敲着。他知道这一题至关重要，能否获得高分甚至能否通过这次考试，全在这道题答得成功与否，而这次考试的成绩对他今后的前途无疑有着深远的影响。孔阳紧张地在头脑中的词汇库里搜寻，几个难点正被逐一攻克。但原文中最为晦涩同时也最为关键的一个短语却仍然狡猾地躲着他。几次似乎伸手可及，旋即又稍纵即逝，不知去向。孔阳的太阳穴急剧跳动，似乎啪啪有声。就在他头涨欲裂的当儿，孔阳心头一亮：他终于捉住了那个短语滑如泥鳅的身体。他大喜过望，文思如泉。他的笔尖在洁白的纸上精灵般地舞蹈。最后，他的笔定住了，好似一个潇洒的亮相。孔阳长松一口气，笔尖那儿好像也疲惫地洇出了一摊墨水。然而他马上就发现不对劲。滴滴答答的液体不断地滴在纸上，连绵不绝。他惊呼一声，下意识地捂住了鼻子，但是不行，鼻血顽强地钻出指缝，长流不止。孔阳这时才想到应该移开考卷，但他绝望地发现考卷的最后一页已被染得面目全非，无法辨认了。这时候，监考老师已经在催促交卷，这意味着孔阳在心底酝酿已久，企图在这次考试中出人头地的梦想事实上已经被摧毁，仿佛在海浪的冲击下坍塌的沙器。即使勉强通过了，也只能淹没在众多考分平平的同学当中，这同孔阳的梦想相距遥远。

孔阳从医院回到宿舍，一直处于神思恍惚的状态之中，他草草吃了晚饭，躺到床上，不一会儿就坠入了一个噩梦翩跹的黑夜。一个白色的影子伸出它冰凉的触角缠住了孔阳的左手腕。孔阳仿佛被浸泡在某种滑腻怪异的涎液之中。半空中传来了一阵苍老幽远的声音："脾呈于唇，心呈于面，肾开窍于耳，而肺主鼻。肺内虚燥，肺火上延则灼伤血脉，而致鼻衄。故而孔子曰：君子不忧不惧。死生有命，富贵在天。无欲无求，不疾不徐，是为化境。"白影的话语字字如石，垒在孔阳的身上，他努力张大嘴声嘶力竭地喊着什么，声音连绵起伏形成冲击波，却又立即消失得无声无息。在一片黑沉沉的旷野上，白色的影子幻化成父亲的形象。孔阳似醒非醒，他看见一个陌生的少年满脸血污，得意扬扬地接连打倒了好几个孩子，其中包括村上臭名昭著的"小霸王"。英勇的少年扭头冲父亲炫耀地一笑，却招来了迎面而来的恶毒一拳！一股腥热的液体顿时如泉而涌。迷蒙中，孔阳大口吞咽着清凉的鼻血，这给他干燥的嗓子带来了一种妙不可言的感觉。孔阳彻底清醒过来，他一个鲤鱼打挺坐起了身，撩起枕巾蒙在脸上，然后光着脚丫冲进了水房。

第二天晚上，孔阳像只受了伤的狮子，一头撞进了空荡荡的宿舍，脸上挂满了肆无忌惮的血迹。路上的行人幸灾乐祸地看着他，好像观赏着一个情场失败的流氓。刚才，在灯火通明的阶梯教室里，德高望重、学富五车的老先生正娓娓而谈。虽然昨夜的噩梦使孔阳心力交瘁，但他还是来了，因为他想报考老先生的研究生，然而不久，老先生的报告就被桑不怀好意的挑衅打断了。老先生正讲到得意处，显然很不高兴。他礼貌地欠欠身，请教桑的尊姓大名。桑瞥一眼身边的孔阳，竟然厚颜无耻地大声说："我叫孔阳，是中文系的！"孔阳蒙了！他像被人当头打了一记闷棍。周围的同学态度暧昧地冲他哂笑。孔阳怒不可遏，他腾地站起来，一把揪住了洋洋自得的桑的衣领。堆在他桌上的笔记本和字典稀里哗啦地散落在地上。孔阳热血鼓荡，然而没等他做出反应，一直阴险地躲在暗处的血液急不可耐地从它们熟悉的通道冲了出来！他的脸上立即绽开了一朵绚烂的鲜花。同学们哄堂大笑，教室里顿时大乱，仿佛正在欣赏一个逼真的特技镜头。孔阳把桑面前的书本哗地拂在地上，冲出了乱成蛙池的教室。

此刻，孔阳呆立在宿舍当中，任鼻血疯狂地流淌着。虽然他企图强压怒火，但他无法压抑癫狂的心脏，除非他立即就死掉。他站在墙角的镜子前，镜面起伏不平，沾满水汽。在变形的镜子中，他看见自己的身影仿佛一棵怪诞的老树，树的顶端盛开着一簇奇异的鲜花。在镜子深不可测的深处，往日的经历尖声呼啸着鱼贯而来。孔阳在他倒地以前的最后时刻，攥紧他苍白枯瘦的拳头，冲面前怪诞的世界打出了一记漂亮的勾拳。他的面前顿时一片璀璨！

1992 年

暗红与枯白

土

清明节那天，天阴沉着，但没有下雨。我去镇北的墓地给爷爷上坟。

我已经三十岁，爷爷去世也快三十年了。多年来，我一直在外地上学、工作，每年最多回来一次，一般也都安排在春节。也就是说，我已经很多年没给爷爷上过坟了。在我模糊的记忆里，爷爷的坟位于公墓的最北边，那是整个墓地地势最高的地方。据奶奶和父亲说，爷爷的个子很高，在他们那辈人里是非常少见的。父亲说，他小时候跟爷爷去看草台班子演戏，他总是骑在爷爷的肩上，不管站得多远，都没人能够挡住他们两个。我记得，爷爷的坟不光地势高，坟本身也很高。

我去给爷爷上坟，奶奶在前面给我们带路。父亲和姑妈跟在我身后。姑妈手里的提篮里，有几样素菜和馒头米饭，还有一壶酒，爷爷生前就好这个。他一辈子没过上几天好日子，对他来说，酒是浇愁的水，又是治病的药。父亲说，在他的印象里，爷爷似乎一直就是一个佝偻着腰沉默寡言的老头子。在傍晚昏暗的光线下，爷爷独自一人坐在小桌前，他的面前是一个锡制的小酒壶和一碟花生米。他坐在那儿，不说话，偶尔抿一口酒，有年幼的儿女从他身边跑过去，他就拈一颗花生米送到他们嘴边。桌子摆在风灯下面的阴影里，爷爷的脸上没有笑容。爷爷去世时我刚过周岁，对一切还没有什么印象，但我听说他很喜欢我。我过周岁那天，他煮了猪肝，切一片塞在我嘴里，说，吃吧，吃吧，吃了我们长大了就会讲官话了。在我们家乡话里，“肝”和“官”是同音的，爷爷肯定希望他的长孙长大后能做官，当了官至少可以不被人欺负。但我已经三十岁了，大概再也不能满足爷爷的心愿了。带给爷爷的酒装在他生前常用的锡壶里，锡壶平时不知放在什么地方，每年清明节前几天奶奶就会把它拿出来，擦得锃亮。这锃亮的酒壶现在躺在姑妈的提篮里，随着步伐轻轻摇晃。黑暗的壶中有清澈的酒一路晃动，拖着一道初春嫩绿似的淡淡酒香。

爷爷是个老实厚道的人，他只活了不到五十岁。他一辈子最大的成绩就是靠他做烧饼油条的手艺养活了老老小小近十口，而且还把旧屋拆了，砌了一座一上一下的小砖楼。几十年后这座老屋当然已经相当破旧，而且前不久已经被拆掉了，但它毕竟为我们家的人遮挡了几十年的风雨。房子造好后不久爷爷就开始生病，没几年就病死了。可以说，这座房子耗尽了爷爷的最后一点精力。

我原本以为爷爷是土生土长的本地人，长大以后我才知道，他不是。爷爷的祖籍究竟在哪儿，他自己也未必知道。我想这肯定是爷爷心中的一处隐痛。他虽然心灵手巧，但识字不多。他无法找到自己的根，就迫切地希望能在这个地方扎下根来。我想这是爷爷当年含辛茹苦、忍气吞声地造起这座房子的更为深层的原因。

四十年前的初春，爷爷的房子开工了。宅基地旁边的空地上，搭起了一间小草棚，一家人临时住在里面。前面的几天是顺利的。但第七天一大早，天色变阴了。爷爷担心春天的雨一下起来就没个头，他心急火燎地赶到领班的木匠家，请人家早点开工，他想抢在雨前把梁上好，房子封了顶，就不怕雨淋了。爷爷回到家，没想到工地上已经闹成了一锅粥。爷爷的头“嗡”了一下。他险些晕倒。

爷爷的个子很高，老远就看见他异父异母的哥哥天忠正和我奶奶指手画脚地吵着，天忠的老婆搬了个马桶坐在人群中间，正在破口大骂。他立即明白了是怎么一回事。围观的人群见爷爷来了，马上闪开一条道，但他几乎没有力气走过去了。

上一辈分家的时候，爷爷的房子里有一条穿堂而过的走道，是留给天忠家去河边用的。爷爷开工前已经找天忠协商过，愿意把新房子造小一点，在房子的西面留一条走道，因为走道摆在新房子里太不像样了，而且实际上根本就没法布局。爷爷和天忠商量的时候显得低三下四，他从小就被他这个异父异母的哥哥欺负怕了。天忠吸着爷爷敬的纸烟摆摆手说，谁叫我们是兄弟呢，你就先开工吧！爷爷万万想不到，到了这个节骨眼上，怎么又翻出这个话来了呢！

这时木匠瓦匠们陆续来了，但他们没法干活。穷人家造房不容易，一天工也窝不起呀！爷爷可怜巴巴地说，大哥，你不是答应过了吗？天忠眼一横，说，我答应什么啦！？天忠的儿子，二十岁的镇工商联主任成如也跳了过来，他手一挥对着众人大声说，你们大家说说，祖上传下来的地基，我叔叔想一家独吞，你们说有没有这个理？

爷爷还想争辩，那边天忠老婆已经把马桶一脚蹬翻了，她跳脚大骂，叫你们砌！叫你们砌！尿屎流了一地，臭气熏天。这是最为恶毒的诅咒。奶奶急了眼，猛地扑过去和她扭打在一起……

那天雨倒是没有下下来，但工是完全停了。那时我父亲兄弟姊妹几个还小，只会坐在草棚子里面哭。爷爷蹲在地上，嘴里不停地说，他们是算准了的，他们这是拿捏我呀！天全黑下来的时候，爷爷突然不声不响地出了家门。奶奶悄悄跟在他身后，她看见爷爷过了小街，进了天忠家的门。她想喊住他，但她终于没敢出声。

晚上，爷爷东借西凑地搬了五担稻子到天忠家。第二天，房子重又开工了。看上去，天忠还是高抬贵手了。

但事实上，爷爷在完成了他一生中最大的一项事业的同时，也给他的后人遗下了一个沉重的隐患。死者长已矣，但恩怨未断。

纵横的田埂上，行人如织。小镇是沿着东西向的“车路河”一路撒开的，长长的小镇延伸着形成了一道弧形，它的北边三四里远相当于焦点的地方就是墓地。上坟的人从小镇的各个巷口走出来，沿着田间小道向墓地汇集。

初春时节，田埂上的枯草开始泛绿，柳树的枝条也吐出了嫩芽。我们走了约莫一刻钟，前面墓地已经遥遥在望了。那儿是死者的世界，是归宿，而身后是他们曾经生活过的尘世。上坟的人都很少说话，熟人见了也只是点点头。我想着我的爷爷，我相信其他的人也都想着他们死去的亲人。天空是阴沉的，那些死去的灵魂也许早已鸟儿一般从墓地腾空而起，盘旋在田野的上空，在行人中寻找着他们各自的家人。爷爷，你看见我们了吗？

暗　红

春节前，父亲分别写信给在青海的叔叔和在省城的我，让我们回来。小镇搞规划，我们家的老屋要拆了。他让我们回来商量。老屋位于小镇的最中心，屋前是小街，屋后是那条贯穿全镇的小河。小河把小镇一分为二，河上有三座桥，中间的一座很久以前叫“中正桥”，后来改了名，叫“中大桥”。桥上原来有木制的顶棚，是夏天乘凉的好地方，但在我记事后不久就被拆掉了。我们的老屋就在“中大桥”下。

老屋虽说是一座砖楼，但很不气派，它显然要比小街对面成如家的轩堂高屋矮很多。老屋临水而建，我小时候经常站在楼上趴在吱吱响的木栏杆上向下面的小河里张望，我对东来西往的船上站着的鱼鹰和船尾拴着的狗特别着迷。我觉得划桨的船像鸟儿，而那些橹船后面吱吱呀呀的橹则非常像大鱼的尾巴。我父母亲住在他们工作的中学里，但我每年回去都要在老屋里住上几天。这次春节一回家我就知道，老屋肯定是要拆了。一家人都很伤心，奶奶一说起这个就要掉眼泪，但这是没办法的事。

按规划，小河北边的这一排房子全要拆掉，小河填平，铺成大街。拆迁是从小镇的两端向中间进行的，我亲眼看见推土机把几家拒绝搬迁的房子轰隆隆地推为平地。

我们一家在抑郁的气氛里度过了老屋里的最后一个春节。拆迁的最后期限越来越近了。奶奶原来一直住在老屋里，她本以为可以一直住到死，还可以把老屋传给我们。但现在不行了，她最后的栖身之所不久将被夷为平地。老屋拆掉后，镇上将会在镇外的居民区给一块地皮，再补偿一万块钱，可这点钱怎么够造房子呢？但如果不造，地皮就只好荒在那儿，或者把它卖掉，奶奶跟我父母住。奶奶无论如何也不同意这样。她总觉得我们在这个小镇上应该有一座房子，一个根。奶奶一流泪，父亲和叔叔都慌了，他们咬咬牙说，那就造吧！

叔叔很早就到了青海，退休以前是不可能调回老家了，他和父亲谈了两个晚上，最后商定父亲和他各出一半的钱把房子造好，房子的产权归我父亲，奶奶住在里面，日常生活由我父母负责照料；他退休后再回来住，但不传给他的孩子。父亲起草了一个协议，他和叔叔都在上面签了字。

我对这个方案没有提出异议。父母都已经老了，退休后他们未必会愿意随我到省城生活，而且我自己也只是一个平庸无能的人，老了以后没准儿还得回到我出生的家乡。我也得为我自己留一条后路。

父亲和叔叔签好协议的第二天晚上，奶奶亲自下厨为儿孙们做了一桌饭菜。天气很冷，叔叔几天后就要起程回到更为寒冷的青海去，这很可能是老屋里的最后一顿团圆饭了。奶奶显得挺开心，但席间的气氛总是有点黯淡。奶奶说，我们在这个地方扎下个根不容易啊！当年造这座房子，受了多少气，吃了多少苦，你们是不记得了！

奶奶一辈子也忘不了四十年前造老屋时的惨痛经历。奶奶不识字，牙也掉了不少，她讲不清楚。从我成年以后，她一有机会就讲给我听，慢慢地，我心里也就有了个梗概。造屋时父亲已经十多岁，很多事他应该记得，但他对这件事绝口不提，即使奶奶讲的时候他在场，他也从不插话。小街对面，成如家的房子已经翻建了好几次，我们家的房子却越来越破败，作为长子，父亲心里肯定不好受。奶奶还在唠叨，叔叔说，妈，你就别讲了，这次拆迁正好是个机会，我们肯定给你砌一座更好的，上下三层，怎么样？奶奶说，再好也没有我们这块地皮好啊！一辈子住在这儿，说走就走了。还有，你说得倒轻巧，你们哪来那么多钱呢？叔叔说，妈，那你就不用操心了，我们有办法。叔叔讲这话时，声音挺大，但明显地底气不足。我们都不是暴发户，几万块钱，谈何容易！但我想人有时候也就是为了一口气，爷爷奶奶省吃俭用、精打细算、含辛茹苦、忍气吞声造成的房子，不能在我们手里被连锅端掉。所有的人都需要一个老家。

我们吃完了饭，商量着尽快把老屋的东西搬到我父母单位的房子去，讲好第二天去镇外的居民区看看，争取能挑一块好一些的地皮。这个时候，小街对面成如家的大儿子大龙来了。他寒暄了几句，很快进入了正题。他说，奶奶在这儿，两个叔叔也在这儿，他看了我一眼，说，我爸爸让我来说一下，你们老屋要拆迁，镇上划的那块地皮，还应该带我们家一份哩！我们都愣住了。奶奶急了，她大声说，大龙啊，可不能这样说！这房子都砌了几十年了，怎么现在又讲出这个话呢！大龙说，我爸说原来祖上分家的时候这块地皮就有我们家的一条走道，你们当年造屋时我爷爷就不同意，好说歹说，我爷爷看在弟兄的情分上才答应让你们造的。现在要拆迁了，当然要弄清爽。他的口气硬起来。我奶奶一急，结结巴巴地说不清楚了，我听出大意是说，当年为了那条走道，我家已经给了他们五担稻子了。父亲和叔叔一直没有插话，那时他们还小，好多内情并不知道。听奶奶这么一说，叔叔插嘴道，给了五担稻子，那就是买下来了。我说，五担稻子，当时可是值不少钱的。大龙突然站起身，把手一伸，说，谁说给了稻子？有没有字据？奶奶呆了，她说，天地良心，我们哪儿想到要立个字呢？！不过听老明海说当时是请了马四来圆弯子的，他知道这个事。

我看见父亲和叔叔的眼睛都亮了一下。大龙冷笑着说，马四早死了，随你们怎么说！父亲显然气急了，他说，大龙啊，你怎么能这样讲呢？那我问你，你说这块地基上有你们家的走道，你们又有什么证据呢？大龙说，我们当然有！

几个人的目光一齐射向大龙。有？在哪儿？四十年都过去了，大龙的爷爷天忠和他奶奶十年前就死了，当事人大多已经故去，历史早该被掩埋了。大龙胸有成竹地说，我们有叔爷爷亲手立的字据。我们一时都愣了，说不出话。叔叔掏出他的打火机，给大龙递一支烟，点着，说，那我们倒没有听说过，你能不能给我们看一看？我看出叔叔似乎有些紧张。大龙长长地吹出一口烟，说，字据我没带来，在我爸爸手上。他说，你们真要看，等双方都请了证人，约个时间再看吧。他撂下这句话就走了，临走时还让我有空去坐坐。

奶奶一直呆呆地坐在那儿，大龙一出门我们就问她，字据到底是怎么一回事，她听说过没有。奶奶突然哭起来。人家八成不是瞎说啊！奶奶流着泪说，怪不得老头子那天晚上躲躲闪闪地到他家去，这个死鬼呀，一回来就喝闷酒，问他什么也不肯说。他肯定是被逼了没办法啦！人家儿子是工商联主任啊……奶奶哭哭啼啼说个没完，把大家都弄得心烦意乱。我这时已经完全相信，字据的事不是子虚乌有的。虽然我还没有看到那个字据，但我可以想象出识字不多的爷爷在立那个字据时的那种无奈和绝望。爷爷也是没办法。

叔叔说，刚才我把打火机拿在手上，我就想着只要大龙把字据拿出来，我就一把抢过来烧掉！我们一家人都继承了爷爷的身高，叔叔长得尤其魁梧，真要抢，大龙当然不是对手。但父亲说，你想得太简单了，他们能把字据不声不响地在手上捏了四十年，会这么轻易地就拿出来？奶奶还在淌眼泪，她开始咒骂成如一家：你个咬人的狗不叫啊！平时见了面还婶婶婶婶地喊得挺亲，怎么一下子就翻了脸呢?！老明海被你们欺负了一辈子，死了还捏着他的把柄啊！你们家高堂大屋，一块地皮你们还要劈一刀啊……

这时屋里的电灯灭了，小镇停电了。奶奶摸摸索索找出蜡烛点上。老屋里的气氛非常黯淡。我们商量好，尽快找好证人，先看一看究竟是一张什么样的字据。但不管怎么说，第二天挑地皮的事只好先搁一搁了，因为无论挑中哪一块，成如家那蓄谋已久的大手都会拦腰劈过来。我走出家门，看见小街对面的成如家正灯火通明，洗麻将的声音一阵阵传过来。我有些奇怪，但随即明白有门路的人家都在制药厂挂了电线，停电是停不到他们的。成如一家人胜券在握，所以他们还在过年，但我们的春节已经被提前结束了。这次小镇拆迁，成如家是大有收益的。我们家的这一排房子拆掉后和小河一起被铺成大街，成如家就成了临街的门面，每月的房租就是一笔可观的收入，可是他还不放过我们。

夜已经很深。我和父亲回中学的家。路上，父亲对我说，成如家可能就是想再敲一笔钱，到时候，我们再想想办法，跟他们砍砍价。父亲说，他要在他手上把这件事清清爽爽地了结掉，不能再留个尾巴拖到我身上了。

第三天，我们终于看到了爷爷留下的字据。父亲请了镇文化站的史站长做证人，成如家说他们就不再找证人了，成如自己甚至都没有出面，他直接让大龙把字据带到了我奶奶家，这显得他们既大度又自信。大龙从一个本子里拿出了字据，看我们几个一眼，递给了史站长。史站长把字据放在我父亲和叔叔面前的桌子上。

这是一张巴掌大的小纸条，纸质粗劣，上面用非常拙劣的毛笔字写着：

> 兹有朱明海家因造房来与朱天忠家商议。朱明海家堂屋中间有朱天忠家永远走道一条，不得抵赖。立此为据，永无反悔。

朱明海是爷爷的大名。字据后面有两个指印，一个是证人马四的，另一个就是我爷爷的。指印当初也许像血一样鲜红，但四十年过去了，当它第一次呈现在我们面前时，已经变成了暗红色。马四的指印很小，怯怯地靠在我爷爷粗大的指印旁边，我想马四一定是个瘦小的老头，但他是证人，而我爷爷只是一个被人家胁迫和敲诈的可怜人。我早就听说，天忠的儿子成如当了几十年的工商联主任，他有一个绝招，就是让人家站在大凳上，不承认错误就不让下来。爷爷肯定是实在没有办法了。

我注意到字据上“朱明海家堂屋中间有朱天忠家永远走道一条”中的“永远”两个字是字据写好后再加上去的，这两个字的意思是成如家的人永远可以出来找麻烦，只要他们觉得时机成熟。我父亲和叔叔呆呆地看着字据一句话也说不出。我想打人，想破口大骂，我的心里充满了仇恨和辛酸。大龙把字据拿回去，宝贝一样小心翼翼地夹在本子里。他面有得色地走了，那张字据却一直印在我脑子里，爷爷那暗红色的指印在我脑海里鲜血一样不断地洇散开来。

这算什么字据啊！是地契？合同？招供状？还是保证书？我遥想爷爷在那个黑沉沉的夜里咬咬牙摁下指印的佝偻身躯，心里一阵刺痛。这是我爷爷四十年前的疼痛穿越了漫长的时空后在我身上激起的回应。

芦苇飘絮

墓地北面临水，其他三面都与田野相接，除了北面的大河，墓地边缘的所有地方都是入口，所有的地方也都能够走出去。奶奶迈着她的“解放脚”走在最前面，我们在墓地里穿行。路过了一个个土坟、砖坟、水泥坟，许多坟墓已经被早来的人整理一新了。不少坟前都有人在忙碌。一堆堆纸钱明亮地燃烧着，青烟挟着纸灰升上去，又被铅灰色的天空压下来，在墓地的上空经久不散。墓地里的路也许是世界上最凌乱的路了，每个坟的周围都有一圈灰白的小路，所有的路都能走通，但没有一条路是直的。我们跟着奶奶向北走了约莫十几分钟，远远的，已经听到了河水拍岸的声音，奶奶停下脚，说，到了。

姑妈把篮子放下来，我帮着她整理碗碟。父亲从篮子里拿出打好的纸钱，找了个土块压在上面，以防被风吹乱。奶奶围着爷爷的坟四下打量着，她的嘴里轻声唠叨着什么，我依稀听见她说的是：老明海呀，你大孙子看你来了。我心里一酸，但没有表露出来。爷爷的坟地是最高的，但很多的坟顶都超过了他的坟。站在他的坟前四下张望，我看见了各式各样的坟，有的用青砖或水泥砌成，气度不凡；还有很多则十分寒酸，因为多年没人照料，已经快被枯萎的荒草湮没了。这儿是小镇唯一的墓地，虽说这些年实行了火葬，但骨灰还是在这里入土。这块死寂的墓地掩埋着无数的恩恩怨怨和悲欢离合。我指着不远处一座高大气派的坟问奶奶，那是谁家的？奶奶说，那就是成如他老子老天忠的坟啊。奶奶叹口气不再说话。我仇恨地看着那座坟，那座钢筋水泥造的坟，它前面的墓碑都比我爷爷的坟顶要高出好多。

奶奶几天前已经请人给坟培了一次土，但爷爷的坟相比之下还是显得那么破败。坟墓是死者的房子，是飘荡的灵魂的栖息地。我仿佛看见爷爷的目光正酸楚和无奈地看着我。我感到了一股无地自容的羞愧。

姑妈已经在坟前的平地上摆好了酒杯。我蹲下身，端起爷爷的锡酒壶在杯子里斟满了酒。姑妈轻声说，爹，你喝吧。爷爷的坟上那些刚培上去的新土很像是一件旧衣上的补丁，灰色的旧土上已经钻出了嫩黄的草芽。土里的草根每年都会活过来，爷爷在这儿已经躺了快三十年了。

墓地北面的大河哗哗地拍打着河岸，河边刚刚开始发芽的芦苇在混浊的河水里摇动。这些年，老家的芦苇已经日渐稀少，也许过不了多少年，芦苇也就会像原先这儿随处可见的银杏和苦楝树那样销声匿迹了。家乡的镇名叫“芦舟”，很久以前，小镇的周围到处都是浩浩荡荡的芦苇，小镇仿佛是停泊在芦苇荡里的一条小船。

爷爷降生在镇外的一个破庙里。那是1911年的秋天，辛亥革命就发生在这一年。奶奶没有文化，有很多事她讲不清楚，她的讲述从来都是断断续续，甚至前言不搭后语的，但我还是从她那儿了解了这件事的基本脉络。作为一个家族的根，爷爷是离我最为亲近的一个人。1911年的秋天，芦苇枯黄的季节，小镇的天空纷纷扬扬地飘满了白色的芦苇絮，人们忙碌地收割着芦苇，镇里镇外的几乎所有空地上都堆满了小山一样的芦苇堆。有一天的黄昏时分，静悄悄的芦苇荡深处传来了一阵嘈杂的马蹄声，一队兵马沿着芦苇夹拥的小路迤逦而来。这支队伍衣冠不整，人疲马乏。那时候，芦苇荡里兵匪出没，小镇的人见惯了拿刀拿枪的人，这支队伍却显然与众不同。百十人的队伍中有大约一半是骑兵，而且讲北方话，这说明他们来自遥远而又干旱的北方。他们没有进入小镇，当天晚上，就驻扎在镇外的土地庙附近。见过这队兵马的人大多早已过世，十年前我和父亲曾经一一拜访过他们，岁月把他们原本就不甚清楚的记忆冲刷得几乎荡然无存了。但我们拜访的三个人都肯定地说，带领这支队伍的是一个身高个大、满脸络腮胡子的汉子，他骑着一匹高头大马。这个人就是我爷爷的父亲，我的曾祖父。多少次，我仿佛看见我的曾祖父带着那支队伍从芦苇荡深处的小路走来，细碎杂乱的马蹄声在广阔无垠的芦苇的上空拂动。队伍来到小镇的南面，曾祖父勒住了马缰，骏马昂起头一声长嘶，在夕阳的逆光映照下，我似乎可以清晰地看见曾祖父的面庞。我相信他的脸和爷爷的照片一定有几分相似。

曾祖父的队伍只在镇外的土地庙住了一天，第二天中午时分他们又开拔了。曾祖父的队伍里唯一的女人，就是我的曾祖母，那时候她怀着我爷爷。

曾祖父为了某种我们无法知晓的原因不得不继续前进，他只好把他快临盆的妻子暂时安顿在土地庙里。曾祖父留了一个兵服侍妻子，然后跨上他的战马带着队伍向芦苇荡的深处走去。曾祖父这一去如泥牛入海，杳无音讯，再也没有回来。

不久，曾祖母生下了我爷爷。因为生在庙里，爷爷的名字就叫明海。可以想见，那段日子肯定极为艰难。爷爷满月后不久，那个留下来的兵就借去镇上买东西的机会悄悄跑掉了。曾祖母先是变卖随身的东西，后来只好靠给人家缝缝补补糊口。异乡异客，以泪洗面；孤儿寡母，度日如年。

曾祖母带着未满周岁的爷爷在土地庙里住了将近一年，芦苇枯了，芦苇又青了，无边的芦苇掩没了来路，也挡住了去路，天天倚门望归的曾祖母绝望了。破庙断墙，难避风雨。经人撮合，曾祖母当了米铺老板的“补房”，这人就是老天忠的父亲。

曾祖母总算又有了一个家。但我相信她的内心是愁苦的，事实上，我爷爷四岁多她就撒手西去了，她死时绝对不会超过三十岁。我爷爷终于成了一个没爹没娘的“拖油瓶”的孩子。据说天忠的父亲还是厚道的，虽说是粗茶淡饭，但他把我爷爷养大了，并给他成了家。爷爷和天忠分门立户的时候，他为分家动了心思，他在我爷爷的堂屋里给天忠留了一条走道，他大概是希望以此把两个异父异母的兄弟串在一起。天忠的父亲是个不坏的人。

爷爷继承了曾祖父高大的身材，但他没有见过自己的父亲，他甚至没能继承他父亲的姓氏；后来，他又失去了母亲，长大后，他可能连母亲的面容也逐渐淡忘了。“拖油瓶”的孩子是可怜的，他被大他几岁的天忠欺负了一辈子。爷爷刚开口讲话说的就是苏北话，但骨子里他是一个异乡人。也许他曾经以为他在小镇造了一座房子就算是落地生根了，但事实证明这只是一个天真的愿望。很多年过去了，天忠和成如一家从来也没遗忘过爷爷的那个字据；春节过后也已经好些日子，我虽然回到了我客居的省城，但字据上爷爷那个暗红色的指印一直刻在我的脑海里，仿佛一枚冰冷粗糙的印章。

我曾经问过那几个还活着的老人，那支队伍当时穿的什么样的衣服，打的什么旗号，有没有留辫子，几个老人说法不一，我相信他们事实上已经完全没有印象了。芦舟是一个政治气氛非常淡的地方，也许他们当时就没有留心。我也查找过十卷本的《昭阳县志》，试图从中找到一些线索，哪怕只是只言片语也好，最终我还是一无所获。我不知道我的曾祖父从哪里来，又到哪里去；不知道他路过这个小镇，是因执行任务长途奔袭途经，还是突围之后亡命天涯所致；我也不知道他和他的队伍是属于“革命党”，还是属于清廷的军队。我甚至不知道自己到底是汉族人，还是满族人。这一切，我无从查询。

说到底，芦舟是我的出生地，但不是我的祖籍。从我爷爷开始，我们谁都不知道我们的根究竟在哪里。

爷爷死在了异乡，葬在了芦舟的这片墓地。他一世凄苦。临死时爷爷的神志非常清楚。他抬起他无力的手，拍打着床边说，我就这样死了，我就这样死了吗？！他的内心一定非常地不甘愿。命运对他实在是太残酷了。

多年的风雨已经把爷爷的坟冲刷剥蚀得很厉害，我随着父亲在爷爷的坟前深深地磕下头去，我心里计划着要把爷爷的坟好好地修一修了。

枯　白

这些年，芦舟祭奠死者的仪式有了很大的改进，最明显的变化莫过于在死者坟前焚化的纸钱了。街上不少小店里现在都卖一种印着“冥府银行发行”的纸钱，面值大到几百兆，买回去就可以烧。即使是自己动手做，也省却了不少工序，黄毛纸买回来都不用錾子打后再用手折了，直接把一百元的钞票在纸上一比画，就算完了。

我们给爷爷烧的纸钱还是采用最原始和传统的方法。我并不相信烧了后爷爷真的就会收到，但我已经多年不做这件事，心里很愿意认认真真地完成一种仪式。这件事女人不能动手，据说女人的手摸过的纸钱烧了后死者也收不到。十刀纸钱我和父亲整整做了一上午，父亲用锤錾在纸上凿出花纹，我一张张把它们折好。在叮叮当当的铁器打击声中，我感到了心灵的平静。

清明节这天，天空是阴郁的，墓地的空气阴冷而潮湿。很多人影在远近晃动，但墓地静悄悄的。磕完头，父亲点着了纸钱，我也蹲在旁边用一根小木棍拨弄着火堆。火光熊熊，我脸和手上的皮肤有一种强烈的灼痛感。今年的清明节，叔叔没有回来，青海实在是太远了。他来信问房子的事现在怎么样了。父亲回信把情况大概讲了一下。

春节后，叔叔回青海前我们曾经商量了一个方案，我们打算请人出来说和，和成如家好好谈一下。一块地皮，时价大概一万，按面积算，一条走道至多占十分之一，我们愿意补偿他们一千元。再不行，多一些也可以。我们以为，局部总不会大于整体，一条走道总不至于要我们一万元吧？商量好方案后，叔叔就走了。我则暂时不回省城，利用寒假的最后一段时间和父亲一起把事情落实下来。这一次请的中人还是文化站的史站长。我们等着史站长的回话，心里还挺有把握，我想他们大不了狮子大开口吧，顶多把我计划中明年的婚期再推迟一点。地皮拿到后，房子是一定要造的，而且要造得好一点。奶奶已是风烛残年，她需要一个养老送终的地方。这次回家，我明显地感到，父母的身体也大不如前了，小时候，父亲是我的保护神，我没有哥哥，我在外面被别人家的孩子欺负了，如果我确实有理，又被欺得比较惨，都是父亲去和人家讲理。上大学时我假期在家，有一次在街上被一辆自行车撞了，父亲非常激烈地和那个人争吵，虽然我撞得还不算重。可是终于有一天，我发现父亲老了，他显得特别豁达，但我经常会察觉到里面的一丝无奈。我知道父亲已经到了需要我分担担子，甚至需要我保护的年龄。作为儿子，我应该帮助父母把房子造起来。他们很快就要退休，不能永远住在条件很差的公房里。那座计划中就要建造的房子，对我们整个大家庭来说，都显得很重要。即使我和叔叔客居外地，我们回来探亲也需要一个落脚点吧？不管怎么说，爷爷在这儿造起了一座房子，总不能在我们手上被连根拔掉。

但史站长的回话让我们大吃一惊。成如说，他们家不是为了钱，只是祖上分下来的家产要有个说法。他们不要钱，只要自己家的地。我们家的新地皮分在哪儿，他们的走道也跟到哪儿。听听，多么有理啊！这条莫须有的走道，就像附骨之疽，你根本没有办法把它剔除。史站长传过话以后长叹一口气，我相信内心里他也同情我们，但他表示他不愿再给这件事当中人了。

但事情总归要解决。父亲又去找了他的几个比较有交情的朋友，但没有人愿意出面调停。别人也知道，成如一家的头不是那么好剃的。芦舟不大，镇上大多数人家拐弯抹角都沾亲带故，只有我们是外乡人。况且人家可能还会想，我和叔叔都在外地工作，我父母亲以后可以跟我过，奶奶日后一去世，我们家在芦舟就再也没有顶门立户的男人了。人家这样想，不能说没有道理，因为这样的结局，几乎已是举目可见了。

爷爷坟前的纸钱烧完了，烟雾悄悄地熏出了我的眼泪。一股轻微的风吹过来，在坟前打起了旋儿，仿佛有一只无形的手把纸灰抓起来，扬向天空。我抬起热辣辣的双眼茫然四顾，突然看见远处天忠的墓那儿，成如和大龙一家也在上坟。他们显然早已发现了我们。那边虽然也是静悄悄的，但我还是能从他们稍带夸张的动作中看出一股大大咧咧的扬扬自得。我恨他们，但我拿他们一点办法也没有。父亲和叔叔在信中商定，尽快向法庭起诉。我知道，这场官司并无胜算。我扭过头，不愿意再看那边。父亲和姑妈已经开始收拾碗碟，准备回家。这时候我听见了一阵奇怪的声音，我下意识地回过头去。我看见大龙从屁股后面抽出了一个大哥大，大龙讲了一阵，又把大哥大递给他老子讲。因为距离的关系，他们讲话的声音我听不清楚。我恨恨地想，你们总不至于是在向坟墓里的老天忠汇报吧！我难以想象，这一家三代为什么要把事情做得这么绝！我长叹一口气。

我最后绕着爷爷的坟走了一圈。这儿是墓地的尽头，爷爷的坟首当其冲地被北来的野风和河水冲击淘蚀得十分单薄。我目光落地，突然被火烫了似的哆嗦了一下：我看见爷爷的坟上，一块被剥蚀的地方，有一根小小的枯骨正闪着惨白的荧光。我的头脑里闷雷似的轰响了一下。我呆呆地站在那儿，什么也说不出，也不敢对奶奶他们说什么。我的腿发软，口发干，我五内俱痛，热血奔涌。我悄悄地蹲下身，默默地打量着这根白骨。这是一根指骨，纤细、修长，多年的风霜侵蚀使得龟裂的指骨业已断离脱落，成为依次排列的三节白色小管。指骨无力地躺在灰褐色的坟土上，我忍不住用手轻轻地触摸了一下，我的手近乎麻木，一股难以言说的感觉直逼心头。我抓起一把土，轻轻地撒在了白骨上。白骨被覆盖了，惨白的荧光透过坟土，依然没有消失。我站起身，扭过头去。

这根指骨属于一只长满老茧的操劳终生的手；这只手属于一个被飘忽不定的命运之风吹落到此的可怜人——他就是我的爷爷。

曾经摩挲过我的头发的一双手！

这里是坟的西侧，按照方位判断，这一定是我爷爷右手的指骨。它是什么时候破土而出的呢？

四十年前，这根手指还有血有肉。在昏黄的油灯下，它哆嗦着在一张“字据”上摁下了一个鲜红的指印。爷爷的心颤着、痛着，现在这种疼痛穿越时空，在我的心里激起了回应。我的眼泪流了下来。

爷爷手上造起的房子已经被拆掉，新大街也快铺好了。我的父辈和我大概是很难在芦舟再建起一个家了。我发誓要重修爷爷的坟，它至少要比老天忠的坟高大气派得多。虽然客居他乡的我已经失去了故乡，但爷爷漂泊的灵魂需要一个安息地。奶奶站在坟的另一侧，刚才没有注意到我。看见我站起了身，父亲说：我们走吧？

我说，走吧。

1996 年

青花大瓶和我的手

李崎山发了一笔大财。他早就开始做古董和字画生意，钱当然没少赚，但也算不上怎么发达。可他最近交了好运，只那么一把就发起来了。据刘律师告诉我，李崎山在三牌楼小区租了一栋七层楼房，五十年期限，租金三百万，把他的全部家底都顶上去，还借了不少债。手续办好不久，运气就找上门来了：工商银行要开一个城北办事处，看上了他一楼的房子。两下一谈，银行开出了一千万的价码。两家还在洽谈阶段，剩下的二到七层也陆续租出了，算起来租金总共也有四百万出头，足足把他整栋楼的租金都付掉了。这样一来，李崎山一下子就净赚了一千多万。这可不是一笔小钱啊。

李崎山发财并不令人感到意外。早在十几年前，大学生们还在死读书读死书的时候，他就琢磨着怎样做生意。说起来他也走过一段弯路。他先是在校园里摆个小摊子，印一些信纸信封卖给学生，小有进项，每学期的一头一尾生意还很红火，不想学校突然改了校名，一下子从“学院”升格成了“大学”，中央最高领导还给学校题了校名。这下他的信纸信封一个也卖不出去了，只好全当废纸卖掉。他垂头丧气了好一阵，到底还是不服气，按新的格式又印了一批，再拿出去卖。不料想这一次寿命更短，十天不到，邮电部发布通知，从某年某月开始，邮政部门一律只收寄“符合规定”的信封。李崎山的生意一下子又全砸了。这一下他彻底破产，最后他连骑三轮车到废品收购站的劲头都没有了。

一般人遭此挫折很可能早就金盆洗手了，但李崎山就是李崎山，他没有洗手。他闷在宿舍里思谋了两天，终于从信纸信封的事情中悟出了做生意的关窍。用他的话来说，那就是：信息和政策是生意的生命。信息是根绳子，拽准了你才可能不落空；政策是根擀面杖，要你圆你就圆，要你方你就得方！这话说白了一钱不值，生意人谁不知道？但是，又有谁能比李崎山的体会更深刻呢？

但理论到实践还有一段距离。李崎山并没有立即就兴旺发达。他三年级时又在外面弄了个咖啡馆，可好景不长就被几个好像是从香港录像里走出的汉子打得一塌糊涂。有一段时间，他突然从学校失踪了。我们几个好不着急。刘律师更是急得火烧火燎，他借了不少钱给李崎山当本钱，现在人没了，他几乎连饭都吃不上了。有天晚上他来找我，一来借点饭菜票，二来叫我帮他参详参详，李崎山到底哪儿去了。我推测了我所知道的他可能去的所有地方，都被刘律师一一否定了。这些地方他全去找过了。最后我说："难不成他会跑到哪个原始森林里去？西双版纳，要么大兴安岭？"

"有可能。"刘律师苦着脸点头说，"他说不定一时想不开，就此了断残生了。"

一句话说得我心中恻然。突然他又一拍大腿说："不可能！如果他真的到了森林里，一看见到处都是可以变钱的木材，他肯定立即就会想起做木材生意的！你信不信？他很快就会回来！"

我信，我当然信。事实证明我们猜得大致不差。李崎山虽没有到森林去，但他确实很快就回来了。他是到郑州去了。那个地方当时正流行着一句话，"要致富，挖古墓"。李崎山从此就开始做古董和字画生意。而且他一回来就把刘律师等人的钱全还清了。

我们那时还没料到李崎山会发财，发大财，只是觉得这家伙特别具备商业头脑；而且我们断定，他的大学是念不完了，他已经没时间，也没心思看书了。

李崎山发财后买了两套房子。一、二楼各一大套，上下打通，做了个豪华气派的楼梯。楼下的院子不算大，但足可停下一辆小汽车。光从这一点看，李崎山就比一般的生意人要聪明得多：他只花了七十万，稍加改造，就得到了一套别墅。地段那么好，和城外的那些什么"城"什么"苑"自是不可同日而语。整栋住宅有八九个房间，在我这种住单间房子的人眼里简直阔绰得可以开旅馆。他家里人不多，连他只有三个。他经常把我们喊过去，让我们欣赏他刚刚弄到手的"好东西"。他拉开这间房门，取一件什么玉佩来，又拉开那间房门，拿出一件某某大师的字或者是画。我看过去，他好像是拉着中药房里摆药的抽屉。他有一次神秘兮兮地拿出样东西来，我一看，原来是一个小册页，画的全是男男女女在干那件事儿；画是工笔，画得那叫个纤毫毕现。我看得心跳耳热，装作见多识广地说："这就是人家说的春宫画儿吧？"李崎山说："一点也不错！你看看这是什么年代的？""是唐朝的吧？"我很没把握地说，"要么是明朝的？明朝人喜欢玩这个。"

李崎山说：“错了！是民国的。你看这头发，不是小分头吗？”我一看果不其然。但这些家伙一丝不挂，我哪儿还注意到他们的头呀！我说：“民国的东西，值不了几个钱吧？”李崎山说：“我哪会去卖，我是把玩把玩。”我嘿嘿地笑起来。

你可不要误会，李崎山此人绝不好色。他和他妻子是总角之交，青梅竹马，至今恩爱如初，在这方面他无懈可击。他对朋友也很不错，差不多能算得上仗义疏财。我和刘律师都是他的同学，他经常让我们帮点忙，从来也没亏待过我们。说起来我们有时心里也颇为不平。我是历史学博士，刘律师好歹也是个硕士，还有块律师的招牌，而李崎山才大学三年肄业，可我们都只能给他打打工。他当年和我同班，可如今——你说说这事儿！我们只能说是李崎山的学问不多不少，正好够用。我算是被学问给害苦了。李崎山发财发得有理，不服气不行。你想想，就算是一注大财从天上落下来，正好落到他租的那栋房子上，可他怎么就未卜先知地挑了那栋房子呢？要知道，那儿的开发商因为房子推不出去早已急得双唇起疱了。

好了，再说这些我就有些饶舌了。下面的故事才是正题。说起来它真是一件有意思的事情。

噢，对了，还得说一句，李崎山之所以经常叫我去帮忙，不是因为别的，只是因为我有一项手艺。具体地说，是因为我会配制一种胶水。那是祖传秘方。

还有，我的手也特别灵巧。我一直认为我的父母给我最好的遗传就是一个还不算笨的脑袋，还有就是一双特别灵活精巧的手。我认为我的手比大脑还管事。儿子出世以后，我给他的最实惠的玩具就是我的手。我经常在手背上画上一个鬼脸，或者在大拇指上画上一个小狗头，然后慢慢从指缝里戳出来，逗得他咯咯直笑。我觉得我的聪明大多数都集中到我的手上了。我的手比我的脸更具有表现力，也更管用。我给李崎山打工，靠的就是我的手，还有那个祖传秘方。

现在言归正传。

那天李崎山打电话给我，让我尽快到他家去一趟。十万火急！我知道，生意又上门了。一般来说，他如果是让我去开眼界长见识，只会说，你来吧，没空就算了。“十万火急！”——只有要我帮忙了，他才会如此措辞。我带上我的祖传秘方的胶水，骑上车，直奔他家。那是个雪后的阴天，寒风刺骨，我的手戴着手套还是冻得生疼。

我一进门，就看见他家客厅的升降灯正低低地压在桌子上方。明亮的光线下，一大堆破瓷片摊在桌子上。瓷片约莫有十几块，在明亮的灯光下发着釉光。几个脑袋正围成一圈，盯着它们发愣。

一共是三个人：李崎山、刘律师，还有老庄。老庄是个台湾人，男性，五十岁左右的年纪，留了一条马尾辫，看上去很像个艺术家，但他自称胸无点墨。我原本不信，初次见面时还试探了一下，结果发现他连老聃加庄周合称老庄都一无所知，可见他确实并非自谦。他没文化，但他会倒腾文化，还因此发了大财。据说他有一次把一匹三彩马弄到台湾，一下子就赚了一千万台币。三个人都是熟人，不必客套，我开门见山，问道："弄了堆碎东西，要我把它粘起来是不是？"

老庄说："哪儿是什么碎东西，老李兴奋过度，把它搞碎了。"语气里颇有抱怨。

李崎山说："你别急呀，我这不是把高手请来了吗。这是麦城第一修复大师，半个小时后保你恢复原样。"

刘律师插言道："这话不该你来说。朱辉说了才管用，对不对？"

我说："我得先看看东西。还有——"钱的事已到了嘴边，但我没好意思说出口。"我得估一下要花多大工夫。"

老庄说："你先看看能不能弄起来，再说别的。"

我拿起一片碎瓷端详着。李崎山见我有些不快，连忙说："一千块，怎么样？"

这个价码已经大大高出了我的估计。我第一个反应就是，他妈的，这堆破东西到底能值多少？但我没有问，这是我们的行规。我不想多费口舌，默认了这个价钱，开始干活。

我挑了最大的一块瓷片，拿起桌上的放大镜，仔细观察断口的纹理。断口很干净，没有旧泥，而且一尘不染，显然是新口，这就不需要我再清洗了。这原先是一个完整的青花大瓶，胎体厚重，十分致密。灯光下的碎瓷看上去釉质细腻，温润如玉。我拿的这一片上有一些石榴和佛手的青花弦纹，只从这一片我就可以断定，这是明代江西的东西，说不定还是"官窑"制品。至于它原来是干什么的，我一时还拿不准。我问李崎山道："这是个什么东西，你们弄明白没有？"

老庄说："你管那干吗，你粘起来就是。"

我说："那可不一样。如果是个唾盂什么的，我立即就去洗手。我嫌脏！"

李崎山急了，他着急地说："你看你，又不是不懂行！天下哪有这么大的唾盂？"

我说："那是什么？"

李崎山说："实话告诉你，这是明朝浙江超尘禅师的骨殖瓶，我们弄到手时骨殖早就被洗掉了。这是装舍利子的东西，大吉大利，发大财！"

我说："骨殖瓶又算是什么好东西了？况且发大财的是你们。"

老庄说："得，再加两百怎么样？"

我说："那就随你们了。"

我正式开始干活。我从包里把在家配好的胶水拿出来，双手随意拨弄着桌上的碎瓷。碎瓷上有一些破碎的铭文，记述的大概是禅师的行实，有"宣佛法，活人命"等字样。我闭上眼睛，一言不发，想象着青花大瓶未破时的模样。这是一种仪式，我从不马虎。我看见在明亮的灯光下，青花大瓶白瓷润泽，青花明快，亭亭玉立。整个瓶体呈口小体大状，估计瓶口大概有手腕粗细，我正好可以从这儿下手。我两手搓搓，往空调口靠靠，烘了一会儿，手发热发红了。

好了，可以开始了。

气氛立时轻松下来。他们三个开始聊天。老庄说："你有把握吗？可别手一碰又塌下来。"

刘律师道："他又不是第一次干这个。到时候肯定摔都摔不破。"

这时我已在左手腕上把瓶口粘成个小圈，手在里面托着，一片片往上粘。我忙里偷闲地对刘律师道："你可别给我瞎吹，摔是摔得破的，只是有一条，要是再破了，肯定不是我粘的这些缝。"

李崎山说："那当然，你这是祖传秘方嘛！"他笑着问："能不能把秘方透露透露？价钱好商量。"

我说："你想得美！秘方一告诉你，你立即过桥抽板，那我可不就完啦？"

李崎山说："哪能呢！你这双手还不是长在你胳膊上？"他得意地看一眼刘律师，"我用的就是律师的嘴巴和你的手！"

这话多少让我有些不快。但我一干上活就沉醉其中，一时无暇计较。我有条不紊地忙着，上胶，贴片。说话间我手里已经嵌上了最后一片碎瓷，一时间瓶子完整如初。我的手疲惫不堪，酸痛得不行。我舒了舒瓶里的左手，攥成个拳头，顶着瓶子道："怎么样，完好如初！"他们三个的眼睛全亮了。

李崎山说："要不要再等它干干？"

"完全不必要。"我说，"它现在差不多已经达到最大强度了。"我用右手指在瓶子上一敲，瓶声清亮，宛如钟磬。

“别，别。你快把它放下来吧。”老庄说。

“好了，一手交钱一手交货。”李崎山从口袋里往外掏钱。我用右手扶着青花大瓶，左手往外一拔，糟了，手太大了，瓶口太小，出不来！

“怎么啦？”

“有点不对，我的手出不来了！”

他们三人霎时间变了脸色。李崎山说：“你可别吓我们！”

我苦着脸说：“我吓你们干吗？我真弄不出来了。”我使劲地拽着，脸都涨红了。他们三个一齐围上来，看见我的手腕处已经开始出血。老庄说：“你可别玩什么玄的！要钱我再加。”

“钱，你就知道钱！你把我的手弄出来。”

李崎山说：“朱辉，这就是你的不对了。你倒反过来怪我们？”

“不怪你们怪谁？”我左手平举，仿佛戴着一个硕大的拳击手套，“这鸟东西就是晦气！”

刘律师说：“好了，还是想个办法吧。”

四个人一起坐在沙发上，你看我我看你，苦思良策。最后还是我先站起来，说：“用肥皂！”

他们三个立即忙起来，一会儿一盆稠稠的肥皂水就泡好了。我把肥皂水从手腕处倒到瓶子里，晃晃，把手弄滑，然后往外拽手。手被拽得生疼，还是拽不出来。我垂头丧气地一屁股又坐到沙发上。

后来他们又提出弄香油来试一下，结果还是不行。四个人坐在沙发上，无计可施。我的手在这些滑腻腻的东西里泡得时间长了，很不好受。我说过的，我的聪明可能是大部分都集中到我的手上了，也就是说，手就是我，我就是手。手在里面憋着，我头发昏；手闷气，我的胸口也开始发闷。

老庄开始发毛，他说：“你看着办吧，反正你把瓶子还给我就行！”

我也火了。我顶道：“反正我的瓶子也粘好了，你给钱吧！”

“你放屁！你把手拔出来呀！你手拿出来我要赖你一分钱我就是王八蛋！”

我说：“你把钱给我，我用右手拿。”

老庄斗鸡似的一蹦老高：“你他妈的还我瓶子！”

我回敬：“不是你的鸟瓶子我的手也没事，你还我的手！”我扬起瓶子，作势要砸他。刘律师伸手打圆场说：“你可别砸，这可是文化！”这事跟他并无干系，所以他还有心思说俏皮话。

一时间我觉得特别没意思。只在嘴里嘟哝道："反正我的活干完了，随你们吧。"

李崎山说："看来我们只有请律师来解决了。老刘你看看，这事怎么了结？"

刘律师挠头道："这事很尴尬，很难说。进不得，退不得；不砸不行，砸了也不行……"

李崎山说："你就别绕了，你说怎么办吧。"

"怎么办？"刘律师说，"要说吧，朱辉确实把瓶子粘好了，按约定，他该拿钱。"

我说："就是。"

"可是呢，按我们约定俗成的理解，你干活全过程的最后一个动作应该是把瓶子交给雇主，这个动作完成了你才能拿到佣金。可手一拿出来瓶子又要碎，你约定的工作又没有完成，你怎么把手拔出来呢？"

李崎山和老庄一齐道："就是嘛！"

我脑袋一闪，把右手一伸说："那好办。我把瓶子给你们，你们把手还给我。"

李庄二人大惊失色，一齐道："这倒成了我们的事儿啦?！"

三个人吵成了一锅粥。

……

好了，我的故事讲完了。你肯定关心最后的结果。好，我不再卖关子，告诉你。最后青花大瓶当然是重新打破了，我的手由此解放；钱他们当然是一分未付，我知道也要不到。我还要帮他们把瓶子再粘好。但因为增加了无数的新裂痕，据说那个青花大瓶身价大减，李庄二人哭丧着脸说，十有八九连本钱都收不回了。我反正是管不了那么多了。我已经够倒霉的了。

还有，我那个祖传秘方说白了一钱不值，但我目前还不想说。现在可以先行透露的是，其中相当于"药引子"的东西，其实就是一撮纸灰。父亲传我的时候叮嘱再三,一定要用古旧书籍的纸灰，年代越久越好。可这成本太高。那么现在的纸张能不能用呢？我总想试一下，但还一直没敢。

1997 年

看蛇展去

金良和刘健商量好，他们打算看蛇展去。

金良和刘健玩得最好。刘健家有兄弟三个，但他只和刘健玩。刘健是老二，他下面还有一个双胞胎的弟弟。生下这对双胞胎时，他爹一高兴，把老大原来的名字也改了，三兄弟分别叫：刘红、刘太、刘阳。后来就这名字就惹了祸，人家讲他爹狗胆包天，竟自吹生出“红太阳”，反动透顶！他爹被捉到台上批斗了好一阵，还把扫地的簸箕顶在他爹的头上。他爹下了台子回到家，一咬牙，又给儿子重取了名字，老大刘洪，老二刘健，老三还叫刘阳。这是去年他们上二年级时的事，一开始金良还叫不惯，常常喊错，——刘太！后来也就慢慢逼过来了。刘健的弟弟和他长得几乎一模一样，连他们的父母有时都会认错，但金良却能够分出来。他发现刘健的弟弟一年到头总是拖着两道黄龙鼻涕，是个“鼻涕虎”，而刘健的脸上很干净。金良当然不愿意跟一个拖鼻涕的小孩玩，而刘健的哥哥刘洪比他们大了好几岁，已经上初中，嘴唇上也已生出毛茸茸的小胡子，你就是凑上去要人家带你玩，人家也不愿搭理你。所以金良只跟刘健玩。他们是好朋友，而且，他们同班，家也离得很近。

刘健家有不少小人书，大多是一些发霉的货色。书都被刘健的哥哥霸占着，说是小孩子不能看，看了要中毒。他自己倒常常躲在小屋子里看得津津有味。金良问那是些什么书，刘健告诉他，有一本《西厢记》，还有一本《追鱼》。金良问什么是“追鱼”，刘健说，好像是什么《红楼梦》里的故事。金良还是不懂，他想不管是“西厢记”还是“红楼梦”，都是房子里的什么故事，而“红楼梦”肯定是红楼上做的一个梦。不用看他就知道，一定有一个人在上面睡觉，脑袋里有一个圈圈绕出来，里面就是他做的梦。其实金良还是很想看看那个人做的究竟是个什么梦的，但他们没法搞出那些书。后来他们想了个办法，让刘健去跟他哥哥说，要是不给他们看，就报告老师去，说他看“封资修”。他哥果然怕了，赶忙塞了本书给他们。这是一本《薛仁贵征东》，是古人打仗的故事，他们很感兴趣。书已经霉得不成样子，触鼻就是一股霉气，纸也已经发黄。他们坐在一个草堆边，头挨头一人扯着一边看，不想看得兴起，两人为了你看得慢我翻得快抢了起来，一把就把书扯破了。纸本已发脆，经不起这一扯，被风一吹，碎片像灰色的蝴蝶那样飘了一地。刘健当时就吓哭了，他怕他哥打他。金良也呆了，他不知道怎么办才好。等刘健哭够了，两人把地上的碎片一片片找来，到锅里抠了点粥，小心翼翼地把书糊好。其实哪能糊得好呢？手一捏就知道厚了不少。两人商量了一下，趁家里还有外人在时当着人的面把书还给了他哥哥。他哥果然慌张，看也没看就塞到床底下去了。两人都松了一口气。

金良觉得很内疚。刘健脾气好，他头发黄黄软软的，说起话来细声细气，像个丫头，他虽然没有责怪金良，但金良总觉得欠了他的情，而且他们再也不敢去刘健的哥哥那儿要书了。刘健倒是不计较，他们还是在一起玩。金良有一次从同学那儿借到一本《谈蛇》，上面有很多插图，有不少字他还不认识。他自己花三天就看完了，主动提出来借给刘健看。刘健很高兴，他整天埋头看那本书，连上课也把书藏在抽屉里看。他看得有滋有味，还经常指出一个字，问金良识不识。金良心里很着急，他跟同学借了五天，同学已经催了他一次，但他不好意思去催刘健。他想刘健怎么看得这么慢啊，刘健再问他字时，他就说：你快点好不好？字不认识你不会读半边嘛！我明天就要还人家了。刘健一听，连忙又趴到书上去了。第二天，同学来要书，金良只好去找刘健。去的时候刘健还捧着书在看，那同学不容商量，一把就把书拽过去了。刘健的样子有点可怜巴巴的。

但他们终于知道了世界上还有那么多种蛇，蝮蛇、蝰蛇、竹叶青、金环蛇、银环蛇、眼镜蛇，最毒的是眼镜王蛇，它能把毒汁射出几米远！他们知道世界上有一个蛇岛，差不多世界上各种各样的蛇都集中在那个地方。它们会吊在树上，伪装成树枝的样子，等着海鸟落下来。那是个什么样的岛啊！——可是他们这里只有水蛇，细细的，在水田的田埂上蹿来蹿去，它们只会捉青蛙。海在遥远的东边，一个不可知的地方。蛇岛离他们是多么远啊！

他们那一阵经常会向其他同学提出一些关于蛇的稀奇古怪的问题，同学当然答不出。就连那个借书给他们的同学也经常会被他们问得一愣一愣的。金良问：响尾蛇为什么要把尾巴擦得嘎嘎响？同学们瞎猜，谁也说不对，刘健答：是为了警告敌人！刘健又问：你们知道蛇为什么要脱壳？他们还是答不出来，金良答：这是为了长身体，要不然蛇壳就把它勒住了，它怎么长得大？那一阵，他们十分迷恋这样的问答。有一天，那个借书给他们的同学突然不服气地说：神气个屁！我看过蛇展，各种各样的蛇，书上的蛇我全见过，你们看过没有？就会纸上谈兵！金良和刘健都愣了。他们当然没看过。而且他们连听都没听说过。听口气，借书的同学也才看过不久，因为上个星期六还没听他说过这件事。他肯定就是这个星期天去看的。这时候上课了，整整一节课，金良都神不守舍。他坐立不安，不时看一眼刘健，刘健也在看他。好不容易熬到下课，金良立即就去找那个同学，求他告诉哪儿现在有蛇展。那家伙神气活现，就是不肯说，直到金良答应把那本他一直舍不得借人的《滚雷英雄杨根思》借给他看，他才说出来。原来蛇展就在稻乡镇，现在也许还没有走！这对他们的诱惑实在是太大了。

他们决定看蛇展去。逃学是免不了的，反正上课也不学什么东西，大家也就是玩，下课出去玩，上课在教室玩。况且他们知道，学了也没什么用，人家早就说过了，不学“ABC”，照样干革命。而蛇展他们以前连听都没听说过。他们想象着那些五花八门的蛇，想着它们绞在一起时是个什么样子。金良猜测，那些蛇很可能就是从蛇岛上捉来的，要不然，哪儿去捉那么多的蛇呢？看蛇展去，看蛇展去！去看看那些从未见过的家伙！这是一种非常强烈的愿望。想到这里，他们几乎一分钟也不愿再等。他们讲好，吃了中饭，他们不去学校，直接就上路。金良的奶奶就住在稻乡镇，还有几个姑姑也在那儿，他正好也可以去看看奶奶。他想奶奶。金良想，奶奶她们肯定已经看过了，也许还不止看了一次。金良的奶奶家和镇上的文化站只隔了一条街，金良料定，蛇展肯定就办在文化站里。奶奶和文化站的人非常熟，他们去看，很可能人家连票都不会跟他们要，看多长时间都行。

他们上路了。为了防止家里人起疑，他们约好，把书包带上，做出去上学的样子。他们走得很早，以免遇上同学。这一去至少要两天，当天是回不来的。金良怕家里担心，走前趁爸妈捧着饭碗到别人家串门，撕下一页作业纸，在上面写道：我去看蛇展了。想一想，又写：我和刘健一起去。他把纸条放在饭桌上，用一个碗压好。然后他悄悄溜出门，喊上刘健上路了。

他们的村子叫徐扬庄。庄上的人都知道一句话，叫：徐扬出脚苦，出门三十五。就是说这个庄子很偏僻，庄上人赶集，不管是到北边的安丰镇还是到南面的稻乡镇，都要走三十五里路。这么长的路金良和刘健还从来没有单独走过。他们走得很快，如果顺利的话，他们还可能在晚上文化站关门以前赶到。出了庄子，他们走上了大堤，田野静悄悄的，大人们还没有上工。张着满帆的风车正呼呼地转，车轴吱呀呀响着，水上得很急，塘里的水都被激浑了。他们看到一条巴掌大的鲫鱼，不知怎么被水斗带了上来，被浑水呛得发蒙，在水塘里乱窜。他们没有心思去理它，只回头看了几眼就往前走了。经过学校时，他们看到了河堤下的校园。学校的小操场上空荡荡的，不见一个人影。大风在上面卷起一团团烟尘，有几张纸被风刮了起来，仿佛断了线的风筝，在天上飞舞。操场东角的篮球架上拉了一根绳子，绳子上挂满了衣服，在风里乱晃，他们看见教体育的黄老师穿着一身蓝色的运动服，不知从什么地方冒了出来，手忙脚乱地收他的衣服；一件衣服被风刮了出去，在地上乱跑，黄老师弯着腰在后面追。金良和刘健猫着身子，加快步子跑远了。

他们走在高高的大堤上。大堤的左边是长长的蚌涎河，右边是宽阔的麦田，麦子在风的推动下波浪般起伏着。只有在堤上，你才能真正感受到风的力量。他们的双耳灌满了风，人也有些打飘，他们此刻真切地感觉到了自己的瘦弱。风那么硬，穿过单薄的衣服，直透到他们身上，他们觉得浑身发紧。到现在为止，路他们还是熟的。每年清明节，学校都要带他们到大营去祭扫烈士墓，但那时有老师带着，而且所有的同学一起去。他们排着长队，举着红旗，唱着革命歌曲，十几里路走上一上午也就到了。可今天他们只有两个人，路也要远上一倍多。这是他们第一次自己出门走这么远的路。快到大营的时候，金良觉得走不动了，脚上的布鞋已经很旧，脚掌处薄得没几层布，每一次踩在地上，他都能真切地感觉到地面的形状。一个土坷垃把他的脚掌硌了一下，脚狠狠一疼。他苦着脸说：我们歇歇吧。他一屁股坐在路边。刘健看来也已走不动，腿一弯，在他对面坐下了。

人一坐下，风似乎就小多了。只有头发还在风中乱动。一时间，他们暂时忘记了他们此行的目的，刘健茫然地看着伸向远方的大堤，金良呆呆地看着他。没有一个人注意到这两个孩子。金良把鞋子脱下来，倒倒里面的沙子，看看脚，脚倒是没有起疱，但是脏得厉害，像是猪脚爪。刘健说：我有点饿，你呢？金良说：我也饿。他的肚子咕咕响。他们上午约好了，中午都多吃了一碗饭，不想还是不顶事。刘健站起身，往大堤下走，他说：我要去喝口水，喝了水肚子就实在了。金良跟在他后面，他的嘴里进了不少沙子，很不舒服，正好用水漱一漱。堤岸非常陡，刘健让金良先喝，自己拉着他的手。突然，他大声叫了起来：蛇！蛇！只见一条水蛇出现在河中间，正向岸边游来。河里浪很大，所以蛇快到岸边时他们才发现。蛇头微微地昂着，蛇身在后面扭着拨水。浪头打来时，它一下子不见了，马上又露了出来，还保持着刚才同样的姿势。金良“噗”一声，把嘴里的水朝它射过去，然后转身往岸上爬。他似乎这时才想起，他们是去看蛇展的。时间已经不早了，他们应该快一点。

他们已经沿着大堤走了十几里，再往前走就是大营，现在他们应该下大堤，向右拐。后面的路他们没走过，刘健跟他爸赶过几次集，但他们都是撑船去的。下了大堤，两人心中都有些迟疑，不知道他们走得对不对。看看天上，太阳有气无力地挂着，已经偏西了。堤下的风明显小了很多，一个老头正在路边放牛。刘健上去问：大爷，往稻乡怎么走？老头说：沿着这条路一直往前走，过一个桥就到陆荡了，到了陆荡你们再问吧。两人道了谢。经过牛身边时，金良还在它屁股上拍了一下，牛颠颠地跑开了。走出不远，老头在身后大声说：你们是去看蛇展的吧？快去快去！我们这儿的人都去看过了。刘健停住脚问：蛇展还在那儿吗？老头说：在呀，怎么会不在。他嘿嘿笑着说，你们是逃学的吧？我一看就晓得了。金良和刘健看看身上背的书包，不再搭话，飞快地跑远了。

风小了，不知什么时候就完全停了。太阳昏昏地没有一丝力量，他们身上开始出汗，黏糊糊得像和鳗鱼一起洗过澡。现在书包完全成了累赘，怎么背都嫌多。金良想，要是路过学校时把它藏在一个什么地方，比如一个树洞里，那就好了，怎么那时就没想到呢？可是现在不行了，这个地方他们一点也不熟悉，弄不好明天自己找不到，倒被别的小孩拿走。看天色，学校差不多该放学了，然后大人们也就该收工了，他想起了自己写的那个条子，心中略略有一丝不安。爸妈也许会急得上火，说不定回来后还要挨一顿打，但一想到很快就将看到那个奇妙的蛇展，还可以见到已经有半年多没见的奶奶，他的心中又高兴起来。

太阳已经开始西沉，路程也快过去了一半。他们过了一个小木桥，进了陆荡村。

陆荡真干净！一条小街铺着红砖，街上清清爽爽，不见一处垃圾。街两边的墙上用石灰刷着不少标语，有一条是：移风易俗，讲究卫生！一只红毛大公鸡雄赳赳地领着一群母鸡在标语下觅食，但街上看不见鸡屎；这儿的猪圈栏很高，一头“约克夏”两爪搭在猪栏上嗷嗷叫，大概是饿了，但它爬不出来。他们徐扬庄的猪满地跑，跟狗差不多，所以庄上到处都是猪尿猪粪。陆荡的人可真是讲卫生啊。他原先就听说过这个讲卫生的陆荡，今天终于亲眼看见了。金良很喜欢这个地方。

出了陆荡是一座水泥桥。过了桥就是一大片芦苇荡，芦苇长得比人高。太阳温温地照在芦苇上，看上去顶端有些发红。金良想：原来这就是“陆荡”啊。芦苇在夕阳下轻轻地晃着，阳光被揉碎了，洒在他们身上，他们仿佛走在一条小巷里。突然，他们身前的芦苇丛里哗啦啦一阵响，一只野鸡腾空而起，飞上了天。野鸡的尾雉射出艳丽而夺目的光芒。两人都吓了一跳，刘健“啊”的一声叫了出来。野鸡盘旋在半空，流连不去。刘健举起手，虚起眼睛，瞄着它，嘴里“叭”地打了一枪。野鸡一惊，倏然远去了。老远了，他们还能看到野鸡那彩虹似的尾迹。

两人都有点惋惜，如果有枪，他们肯定能把它打下来，这一点毫无疑问。两人兴致勃勃地谈论着，不知不觉出了芦苇荡。走出几里，远处隐约可见一个村庄，他们不知道下面应该往哪里走。但除了这条路，两旁都是田埂，不往前走，又能往哪里去呢？他们的速度慢了下来，四下打量着。太阳已经比远处的房屋高不了多少了，他们心里有点发急。

这时候他们看见了一个小孩子，正在不远的田埂上慢腾腾地走着。他穿着一件草绿色的旧军装，衣服大，空荡荡地不合身。他看上去一副无所事事的模样，正挥着一根柳条抽打着两边的麦子，看见有人来了，他抬起眼，漫不经心地打量着他们。这个小孩看上去和他们差不多大。

刘健走上前去，小心翼翼地问：我们要到稻乡去，请问是不是还要往前走？

小孩狠狠抽一下手里的柳条，几根麦子倒了下去，他反问道：你们到稻乡去干什么？

我们去看蛇展。

啊！看蛇展？小孩立即来了劲，他一蹦就蹦到了小路上。我前天已经看过了，那么多的蛇！他凑上来道，我带你们去怎么样？

金良和刘健对视一下，一时不知说什么。

小孩急切地说：我姨妈就在稻乡，我认得路。怎么样？

刘健说：你告诉我们，还有多远？

小孩说：不远了，还有十几里路吧。

金良接过去问：蛇展好不好玩？

小孩说：当然好玩了，各种各样的蛇，嗬！你一辈子都见不了那么多！我们一起去吧？说着就要领路。

这个小孩脸上脏兮兮的，脸颊处有一道伤疤，还没长好，看上去有点野气。他脑袋很大，和他的细脖子不成比例。“大头大头，下雨不愁，人家有伞，我有大头。”金良想起了他们庄上的孩子常唱的这首儿歌，咧嘴笑了一下。人家都说，大头的孩子会出鬼主意，金良可不想跟他同行，就说：我们还是自己去吧。你不是已经看过了吗？说着拉一拉刘健。小孩在他们身后大声说：不要我带路，有你们瞧的！元友那边有个乱坟岗，里面有鬼火，还有丈人鬼、吊死鬼、僵尸鬼！你们等着吧！

刘健回头说：还有你个大头鬼！两人嬉笑着跑开了。那小孩气急了，捡了个土坷垃摔了过来，但他们已经去得远了。

前面的村子果然就是元友。元友很小，还没有他们的徐扬庄大。田里的人已经收工了，扛着农具的人诧异地看着他们。有一只灰毛大母狗拖着奶子跟在他们后面，斜眼盯着他们，一声不吭。两人大气不敢出，悄悄地加快了脚步，又不敢快跑，怕狗追上来。好不容易那狗在地上找到了个什么东西啃起来，两人才松了一口气。

出了村，是一个渡口。野渡无人。一条小船系在跨河的缆绳上。他们自己拽着绳子过了河，爬上高高的河岸。又走了一段，眼前出现了一段高大的土堤。土堤突兀地立在那儿，仿佛一座被截断的小山。迎面的这一面被铲平了，上面用石灰写着：农业学大寨！还有一条是：备战备荒为人民！每个字都有人那么大，真不知道他们是怎么写的。刘健问：你知道这是干什么的吗？金良说：我怎么不知道，是民兵打靶的，对不对？他们绕过了土堤，金良问：你知道他们的枪从哪边打？告诉你，肯定是从这一边。他的手指着没标语的这面。刘健说：你怎么知道？我看哪边都一样。金良得意地说：我不会错的！那边有毛主席语录，谁敢打？那是现行反革命！刘健不吱声了，他知道金良肯定是对的。

这个地方地势较高，他们看到西边的田野尽头有一排高高的榆树，树梢上好像有几个喜鹊窝，一群喜鹊在树梢间盘旋，太阳被雀窝的阴影挡了一下，又继续下滑了。更远的地方有个不知名的村子，有炊烟淡淡地升起来。天渐渐黑了下来。金良想，今天肯定是看不到蛇展了，只好明天起早看了。他心里略略有些沮丧，而且他的肚子现在真是饿极了。刘健大概也差不多，他说：我们走快点吧。

他们这时觉得今天可是有点吃苦了，也许他们真是不该自己出来的。可是如果他们不出来，又怎么能够看到蛇展呢？错过了这一次，他们以后还能再看到那些奇妙的蛇吗？听说还有种蛇竟然是长了脚的！……想起这些，吃点苦又算得了什么呢？“苦不苦，想想红军两万五；累不累，想想万恶的旧社会！”写作文时，他们经常写到这样的句子，现在油然涌上了心头。一时间，他们浑身都有了力量。

但这样的力量终究是虚弱的，根本没有长性。就像泡炒米，看上去满满一大碗，吃下去屁事不顶。他们的身体很单薄，晚风一吹，寒意对穿般地透了过去。他们紧着皮肤深一脚浅一脚地往前走。前面是一条河，他们上了一座木桥，木桥在他们的脚下吱吱呀呀地呻吟着，好像随时都会倒掉。走到桥中间，他们看见一条带篷的水泥挂桨船“突突突”地开了过来。刘健喊：是电影船！

真的是电影船！而且就是他们公社的那一条。他们实在是太熟悉这条船了。船的两边绑着三根篙子，两长一短，那是竖银幕用的。这是电影船的标记。虽然看不太清，但他们知道，还有一台汽油机和发电机。电影船停到哪里，哪个村子的打谷场上就会亮起一片灯光。电影船这是到哪里去呢？

船轰隆隆从桥下开过去了。声音被压在桥下，显得特别响。金良和刘健停在桥中央，呆呆看着电影船远去的影子。船开得很快，窄窄的河面被激出了哗哗的水声。金良想：这么晚了他们怎么还在路上？是船坏了吗？这时刘健突然大声喊：喂！你们到哪个庄子啊？船尾掌舵的人似乎听见了，他回头答了句什么，可机器声太响，他们什么也没听清。

船开过去了，河水还在轻轻地晃。金良和刘健都有些怅然若失。看方向，电影船说不定现在正是往他们的徐扬庄去，也许他们今天把一场电影给错过了。他们并不在乎看什么片子，电影船放的所有电影他们都已经看过，《地道战》《地雷战》《列宁在 1918》，样板戏，新闻简报，等等。看什么不重要，他们只是喜欢看。大人小孩全都喜欢看，那简直就是一种节日。看朝鲜电影《卖花姑娘》的那一阵，大家都看疯了。很多女人访着电影船，一连看了好几遍，她们看了就哭，可还是要看。他们把电影都看熟了，看烂了，小孩子们几乎记得电影里所有的台词，银幕上讲上句，下面接下句；银幕上起个头，下面跟着唱。散电影时，大家扛着自家的凳子拼命地挤，好多人喊：不要挤，不要挤！让列宁同志先走！……今天不知船上带的是什么电影，但无论如何，他们是看不到了。

金良和刘健心里都有些丧气。他们慢腾腾地离开了木桥，继续往前走。陆荡和元友已经过去，稻乡就在他们脚下这条路的尽头，但他们暂时还看不见，而他们的徐扬已经是非常遥远了。他们是在路上，在一条通往他们向往着的稻乡的路上。此刻，只有那个蛇展还使他们的内心保持着一种温温的兴奋。金良在心里安慰着自己，电影船也许是到元友去，或者是陆荡。天已经这么晚了，他们开到徐扬已经几点了？况且，他们出来时也根本就没听说电影船要来呀。还是快点走路吧。

太阳早已沉下了地平线，只有西边的天光尚未完全消失，有黑黢黢的树影和村庄剪纸似的映在天上。金良和刘健鼓着劲头埋头赶路。他们很想停下来，坐在地上歇一歇，可现在夜幕业已合拢，他们实在是不敢坐下来。黑沉沉的夜色中，他们显得那么小。肚子更饿了，仿佛有只小手在里面使劲地抓；脚也疼得厉害起来。金良深一脚浅一脚地走着，他的脑子里空空的，浑身上下似乎只剩下一个空空的肚子和一双疼痛的脚。天已黑得看不清人的面容，身后的刘健粗粗地喘着气，呼吸声仿佛就在耳边。

远处传来了吱吱呀呀的声音，循声看去，他们看见了一个巨大的影子，那是一架风车。风车慢慢地转动着，给黑暗中的庄稼灌着水。和徐扬的风车一样，这儿的风车也有六个篷，在暗夜里，那些篷仿佛是灰色的，而且显得特别大。风车的转动有一种坚定的无法遏止的力量。经过风车附近时，他们的头皮有些发紧，似乎它会冷不丁把他们钩上去。这是他们第一次经过黑夜中的风车，那巨大的影子长时间地滞留在他们的脑海里。

这是一个没有月亮也没有星光的黑夜。走着走着，他们慢了下来。金良想起了在陆荡附近那个小孩子的话。元友已经过了，他说的那个坟地在哪儿？看他那个样子，倒不像纯粹是吓唬人的。事实上金良的心里一直都想着这个事儿，只是不敢说出口。经过一个小树林，他们快步穿了过去，生怕有什么怪物钻出来。刘健突然吞吞吐吐地问：你怕鬼吗？金良心里一激灵，说：我不怕！他弯下腰，在地上找什么东西。刘健问：你找什么？金良不答话，找到块砖头抓在手上。他说：怕什么，有鬼我就砸他一家伙！刘健也找根树枝抓在手上。两人都觉得胆气壮了些。野地里很静，他们的脚步声传得很远，走在后面的金良总觉得有人跟在他的后面。他其实怕极了，但他不好意思抢到刘健的前面。田埂太窄，他们只能一前一后地走。也不知是谁起的头，他们开始唱歌，直着嗓子唱。他们唱“我是一个兵”，唱“我们工人有力量”。歌声很大，他们的身体也似乎放大了不少。他们边唱边走，嗓子比腿还要用力。

路的南面出现了一片树林。树林后面有一片房子，他们看见了几点灯光！这是个村子！

还有狗的叫声！越叫越凶，好像已经离他们不远了。他们止住了脚。这时听到有人喝狗：花喜！别咬！那狗继续冲过来，突然在他们面前停住了。狗嘴里呼哧呼哧喷着气。他们一动也不敢动。

有人问：你们是哪儿的？怎么这么晚还在走夜路？

两人齐声答：我们是徐扬的。可他们看不见问话的人在哪儿。

一个黑影慢慢爬了上来。原来那儿有条小河，那人是从河里的小船上爬上岸的。小河像条白带子，蜿蜒着伸向远方。那人可能是在河里放鱼钩。

金良问：这是什么地方？

那人答：这是大顾啊！你们要到哪儿去？

金良答：我们要到稻乡去。我们去看蛇展。请问还有多远啊？

哦，看蛇展，那人理解地点点头，说：还有五里路。你们胆子可真大呀！

一句话说得金良差点哭出来，但他忍住了。刘健问：就是沿着这条路往前走吗？

对。再走一刻你们就能看见电灯光了。

那狗又“呜呜”地吼了几下。主人狠狠踢了它一脚，说道：去，别吓着人家小孩子！

金良的眼泪已经流出来了。但他没有出声。走了几步，他回头问：前面有乱坟岗吗？

那人说：那边不是——，他指着路的北边。远处果然有一片黑沉沉的影子，仿佛也是一个村落。有几团蓝莹莹的火光在那儿隐约飘忽。那人说：那是鬼火。你们别怕，其实火下面什么都没有。你们从这儿往南拐吧，这样就可以绕过坟地了。他冲那条狗喝道：花喜，你送送他们！

这是一条通人性的狗。它呼一下就蹿到他们前面去了。金良和刘健三步并两步地跟在它后面，眼睛再也不敢朝身后的乱坟岗看。走了约莫里把路，那狗汪汪叫两声，往路边的田里一蹿，很快就不见了。

金良记住了那条狗的名字叫花喜。叫花喜的狗实在太多了，而且金良根本就没有看清它的颜色，但他以后总也忘不了那条花喜。

黑色的天幕上终于出现了一角灯光。那是稻乡的光，是电灯的光芒！

这是怎样一派灿烂的灯光啊！他们欢呼一声，不约而同地跑了起来。

路已经变宽，可以容他们并排地跑。路两边的树唰唰地往身后退去，他们的心咚咚地跳。他们都拿出了他们最快的速度，往那片灯光跑去。三十五里路，十多岁的少年，他们终于走到了！

到了！到了！看见了镇西的水塔，看见了轧花厂那高大的烟囱，还有从镇外一直延伸进去的那一排路灯！再近一点，连水塔下围墙上的白色标语都能看清了，标语写的是：工业学大庆！五个字间隔很大。标语的头尾上方各有一盏带罩的路灯，圆圆的光晕正好打在“工”字和“庆”字上，好像有谁画了圈，说这两个字写得特别好。

过了一座石拱桥，下了桥就是医院。石拱桥真拱，爬起来有点吃力。医院前面一个卖萝卜的小摊子正在收摊，摊主诧异地看了他们一眼。

他们上了小街。

小街上铺着青砖，路灯照在上面亮油油的。两边的人家都关着门，光线从门缝里一家家地射出来，把他们身上照得忽明忽暗。店铺早已打了烊，百货公司黑沉沉的，看上去只是一排黑房子。他们的脚步声急切而沉重，在小街中传出很远。前面谁家的门“吱呀”一声开了，有人出来倒水，看见两个孩子，拐了一下，等他们过去，“哗”一声，在他们身后的地上泼出一片亮光。

金良在前面领路，刘健在后面问：还有多远？金良说：就到了，第七个路灯下就是。拐进小巷时，金良扭头朝小街北面看了一眼，那儿就是文化站，现在它的门关着，里面好像有人在打康乐棋。但这时他的心反而平静了。他只是觉得饿，还有点犯困。他这会儿最担心的是万一奶奶不在家，到谁家串门怎么办。

奶奶家黑乎乎的，没有一点声音。金良用力拍着门板，大声喊：奶奶！奶奶！

门里的灯“啪”一声亮了，奶奶在里面问：是谁呀？

是我，奶奶，我是金良呀！

奶奶听见了，好像一时不相信，说：是我的金良乖乖吗？

金良说：是我啊！

来了，来了。奶奶立即下了床。屋里传来一阵在床踏板上找鞋的声音。然后堂屋的灯亮了，门“吱呀”一声开了。

两个孩子拎着书包站在门口，昏黄的灯光下，他们蓬乱着头发，小脸上红扑扑的。金良喊：奶奶！

奶奶掩上怀，把他们的书包接下来，放在桌上，一把揽过金良道：我的乖乖！金良指指刘健说：这是我的同学。奶奶伸手摸着刘健的头发，问金良道：你爸爸呢？他怎么让你们自己来？

金良说：我们是来看蛇展的。他不知道。

奶奶愣了一下，她似乎想说什么，但是没有说。她看看桌上的书包，生气地说：你们逃学了，是不是？

金良老实地说：是的。

奶奶鼻子里哼了一声，没有骂他。金良知道她就不会骂。她是奶奶啊！奶奶打来一盆水，让他们洗脸。等他们洗好了，去把那盆发黑的水泼掉。奶奶说：你们肯定饿坏了吧，我去给你们下馄饨。

奶奶拿着两个大号的搪瓷缸出了门。刘健迟疑地问：现在还有馄饨吗？金良说：你放心，我奶奶就在饮食店上班！说话间，隔壁的饮食店传来了敲门的声音，奶奶好像在跟谁说话。不一会儿，奶奶端着两个热气腾腾的搪瓷缸回来了。奶奶拿来两个大碗，倒上满满的馄饨，说：吃吧，吃吧。

他们真的是饿坏了，两人趴在桌上吃得“呼噜噜”响。他们根本吃不出任何滋味，只是在狠狠地杀饿。奶奶爱怜地看着他们，再把他们碗里加满。金良抬起头，透过热气，他看到奶奶的头发比去年过年时又花白了不少，心里酸酸的。

两大缸子馄饨很快就见了底，还有几个谁也吃不下了。金良主人似的问：刘健，你饱了吗？刘健说：饱了。说时还打了个饱嗝，他不好意思地红了脸。金良说：奶奶，我们明天要去看蛇展。

奶奶叹了口气道：乖乖，蛇展已经走了啊！

两个孩子都呆住了。他们对视一眼，直愣愣地看着奶奶。这是真的吗？他们真的就走了吗？！

奶奶说：乖乖，他们今天下午刚走的呀。你们怎么不早点来呢？

金良发急道：我们一听说就来了！我们怎么知道他们今天就走？他的眼睛里含了泪珠，眼看就要掉下来了。

刘健问：奶奶，你知道他们到哪儿去了吗？

奶奶说：听说是要到东台去。她咬咬牙道，明天你们要是还有劲，我带你们去，坐轮船去！

看来也只能这样了。

金良和刘健觉得浑身没力气，话都不愿说了。奶奶打水给他们洗脚。突然奶奶惊呼一声：你穿的这是什么鞋！她把鞋拿起来，看一看，往墙角一扔说：你妈就给你穿这样的鞋呀！她拎起金良湿淋淋的脚，看一看，在脚掌上拍了一下说：臭小子茧子还蛮厚！然后开始唠叨着数落金良的妈，说她不会做事。金良脖子一梗说：你别说我妈！奶奶叹口气，到柜里找了双百叶底的鞋出来，说是金良爸爸穿过的。他们打着哈欠在奶奶的安顿下躺下了。

奶奶的床真大，四面有很多木格子，就像一座小房子。奶奶搂着金良，刘健睡在另一头。奶奶身上有一股气味，很像爸爸身上的味道，但金良已经很久不跟爸爸睡一起了。他喜欢这种味道。灯一关，他很快就睡着了。

第二天一早奶奶就出去打听，蛇展的人到底到哪儿去了。人家告诉她，那些人可能不是去东台，而是到草堰去了；还有人说，那些人临走时说过的，他们要到更远的大丰去。究竟怎么办，奶奶自己也拿不准。她问金良，金良和刘健商量了一下，说他们不想去看了。他们实在累得不行，而且刘健已经很想回家了。

吃了早饭他们就要走，奶奶留也留不住。临走以前，他们自己到文化站看了一下。

什么都没有了。文化站里冷冷清清，只有几个老头在打扑克，脸上贴了不少纸条。乍一看，你根本想不到，这里昨天还有过一个蛇展，有那么多的蛇曾经被人从很远的地方带到这里来给人看。谁能知道，它们现在到底到哪儿去了？

两个孩子默默地站在文化站的展览室里，几个老头奇怪地看着他们。他们假装是在看墙上的大批判专栏，生怕别人笑话他们是专程来看蛇展的。他们四下打量着，看上去像是两个在别人办喜事后才赶到的捡炮仗的小皮孩。突然，刘健叫了起来：你看！顺着他的手指看去，地上是一条蛇蜕！

金良抢上去，捡起来。

蛇蜕很短，很轻，只有尺把长。但它肯定不属于本地的蛇。它嘴巴张着，看上去很狰狞；背上有一道细细的黑线，尾巴扁扁的，呈一种非常艳丽的红色。

这么漂亮的蛇蜕，那肯定是一条毒蛇。金良想起了一个梦，他看见一条蛇正在蜕壳，他飞快地挠着自己的头发，生怕被蛇数清楚。都说蛇在蜕壳时如果数清了人的头发，这人就要死了。这个梦就是昨天夜里做的，可他看见蛇蜕时才想起来。

两人拉着蛇蜕研究着，引得打扑克的老头直朝这边看。刘健把蛇蜕塞进了书包，说：我们走吧。

奶奶已经在饮食店上班了，金良过去跟她道别。奶奶在他们手上塞了几根油条，再三叮嘱他们在路上不要贪玩。两人挥挥手走了。回头望去，奶奶的白发在晨光中闪烁。

他们上了路。蛇蜕装在刘健的书包里，简直没有分量。他们在路上商量好，回去后不讲没有看到蛇展，就讲看到了，非常好玩。别人如果不信，就把蛇蜕拿出来给他们看。

1997 年

变脸

我们的身边究竟是何时出现了这个会变脸的人，现在去考证已经没什么意义了。他姓何，叫何雨，是前年从外地的一所大学分来的。刚来的时候他很正常，只是长得不好看，有点苦相。说起来他的五官一无特点，既非獐头鼠目，又不是浓眉大眼，总之，十分平常，不幸的是这些部件一起搭配在他的脸上，就显得颇为愁苦；而且他不太会来事儿，成天灰着一张脸，不讨喜。我们见过不少这样的人，不是么？他是庸常人群中的一个，只不过看上去很阴郁，一副心事重重的模样。作为一个很平常的人，何雨分到我们单位后做的是最平常的工作，没有谁需要去巴结他，当然也就没有多少人会去注意他。我们相信，他的变脸技艺是在到我们单位后的某一天才突然掌握的（也许是长期练习，突然领悟？），因为你很难设想，一个早就具备了某种绝技的人能够一直不露声色。总之有一天我们突然发现，我们身边出现了一个会变脸的人，这着实令我们感到无比兴奋。

在这个人才辈出、群星荟萃的时代，所有人都感到眼花缭乱，目迷五色，我们的视听器官都差不多麻木了。但这种麻木是相对的，一旦一个异常人物真正出现在我们的身边，我们还是抑制不住内心的激动。何雨的本领是异乎寻常的，他的变脸绝对不是我们通常所见的化妆或是整容，那种玩意儿不值一提，和何雨的变脸无法类比。何雨变脸既不需外人帮助，也不要借助任何工具，你看他，凝神屏息，正襟危坐，待四座安静，众目注视后，他沉稳地伸出双手（抖一抖袖子），开始飞快地调理他脸上的五官和肌肉。他的手摸到哪里，他的脸就改到哪里，一时间，你只能听到一连串轻微的手指和肌肉接触的声音。在一系列令人眼花缭乱的动作后，何雨长长地叹出一口气，双手垂处，一张迥异于他本相的脸展现在众人面前。观者目瞪口呆，突然间掌声雷动！

这是何雨第一次向大家展示他的变脸技艺。他是如何掌握这项技术的呢？这很费思量。是天赋异禀而后自我修炼，还是机缘垂青得异人传授？抑或是某一日突然间福至心灵？我们问他，他不肯说，总是顾左右而言他，我们也猜不出个所以然。我说不上是他的朋友（他本来就没朋友），但我和他同在一个办公室，平时接触稍多。据我观察，何雨一直比较喜欢看漫画，对用简单的线条勾勒出人的喜怒哀乐肯定颇有心得，这很可能就是他变脸技艺的基础之一。当然，他脸上的肌肉肯定也与众不同，要不然，拥有这项技艺的人肯定不是何雨，而首先应该是那些画家、雕塑家，或者是什么“泥人张”的传人了。要知道，即使是川剧里的变脸艺术，跟何雨的变脸也是不可同日而语的。

细想起来也有迹可循。就是说，何雨变脸技艺的形成大概也是个渐进的过程。先是，他阴郁的脸变得活络了些，在别人不注意时，眉毛、眼睛、鼻子、嘴巴常常上下左右地调动；后来，偶尔冲大家做做怪脸。终于有一天，他一时兴起，给我们表演了他的全套活计。这我在上文已经描述过，在后面你还将有所领略。

还要声明一点，我并不想在这篇小说里奚落或是嘲弄何雨。在这个八仙过海的年代里，猪往前拱，鸡向后刨，一个人拥有了某项人所不及的本事，应该不是一件坏事。都说，人一阔，脸就变，何雨是人还没阔，先有了变脸的技艺。祸耶？福耶？

单位里着实热闹了好些天，从上到下，从单位的“头”，到我们这些普通同事，人人都对何雨的绝技产生了浓厚的兴趣。工间操被自动取消了，成了何雨表演变脸的专用时间。何雨端坐当中，众人围成一团，点菜一般地观赏表演。——来个哭相！这当然是小菜一碟，话音刚落，我们的面前出现了一张泪眼欲滴的苦脸，于是掌声一片。——来个得意扬扬！这也不难，几秒钟的工夫，何雨就变了一张脸，好一副春风得意的模样。气氛被烘托起来了，难度也逐渐加大——变个道貌岸然！何雨略愣一下，抬起双手，在脸上搓了两下，他的脸又换了。谁没有见过道貌岸然呢？他学得确实很像。看来这难不住他，有人又说：学个 ××× 吧。何雨怔住了，看上去有点为难。××× 是我们这个城市的最高领导，几乎每天我们都能在电视上见到他。我们都看着何雨，看他能不能弄出来。那个提议的家伙说：看来你还是不行，只能弄点小儿科，他嘿嘿笑着说，黔驴技穷！这话把何雨激起来了，他梗着脖子说：我不行？你等着！更不答话，抬起双手在脸上做开了。这一次难度不小，他的手仿佛捏面人似的在脸上拽、点、拉、捏，间或默想片刻，挤挤眉，弄弄眼，两手接着又忙活开了。大概忙了十来分钟，他的双手张开，捂在脸上，然后，两手缓缓移动，宛如舞台上的帷幕那样分开……我们都呆住了，所有的目光都集中在他的脸上。何雨说：拿面镜子过来！他连语气都学得惟妙惟肖。我们都说：像！像！不要拿镜子了！大家齐声叫好，掌声再次响了起来。

类似的情形持续了好多天，直到我们渐渐弄清了何雨技能的限制，大家的兴奋点才逐渐分散。说起来，何雨的脸也并非万能，就表情而言他几乎是说来就来，但要说学人，也就是说，要他具体模仿某一个人，他有时就不能随心所欲了。想一想，道理也很简单：何雨的脸毕竟不是一团橡皮泥，里面是有骨头的。说到底，他只能模仿和他骨相类似的那一类人。但即使这样，何雨的变脸也算得上是一项绝技了，不是么？

何雨并不是那种得志猖狂的小人，况且他也还没有得志，但他上班时已不像以前那样唯唯诺诺，诚惶诚恐了。他的脸色比以前开朗了许多，至少原先的晦气已一扫而光。现在何雨脸上五官的位置有了些调整，而且是良性调整，也就是说，他把每天来上班时的脸改良了，这当然是得益于他的变脸技艺。我觉得这样看上去顺眼多了。但有些人不这么看，他们觉得看不习惯。其实这些人自己才令人费解，难道他们愿意整天跟一张愁苦的脸打交道吗？我对何雨的变化表示理解——一个人又添了一套好衣服，你要求人家还继续穿着以前的那套破衣服不换，这不是也太不通情理了吗？何况何雨也还是何雨，他并没有翘尾巴，他自己的工作只比以前做得更好，还常常帮帮别人的忙（这在以前是不可想象的）。以前单位的电话响了半天大家也懒得去接，现在何雨接得很及时；单位的报纸大家看得不亦乐乎，就是没人愿意往架上夹，现在好了，何雨把它们分门别类夹得好好的。何雨现在变成了一个上进而朝气蓬勃的年轻人了，他改掉了爱睡懒觉的习惯（我们都知道这有多么难！），天天提前十分钟上班，我们上班时，他连开水都打好了。我们“头”的水平毕竟比那些普通群众要高一点，他在一次例会上表扬何雨说：大家都注意到，何雨同志现在的精神面貌比以前是大不一样了——底下有人吃吃窃笑，“头”咳嗽一声说，我说的不是脸！底下全放肆地笑了出来。“头”在哄笑声中继续说——我们希望他继续保持，发扬光大！有人在我身后接了一句：洗心革面！底下笑得更厉害了。我不满地朝身后瞪了一眼。我真诚地希望何雨能以此为契机，改变自己的形象，但愿好运气也能接踵而来。

经过最初的适应过程之后，大家对何雨的改变已经习以为常了。何雨也不是每天都变一张脸，就是说，他并不是每天都换一套“行头”。他每天来上班的模样都是固定的，看上去也很正常，和我们大家差不多。如果你是个不了解原委的人，绝不会朝他多看一眼。作为一个身怀变脸绝技的人，我相信他难免会时常技痒，但他考虑再三后，终于优选出这样一套模样来面对我们这些同事。开始，大家还有兴趣对他的这套“行头”评头论脸，后来也就习惯了。好的效果也确实开始产生，至少，大家不再随意支使他了，而且，“头”不是也表扬他了吗？

何雨的变脸技艺如果只运用在改变他的寻常形象上，那确实是屈才了。别忘了，他只要简单地运用他的变脸本领就可以随时随地地变换表情：喜怒哀乐，威严或是卑微，他说来就来，随心所欲。何雨很恰当地运用着他的技艺。在不同的场合和不同的对象面前，他会准确地把握自己所应处的位置，恰如其分地做出相应的表情。如果说何雨正常的表情是一条水平线，那他在聆听“头”的指示时姿态就往下低一低；而当外面来了客人，而且这个客人是有求于我们单位的，他的姿态又会适当地抬一抬，处于水平线以上。一段时期以来，何雨把他的技艺运用得恰到好处。如果我们把他的这种变化像剪胶片似的各自剪开来看，就会发现，每一段胶片都恰如其分，何雨既不僭越倨傲，又不低三下四。这种变化对何雨来说游刃有余，但要是把各段胶片接好，连起来放，别人就有点眼花缭乱了。有人对此颇有微词，说何雨的脸像夏天的天气，说变就变，是一张鬼脸。但我注意到何雨实际上很有分寸，他表现得相当得体。他对同事们很有礼貌，说到底，他得罪过你我吗？我看没有；他模仿谁的面容勾引过谁的老婆吗？那更是没有！谁要是把何雨说成个反复无常品行鄙下的小人，我首先要站出来反对。一个人生活在这个世界上，要生存要发展，不容易！而且，你能理直气壮地说，你在领导和群众面前心理就完全一样吗？我不敢这么说。就我而言，我也想变化，有时也变上一变，只不过我做得没那么顺溜，没那么得心应手罢了。总而言之，我认为对何雨的非议从根子上说都是缘于一种“酸葡萄”心理。设想一下：如果你运气好，也掌握了这项技艺，我不敢说你会模仿他人的面孔去勾引他老婆（我怕你打我耳光），但你就没想过可以模仿某个工资高的去冒领他一回工资吗？不管怎么说，反正我理解何雨。

再往深处说，何雨在某一个时刻所呈现的脸谱，和他当时的心情是不是就完全一致呢？我看不见得——不，不是不见得，简直就是不可能！——心里不服气，脸上却要彻底服气，没有架子，却要端上临时准备的架子，这有时也是一种折磨。事实上，何雨也还没有修炼到家，他的真情实感有时还是会从他的面具里透露出来，不过现在我没有说到这个，这是后话。

要说何雨在单位的地位，看上去并没有多大的变化。譬如单位分东西，他拿的还是最差的那一份。就说分水果吧，烂得最多的那一筐也还是归他。这倒不是因为他傻，看不出来——筐底都淌水了，他能看不出吗？他现在是心甘情愿去拿烂水果，这跟以前的情况不太一样。以前大家是把最差的东西剩给他，他拿了嘴里也会嘀咕，现在呢，他即使是第一个拿，也会主动去拿最坏的。这一来，那些贪小便宜的人很是满意。要说变化，何雨的人缘是比从前好多了。他不再计较这些小事，但我相信，他内心的想法绝不比以前少，也许还更多了。

有一天，何雨上班时一直喜滋滋的。我们陆续到单位时，他不光把开水烧好了，连地也拖得干干净净。开始大家还没太在意，因为这早已成了他的日常工作。但慢慢大家就觉得，今天有些反常，那种发自内心的喜悦是装不出来的。虽然他平时上班也是带的这张脸，但这张脸今天仿佛着了色，特别是眉毛那儿，可以说是喜上眉梢。他那天工作格外卖力，嘴里还断断续续地哼着歌。他这是怎么了？我们都在猜度，互相交换眼色，但都没有出言询问。快下班时，何雨一直在看表，后来他终于忍不住了，说要先走一步。但他并不马上就走，而在那儿理桌子。我问他，究竟有什么好事，是不是交女朋友了？何雨嘴里说：哪儿啊！哪儿啊！脸上却是承认了。大家都来了劲，一起围上来关心他。何雨的脸涨得通红，只说，才认识，八字还没一撇哩。我们问：漂亮吗？何雨说，还可以吧，就不肯再说了。大家都嚷着要吃糖，何雨不肯，说等成了请大家喝喜酒，最后“头”拍了板，让何雨掏出五十块钱来，才让他走了。

我们都知道何雨谈恋爱了。看得出他心情很好。每天上班我们都要“拷问”他一番，让他谈谈最新情况。前一段时间进展是顺利的，我虽然没有亲见他和那个女孩会面的场面，但我可以想得出，他去见那个女孩时的面容肯定是他最体面的一张脸。这是何雨的专长。这一点其实大家都想到了，私下里也在议论。那天上班何雨破天荒地迟到了，想来是昨晚谈得太迟。大家兴致都很高，好奇心陡涨，直截了当地要求何雨给我们做一做他谈恋爱时的那张脸。何雨不肯，说：还不就是现在这个样子吗？话音刚落，有人就戳破：不可能！你行头多，怎么可能穿工作服去谈恋爱！大家轰地笑了。何雨推辞不过，只好给我们做了一下。他只用手在脸上稍一整理，脸挤了几下就做好了，想来是天天运用，已经熟极而流。这张脸只是在上班的脸上做了一点调整，但这种调整极具成效。在这张脸面前，你一下子很难找出他以前那张苦脸的痕迹。何雨还是何雨，但他现在的脸面看上去不光体面、优雅，还略带幽默，简直人见人爱！何雨微笑着，他的脸上甚至还带有一丝含情脉脉的表情。我们这些观众都齐声叫起好来。

转眼间何雨的脸色沉了下来。他担心地说：她是个专业演员，这种人经历丰富，我怕她没有真心。

她再丰富还能丰富过你呀！马上有人说，演员才好，跟你天生一对！

大家全笑了起来。

万万没想到，何雨的恋爱很快就结束了。具体情况我们不知道，事后的传闻是这样的：

那个演员确实已动了真心，据说已经开始跟何雨商量结婚的事儿了。不想何雨一高兴却出了事。那天晚上他们在五星城啤酒屋见面，开头一切正常，两人喝着茶聊着天，笑语晏晏。后来一高兴，那女孩提出要些酒来喝。何雨开始不肯，说自己不会喝。那女孩说：不会喝酒的男人还像个男人吗？要不练练，结婚那天怎么办？何雨经不起这一激，说：喝就喝！几杯酒下肚，何雨脸也红了，舌头也短了。他原本不善喝酒（这我们都知道），单位聚会时他几乎滴酒不沾，但情绪一上来，又面对女朋友那张含情带嗔的俏脸，不知不觉就过了量，最后连脑袋都耷拉下来了。那女孩并没有在意，她去了趟洗手间，回来一看，何雨已经趴在桌子上了。她推推何雨，喊：喂！喂！何雨迷迷糊糊抬起头，把她吓了一跳——这人穿着何雨的衣服，但他不是何雨。女孩问：你是谁？你坐错了地方吧？何雨还没有醒过来，他舌头打卷说：我就是何雨，你来啦？女孩上上下下地打量着他，疑惑地说：你是何雨？你的脸——，何雨一激灵，酒顿时醒了。他猛地捂住自己的脸，嘴里说：没什么，没什么，手忙脚乱。再抬起头来时，他的脸又恢复了。女孩怔怔地盯着他，突然大叫道：鬼！鬼！拎起自己的包就跑了。

那天何雨弄得很窝囊。几个保安围住他，反复地盘问，最后还差一点被弄到派出所去。听说何雨第二天又去找了那个女孩，坦诚地向她解释了自己的情况。女孩对他表示理解和同情，但决不愿意恢复旧好。事已至此，何雨也只好拉倒了。几个月后，那女孩和别人结了婚，何雨还去出席了婚礼。他那天憋了一股劲，不光打扮得衣冠楚楚，还做出了他有史以来最有派头的一张脸。宾客们都以为来了个显贵，请他坐了某一席的上座。

恋爱失败的何雨那一阵的情绪相当低落。他神情忧郁，不大搭理人。接近年底，单位里的气氛更加活跃了。一个周末，我们单位到郊外活动，全体人员乘一辆大客车到栖霞山游山。正是深秋时分，天高气爽，阳光灿烂，大家兴致勃勃，满车都是欢声笑语。上了山，大家爬山、采叶、登塔，玩得十分尽兴，只有何雨一个人沉着一张脸，看上去满腹心思。那天的一项主要安排是游览栖霞寺，我们一行沿着迤逦的山道往寺庙走去。

寺前高高的台阶两边，坐了不少看相算命的相士，面前都摆了一块招牌，上面写着“周公神课，逢凶化吉”或是“诸葛神卦，消灾禳祸”之类的话，和电视里某些“神药”的广告词颇为类似。相士们乍一见来了一彪游客，精神都为之一振，纷纷围上来招徕生意。我们都没有理会。佛门净地，拜菩萨毕竟要紧。进了寺庙，大家依次聚神敛意，焚香跪拜，望佛默祷，如此这般，人人都很认真。何雨排在最后一个，他拜得格外虔诚，嘴里还喃喃念叨着什么。出得山门，那些相士又围了上来，比我们进寺时更加起劲。这些人拦在前面，嘴里念念有词，说的都是土话，听不太懂，大意是说你不久就有大的变故，言下之意是如果不算上一卦，说不定下山时就会不幸摔死。大部分人不信这些鬼话，绕开他们，加快步子跑远了。何雨是最后一个出来的，他一出寺门，离寺门最近的一个老者站了起来。他鹤发童颜，长须垂胸，颇具道骨仙风。他对何雨说：这位先生，我给你算一卦，要是我说错了，你一个子儿都别给！何雨站住了，迟疑着。

已经走远的同事们又围了过来。我突然想起了什么，也来了兴致，怂恿何雨让他给来一卦，看他说些什么。何雨同意了。

我问老相士：你是算命还是看相？

老相士答道：算命看相，本为一体！说时对我深看一眼，我吓得不再开口。

何雨面对老相士站好，我们众星拱月似的围在他身后。看得出，他有点紧张。

相士坐在他的小马扎上，闭上眼睛，端坐片刻，突然双目一睁，目光如电：先生，轻言慢语，冒渎莫怪，先生，恕我直言了！

何雨惶恐地说：你说。

老相士敛容正色道：先生，观你之相，天庭饱满，气象尚新，所不足者唯地阁微削。先生祖泽绵延，积德甚厚，故虽印堂发暗，有不测之气，尚不至成灾，只需谨言慎行，绝不至罹祸！

何雨表情严肃，等着他说下去。老相士说：不过你的运道似乎一直不好，要切记谨言慎行！

老相士口齿清楚，听得我们一愣一愣的。这老相士看来不可小觑。何雨掏出二十块钱，递给老相士。老相士坦然收下。何雨问：我该怎么办呢？

老相士道：我说过了，谨言慎行！老头说完便不答话，闭上了眼睛。

这一弄谁也不再敢给他算命了。大家议论纷纷地下了台阶。何雨皱着眉头想着什么，突然他说：我东西忘在寺里了！返身上了台阶，我们目送他进了寺门。

下山是熟路，何雨自己会跟上来。我们下了山，在停车场上等了不少时间，眼见着一个人垂头丧气地走了过来。仔细一看，才看出是何雨。他的面貌跟刚才大不一样，所以我一下子没认出来。我心头一闪，突然想起了何雨人所不及的变脸本领，我猜测，他刚才并不是真的忘了什么东西，他很可能是变了脸，又去算了一卦，而且我推测，他找的一定还是那个老相士。回去的路上，何雨阴沉着脸，闷闷不乐。我几次想出言询问，都没有开口。后来我才知道，情况果然是这样。何雨回到寺里又转了一会儿，再出来时，他不光面貌迥异，甚至还把他身上的衣服反过来穿了。他走到老相士面前，往那儿一站，但还没等他讲出他已经默练数遍的土话，老相士一眼就把他给认出来了。老相士含笑说：你不用再算了，你的同事们还等着你哩。

此后的何雨神色萎靡，精神不振。我注意到，他又开始大大咧咧，不修边幅了。他上班前肯定还要把脸整一整，但已不像以前那么用功。转眼到了年终，单位的事多了起来。总结，评优，发年货，何雨也跟着忙了好一阵。年终小结的那天，何雨的劲头又高涨了些——谁不想拿一等奖呢？他的个人总结做得格外认真，光从字数看就比别人多了一倍；读得也认真，还不时抬头看大家一眼。我心中很有些恻然。

个人小结过后是无记名投票。计票的结果是：何雨只有两票。我投了他一票，大概还有他自己一票。何雨还是三等奖。领奖金的时候，我看到何雨嘻嘻哈哈，脸上显得满不在乎，但透过脸看进去，他心中凄然。以后的一段时间，何雨的情绪达到了最低点。他很少搭理人，总坐在桌子前发呆。他似乎已懒得再花精力去修饰他的脸了，大概和我们上班前草草地抹一把脸就来上班差不多，他稍稍做一下脸就出门了。这一来，他的脸就漫不经心地多了些变化，就是说，不像以前那样固定，有点乱了。

有一天下午，天气很好，冬日的阳光明晃晃地照进窗户，办公室里正好就我和他两个人。我在看报，何雨突然对我说：我知道，就你投了我一票，谢谢你。

我一时不知说什么好。

何雨说：真的，谢谢你。

我说：其实你还是注意一下仪表比较好……，话一出口，我又觉得不妥。

何雨长叹一口气说：我管不了那么多了。说真的，我真不知道究竟该怎样面对这个世界了。

我没说话。沿着阳光看过去，何雨只呈现一个逆光的背影。

几天后，单位联欢。“头”想出了个新花样：搞个假面舞会，面具自备。有人跟何雨开玩笑，说他最方便，不必花钱了。何雨狠狠地瞪了他一眼。晚上的舞会开得很热闹，孙悟空猪八戒，牛头马面全都登了场。我有事去迟了一点，舞会已经开始了。进了门，乍一看，好像走进了一个幻境，一时间不见一个熟人，五花八门的面具把他们全隐蔽起来了。灯光又暗，即使仔细辨认我也看不出究竟谁是谁。突然间我想看看何雨，看看他今天到底是个什么样子。奇怪的是，我只在场上稍稍一扫就发现了他。他戴着一个猪八戒面具，正在那儿跳舞。他跳得不熟练，颇有些僵硬，影影绰绰的灯光下，我只能看见一个晃动的影子，但我坚信，我没有弄错。一曲终了，顶灯亮了，所有的人都摘下了面具，我终于看清，那确实就是他，是何雨。我有点迷惑，还有些恍惚，我自己也弄不清我是从哪儿把他认出来的，究竟是什么提醒了我。你说说，这到底是怎么回事儿？难道说，我比栖霞山上的那个老相士还要厉害吗？——这么说，连我自己都不相信。

第二天单位聚餐。菜肴很丰盛，酒也足，酒过数巡，大家都有些酒意。何雨酒量最小，当然第一个醉。喝到后来，何雨的脸撑不住，松了下来，还是原先的苦相。有人提议，让何雨变个脸，给大家助兴。何雨这次倒没有推辞，他打了个饱嗝，醉意蒙眬地说：变个脸？——你说变什么？“头”也醉了，他站起来，手往自己脸上一戳，说：就变我！

好！大家全都赞成。

好，你们等着。说时何雨站起了身。

确实喝多了，何雨的手显得迟缓，还有点颤抖。但片刻工夫也就变成了——实在是像！大概他们原本就骨相类似，只是何雨的脸看上去要稍瘦了一点，但乍一看去，神形兼备，几可乱真。

何雨看看大家，又直直地盯着“头”，斜着眼说：怎么样？

大家热烈鼓掌。何雨端起一杯酒，学着“头”的腔调说：同志们辛苦了一年，现在我敬大家一杯！他扬起脖子正要喝，突然愣住了。我们发现，“头”的脸色正急剧阴沉，仿佛山雨欲来。我们还没明白怎么回事，啪！一个耳光已经结结实实打在何雨的脸上！何雨手里的杯子掉在地上，摔得粉碎。我们都呆了。

何雨呆立在那儿，捂着自己的脸。他双手使劲揉搓着，像是想把那张脸揉碎。突然他拍着自己的脸喊道：天啊！我的脸死了！它变不回去了！

他的泪水流了下来，但那张脸，是真的变不回去了。

聚餐当然是不欢而散。后来“头”当着大家的面向何雨做了自我批评，说自己酒后失态，实在不应该。还让他到医院去看看。何雨去了，但医生也束手无策，何雨的脸只能就此固定了。你可以想象，我们单位从此有多么滑稽！——一个“头”，两张脸！虽说我们不会经常弄错，但这是多么尴尬！这样的情形持续了个把月，终于有一天，何雨给“头”留了张条子，悄悄离开了我们单位。他辞职了。

我们至今没有得到何雨的确切消息。听说他的脸后来治好了，又恢复了他的变脸功能，现在正在南方一家杂技团里当演员，专门表演他的变脸技艺，收入颇丰；还有人说，他其实是去了北方，在一家电影厂担任了特型演员。可我虽然一直注意，至今也还没有看到他出演的影片。

1997 年

红口白牙

萧老师退休以后的生活，一直就没找到感觉。养花、喂鸟、打太极拳，看上去倒也没闲着。他到学校的花房买来了几盆大叶兰、龟背竹，都是好侍弄的东西，但三个月不到，萧老师就把它们养死了。他又养鸟。他问早他几年退休的老张：什么鸟儿最省心，又叫得好听？老张寻思了一下说：那你先弄两只芙蓉鸟养养吧。第二天老张就把鸟儿送来了，连笼子都是现成的。两只鸟儿呆呆地站在笼子里，一声也不吭，萧老师怀疑地问:这鸟会叫吗？别是哑巴吧？老张说:它们这是紧张，还不适应，等两天它们叫起来，就怕你嫌烦！萧老师说：你还不知道吗，我现在什么都怕，就是不怕烦。老张临走之前又交代他：你也别太省心了，是个活物它就要吃，就要喝。他说：等你把鸟儿的习性熟悉熟悉，再弄只画眉养养，等到了春天，我家的画眉就要孵窝了，到时我送你一只。

芙蓉鸟叫得果然好听。萧老师养得也挺认真。上次他的花是因为浇水太勤淹死的，这次他接受了教训，喂得勤一点，每次都不多给，防止鸟儿贪吃胀死。不想有天早上起来，他发现一只鸟儿已经死在笼底了。他吓了一跳，却又百思不得其解。把老张喊来一看，老张连连顿脚：你这鸟是渴死的呀，你怎么就不知道要给它喝水呢？萧老师可怜巴巴地说：你又没有交代我。老张说：你就没看到里面还有个盛水的钵子吗？萧老师说：我以为是两只鸟儿各吃各的碗哩。老张说：你以为鸟儿也搞“AA”制呀！他是个好脾气，也不再说什么了，找来个杯子，接了点水，隔着笼子倒到钵子里。剩下的那只鸟儿蔫头耷脑，连水都不会喝了。老张连连叹气，让萧老师没事照看着，如果它喝了水，小命就算保住了。

鸟儿还是不吃不喝。它先是有一阵没一阵地叫，叫得萧老师心里直发虚，好像他做了什么坏事。后来不叫了，冷不丁“吱”地喊上一声，像是在咳嗽，但就是不去喝水。萧老师看着它可怜，料想它是看着死去的同伴心里难过，打开笼子，把那只死鸟拿了出来。死鸟躺在手心，轻，瘦，硬，比看上去要小得多。老张并没有告诉他两只鸟的雌雄，但萧老师相信这两只鸟正好是一对。他手里拿着死鸟，不知道该把它放在哪里。想了想，用张报纸包着，先放在写字台上。四年前老伴去世时，他也是好几天都没吃一口饭。不光是难过，还怕，他不知道以后的日子怎么去过。夫妻本是同林鸟，大难到时各自飞。什么是大难？大难就是死。一个先死了，从火葬场的烟囱飞走了，剩下另一个，戴着黑纱，看着那烟。

幸亏那时他还没有退，他还很忙。他是教体育的，还担任着体育系的主任。他原本已经不带课，老伴去世后，他又主动要求上课，还下了系，专管一个系的学生体育工作。体育系的老师大多自由散漫，很多教师平时趿双拖鞋，穿着运动衣，一副短打的模样，像是校园里身怀绝技的武林高手，上了课倒衣冠楚楚，西装革履，比教授还教授。萧老师看不惯这样。他比谁都干得卖力，干得认真。他制定了规章制度，其中一条就是上课时必须穿运动服——否则，你怎么做示范呢？他和某些同事的矛盾也许就是那时开始的。但是学生们喜欢他。人都有一个起码的良心，你看着队伍前面的老师，花白着头发，挺着臃肿的肚子，吃力地做着示范动作，再吊儿郎当的学生也不能不为之动容。开校运会了，萧老师所带的系因为专业问题，体育特招的学生一个也没有，成绩上不去，他比谁都着急。他给即将上场的学生拿衣服，送钉鞋，忙得满身大汗。运动会的第二天，有个学生参加标枪比赛，萧老师正好又兼着径赛组的裁判长，他不时把那个学生喊到身边，鼓励他，让他别慌；一轮投过，那学生成绩不错，萧老师又忙里偷闲，拖一根标枪过来，指点那个学生说，做“前扑鞭打”时脚不能离地，不能光顾好看，否则你怎么能借上力呢？他边说边做，诚恳地看着他的学生。那是个很自负的小伙子，他并不认为萧老师就比自己做得漂亮，况且，他的女朋友还在一旁拍照呢！比赛结束了，那个学生名列前茅，他的成绩和外系的一个学生不相上下，肉眼看不出来，要等测量结果才能确定最后的名次。他喝着女朋友递来的矿泉水，故意做出满不在乎的样子。跑道那边正在进行 4×100 米的决赛，看台上的声浪震耳欲聋。萧老师站在运动场的尽头，和几个教师一起丈量着成绩。小伙子远远地看着，倒像个局外人。他看见萧老师指点着地上的小铁旗，和另外两个老师商量着什么。不一会儿，萧老师的情绪好像激动起来，他指着地上，用力挥着手，和别人争辩。小伙子刚想去看看，萧老师已经过来了。你第一，你第一！就多了一厘米，他远远地报喜，高兴得像个孩子。小伙子身边的女朋友“哇”一声一蹦老高。小伙子看着萧老师挂满汗珠的黑红脸膛，心头涌上了一丝难言的感动。那时候他对萧老师还不太了解，后来渐渐熟悉了，他才明白萧老师年轻时并不能算是一个好运动员，也许他终究也不能算一个好领导，但毫无疑问，他确实是一个好老师。小伙子站在夕阳下的运动场上，他根本没有想到，时隔多年之后，他还会为萧老师写一篇文章。好老师往往是这样，只有等你长大了，他也已经不再教你，你才会觉着他的好。

鸟儿终于还是死掉了。萧老师这次丝毫没有马虎，笼子里的鸟食是新鲜的，小盆子里也换上了矿泉水。他时不时地走过去看一看，轻手轻脚，生怕吓着它。鸟儿还是不吃不喝。萧老师有些急了，他把手伸到笼子里，端起小盆往鸟儿嘴边凑。鸟儿"扑棱"一声飞开去，扒在笼子壁上瑟瑟发抖。萧老师虽说是副教授，却长着一双体力劳动者的大手，笼子太小了，他的手显得很笨拙。多年以前，萧老师还是个毛头小伙子，他的独生儿子刚刚出世时，妻子奶水不足，他笨手笨脚地调好奶，小心翼翼地往儿子嘴上一凑，稍稍一捅，儿子就一口叼住了。儿子长大了，长得比父亲还高，做父亲的感觉却越来越远了，想找也找不回来了。

萧老师睡得很晚。鸟儿连叫都不叫了。半夜时，萧老师突然想起，为什么不把鸟儿放了呢？也许放了，它就能活了。他立即起了身，不想往笼子里一看，连鸟儿的影子也没看见。它已经飞走了吗？萧老师把笼子从挂钩上摘下来，这才发现鸟儿落在笼子的底上。它不是飞了，而是死了。它终于还是死了。萧老师捏着小鸟的尸体站在那儿发愣。这时候门响了，萧老师知道这是儿子小驹子。他差不多每天都这么晚才回来，也不知道在外面干些什么。萧老师早已不问他了，不是不想问，而是问了也白问。现在的世界是一个巨大的游乐场、战场，也是哭哭笑笑的剧场，萧老师早已被安排到了观众席上，操心也是白操心。儿子走了过来，身上一股酒气，还有不知道什么怪味。你怎么还没睡？儿子说，跟你说过了，你别等我，你知道我就一定回来睡觉啊！他端起一杯水，咕咚咕咚地喝着，嘴里含混地说：你自己忙你的事，别管我。萧老师被他说得一愣一愣的，这时才插话说：我不是等你。我的鸟儿死了。儿子笑起来：哈，这下我可清静了！他伸头看看，嬉皮笑脸地说：我早就跟你说过，要养还不如养几只鸽子，鸽子死了还有四两肉哩！

西康路三号大院是一个非常大的院落，简称"三号"，H大学的教工和家属绝大多数住在这里。——你住哪儿？我住三号。小驹子从小就是在这儿长大的。这里的孩子很多没有考上大学，但有女儿的人家倒差不多都有个大学以上学历的女婿，这些女婿基本上都是从农村考上来然后又留在本市的，娶个母校教师的女儿，各方面都有了个依靠。小驹子也没考上大学，但他没有姐姐。他是独生子。硬着头皮把大学考完，别人问他考得怎么样，他嘿嘿笑着说：嗨，这下我爸的那些书没有人继承啰！不用说别人，连他自己都认为自己是个缺心少肺的角色。从小到大，他最喜欢的就是玩，溜冰，读武侠，看录像，打游戏，什么时兴玩什么，什么好玩玩什么。天下最好玩的事是什么？那还不就是玩嘛？！玩来玩去，玩到考大学，玩到大学没考上，这时他倒觉得不知道该怎么玩了。此时的玩家们已经发展到玩影碟，玩音响，玩电脑的阶段，可小驹子连吃饭都要靠老爸掏钱，拿什么去玩？没钱玩他也不闲着，整天在外面闲逛。三号大院的西头是一个巨大的土山，那是他小时候玩熟的地方，他们在那儿寻找孙悟空撒在旗杆下的尿（其实是人尿），埋地雷（一泡屎），玩了无数不亦乐乎的玩意儿，现在想来真是莫名其妙。眼前的山头比十几年前低平了很多，树也少了，小驹子再也没有兴致往上面走一步了。

吃闲饭的滋味并不好，他也想去挣点钱。他奇怪，那些三号大院里的同伴，和他一样，也没考上大学，可他们怎么就有那么多的钱呢？那些家伙别着BP机，骑着摩托车，后面还带着个小丫头，这都是要花钱的事儿，可他们的钱却总像是用不完。有时他们也不忘了拉兄弟一把，带小驹子出去玩玩，但小驹子觉得很局促，用朋友的钱比吃闲饭的滋味还要差。他老是想打探一点挣钱的法门，朋友也看出来了，有心逗他，故意在他面前装得鬼鬼祟祟的，好像有无数的商业机密，但就是不漏风。有一天在包厢里唱卡拉OK，他们又是这样。小驹子发了犟脾气，一推杯子，甩甩袖子就要走。朋友赶紧拉住他，说：啊呀，其实我们有什么要瞒着你的呀！我们是怕你清高，瞧不上我们干的事儿！小驹子说：我还清高个屁！你知不知道，我身上现在只剩下五块钱，连打车都不够！朋友说：要钱，那还不容易？你想听，我就说，干不干，随你！

从此以后，小驹子也有了点钱了，至少，出去玩时他有时也可以抢着付账了。他重新和院子里的那帮小伙子混在一起，说话的时候也经常是鬼鬼祟祟的了。

虽然腰包鼓一些，但他还是吃他老爸的。他倒不是觉得这理所应当，而是怕他爸爸烦他——你小子，从哪儿弄的钱？他怎么回答？口袋里的钱究竟是怎么来的，有时他自己也未必就说得清楚。有钱和没钱完全不一样，钱多钱少倒没什么——钱少也可以花出花头的嘛。他吃，喝，唱，打保龄球，而且，他也开始找女人了。

有一句话，叫“计划不如变化”，很多人原先的设想未能如愿，往往用这句话来自我安慰。其实这话不全，它后面还有半句，是“变化不如造化”，这就很有一些无可奈何的悲凉意味了。老伴去世后，萧老师先是觉得自己的时间一下子就多了起来，不知道怎么打发它；后来突然又觉得自己的时间不多了，所剩无几，很紧迫，还有无数的事情要做。学校升为大学后，体育系就成立了，但一直不像个正规军，虽然主要责任并不在他，但想起来他还是觉得脸红。还有三年就要退休了，细想起来，他还可以做不少事情。建立规章制度只是第一步，最重要的是体育系应该正式招生，哪怕先招一些专科生也行。没有自己的学生，体育系总是不像个样子。有了学生就可以建立自己的运动队，拉出去比赛，既为学校挣点名气，体育科研也就可以起步了。他认为他的这些计划既是为了学校，为了体育系，也是为了系里的教师，因为只有教学和科研搞上去，老师们才有条件去搞科研、写文章，他们的职称晋升也才有了分量。这应该是上下都支持的事情。然而忙了一阵后他却发现，他在系里竟变得孤立了。

问题其实还是出在钱上。学校有一个游泳池，还有网球场和溜冰场，原先都是体育系管理的，收费很低，收入的钱只能维持日常损耗。后来有一些老师提出来，由他们承包，每年给系里交一点钱。萧老师没有同意。一是因为他已经有了一个计划，收费的标准适当提高，但仍然由系里来管理；要搞运动队，要出去比赛，花钱的地方很多。二来也是因为提出要承包的几个人让他信不过，连本系的学生都管不好，还能面向全校？不想这几个老师能量很大，一下子就把事情捅到了学校。更想不到的是，学校领导竟然支持他们。萧老师这下陷入了被动，他只能接受现实。如果仅仅是这样倒也罢了，从此以后，这几个教师却再也不好好上课，整天待在那几个地方卖票，还拉了不少教师入伙，讲起话来也牛气起来了。系里的教学也陷入了混乱，有好几次学生到了操场却看不到老师，只好在操场“放羊”。萧老师干不下去了。

其实他还没到退休的年龄。他大病了一场，一出院，他就找到学校，把退休手续办了。他闲在家里，真不知道自己还能做些什么。他是搞游泳出身的，好多退下来的教师每天到游泳池游上几百米，也拉他去，但自从退下来，他就再没有到游泳池去过一次。他们会说：唷，老领导来了，免票，免票！萧老师不愿去看他们的脸色……他看看阳台，那儿有几个花盆，土都已经干了，几根枯萎的干枝在风中摇摆着。大院里正在施工，在所有的住宅楼的北面接上一块，这样一来，住房的面积就可以扩大了。脚手架已经搭到了五楼，民工们边干活边透过窗户朝里面张望。萧老师冲他们笑笑，问他们要不要喝水，老家在哪儿，一个月能挣多少钱，还打开窗户给他们递烟。他们心里奇怪，这个老师怎么一点架子都没有，他是教授吗？

挂在写字台前的鸟笼子早就空了。老张曾经答应他，等到春天孵窝的时候再送他一只画眉。春天到了，鸟儿也下了蛋，萧老师几乎天天要到老张家里去看看，他看着笼子里那只漂亮的画眉，想：孵出的那个小东西，也会像它这么神气吗？他觉得那只画眉早已属于自己了，现在只不过寄养在老张家里。万没想到，老张有天早上起来上厕所，一头栽在了马桶前。等家里人手忙脚乱地把人送到医院，老张早就咽了气。

画眉的事当然不用再提了，办丧事的那几天，连那只老画眉都趁机飞走了。据说鸟蛋也跌在地上，碎了，里面还有一个小虾米一样的小鸟。萧老师一看到老张送给自己的鸟笼心里就难过，他给老张的老伴打了个电话，她说：我也不能看这东西，您就留着吧，要不扔了也行。萧老师已经没法把鸟笼还给老张了。

房子外面的工地非常嘈杂，轰隆隆，轰隆隆，好像永远也不会停息。满世界都是声音，但似乎没有一丝声音是萧老师的房间里发出的。隔壁传来了“哗啦啦”的洗牌声，那是有人在打麻将，萧老师奇怪，那些人怎么就有那么大的干劲，白天晚上，几乎没个停的时候。这玩意儿真的魅力无穷？萧老师有些好奇，他很想去看看。他下了楼，走到隔壁单元的那个门洞，却又停住了脚。正迟疑间，儿子从远处过来了。爸，你干吗呢？饭好了吗？我饿死了。萧老师愣了一下，慌乱地说：啊呀，我忘了，我以为你不回来吃了哩。菜现成的，我这就上去弄。儿子不满地摆摆手说：算了算了，我马上还有事，我出去吃了。

儿子走到大楼尽头，一拐就不见了。萧老师突然想起：我糊涂了，还真的吃饭的时候到人家家里去？还是下次再说吧。

小驹子小时候就是个小胖子，长大了就成了个大胖子。脸大，块头也大。自从认识了那些女人，他开始认识到减肥的重要和迫切了。但是胖子都有个好胃口，小驹子也不例外。他在外面吃饭的时候很多，别人请他，当然不能太马虎，否则小驹子会来火，认为别人小看他；他请别人也不能太简慢，否则就塌台了。每次吃饭前他都提醒自己，待会儿菜上了桌，要收住一点儿：你吃下去的不是营养，是增肥药，是砒霜、敌杀死、一扫光，是见血封喉的毒药！但是等到那些香喷喷的菜真的上了桌，他立即就万念俱灰——他知道自己终究还是忍不住。

小驹子贪吃，长胖，所幸的是，人长胖总还是有一个限度的——你见过哪一个中国人胖成了一头大象或者是河马吗？没见过吧？小驹子胖到一定程度也就不再胖了（阿弥陀佛！），但是那些过剩的营养总还要有个去处吧，也不知是不是这个原因，小驹子整天在女人堆里厮混。他还没有钱去买摩托车，但他身边倒总有女人跟着。他虽说胖，但花钱豪爽，那些女人也就将就了。小驹子也知道这些女人并不是什么好东西，但他知道自己也不算什么好鸟，也就将就着吧。他承认自己确实是变坏了。

任何事情都是有一个过程的。小驹子早先当然也晓得喜欢女人，但他还是一见到女人就脸红。他还记得他老爸的话，要认认真真地找一个好女孩结婚，他爸还等着抱孙子哩。他那些朋友身边的女人走马灯似的换，有时还给小驹子引荐引荐，有些女人也很主动，但他从来不沾。他差不多算是守身如玉了。后来有一次到南方办事，几个朋友白天睡大觉，到了晚上就鬼似的不见了。小驹子当然知道他们是去干什么。他一个人待在宾馆里，想睡觉，却又睡不着。刚闭上眼睛，电话就打进来了，一个娇滴滴的声音：先生，你寂寞吗？不想解解闷吗？或者更生猛：先生，你要小姐吗？服务很好的啦！把个小驹子弄得满身燥热。他气哼哼地把电话拔掉，跑到浴室里冲凉。老天能证明，他确实只洗了一个澡，在浴缸里泡了一会儿。不想第二天，他就感到身上不对了。痒得难受，坐立不安。实在忍不住，就对朋友讲了。朋友们立即笑弯了腰，没一个相信他那天晚上真的什么也没干。小驹子赌咒发誓，差点没跟他们打起来。最后他们又做出大度的样子，说不承认就算了，其实这也没什么，他们有办法。小驹子跟着他们找到街头的一张广告，又按图索骥找到一个“老军医”，花了两千块钱才算把毛病治好。

小驹子真正泡女人就是从那时开始的。那几个臭小子对小驹子说：挣钱干什么？放在钱包里；钱包放在哪儿？放在裤子口袋里；裤口袋离哪儿最近？可不就是那儿嘛！小驹子被他们引坏了。奇怪的是，从此以后，小驹子经过很多女人，倒再也没有染上那种毛病——这是怎么回事儿？他真不清楚这是什么意思！不过他终究不敢把女人往家里带。别的人讲他可以不听，甚至也不怕他爸发火，但他就是怕他爸爸叹气。他不了解，也不想了解他爸爸这辈人的生活，他不明白他们为什么总是叹气，为什么总会有那么多的感慨。人老了就会这样吗？小驹子比怕胖还要怕老。不过老还离自己远着哩。

三号大院的门口有一个报栏，那儿经常会贴出一些布告。大院的门正对着学校，是个行人驻足的地方。“通知：本月二十号发放灭鼠药，请各住户到居委会领药。”诸如此类。有时也会贴出一张讣告。上下班的人经过那里，停下来看看，哦，某某某去世了，前两天还看到他的嘛———唉！又各忙各的去了。

星期三晚上，萧老师去世了。当天下午，学校在礼堂开大会，萧老师还好好的。散会的时候，他还遇上了他的一个学生，就是当年投标枪的那个小伙子，他毕业后留在了学校。萧老师拍拍学生的肩膀说：啊呀，你现在比我高了嘛！学生说：我不一直这么高吗？萧老师说：什么呀，你刚进校的时候才一米六九，我记得很清楚的。学生想想，好像是那么回事。萧老师做着手势说：你长高了，我变矮了，他叹口气说，人老了，就要变矮啰……你怎么能想到，一个好好的人，几个小时后就会不在了呢？几个小时，你也许在和女朋友聊天，情意绵绵，时间一晃就过去了；或许是在赴一场马拉松式的晚宴，你们喝了很多酒，酒量好的人还完全没有感觉……

萧老师就是那天晚上去世的。他是死在麻将桌上的，据说还有点“小来来”。但料想起来也不会大，萧老师的工资并不高。据在场的人说，萧老师的运气一直不好，但一牌下来，萧老师抓到个“自摸”，他喊了一声，手在桌上一拍，人就软下去了。关于萧老师的死还有其他的版本，说不是“自摸”，是“出冲”，总而言之，他大喜过望，一下子就软到了桌下，送到医院，抢救了个把小时就不行了。

校园是个平静的地方，死个人就算是新闻了。虽说死人的事是经常发生的，但这么多年来，还没听说过本校里有谁是死在牌桌上。校园里有的是闲人，没课上的人闲着，有课上的人下了课也就是闲人。闲人最怕没新闻。萧老师去世后的那两天，无数的红口白牙在上下翕动，萧老师的死简直成了人们议论的焦点。你走在路上，看到前面有几个人正聊得眉飞色舞，走近了一听，他们的话题十有八九就是萧老师。真正了解萧老师的人又有几个呢，他们谈的其实只是萧老师的死。

下了一场暴风雨。布告栏的玻璃破了，里面的通知被雨水淋了个透，淌成了面汤。居委会的人用刷子把布告栏刷干净，找根棍子把布告栏的玻璃框顶起来，让它晾晾干。布告栏像个大嘴似的张开着，等着有新的内容贴进去。等着萧老师的讣告贴进去。

讣告怎么写？这样的死法，校方将如何措辞呢？这倒是一个很自然的发问。大家都看过很多讣告，那些套话、官话，就如同追悼会上的遗像或是死者遗体的姿势，全是千篇一律的套路，大家早就看得腻了。更有些人在心里暗暗兴奋，他们觉得萧老师的死总算给校方出了个难题，他们虽然看不见，但喜欢想象校长书记们面对一张白纸，抓耳挠腮、面面相觑的样子。还有一些人更是言辞凿凿，他们说讣告之所以到现在还没有贴出来，就是因为死者的家属和校方发生了分歧。

布告栏前常常聚集了一群人，还有人没事就到那儿转转，他们等待着讣告，就好像是戏台下的观众等待着一个充满悬念的角色出场。

讣告终于贴出来了。糨糊还没干，那儿就围了很多人。布告栏里是一张再平常不过的讣告，符合惯例，符合规范：……萧榕老师……因心脏病突发，经抢救无效于 × 年 × 月 × 日不幸逝世，享年 62 岁。

这是一张辜负了很多人期待的讣告，它完全不能令人满足。讣告下面聚了很多人，议论纷纷。有人做出愤愤不平的样子说：这写的是什么东西呀！至少应该写上"鞠躬尽瘁，死而后已"嘛。哪儿呀，另一个人说，应该实事求是，就写："因打麻将，兴奋过度，战死沙场！"周围的人哈哈笑了起来。贴讣告的是体育系的一个小伙子，就是承包游泳池的那个，他贴好讣告还不走，站在那儿看热闹，他突然插话，一本正经地说：我看，就写四个字，因公殉职，就够了……

话音刚落，一个胖大的小伙子从外面蹿了过来，就像一句脱口而出的骂人话，令人毫无防备。他猛地揪住体育系的那个年轻人，一把把他推在地上。体育系的小伙子是学武术出身，但他一下子被吓蒙了。他刚站起来，对方又扑了上来，一拳打在他嘴上。胖小伙又高又胖，身大力不亏，体育系的年轻人嘴角立即就出了血。你干什么？你疯啦？！他连连后退。

好些人围上去，拦住了疯牛似的胖小伙。他嘴里骂着：我让你喷粪！我让你喷粪！挣着，骂着，自己的眼泪先流了下来。你们知道吗，他是第一次打麻将，他平生就打过这一次！他挣开众人，大声喊道：你们这些人就没打过吗？你们打过多少次？你们打了一辈子也没死啊……他蹲在地上呜呜地哭了起来。他捂着脸，双肩抽搐，泪流满面，几天以来，他还是第一次这么放声大哭。他想起了死去的父亲，那个天天在家里等着他的人，现在正躺在殡仪馆里，他的名字写在讣告上，黑黑的两个字。从此以后，再也没有人在半夜里等着他回来了。家，两间空落落的房子……他想起了父亲的一生，还有他自己过的那种日子，南方的经历……那个被打的年轻人张着嘴呆呆地站在那儿，他的嘴角还在淌血，牙齿上也红红的。

大家都呆了。有人悄悄问：这是萧老师的儿子吗？老张的老伴正好从这儿路过，她挤了进来，拉着胖小伙的手说：小驹子，你在这儿闹什么呀，回去吧。小驹子喊了声"阿姨"，又哭出了声。他抽咽着挤出了人群。他走路的姿势很像他的父亲。唉，老萧的儿子都这么大啦，不知谁说了一声。那边，小驹子已经走远了。

1998 年

红花地

这一夜李钦睡得很香甜。他已经久违了这样的睡眠。清晨，远远近近的公鸡报晓声轻轻啄破了他的梦。他睁开眼睛，首先看到的是南面窗户上淡淡的晨光。

身边的被窝空着，尚有余温。妻子已经起床了。李钦听到了小院里母亲和妻子轻轻的说话声。他在床上躺了一会儿，打量着这个他既熟悉而又有些陌生的家。房间里陈设很简单，南窗下摆着书桌，上面放着他和妻子的结婚照；宁波床紧靠北墙，床上挂着雪白的帐子，仿佛是一间小屋。他躺在床上，躺在他和妻子几年以前的婚床上。透过帐子看出去，墙壁已经开始剥落，宛若一些莫名的国家和漂泊的岛屿，陈旧、暗淡，却又令他感到安心。李钦穿好衣服，穿过堂屋，走进了小院。

这里是红花地，他的老家。他生在这里，长在这里。他从这里考上大学去了省城，几年之后，又从省城带回了他的一个大学女同学，父母都非常喜欢，后来，他们就结婚了……迄今为止，他人生的几乎每个重要环节都和老家有关，这里也是他的梦时常落脚的地方，可他一直都没弄懂，这个地方为什么叫红花地，直到两年以前。那是父亲去世，他乘着机帆船去给父亲送行，他透过泪眼看到了两岸的田野里无边无际的红花草，突然就明白了故乡名字的由来。有些事情少年时你一直熟视无睹，也不会去想它，只有等长大了你才会明白。

院子里很安静。清晨的太阳悄悄地驱散着晨雾。妻子正在院子里刷牙。洁白的泡沫落在地上，很像是春天的花朵。她身后的厨房里传出“咕嘟嘟”的声音，想来是在炖着什么东西。李钦问：“妈妈呢？”妻子含混地告诉他，妈妈上街买菜去了。

李钦蹲在院墙下的水沟边刷牙，妻子在厨房里忙碌着。她挺着肚子，身子很笨重。妻子怀孕以后，他们商量过很多次，最终决定还是到老家来生孩子。李钦的身体很不好，他总是感到很疲乏。妻子怀孕后期，经常要到医院去做一些例行检查，可李钦去医院的次数比妻子还要多。查来查去，没查出什么大病，可他就是觉得累。他没有办法独自照顾妻子，离预产期还有半个月，他们回到了老家。

院门一响，母亲回来了。她提着沉甸甸的篮子，李钦连忙迎上去接过来。篮子里突然伸出一个鸡头，“嘎”地大叫一声，像喊一声“报到”，吓了他一跳。母亲把买来的蔬菜拿到地上，那只大公鸡的两只脚被拴着，在篮子里乱蹬。篮子被蹬翻了，正好罩在它身上，它倒反而老实了。“你们两个都得好好补补，”吃早饭的时候母亲说，“你不是说腿脚发软吗？以后你每天早上都要喝一碗猪脚汤。能喝两碗更好。”

李钦皱着眉头。他实在是没有什么胃口。

母亲说：“吃吧，当药也要吃。中医上说吃什么补什么。你快趁热喝。”

妻子也说：“妈说得对。中医讲究这个。我听说肺虚的人可以吃猪肺汤，心慌的吃几个猪心可能就好了。”她怀孕后食欲一直很好，好得出奇。在省城的时候他们的饮食简直成了大问题。李钦看着她油亮亮的嘴，突然觉得一阵心烦。他把碗一推道：“我吃不下，我只想喝点稀饭！”他离开饭桌，躺到靠墙的躺椅上说：“妈，你不用管我，我就是有点累，说不定过段时间就好了。”

母亲和妻子都愣在那儿。母亲叹了口气。李钦觉得自己的情绪实在很不好，把家里人的情绪弄坏更不好。他和缓了口气说：“要说吃什么补什么，我到处都要补，除了这儿。”他揉揉自己的头发说：“妈，你总不能弄个整人来给我吃吧？”

母亲尴尬地笑了一下，说：“那我去给你盛粥吧。”

家乡的空气清冽而微带香甜，非常清新。院子的西头有一畦油菜，星星点点地开着黄花。中饭过后，李钦在院子里站了一会儿。他看见墙角有一排菊花，隔年的老枝上又抽出了新叶。那是父亲留下的。父亲在世时每年秋天都能收获很多菊花，晒干以后泡茶喝。父亲去世后再没有人莳弄它们。没有及时换盆的菊花想来秋天是不会再开花了。李钦结婚后母亲常常委婉地和他们谈起，谁家的媳妇前不久生了，做婆婆的高兴得摔了一跤；谁家的老二比李钦还要小一岁，小孩都会打酱油了。父亲虽然在旁边做着自己的事情，并不插话，但李钦明白父母亲都很希望他们早点生个孩子，最好还是一个男孩。他很难忘记父亲和别人家的小毛孩打钱堆、斗玻璃球，玩得兴致勃勃的样子。可是他们当时还不能要孩子。不是不想，而是没有条件。结婚后的这几年，他们过得并不顺利。省城拥挤的生存空间，复杂的人际关系，委实令他们无暇他顾。几年来的竞争和杀伐，弄得他心力交瘁。几乎是在心灰意冷中，他们怀上了这个孩子。在父母亲的力劝下，他们同意留下这个不速之客。六个月的时候，妻子悄悄找人去做了个“B 超”，她垂头丧气地告诉李钦，是个女孩。李钦铁青着脸责怪她不应该去做这个检查。这几年的不顺遂已经太多，又何必提前知道这样的结果呢？

母亲坐在太阳底下给未出世的孩子做着小衣服。妻子要帮忙，动不了几针就把手扎出了血。母亲手忙脚乱地去给她找创可贴。李钦插不上手，他从菜地里挖了一堆土，蹲在院子里给那些菊花换盆。那些旧土是父亲留下的，被太阳晒热了，仿佛是人的体温。他轻轻地把它们撒在菜地里。他想起了父亲，想起了那个未来的孩子，他想不出她是什么样子。她是双眼皮吗？会不会有六个指头？他忍不住把自己的担心说了出来。母亲笑话他乱想，还说他这些年身体不好肯定就是脑筋动多了。他们谈起生孩子的具体细节。妻子突然问：“妈，我们那儿生孩子的胞衣都是要埋掉的，李钦的胞衣在哪儿？”母亲停下手里活计说：“是埋掉了。他爸爸把它装在一个罐子里埋的，就埋在老屋的床底下。”李钦说：“可是老屋已经拆掉了。”母亲说：“房子拆了，但地方是不会错的。”

傍晚时李钦和妻子散步时经过了老屋。它早已被夷为平地，现在矗立在那儿的是四层楼的保险公司。那时太阳已经偏西，保险公司的人正在关门，巨大的卷帘门发出“哗啦啦”的巨响，被拉了下来，隔断了李钦的视线。在李钦的想象里，他的胞衣是一件由血肉织成的小衣，那里面曾经流淌着他的血。它被叠成一团，静静地躺在地下的罐子里。虽然他现在已经不知道它具体的方位，但他知道它埋在这块地方，这块地方叫红花地。妻子询问地看着他说：“他们关门了。”李钦说：“天都黑了，妈妈要等我们的，我们回去吧。”

故乡从来不关门，游子随时可以回家。到了省城以后，李钦每年至少要回来一趟，开始是独自一人，后来带着妻子。红花地给他以安宁。父亲去世以后，他们也曾把母亲接到省城住过一段时间，但母亲住不惯，她说：“还是等我老得不能动了再和你们一起住吧。”她说她住在楼房里觉得接不到地气。李钦和母亲一直用家乡的方言说话，连妻子后来也能够参加交谈了。在家乡话里没有奖金、职称、职位之类的词汇，即使说出这些词，味道也是不一样的。在家乡话里李钦觉得城市的杀伐离他非常遥远，仿佛是一团隔岸的火。红花地是他偷得浮生半日闲的地方。在妻子等待生产的那十几天里，母亲最操心的就是李钦的身体。她变着法子给儿子做饭，眼巴巴地看着他吃下去。李钦虽然还是觉得累，但心情平和了一些，那种没有来由的无名火少了。母亲悄悄地去请教过镇上的老中医，让李钦去搭搭脉，他不肯去。孩子尚未出世，家里已经够忙的了，况且，他不相信，有谁能治好一个落魄者的心病。

母亲做好了孩子所有的衣服。春夏秋冬，应有尽有。那小得可笑的小红褂子，几寸长的软底鞋，那些尺寸渐大的各式衣服，让年轻的小夫妻看到了孩子从一个小小的肉团到蹒跚学步的全过程。母亲和医院很熟，她经常腾出时间到医院去，和产房的那些医生聊天。她不断带来医院的消息，今天又生了几个，几男几女，还有一个小个子女人生了个儿子，有九斤重。好像她的媳妇已经在产房门口排着队，等待分娩。

妻子的身子越来越不方便，她的肚子常常会隆起高高的一团。李钦的手抚在上面，他不知道那是孩子的手还是脚在动。这轻轻蠕动的小家伙终有一天会叫他爸爸，李钦觉得一丝惶恐。他模模糊糊地记得自己小时候像个小尾巴跟在父亲后面的情景。他走路的姿势酷似父亲，父子俩走在街上，常常会有一个拿他们开心的熟人跟在他们后面，学着他们走路的样子，引来众人的笑声。李钦的家族数代单传，可他将要生一个女儿。随着妻子预产期的临近，李钦心里已经接受了孩子的性别。也许还是生个女儿的好啊，做男人实在是太累了。在分娩以前的那段日子，他们谁都没有提起过父亲。父亲留在母亲卧室的镜框里。有一天李钦夜里做了一个梦，他梦见墙角的那排菊花盛开了，一只黑色的蝴蝶在花间翩跹穿行，缥缈无声。

仲春季节，家乡的田野上唯一绚烂的是油菜花，它们是大地此时的主角，红花草还在悄悄地积蓄着力量。李钦每天陪妻子散步，有一天他们走出了小镇。他看到在镇西头大堤的下面，有一排白色的房子，上面写着两个黑色的大字：炕坊。妻子不知道那是什么意思。李钦告诉她，炕坊就是鸡和鸭的产房，是孵小鸡、小鸭的地方。妻子顿时来了兴趣，催着李钦过去看看。他们走下大堤，沿着田埂，走到了白房子的前面。那两个字很大，每一个字都有半人高。字是描过的，层层叠叠，黑色的笔画里隐约可见去年，也许是前年的笔迹。李钦在门口喊了一声："有人吗？"没有人答他的话，他掀开了厚厚的门帘。

他们好像是一头撞进了盛夏。炕坊里很热，但是看不见火。他们不知道如此雄浑的热力从何而来。炕坊显得很高，似乎比他们在门外时看到的要高得多。一层层砖砌的格子一直垒到屋顶。李钦知道，那里面一定是等待出壳的蛋，不知道什么时候小鸡就会啄破蛋壳钻出来。他们屏住呼吸，侧耳细听，突然妻子高兴得叫了起来："出壳了！有小鸡出壳了！我听到了小鸡在叫！"他们身后有个声音突然说："不是。那是外面的麻雀。"这时他们才看到了炕坊的工人。这是个二十出头的小伙子，墙角处的地上有一床被子，显然他刚才一直在睡觉。妻子显得很不好意思。她问："我们今天能看到小鸡出壳吗？"

"早呢，"小伙子说，"现在才是'头照蛋'，还要等十五天，小鸡才会啄壳。"

"还要等那么多天啊。"妻子显得有些失望。

小伙子显然注意到她笨重的身子，他开玩笑地说："十几天还长啊？人不是要十个月吗？"

妻子的脸腾地红了，她转过身去，面向窗外。窗户清澈明亮，两只喜鹊在河岸边的槐树上翻飞嬉闹。李钦很喜欢这个小伙子。他想起外面的墙上那笔画重叠的大字，无端地觉得那是小伙子的手笔，而且他相信小伙子已经在这儿干了许多年了。对面的墙上有两行毛笔写的字：有烟者先发，无烟者请等。字写得很好，间架匀称。李钦问："这是什么意思？"

小伙子理直气壮地说："我跟他们要烟啊。谁给我敬烟，我就先给谁发货。"说到这里他的脸红了："我是跟他们闹着玩的。我不会抽烟。"

妻子吃吃地笑起来。她指着一层层的格子说："这就是'灶'吗？'头灶'是什么意思？"

小伙子愣了一下，突然他哈哈大笑起来："什么呀，不是那个灶，是这样——照。"他伸手到格子里拿出一个蛋，对着窗户眯上了眼睛："五天的时候我们照一下，那是头照，过八天我们再照一下，那是二照，我们要看里面的小鸡长得怎么样了。"

李钦和妻子凑过去，他们果然看到了鸡蛋里有一个朦胧的黑影。那是小鸡，它现在还没有动静。这一层层的格子仿佛是床，上面躺了多少鸡蛋，谁能数得清呢？有一天早上（李钦相信那必定是在早上），白房子中会有谁无声地发一声喊，伴随着无数的破碎声，小鸡们就会一齐抖擞着钻出蛋壳——它们会寻找各自的母亲吗？还有，那些母鸡会牵挂着她们的小鸡是什么性别吗……

天渐渐黑了，南面所有的窗户都镀上了夕阳。李钦和妻子要走，小伙子说："你们穿得太多了，你们看我，只穿一件衬衫。进了我们炕坊，先要脱点衣服。"他看看李钦的妻子："要不她出去会受凉的。"

"下次我们就知道了，"李钦说，"等十五天我们再来看你的小鸡吧。"

他们沿着原路回家。太阳软软地落向地平线，黄昏开始往地面上沉积。走上高高的大堤，李钦回头望去，白房、田野、纵横的河流上隐约的船帆，一切都沐在春风里，仿佛是绿野仙踪。眼见着，天就黑了。那天以后，他再没有见过炕坊里的这个小伙子，但他有时还会想起他。他的达观，他顽皮的笑容，以及那炕坊里萌动生命的夏日般的温度，一直留在他的记忆里。李钦牵着妻子的手，不时看看她隆起的肚子，提醒她注意路上的坑洼。刚才在炕坊的经历，可以算是哺乳动物对卵生动物的一次拜访。想到这里，他的脸上浮出了笑容。

妻子是第三天凌晨“觉”了的。这几乎超出了预产期一周。夜里，妻子突然把李钦推醒，说:“快，我见红了！”李钦手足无措，他冲东房喊:“妈妈！妈妈！”

几乎是同时，母亲就敲响了他们的房门。已经有好多天，她都没有解衣服睡觉。她时刻都在准备着。医院离他们家不远，十几分钟后，李钦就用自行车把妻子推到了医院。她真沉啊！瘦弱的李钦简直扶不住车子。

产房里很安静，也很温暖。走廊里生着炉子。李钦坐在走廊里的长椅上，身边摆着母亲随身带来的一个大包，里面是孩子的小衣服和尿布，还有一些巧克力，那是给产妇长力气用的；另外有些圆的，把包撑得鼓鼓的，不知是什么东西。李钦把包打开，几个苹果滚了出来。它们蹦跳着滚出老远，散落在灯光的阴影里。李钦手里抓着苹果，心里觉得了一丝安定。走廊里没有其他人，很安静。很多窗户反射着电灯光，像是关切的眼睛。

母亲前前后后地忙碌着。走过李钦的身边，她摸摸儿子的头发，让他不要慌，女人都有这一关。李钦应着，仍然紧张得不行。母亲看上去很沉着，她不时走到产房门口，侧耳细听里面的动静。那是一个凝固的背影，李钦看到了母亲慌乱的头发。头发是灰色的，那是黑色掺杂了白色的灰色。这是李钦第一次觉得，母亲已经老了。

妻子的羊水破了，母亲从门缝里接过了濡湿的毛线裤。李钦的心脏开始狂跳，他让母亲坐下来，但母亲坐不了一会儿就要再去看看。过了一小时，也许是更长的时间，期待已久的啼哭声“哇”地传了出来。李钦和母亲一起拥到了门口。

门开了。医生走了出来。李钦看到她身后，妻子躺在手术台上。他看到了妻子疲倦的眼睛。

医生说:“生了。大人小孩都好。”

母亲张着嘴说不出话。医生笑眯眯地看着她。她是母亲的老朋友。李钦知道，她故意卖着关子。

“小孩很胖，现在还没称，肯定不止八斤。”

母亲说：“好，好，平安就好。”

医生“扑哧”笑了出来：“告诉你们吧，是个男孩！快回去染红蛋吧！”

母亲震了一下，看了看李钦。她回过神来大声说：“现成的！现成的！”

李钦不敢相信医生的话。他探头朝里面张望。医生说：“你等着，我抱出来给你看看。”

孩子抱出来了。他软软的，像个小肉团。李钦接过来，不知道怎么抱才好。孩子包在白布里，李钦看到了那个红红的“小茨菰”。他突然想起了家里墙角的那一排菊花，他轻轻地喊了一声：

“爸爸！”

他的眼泪流了下来。他下意识地瞥瞥窗户，那边，天已经亮了。

好多年之后，妻子对李钦说：“我一辈子都会感谢你妈妈的。她第一句没有问生男生女，她说平安就好。这句话我永远忘不掉。”

接下来的两天家里很乱。如果没有母亲，他们简直不知道该怎样喂养孩子。儿子第一次叼住妻子的乳头，她吓得直哭。外人只听到这一家增加了小孩子的哭声，可是如果没有养育经验，你怎么也想象不出这哭声增添了多少忙乱。哭声是孩子表达感觉和需要的唯一方式，小两口暂时还听不懂这种语言，只有母亲明白。小孩子刚开始还不怎么会喝奶，他吮不住他妈妈的乳头。母亲蹲在旁边，她的嘴张得大大的，翕动着，替孙子使劲。她先是担心孙子不会吃，后来又担心儿媳的奶不够。妻子很能吃，食量大得怕人，家里的厨房里几乎总是温着蹄髈汤、鲫鱼汤之类的东西。

李钦累极了。母亲安排他染红蛋。出于某种直觉或者是希望，母亲早已把鸡蛋准备好，连染料都是现成的。有十几个鸡蛋一煮就破了，里面露出了黄色的绒毛。李钦吃了一惊，大呼小叫。母亲连忙跑出来，她拍着自己的脑袋说，这是“旺鸡蛋”，是她听说李钦两口子去过炕坊后才想起来去买的，想给李钦补补，一忙就忘掉了，混在了一起。李钦把它们拣到一旁，终于他还是没敢吃，都被妻子吃掉了。他挨家挨户把红蛋给亲友们送去，那几天，他的脸上和手上都挂着生儿子的标记。

孩子夜里闹得厉害，往往是刚换过尿布，不一会儿又要吃奶。李钦只陪妻子和儿子睡了一夜，早上起来就有些站不稳，这是城市生活的碾压留下的印记。母亲和妻子担忧地看着他，他自己觉得非常内疚。这不是一个丈夫和父亲应该的架势。母亲不由分说，把李钦赶到自己睡的东房，让他先去睡一觉。从那以后，李钦整个月子里就一直单独睡在母亲的床上。

李钦睡了一觉，觉得好了一些。他起来的时候天已经快黑了，他隔着玻璃，看见了母亲在厨房里晃动的影子。厨房里有一股尿骚味，那是煤炉上烘着的尿布发出的味道。母亲正蹲着，在一个盆子里收拾着什么。李钦正要过去帮忙，母亲回脸看见他，急忙说："我这儿不用你弄，你去做你的事。"她把儿子往外推，看上去有一丝慌乱，好像是做着什么秘密的事情。这时候儿子哭起来，母亲说："他尿了！"

果然是尿了。妻子正在手脚忙乱地给儿子换尿布。儿子的屁股红红的，像只小瓜，上面长着一个小小的"茨菇"。李钦把湿尿布放在盆里，先用清水搓一遍。泼水的时候他迟疑了一下，把水轻轻地浇到那一排菊花上了。他想起了遥远的省城，想起了做过"B 超"后妻子告诉他结果的情景。现在回想起来，那像是一个梦。

第二天，母亲早早地就起来了。李钦起床的时候，母亲已经把早饭准备好。她从厨房里端出一碗汤，催着李钦趁热吃。李钦吃了一口，觉得很香，却又有点特别。"这是什么？"母亲微笑着说："是我做的。你要补一补。我不能跟着你们一辈子，你要把身子补好。"李钦心里有点难受。他一声不吭，把一碗汤全喝完了。

在红花地的那段日子，妻子坐月子，李钦也像是在坐月子。母亲总能从厨房里端出好吃的浓汤来。妻子的汤催奶，李钦的汤是补身子的，母亲从来不弄错。几年之后的某一天，李钦一家正在看电视，看到一个胎盘素广告，那时候妻子才告诉他，母亲那年给他做的就是胎盘汤。怕李钦不肯吃，所以没有告诉他。事实上，李钦如今的身体确实是好多了。

母亲的汤很管用，妻子奶水丰沛。儿子每天都在长，脸渐渐大了，眼睛里也出现了最初的眼神。每一次给他洗澡，都能发现他又长大了不少。天气很好的中午，李钦就把他抱到外面去晒太阳。屋后是一条小河，李钦抱着儿子站在河边，看船来船往，看绿色的河水。一条木船"吱呀吱呀"地摇过来了，摇橹的汉子光着头，摇橹的姿势像在跳舞。船上摆着很多竹匾，里面挤满了密密麻麻的小鸡。那汉子叼着根香烟，李钦想，他给炕坊的小伙子敬烟了吗？

是的，是的，这一定是从那个白房子炕坊摇过来的船。满船的小鸡稚嫩地叫着，你啄我一下，我推你一把，仿佛是载着一船吵闹的油菜花。

河对岸的红花草开花了。油菜花已经开始零落，现在已是红花草的季节。不久，它们就要被雪亮的铧犁翻到土下，作为肥料。可是现在，它们灿烂地开放着，故乡成了真正的红花地。红花草开在大地上，开在李钦的瞳仁里。到了省城的李钦闭上眼睛，满眼还是无边的红花草，还有镜框里的母亲。

1999 年

驴皮记

天是从东到西慢慢黑下来的，路灯一下子就亮成了几道线。从傍晚开始，翔子就在大街上闲逛。他已经在这个城市生活了一年，可对这个城市，他依然只有一个懵懂的印象。区别是明显的，城里人多，道路宽，房子高，可这些与他都没什么关系：人多他不认识，路宽他也只踩两个脚印，房子高呢，就更与他无关了，他在建筑工地上干活，房子造好了，门也就被锁起来了。天将黑的时候，翔子眼看着路灯“唰”地全亮了，他顿时有了一个城市印象，可以回去讲给乡亲们听。他要告诉他们，乡下的天黑了就不再亮了，可城里的天黑着黑着会突然全亮起来，一直亮到早晨太阳出来接班。城里是没有黑夜的。城市的天空阴天也会黑，但是夜不黑。

翔子的脸庞是黑的，头发蓬乱，走在街上，一看就是一个乡下人。他穿着一件皮夹克，算是比较值钱的衣服，可你还是能看出他是一个乡下人，城里人把他们一概叫作农民工。他逛的这条街叫湖南路，是这个城市著名的商业一条街，两边摆满了各式各样的小摊子，一眼看不到头。湖南路的东面是玄武湖。你看不见湖面，可你能真切地感觉到从那里吹过来的寒风。一件皮夹克，如果里面没有羊毛衫之类的东西，实在也管不了什么大用。街上人很挤，穿皮衣的人也很多，他们都穿得很有派头。翔子把领子立起来，这样他就不至于要缩着脖子。他知道，那个样子实在是太难看了。

街两边的树上挂了很多灯泡，灯光下摆着无数的小玩意儿：书、激光唱片、鞋子、手套、胸罩，一家连着一家，乱七八糟，眉毛胡子一把抓。翔子很佩服那些卖东西的，他们嘴里吆喝着，互相开着粗俗的玩笑，但就是不会把各自的东西弄混，这也是一桩本事。翔子这边挤挤，那边看看，仿佛水流里的一条黑鱼。身上的皮夹克毕竟是皮的，很光滑，在人缝里挤起来很省力。有个女人撞了他一下，翔子吓了一跳，连声道歉。女人不屑地骂了一句什么，朝地上吐了一口吐沫。翔子看到那口吐沫弯弯地飞翔着落到了一个迈着方步的胖男人的脚上，他吓得张大了嘴，以为事情要闹大了，自己也脱不了干系。不想那个男人并没有发现，鞋子上托着吐沫继续四平八稳地走路。女人倒不慌，冲翔子伸了伸妖里妖气的舌头，不慌不忙地走了。翔子这时看出那个女人其实年纪很小，别看她脸上狠狠地画着，顶多还不过二十岁。十几岁的女人就画脸，整天像是在唱戏，这就是城里的女人。她撞在自己身上的那一下，香香的，软软的，总之没有她的目光那么硬。翔子的身上有了点感觉，这种感觉把他的心搞得有点乱了。

翔子的皮夹克花了他两百块钱。开价五百，他只花了两百。他们三个月开一回工资，他差不多全寄回家去了。现在他的全部家当几乎全在身上，就是这件皮夹克。买了皮夹克他很新鲜，每天收了工他都把皮夹克穿起来，站在马路边的工棚前看西洋景。他不是不爱惜衣服，他是觉得在城里应该穿得好一些，即使皮衣穿得旧一点了，回家过年仍然还是很风光的。在那个小村，除了牛马猪羊，还有狗，没有谁能穿皮衣服。可是没想到，这件皮夹克没让他在工友中神气多久，大概穿过十几天吧，皮夹克就出了问题了。工友们开始笑话他。有人编出了一段顺口溜：

翔子，翔子，
是个驴子，
穿一身阿胶，
满街跑！

他们都嘲笑他上当了。可是，翔子想，它总是皮做的呀，一件普通的衣服还要几十块呢！它至少比布的耐穿吧。

湖南路离翔子干活的地方不算远，但他以前从来没有好好逛过。那天工地上的料接不上，老板急得跳脚，只好把大家给放了。平时大家总是嚷嚷着要放假，真的放了却也玩不出什么新花样。他们在工棚里扎堆儿打扑克赌钱，翔子玩了一会儿就被小音喊了出去。小音在工地上煮饭，同时还照看着老板五岁的女儿。她问翔子，想不想上街逛逛。翔子红着脸，看得小音脸也红了。太阳很好，小音的手上牵着五岁的小凤。小凤急着想上街，直把小音往路上拽。翔子说：“好吧，去就去。”他口袋里现在有点钱，赌钱总是输，还不如到街上花上几块。他们三个是走路去的。小凤一会儿就不肯走了，翔子只好把她背在后面。小凤在他背上很舒服，乐得直唱歌。翔子得意地说，他这是背水泥背出来的功夫，小凤比水泥袋轻多了。这话被一个老头听见了，呵呵直朝他们笑。翔子和小音都脸红了。翔子想，他们这样太像是一家人了。可是他们不是。工地上早有传言，说小音偷偷做着老板的“小”，翔子半信半疑。他很想问问小音，老板有没有跟她一起逛过街，但话到了嘴边还是忍了下去。不管怎么说小音对自己很好，每次给他打饭都装得多多的。还有看他时的那种眼神，连工友们都看出来了。他们老是要拿他开玩笑，但翔子不敢往深处想。他不敢喜欢小音，只敢在心里偷偷地讨厌老板。

他们在湖南路的西头买了两串糖葫芦，对，就是前面那个地方。小音和小凤津津有味地吃着。翔子尝了一个，酸得他牙疼。现在那个卖糖葫芦的老头还在，可他显然认不出翔子了。老头的身后就是那家卖皮夹克的小店铺，现在有两个大喇叭摆在门口轰隆隆地吵着，里面卖的是音像制品。那天是小音要进去的。她身上穿着一件棕色的皮夹克。翔子本不想进去，小音说她想看看自己身上的这件皮衣到底值多少钱。翔子心里一咯噔：皮夹克真不是她自己买的吗？脱口问道：“你怎么会不知道多少钱？”小音连忙说：“不是，不是，我是想看看它现在还值多少，是不是降价了。”

翔子从此尽量不再提她那件衣服。小音自己在那儿看女式皮衣，后来看上了一件男式的黑夹克，让翔子试试。皮夹克标价五百块。翔子穿上，在镜子前照照，觉得很神气。卖衣服的女老板冷漠地看着他们，并不热情。不知怎么的，翔子突然就决定把它买下来。他想了想，一口就还了个价：“两百块！”女老板愣了愣，马上就答应了。也许她压根就不相信翔子会真买。小音也不相信，直到翔子掏出钱来她还张大着嘴。

翔子索性穿着皮夹克上了街。他跟女老板要了个袋子，把旧衣服装在里面提在手上。翔子和小音都穿着皮衣服，小凤怪怪地看着他们说：“你们真好看。”翔子问：“有你爸爸好看吗？”小凤歪头想了想说：“我爸爸的衣服有毛领子。”

翔子今天没有到那家店里去。去了也白去。前不久他就来找过，那个女老板早就走人了。皮夹克他穿了十几天就开始掉色。晚上脱下来，衬衣领子的外面比里面还要黑。有一天淋了一点小雨，雨水顺着皮夹克流到裤子上，把裤子都染黑了，像是小时候上学不小心洒上了墨水。翔子慌了。工友们也围过来，有人把鼻子凑上去一闻说，一股死人臭！他们嚷起来：“这哪儿是羊皮夹克啊？这是马皮！”

又有人说：“什么马皮呀，还马 × 哩，八成是驴皮！驴子的皮！你上当了！”翔子被他们嚷得头发晕，他恶狠狠地骂道：“操你妈的！这关你什么事？”他一把把皮夹克夺过来说：“我上什么当？我说过它是羊皮夹克吗？我说过吗？你管它什么皮，反正它是皮夹克！不是你妈的皮！”他凶巴巴地像要吃人，没有人敢来惹他了。

翔子装出满不在乎的样子，其实他心疼得一夜没睡好。两百块钱，差不多是他半个月的工钱。他要扛多少水泥包，要抬多少砖头呢，这其实是算不清的。反正他每天都耗完了力气才挨到收工，这件皮夹克实际上就是他十几天的力气。他想那个女老板也许专等着他这类人上钩，他一走女老板的嘴巴都笑歪了。他决定第二天就去找她算账，而且瞒着小音去。他准备先求女老板把钱退给他，扣点折旧费也行，如果说不通，那就打上一架；好男不跟女斗，他当然不能跟女人动手，最好女老板的丈夫正好也在那儿，可以挨揍。可是，他没想到，他到了那家商店，女老板已经不在了，店里卖的也不再是皮衣。他耐着性子跟卖音像制品的小老板套了好一阵子话，想证明这个小老板就是那个女老板的丈夫，然后好揪着他不放。他绕了半天，最后只好明讲，他是买了假货，上当了。小老板一听，忍不住哈哈大笑道：“嘿，你怎么不早几天来？她早退租走了。实话告诉你，你这是第八个了！”

这会儿翔子在音像店门口迟疑了一下，没有进去。只有得手的骗子才有资格向人吹嘘他的手段，上了当的人倒常常像做了亏心事。翔子不想被那个小老板认出来。他继续沿着湖南路往前走。离玄武湖越近，寒风越猛。翔子倒走得有点发热。身上的衣服毕竟是皮的。羊呀马呀驴了呀，冬天不就仗着一层皮吗？羊身上还要长上长长的毛，驴子身上却是光秃秃的，这说明驴皮的保暖性能比羊皮还要强。再说，驴皮能滋阴补血，是一味名贵中药，穿在身上说不定还能长精神哩。这样讲起来驴皮夹克没准比羊皮的还要好。话虽这么说，花两百块钱买了身驴皮穿在身上，翔子还是觉得女老板可恨。他突然想起那段嬉皮笑脸的顺口溜，走着走着，自己在嘴里念叨起来。

左右看看，没有人注意到他。他又轻声念了一遍：“翔子，翔子，是个驴子，穿一身阿胶，满街跑！满街跑！”他拖腔拖调，长长短短。自己品品，觉得还是没人家说得有味。这些狗日的，不用再打工，可以去唱戏了！

“你这是第八个了。”翔子想起了那个小老板的话。他不知道那七个上了当的人现在在哪儿，是不是也在这条街上。翔子好像看见了一小队人穿着整齐的驴皮夹克，迈着正步走了过来。好多人站在两边看。翔子也挤在围观的人群里。有人拍着手念起了顺口溜……

翔子扑哧笑了出来。

笑着笑着，翔子的脸凝固了，因为他在那一小队人中看见了他自己。

街上的人是真多，把老家村子里所有的人全都喊来，怕是也站不满这条路上的一家商场。满街的人，穿着各式各样的衣服，只有翔子在注意别人，没有人朝穿着驴皮夹克的翔子多看一眼。城里的人都忙着呢，没有谁会留意某个人穿的究竟是羊皮还是驴皮，大冷天的，只要你不光着身子露出一身人皮，就没有谁会去注意你。这很好，至少在现在，翔子不希望别人来关心他的衣服。

湖南路约莫有三里路长。翔子走到图书发行大厦那儿，拐上了肚带营。这是一条小街，翔子一直弄不懂它为什么要叫这个怪名字。这儿以前是做肚带的吗？可肚带又是什么东西？看上去大概是女人用的什么玩意儿，可是翔子只知道有胸罩，不知道有肚带。城里的地名就是这么怪。就像图书发行大厦对面的一家商店，叫什么“古今胸罩公司”，翔子也不知道这是什么含义——哦，你戴了一个胸罩，一个奶子是古代的，另一个奶子是现代的？——这不成了妖怪了吗？翔子想着，吃吃地笑了起来。他的身上有点发热。胸罩公司门前站着很多裸体模特儿，是木头的（翔子认识这个“裸”字，他上过初中，会查字典;他还学过《黔之驴》，“黔”字不要查字典。也许就是因为这篇文章，翔子承认自己的皮夹克是驴皮的）。那些模特儿穿着古今胸罩，还有一条几乎方寸的三角裤。翔子看了几眼，发现别人都不看，自己也不敢再看，装着若无其事地走了过去。

小街两旁有不少洗头房。每家门口那种一圈圈转着的东西弄得人眼发花。翔子听工友们鬼鬼祟祟地说过，那里面有名堂。他知道什么是名堂。工棚里有两个家伙去洗过几次头，回来后满面放光，引得别人直向他们打听。他们什么也不肯讲，只说自己光洗大头不洗小头，听得翔子满脸通红。现在他的脸又红了。走过一家洗头房，他朝里面望了一眼，他看见两个小姐正躺在沙发上打盹，大腿白生生的。其中一个看见有人，马上站起来，拉开了门。

“洗头还是敲背？”她满脸是笑。

“我不洗头。”翔子心里发慌，就像是做了贼。

“那你敲背？”

“我也不敲背。”

“那你进来嘛，进来再说，你想干什么。”小姐伸手把翔子往里面拉。

翔子的工友曾理直气壮地在工棚里嚷：“你们笑什么？洗头又不犯法！”翔子当然知道洗头不犯法，他本来还真打算进去的。马上就要回家过年了，让小姐洗个头也不枉来城里一趟。可是，他怔怔地看了看拉他的小姐，甩开膀子坚决地走开了，急匆匆的样子像是在逃跑。他知道自己头上不干净，满是水泥灰。他的工友去洗头以前都要在工棚前打上几盆清水把头先洗上一洗，再到洗头房去。翔子今天没有先洗头。他不想被人取笑。而且，翔子呆呆地站在路边——他觉得那个拉他的小姐和小音长得很像。如果不是知道小音没有姊妹，他真要以为那是她的妹妹了。

翔子知道小音不会在这种地方。她就要到更南的南方去了。老板说他在那边又接到了一个工程，他要到那边去过年。小音也要跟着去。

小音后来还是知道了翔子买的是一件假羊皮夹克。她找到翔子，要和他一起去退货。翔子告诉她，自己已经去过，那个店已经不在了。小音过意不去，不知道说什么才好。翔子故作轻松地说，他回忆了一下，衣服的标签上写的就是“皮夹克”，人家并没有说一定是羊皮的。突然，他想起了工地上的那些传闻，心中一痛，他盯着小音问：“你身上的皮夹克多少钱？你说说，两百块钱能买到羊皮夹克吗？”

小音的脸红得像要渗血。翔子也觉得自己有些过分。自己是小音的什么人，又怎么能管到小音是老板的什么人？这不是管到外国去了吗？一时间两人都不再说话。半晌，小音从皮衣服的口袋里摸出两百块钱，递给翔子，说：“是我让你买这件衣服的，钱应该我出。”

翔子两手插在口袋里，不去接钱：“衣服穿在我身上，怎么能要你付钱？”

“就算我送你的，不行吗？”

翔子说：“不行。你又不是老板，怎么能送衣服给别人？”说到这里，他的脸先红了：“我嘴笨，小音，你别生气。”

小音突然哭起来，狠狠地扯着身上的皮衣说：“你损吧！你骂吧！我马上就要走了，今天就让你骂个够！”她一下子扑到翔子怀里。

翔子也想哭，但是他忍住了。这是在食堂后面，天很黑，翔子担心被别人听见。他当然不能要小音的钱，小音把钱递给他时他就想好了，如果拿了小音的钱，上当的就成了小音，自己就成了骗子的中介。他不能那么做。心里是这么想的，可是话一出嘴却长了刺，把小音惹哭了。翔子拍着小音的背说：“我嘴笨，不会说话，你别怪我。我是翔子，不是骗子。你还是让我做我的翔子吧。”

小音哭得更厉害了。

不知不觉翔子就走到了玄武湖。高大巍峨的玄武门伫立在湖南路的尽头，红红绿绿的电灯把它巨大的轮廓勾勒在天幕上。翔子在路边找张长椅，坐了下来。那天晚上，翔子和小音走到这儿。他们没有进公园，在长椅上坐了很久。

小音已经不哭了。泪水被寒风吹干了，绷在脸上有点发紧。翔子的心能触摸到这种感觉，但是他没有再碰小音一下。他们就一直这么坐着。

小音就要到南边去了。那个地方很远，很暖和。也许她今后的某一天还会再来到玄武门前面，还会坐到这张长椅上，但是翔子一定不会再同时坐在她身边了。翔子心里很痛。小音坐得很近，而且越靠越近，灯光下远远看过去，他们是一对穿着皮衣的情人，但其实不是这么回事。一件是羊皮夹克，另一件却是驴皮的。如同有一层坚固的牛皮隔在他们中间，翔子戳不破。

小音后来告诉翔子，老板这么急匆匆地要走，不光是因为那边的工程。工程没有这么急。他是因为他女儿。他不喜欢这个地方。小凤出的事对他打击太大了。说到这里，小音又轻声哭了起来。

翔子知道那件事。

有一天小音做好工地上的晚饭，发现小凤不见了。工地上找了个遍也没有看见孩子。老板急了，抓着大哥大四处打电话托人出去找。他直着嗓子对工友们喊：“你们都帮我出去找，找到了有奖！我奖两千块！”工友们三五成群地上了街。小音披散着头发吓得蹲在地上直哭。翔子想去安慰她，看到老板气急败坏的样子又没有敢，也到街上去了。

七八天以后小凤找到了。派出所打电话让老板去领人。小凤呆呆地躺在派出所的长椅上，身上盖了一件军大衣。看到小音和爸爸她不说话，像是个傻子。小音哭着把小凤抱回了工地。孩子身上臭烘烘的，脏得吓人。问她这几天去哪儿了，她什么也说不清。小音给她洗澡的时候才发现，孩子的腰上有一道伤口，红红地缝着，很吓人。小音急忙问小凤，这是怎么了。小凤只知道哭。小音把老板找来，老板一看也慌了，急忙把孩子送到医院。一检查才发现，小凤的一个肾没有了。

提到这件事小音就要哭。她抽泣着对翔子说：“我对不起老板。孩子是我看的。我真愿意从我身上割一个肾下来还给小凤，可是她爹不让。”小音说：“我没办法，他要我跟他走，我只好去。走到哪里我都跟着他。”

翔子有点想哭。寒冷的夜风钻进他的空壳皮衣里，他觉得很冷。前天傍晚，老板喝醉了酒在工地上红着眼睛跳脚大骂。翔子正蹲在地上吃晚饭，看到老板过来了他连忙站起身来。老板一把揪住他的衣领，发疯似的喊道：“他们把我女儿的肾偷走了，这些王八蛋，你说他们坏不坏？”

翔子说：“坏。他们不是人。”

老板说：“城里人偷了我女儿的肾，你说他们该不该杀？”

翔子说：“该杀！”他的驴皮夹克领子被老板揪着，有点透不过气。“可是他们不是偷，是骗。”翔子的语调很平静。

“放屁！”老板瞪着牛眼骂道，“怎么是骗？只有我骗他们，他们能骗得了我？笑话！”

“他们不是骗你，”翔子说，“他们是骗了小凤。”

老板像被打了一棍。他看着周围吓得不敢吱声的工友，松开了翔子的衣领，“报应啊！”他蹲在地上号啕大哭。翔子整整自己的领子，端起地上的碗，钻进了工棚。他立即把衣服脱下来检查，还好，衣服没有被扯坏。

翔子现在独自坐在冰冷的长椅上。身边没有小音，周围也没有别人。远处的湖南路已是灯火阑珊，小贩们已经收拾摊子准备回家。这些人吆喝忙碌了一晚上，他们有没有赚到钱，翔子并不去关心；他们是城里人，总归比他有钱些。翔子明天就要回家过年了，他本来是打算买点东西回家的，现在他什么也没有买；城里人会用驴皮骗人，也会用其他小玩意儿骗人的。洗头房他也没有进去，他把钱省下了。他相信他的爹娘更愿意儿子把钱省下来带回去。他们是老实巴交的乡下人，那些花花绿绿的东西，他的从土里刨食的爹娘用不上，也舍不得用。

翔子从长椅上站起来。他摸了摸他屁股坐过的地方，温温的，那是一个看不见的温暖痕迹，很快就会冷。他想他以后再也不会到这个地方来了。他跺了跺发麻的双脚，沿着原路走了。

在这个城市的最后一夜，翔子半夜醒来突然想起了小音。他忘了给她买一件礼物。他不知道第二天再见到她时说什么才好。翔子打定主意，天不亮就走。草场门车站有民工专车，随时可以上车。

天刚蒙蒙亮，翔子就挤上了车。车上人很多，翔子一个也不认识，但是他觉得他们很熟悉。满车都是黑红的脸，乱蓬蓬的头发。令翔子暗自得意的是，他只看到了一个穿皮夹克的人，而且翔子一眼就看出，那人穿的只不过是一件仿皮的货色。

路是越开越窄，越来越颠。天擦黑的时候，汽车到了县城。翔子背着行李又走了二十里路，到家时已是伸手不见五指。翔子以为家里人肯定已经睡了。

院子里挂着一盏电灯，明晃晃的。翔子感到有点奇怪。电灯照耀下的家跟以前似乎不一样了。他刚一喊门，爹就来开了门。爹把他身上的行李接下来，亮着嗓子把翔子的娘喊了出来。

娘刚才显然正在屋里忙着什么，她在围裙上擦擦手，拉着翔子的手打量着儿子。儿子似乎壮实了一些，身上还穿着皮衣服。翔子看见，爹老了，娘也老了。

院子里有一种臭烘烘的味道。翔子奇怪地吸着鼻子。他看见院子靠墙的地方支着一口大锅，火苗明晃晃地舔着锅底。

“那是干什么？”

“那里面是猪皮。”娘看到火要熄了，忙不迭跑过去添柴火。有一根树枝太长，娘拗不断，翔子跑过去帮忙。爹一把拉开他说：“你不要弄，别把衣服戳坏了。我来吧。”

爹还有把子力气，树枝一下就折断了。炉膛里的火照得他的脸红堂堂的。翔子凑上去看了看锅里，嘟噜噜冒着臭气。爹神秘地说：“这是猪皮，我们煮煮当阿胶卖，卖给城里人。现在我们村里人全在干这个。”

翔子奇怪地看着爹娘。火光把他们的影子映在房子上，晃来晃去。翔子看着墙，好像看着电影银幕。

“城里要是钱不好挣明年就不要去了，”娘说，“我去给你做吃的。今天你早点睡觉，养养精神，明天帮你爹去收猪皮。这几天杀猪的人家多。”

1999 年

相约日暮里

日本有些地名是很奇怪的。有个地方叫早稻田，这很多人都知道。其实早稻田在东京的闹市区，不用说稻田，连稻草你都看不到。日本是很干净的。又有个地方叫演歌，在宇都宫市的城郊，“演歌”那个路牌的东面就是大片的稻田，野风飒飒，有几个农妇顶着头巾在田里慢慢地移动，一声也不吭，跟“歌”好像也沾不上边。当然了，现在没有草，没有歌，也许以前是有的，就像南京有个地方叫“破布营”，并不代表现在那儿的居民还要再去收破烂。但另外一些地名总还是让人摸不着头脑，简直令人发噱。东京的北边有个吾妻桥，是一条小街，不知是什么人竟把自己的妻子和万人踩的桥联系在一起，不可理解。更有个城市叫“我孙子市”，按中国人的习俗，这真是把这座城市的居民全骂了。

去日本以前，妻子给我寄过一张东京地图。因此我不光知道早稻田，还知道银座和浅草。银座像个贵妇人，富丽堂皇，霓虹万丈，令人难以逼视；浅草的街道纵横交叉，酒旗猎猎，就像一群小家碧玉，喧闹，浅薄，却很容易让人亲近。这两个地方后来我都去过了，确实是地如其名。这些地方都游览过以后，我在日本就基本上无事可干，成了一个闲人。

去日本以前我就知道我还要回来。学校让我交出房子，我心里就有些不快。后来找了人，交了押金才算是把手续办好。出去以前很是忙乱了一阵，不光是各式各样的手续，还因为适逢我们班毕业十周年返校纪念，我是唯一留校的，义不容辞要来主持。那一天能来的都来了。除了两个分在新疆、内蒙古的，一个生病去世，五个在国外，一共到了三十个人。后来大家都喝多了。我们当时的班长，现在当了副厅长的，来跟我干杯。我已经不能再喝了。但他说：“这一杯你得喝，为了你在日本的妻子，你一定得喝。”妻子也是我们的同学，这酒我不能不喝。一杯下去他又端起一杯，说：“日本还有个同学，你也得为她来一杯。”我心中一凛，开始装傻。但是装不过去。同学们都看着我坏笑，开始起哄。我硬着头皮把酒喝下去，说不出是什么滋味。

我们的脸上都红通通的，仿佛十年前的青春又回到了我们身上。其实青春是没有了，剩下的只有回忆。我原本以为我和辛夷的那段故事同学们大多不知道，看来我错了。出国以前的那段日子我手忙脚乱，简直有些慌张。毕业后我只见过辛夷一次，她来南京出差，好几个同学聚在一起，我们没有单独说一句话。一晃又是好些年了。间或有她零零星星的消息传过来，我知道她去了日本。出国的前夜我梦见了她。她的侧影。醒来后我有些惶恐，一夜再也没有睡着。我就要见到辛夷了，还有妻子也在日本，不知道是谁更让我感到迫切。这样的想法令我羞愧。我觉得有点对不起妻子。

东京还有个地方叫日暮里。这是一个不那么著名的地方，地图上不容易发现。我是在从东京去宇都宫市的电车上知道这个名字的。妻子在宇都宫读书，而她在日本的亲戚都在东京，我们常常要乘坐 JR 东北线电车在两地间往返。市际电车上一般人不多，每一节车厢里往往只有三两个乘客，或在看书，或在打盹。一个小时的车程有些无聊，每停一站，我都会走到车门那儿，看看车门上方的路线图。妻子给我做些解说。但日本的公共交通实在是太发达，也太复杂了，我一直弄不清什么“山手线”“中央线”，倒是“日暮里”这个地名我过目不忘。它在东京的西部，日落的地方，这更令人向往。我们偶尔看到一个人的名字，很别致，有味道，就想去见见这个人，是不是也是一样的心理呢？

日暮里应该是一个陈旧的地方，一个记忆中的名字。它应该是歌舞伎町和摩天楼的反面。想象中的日暮里是一个款款而行的老妇人，木屐清脆，击打着小街，和服是黯淡的，混着细碎的夕照——也许，和服还是艳丽的吧，但华丽的和服掩不住老妇苍老的容颜，一如街道两旁的老房子……到日本几个月了，日暮里我还一直没有去。其实去一下并不很难，路不算远，也没有经济上的顾虑。那时候我们已经去过迪士尼乐园，去过箱根温泉，富士山、日光也都去过了，好几次妻子问我还想到哪儿看看，话到了嘴边我还是闪过去了。

辛夷的电话打来时我略有些意外。到日本后妻子就把她的手机号给了我，她在研究室，而我大部分时间在宇都宫的街上闲逛，带了手机方便一些。但问题也随之而来。除了妻子和几个中国亲友，手机一响，传出的总是“摸西摸西”，是日语，让我不知说什么好。我多么想听到中国话呀，可是在周围听不到，在电视里听不到，连电话也说日语。我已经讨厌这个东西了，上街前常常把它扔到床上。那天手机偏偏带在身上。铃声响时我不想接，但它很固执，不接不行。出乎意料的是里面传出了我熟悉的乡音，中国话。我立即就听出，那是辛夷的声音。

我很慌乱，简直语无伦次。我似乎一直等待着这个声音。她怎么知道我来了日本的呢？

我骑在车上，伸腿支着车子。街上很安静，汽车从远处的隔离栏那边"嗖嗖"地驶过，如五彩的流水。说起来令人难以置信，这是辛夷有史以来第一次和我通电话，第一次通话我们用的却不是中国的电波。她说她知道我来了，很高兴，还说我们大概有十年没见面了吧，真是很久了。我说见过一次的，在南京的常春藤酒馆，可是那一次酒喝得很匆忙。她说记得的，问我还好吧，是不是还和以前一样。我不知道怎么回答这个问题，这几年我没什么变化，可和大学时相比，那是完全不同了。我问她怎么样，肯定很忙。她说是忙。现在就在上班，不过她的同事们听不懂中国话，没关系，我们只管聊。可我实在是不知道再说些什么，十年了，要说的实在是太多。我倒是很佩服她，轻轻一带，就超越了我想象中的某种尴尬。我们只像是两个普通的同学。但其实我们不是啊。我想起了大学校园的林荫大道，那里留下了我的青春，我青春的梦，我的家现在还在那里。我不知道再说什么好，只能沉默。也许我是故意的。她也不说话了，电话里传来了"吱吱"的杂音，很远很远。她想起那条春深如海的大路了吗？

还是辛夷首先打破了寂静。她提到了我的妻子。她说没想到会在新宿碰见她，真是很意外。那个场面妻子已经跟我描述过，在我的想象中多次出现。东京有几十万中国人，妻子又不常去东京，可她们就在新宿碰见了。辛夷夸我妻子，说她没有变，还像以前一样。我说你也不会变的吧，反正我是老了。辛夷说：是吗，我倒想看看你现在成了什么样。话筒里传出了她的笑声，我似乎看到了她笑起来右颊上的酒窝。她说她要请我们吃饭，问我们什么时候有空。我告诉她我们也许后天就到东京去，本来就要去办事。辛夷说那就说定了，我们在东京见面，又说：你能做主的吧？她笑，我也笑。我说"大丈夫"（日语：没问题）。辛夷说那就一言为定，到时候再联系。我说好的，如果她方便的话，就在日暮里见面。她愣了一下，似乎诧异我怎么一下子提出这个地方。但是她没有多问。见面的地点就这样约定了。

多年的写作似乎已反过来影响了我的生活。妻子曾开玩笑说我有小资产阶级情调，想一想，她说得没错。提到日暮里的时候我是脱口而出的。那是一个陈旧的背景，天生适合回忆。我们到了东京的第二天，辛夷又打来一个电话。妻子和她嘻嘻哈哈地谈了半天，然后电话递给了我。辛夷问我见面的时间，我说：就下午，四点吧。考虑到妻子就在我身边，我的话很简短。我没有说黄昏见面，但下午的后面就是黄昏。人约黄昏后，这更证明了我不可救药的小资情调。

第一次和辛夷通电话后我的心里有些发虚。妻子从研究室回来时我已经把晚饭做好了。吃饭的时候妻子老看着我笑，怪怪的。多年的夫妻成朋友，突然间我就明白了，肯定是妻子先打电话给辛夷，告诉她我来了日本的消息，我没来之前她们也是极少通电话的。是妻子在背后促成了我和辛夷的约会。我的脸烧得像个小孩。这个时候，我简直像是她的弟弟了。我又恼又羞，索性把电话的内容向她和盘托出。妻子说：别讲了，别讲了，我不要听。又说：就这些吗？我不相信，你缩写了吧？还说：也是的，电话里能说什么呢，你们见面的时候再细谈吧。

晚饭后，妻子说她今天不到研究室去了。我们去散步。走出我们居住的国际交流会馆，我们走上了石井町。町就是街道。两边都是两层的小楼，院子里杂树生花，很安静。妻子说辛夷现在很瘦，比上学时还要瘦得多。她说辛夷的丈夫在京都，那边有一份收入很高的工作。还说辛夷比自己聪明得多，修士（硕士）读完了就去工作，不像自己读什么博士，既辛苦又没有收入。其实关于读博士，我以前也有过同样的意见，但在日本居住一段时间以后，我不这样想了。这里很富裕，却不适合我生活，钱是挣不完的，读个博士回去，我们也可以过得很好。我来过了，感受过了，更明白我们终于还是要回去的。

那一段时间我写了不少散文。我原本是打算写长篇的，但发现没法写。几本中文书早已读烂，也听不到我熟悉的汉语。街上是有很多汉字的，妻子学校的对面就有一个“大众食堂”，虽然是繁体字，但意思完全一样。可我走在大街上，却像一个半梦半醒的梦游人。如果到了美国，满眼的 ABC，也许反而彻底清醒了。我已经失去了对汉语的感觉。妻子说你怎么听不到中国话呢，我跟你说的难道是外语吗？我说你说的是汉语，但你的汉语现在绝无仅有，空前强大，我一写小说就变成了你的味儿。我只能去写散文。那些文章从总体来看是一些观点复杂甚至自相矛盾的东西，就像我对日本的感受一样复杂。初来乍到时，我确实被它的富裕所震惊，相同的人种和熟悉的汉字也让我感到亲切。我好像是到了中国一个特别先进的特区。那些汉字和平假名片假名夹杂在一起，也能表达复杂的思想，这使我感到惊异。但后来感觉就慢慢地变了。我去了靖国神社，出来后就决定给国内的报纸写专栏。我希望更多的人能够读到这些文章。我写了《进入靖国神社》，描述偌大的神社里那些歌颂“勇士”的石碑；还有无数的樱花和松柏，每一棵上都系着一个小牌子，写着“支那远征军战友会敬植”之类的字句。在《市役所》那篇文章里，我告诉读者，日本的政府就叫“役所”，区役所，市役所，等等；役所就是公务员服务的地方，我觉得这样的叫法更顺耳。还有一篇《归化与永住》，我激烈地表达了自己对“归化”这个词的反感，其实归化就是入籍，日本人选用这两个汉字，使懂得汉字的中国人立即就会想起归顺甚至投降。这是很屈辱的感觉……我总共写了十几篇文章，现在看来它们也许是过于尖刻了，但当时我是如鲠在喉。在这种情绪之下很难进行小说创作，我的长篇刚开了个头就流产了。虽说我原本就没有计划在日本“永住”，但一旦真切体会到自己和一个地方的隔阂，依然会感到郁闷。曾经有个华人朋友劝我去打点工，我没有去。我怕日本工头的嘴里会骂出“八嘎”之类的话，那将不可收拾。即使只是被人吆五喝六，我也受不了。我承认，我已经成了一个废人了。

在金泽市的日本海边上，我看着金光万点的大海，看着极目处的夕阳，突然间真切地感觉到，脚下的是一个海岛。它已经在中国大陆的对面存在了亿万年。我对妻子说，我想回去了。我不一定要等签证到期。妻子说：你想得太多了，想得太多你就不快活，就像今天，有人组织我们出来玩，你就玩他妈的，有什么好吃的，你就吃他妈的。你想得太多就不会快活。我说：不，不，你在这里生活了好几年，你用这样的态度对待现实，我很同意，可我还是想早点回去。妻子不说话了，半晌她说：你难道就不想见见辛夷吗？她微笑着看着我。我避开她的目光，突然很激烈地说：我是来看你，又不是看她。我早忘了这个人了！我说：我已经看过你了，反正还有一年你也要回去的，现在我该回国了。

从金泽回宇都宫不久我就接到了辛夷的电话。那天晚上我和妻子沿着石井町散步，一直走到宇都宫市的城外。马路边上有一个路牌：演歌。我一个人很多次骑车经过这个地方。没想到那天我们倒真的听到了音乐声。和我以前听过的《早春赋》和《樱花谣》类似，那是典型的日本音乐。循着音乐看过去，是寥落的天幕，下面是一片灿烂的灯火。那是石井小学，音乐正是从那个地方传来的。妻子突然想起了什么似的告诉我，那是日本七八月间的“大祭”，是祈祷丰收的活动。她说，你也再了解了解日本吧，我们去看看。

从演歌回城到石井小学还有很长的一段路。熟悉风俗的日本人大概是早早就去了，我们在路上没有遇见一个同路的人。按说妻子应该是认识路的，其实我也认识，但夜晚所有的景观似乎都已改变，我们还是迷了路。经过路边的一片墓地时，妻子吓得再也不肯往前走。其实日本的墓地不叫墓地，叫彼岸；彼岸也不像中国那样设在郊区，他们的彼岸都在城市里面，和民居混杂在一起。这是一种特殊的生死观，但妻子是中国人，中国女人。虽说墓地的周围全是亮着灯的小楼，妻子还是坚决要求折回去。这么一折腾，我们终于找不到路了。我们走到一个死胡同，返回去，却又发现方向偏了。音乐已经很近，尖锐的笛声和沉闷的鼓声在天幕上交织，悠长而怪诞。等我们气喘吁吁地赶到学校的操场，“大祭”已接近尾声。宽阔的操场中央搭着一个瞭望塔一样的台子，一面大鼓正在上面发出节奏激越的轰响，竹笛锐利的声音仿佛寒光闪闪的利剑在夜空划动。雪亮的太阳灯光下，无数的人在围观，数不清的人在表演。男人们穿着兜裆布，抬着像中国轿子一样的东西，上面站着一个孩子，指挥着男人们的呐喊；盛装的日本女人云鬓高挽，雪白的袜子，踩着鼓点，做着简单幼稚却又华丽难言的动作，排成长队，在广场上兜圈子。也许更精彩的高潮被我们错过了，但在我以后多次的回味里，真正令我感到难以释怀的是“大祭”的音乐。沉闷的鼓声属于大地，笛声直刺云天，仿佛武士挥舞着矛与盾。整个“大祭”只有两种乐器，没有过渡，没有和声：也许只有易走极端的日本人，才能制造出这样的音乐——我在文章里写道：“极端的民族手里的刺刀戳不着别人，索性捅到自己肚子里去，历史中的日本人正是这样。”

回去的路上有很多人同行，一辆辆汽车飞快地从马路中间掠过。妻子兴致很高，说如果我有兴趣看一次全过程，到东京我们还可以再看，浅草的“大祭”是有名的。我明确地表示我不喜欢。我不想再凑这个热闹。妻子突然就不吱声了。后来我猜想，她认为我是太想见辛夷了，对一切都不再有兴趣。其实不是这样的。我只是不喜欢那种音乐，那种仪式。我听不懂他们喊的那些口号，太汹涌了，这让我想起鬼子进村。妻子直到走进会馆都没有再说话，我这才意识到她是在生气。她是多心了，但我不忍这种多心伤着她。我索性主动说起了辛夷，我说其实我现在倒真的不想去见辛夷了，我已经听你说过，她比以前瘦了一点，肯定还老了一点，也就是那个样子了。妻子是个直性子，马上开口说：哎，你想象力倒丰富，历历在目吧？——你就不怀疑我骗你，说不定她胖了一点呢？她要是胖一点那可是更漂亮啰。我说：不可能！在日本的中国人哪有什么胖子？要胖只有像我这样，到中国去胖。我拍拍自己的肚子，妻子也笑起来。

那一夜我们很温柔。我们已经很久没有这样的激情了。半夜梦醒，我竟又想起了辛夷。我相信她肯定是比大学时更瘦了。她原本就是我们班女生中最瘦长的一个。就像我长胖了很多一样，瘦了，胖了，都是岁月的印记。现在我们同在异乡的海岛上，不知道她深夜是否也会醒来？

那时候月光透过纱窗淡淡地照在床上。妻子蜷缩在床里，沉沉地睡着。我们刚刚有过温存，但我却想起了辛夷；我想起了辛夷了，却又没有想到性。日后回想起来，这似乎是有点奇怪的，但其实，这又是不奇怪的呀。多年以前，我和辛夷同学时，我们接近了，我们恋爱得很羞涩，很小心，也很短暂。以后我明白了，所有的恋爱都是源于性的，我们的也不例外，但那时我们的交往却似乎与性完全无关。就像两颗青涩的果子，成熟的季节离我们还很遥远。唯一的肌肤相触是在蝉鸣中的树林下，一只青虫落在她身上，她尖叫一声抓住了我的手，很快又畏闪着分开。也就是这样了。这样的恋爱或许只可能发生在十多年以前，或者在现在的小说里。十多年的时间还远说不上沧桑，但一切都和从前不同了，我们也被一起驱往中年。我们接触过，然后又很快分开了，这真是一个简单的故事。在妻子面前，我并没有对这段故事讳莫如深，因为它实在已是很远。说起来我和辛夷最终的分手原因不明，但我和妻子结婚后，有一天她对我说：你知不知道，选择了配偶，就意味着选择了生活，但辛夷是先选择了生活，再选择配偶，不少女人都是这样的。她这话好像是随口说的，但当时我愣了好半天神。不管是恋爱还是结婚，我从来也没有想那么多。看看身边的妻子，我突然觉得，她是个直性子，但并不幼稚，也许她才是真正的洞若观火。

在东京的两天我们很忙碌。妻子要去参加早稻田大学的一个年会，她一篇论文的主体部分要在会上“发表”。日本的“发表”相当于我们的发布或宣读。她发表的时候我要给她录像。妻子和她的姐姐似乎有无数的话要说，我有时也会插一下嘴。但说实在的，我对她们的话题没有发言权。妻子的姐姐一家已在日本生活八年，八年在日，有无数的理由可以让他们选择留下来；回国的理由只有一个，那就是，他们是中国人，而这里是日本。妻子的姐夫已在日立公司属下的一个制作所就职，很辛苦，也很稳定，他们六岁的儿子已经不能流利地讲中国话了，回国的困难也是显而易见的。他们已打算申请永住，但两口子的意见还很不统一：女的要留下，男的想回去。在这种情况下，我说什么都不好。

辛夷电话打来时，妻子正教她的小外甥珠珠认汉字，她姐姐姐夫在厨房里做饭，有一句没一句地谈论着去与留的问题。电话一响，我就抬眼看妻子，她让我去接，我坐着不动。电话果然是辛夷打来的，她先和妻子聊了半天，然后又让我说话。我和她约好了下午四点在日暮里见面。她说“不见不散哦”，我没有应声，只含混地“噢”了一下。放下电话，妻子继续逗珠珠玩，突然“扑哧”笑出来。我不满地瞪瞪她，问：你为什么说下午你不去？妻子说：我不是跟辛夷说了吗，下午我要带珠珠去上野动物园，而且我答应他了，晚上他要跟我睡。我知道这是假话。昨天她要珠珠跟我们睡，小家伙死挣活挣还是光屁股跑到他爸爸妈妈床上去了。我赌气说：那我也不去了。珠珠突然凑过来说：我去，我跟你，乘电车，不去上野。我把他拉过来说：好，我带珠珠去，我们去吃寿司。

午饭后我们几个人又闲聊了一会儿。妻子告诉她姐姐，我要去会一个老同学。临走时，她姐姐问要不要等我回来吃晚饭，妻子代我回答说，不用了。珠珠说：我去吃寿司。真的要跟去，被他爸爸拽住了。妻子送我去地铁站。她在路上对我说：辛夷的丈夫今天不在东京，又不是两个家庭的聚会，我去了干吗呢？她把手机递给我，叮嘱我路上多看看指示牌。她拍拍我的肩膀说：你就放心去吧，将在外，君命有所不受。我嘿嘿干笑两声说：你想干什么啊？妻子说：你快走吧。我不等你回来吃饭，可是还是要等你回来睡觉的哦。说完了，自己又先笑起来。

护国寺地铁站有很多个进出口。沿着一条斜坡走下来，就是车站了。进站后，妻子帮我在自动售票机上买好车票，把票交到我的手上。我汇入人流，通过了检票口。远远地，我看见她朝我挥着手。我摆摆手，突然间想起了四年前她来日本，我在上海虹桥机场送她的情景。她站在等候安检的队伍里，拖着和她的身高不相称的行李，我们隔着高大的玻璃，泪眼相望。她朝我扬起三根手指，用力地摇晃着。那是我们的约定，两到三年，她一定回来。到如今，一拖就是四年了。四年啊，我们就这么过来了。那一幕情景时常在我的记忆中出现。那一天我走出机场，注视着巨大的飞机轰鸣着越飞越远，最后在云层中消失，一时间竟不知自己身在何处。现在我的耳边又响起了轰鸣声，那是地铁进站的震撼。柔和的音乐夹着日语开始报站，我走进地铁，看着车窗外飞速掠过的街道，仿佛身在梦中。

这是我几个月来第一次单独乘车。车上人不算多，我找个座位坐了下来。地铁里很安静，只有几个日本中学生在车厢的前头叽叽喳喳地聊天。她们都浑身晒得黝黑，染了头发，其中一个还染成了银白色，在她青春的脸的衬映下，她的白发显得很怪异。染发的潮流早已传到中国去了。年轻的把黑发染掉，老年人把白发染成黑发，只有中年人还保持本色。记得辛夷是一个天生的黄毛丫头，那时候我觉得是一个缺憾，分手后我还以这个为理由劝慰过自己，现在不知道，她变成什么样子了。想到很快就要见到她，我的心里开始激动。我没有把握，见面时能把她一下子认出来。那么多的人，我辨不出哪个是中国人，也很难说能一眼认出辛夷。毕竟我们已经近十年没有见面了。

地铁很平稳，每到一站，站台上就会响起悦耳的音乐，人们鱼贯着上下车，秩序井然。妻子早已反复交代，我应该在池袋换车，乘“山手线”电车去日暮里。辛夷和我说好，我们在日暮里站的南口见面。我下了车，想象着和辛夷久别重逢的场面，我们会握手吗？不握手又能怎样？明知道辛夷不会在池袋出现，但我的眼睛还是下意识地四处张望。池袋是一个大站，方圆也许有几公里，巨大的车站像一个迷宫，无数的人在我的面前匆匆走过，杂沓的足音在大厅里混响。一时间我有些恍惚，我发现独自在东京乘车并不是一件容易的事情。我在人流中穿行，寻找通往日暮里的通道。我不会几句日语，根本无法问路，只能焦急地在几个方向不同的通道口往返。当我看到“日暮里”三个汉字时，额上早已沁出了汗珠。

紧张的感觉就是从这时开始的。那一瞬间，“日暮里”那三个字，仿佛是迷路的游子眼中突然出现的故乡的炊烟。实践再度证明，我是无法离开汉字了。上了去日暮里的电车，我没有心思观赏窗外的都市景色了，我一次次地走近车门，去查看上面的运行图。直到车窗外的站台上出现日暮里的站牌，我才长长地松了一口气。

记忆中，那一天的过程是如此清晰。我看看手表，发现时间还来得及。我随着出站的人流往外走。通道拐角处的空地上分布着一些木柱，红白相间，顶端削成斜面，令人感到奇怪。后来妻子告诉我，那是专门用来对付流浪汉的，他们常年住在车站里，有碍观瞻，削成斜面的柱子让他们坐都没法坐，更不用说躺。这真是个体面的办法，比警棍管用多了。知道了柱子的奥秘后我再在街上见到那些蓬头垢面的流浪者，总是心生怜悯，几乎感同身受。但当时我可没想到这么多，我随着人流，爬上高高的台阶，走出了日暮里车站，骄阳下的热浪立即扑面而来。我记得，我身上空调残留下的冷气似乎立即就被吸干了。

和想象的完全不同，日暮里其实是个极其繁华的地方。建筑鳞次栉比的大街上，看不见一家酒旗招晃的茶肆，也没有穿和服的妇人。宽阔的十字街头，无数装束怪异的年轻人在等待绿灯。几个身穿牛仔衣的姑娘小伙子，头上扎着绸带，在摩天楼前的空地上自弹自唱……和池袋或涩谷类似，这里是商品的世界，年轻人的天堂。早晨我从报纸上得知，昨天日暮里的“大祭”有十万人参加，百万人观看，通宵达旦地狂欢。那应该是一个令人震惊的场面，但现在地上干干净净，看不出一点痕迹。如同日本的河流里急涨急落的洪水，一夜间就退尽了。

我没有心思在这里驻足停留。太阳已经偏西，空气依然火热。上衣被汗浸湿了，很不舒服。我在车站出口前转悠，仔细地在人群中张望。时间已经过了四点了，我突然想起，自己是不是走错了路？回头看去，巨大的字迹赫然在目：日暮里站北口！

我慌神了。我看看太阳，根据方位辨别出南面的方向，沿着大街快跑。这是一个意外的错误，但如果你了解东京的车站有多复杂，就不难理解我为什么会迷路；如果你还知道日暮里车站的各个出口相距有多远，你就更可想象当时我有多忙乱。下一个出口我又找错了，接下来我甚至还又转到了北口。等我终于站在南口前面，浑身已是大汗淋漓了。

我抬起衣袖擦擦被汗水刺痛的眼睛。出口处的冷气悄悄地涌出，吹在我的背上，我站在热与冷的交界线上。霓虹已经盛开了，灿若星海，在视野中明灭。我瞪大眼睛，看着前面如过江之鲫的行人，希望其中出现一个身影。她看见我，朝我挥挥手，然后款款地穿过人流，向我走来……

但我最终没有见到辛夷。我看到一个穿黑衣服的姑娘向我靠近，可是我确信我并不认识她。这是一个怪诞的插曲，日后想起来百感交集。黄昏临近时，车站周围出现了一些卖假电话卡和发色情广告的人，看上去形迹可疑。在这样的背景中，先是一个手持话筒的男人往我手上塞了一张纸，我一看，是“日本爱国党”抗议美国“核大虐杀”的传单，我冷笑着扔在他的脚下，他瞪瞪我，悻悻地走开了。然后，一个黑衣服的姑娘慢慢地向我走来。她浓妆艳抹，亲热地朝我微笑，嘴里说着一串日语。那种讨好的表情立即就使我明白，这是一个妓女。我正烦着，脱口说道：“你别找我！”我说的是汉语。没想她听懂了，自嘲地笑笑，说一句：“没花头！”转身就走了。

我心里一片茫然。一时间竟有点抱怨妻子，本不该主动和辛夷联系，告诉她我来日本的。她真的希望见到我吗？其实也不见得，毕业后那次在南京的常春藤，她为什么匆匆告别，而不留下一个单独相聚的机会呢？

日暮里的黄昏红尘万丈，原本不是一个浪漫的地方，就像日本，凭什么要能容纳中国人的情感呢？

这一切，都是我自己的问题。

时间已经过了五点，我打定主意，转身进了车站。我决定回去了。在返回池袋的电车上，我口袋里的电话突然响起来。是辛夷的电话。她很焦急，她说她在南口等了好久，后来又四处找我。这时我已经完全平静了。我对她说，我实在是个老外，今天的责任全在我，是我不认识路。辛夷听我说我正在电车上，就问我能不能下车返回，她到日暮里的站台上等我。当时我离日暮里其实还不远，但我告诉她我还有一站就到护国寺了。我说以后我们再找机会见面吧，今天已经耽误你的时间了。这话也许有点生分，辛夷沉默了。半晌她又说：我给你打过电话的，是你没有接。

我相信她的话。回去后检查手机的来电记录，四点多确实有过一个“公众电话”，可我当时没有听见。妻子很奇怪，不明白辛夷为什么没有用手机。日本的流浪汉都有一个手机的，辛夷不配手机，难道是为了节省吗？——这是后话。辛夷说她真的打过电话，我再次向她道歉，我说下次方便的时候我来请你，我们请你吃饭，不过那可能是在中国了。辛夷说好的，回国探亲的时候一定和我联系。

日暮里离池袋有十几站，为了避免影响别人，我离开座位走到车厢的接头处。面对玻璃窗，东京浮华的夜景在我眼前源源掠过。我和辛夷拉拉杂杂地聊着天，身后一个女人的身影映在窗玻璃上，面容模糊，好像我正在和她说话，好像她就是隔着窗户的辛夷。辛夷说日本的生活是很方便的，她回国已经不太习惯了。她说她已经来了七年，等到十年就申请永住。她还说她现在的工作工资很高，她和丈夫一年的收入有一千多万日元（约一百万人民币）……

车到池袋前我们一直在通话。也许是因为距离太远，电话的声音不太清楚，不时飘过一阵悠远的杂音，仿佛在告诉我，我们隔了十年。我这些年的生活波澜不惊，乏善可陈，所以我主要是听她说。辛夷说日本人都是工作狂，她跟着天天也要加班到夜里十点。电车到达池袋前开始减速，我问她什么时候回国。辛夷说过年前就要回去。我说你不是要永住吗？辛夷说是的，过年回去是探亲，最后什么时候回去她说不准，真的是说不准。还问我打算不打算留下来。

这时我提到了朱迅。那是一个来自中国的电视主持人，在日本华人中很有知名度。我说：你知道吗，报上说朱迅前几天回国了，回了中央台。她这样的人都回国了，我又能在这里干什么？朱迅在 TBS 台主持一档深夜的成人节目。辛夷笑起来，她说：你还看这种节目啊？！我也哈哈大笑起来。

这是我们的谈话中唯一涉及“性”的地方。想起这个我就忍俊不禁。电车停靠池袋站时我们挂了电话。我要在那里换车。熟悉的声音已经消失了，耳畔全是杂乱的日语。我站在繁忙的站台上，像一根柱子，人流在我身边分开，又合拢。行人逐渐稀疏了，从四面射来的灯光照在我身上，投下数不清的影子。突然间就想起了妻子说过的话。她说，选择了配偶，就意味着选择了生活。那她自己呢？

她也是这样的吧？她是因为选择了我，才选择放弃毕业后等待她的教职，秋后回国。不知道她以后将如何回忆日本，她是否会后悔她的选择？

我从站台上的自动贩卖机里买了一罐“乌龙茶”，大口地喝着。茶是中国福建的茶，水是日本的水。很清凉。我把空罐扔进垃圾筒，登上了开往护国寺的电车。夜景灿烂，东京进入了它日复一日的夜生活。窗外的灯火无涯无际，宛若梦境。在另一辆电车里，辛夷此刻也正在回去的路上。她的周围站满了人，我只能看见她闪烁的影子。我站在车门边，等待着电车靠站。这时，我手里的电话再次响起来了。那是妻子的声音。

2000 年

和辛夷在一起的星期三

房子里是他所熟悉的气息。

这是一套两居室。厅很小，只能摆一张饭桌；上面的一束花是他上次带来的，已经萎了。两个房间，一个做客厅，另一个是卧室。厚重的窗帘紧闭着，窗外有一盏路灯，探头探脑，使足了劲才在窗帘中央透出了一个淡淡的光斑。卧室里陈设简洁，一张床，一只床头柜，还有一个衣橱。衣橱不是木质的，是布的，简易的那种，一道拉链自上而下，切断了一条河流。这是一个拙劣的工业品，每次他的目光沿着河流扫过去，都要在接缝处“咯噔”一下。这似乎在提醒他，她是一个旅人，衣橱里随时都会空掉。拉链“嗞啦”响一下，半晌，再响一下，衣橱就空了。然后是关门的声音，这房子也就空了。

但是这房子现在是充盈的。弥漫着他所熟悉的味道。一股浓烈的香气，据说是印度香，不知是在哪里燃着，还是已经熄了，总之房间里充满了浓雾似的香味，饿急了似的往人鼻孔里钻。也许还混杂着她的体香，她的体温幽幽地烘着她自己，把她自己放大了。

卧室的斜对面是厨房，她在里面忙碌着。灯光把她的身影也放大了，恍若是一个主妇的身姿。但她不是主妇，他们也不是夫妻。显然，对这里，他是熟门熟路，所以他累了，就可以直接到卧室的床上躺着。现在他起身了，走到逼仄的小厅里，用手拨弄一下那束枯萎的花，拔出来，继续走向厨房。客厅的壁灯开着，音响也开着，传出一丝淡悠的音乐，很熟悉，却说不出名字；此刻，厨房才是真正的中心，锅铲在摩擦，油在炸响，抽油烟机在轰鸣，那是一个乐队的打击乐。她既是乐手，也是一个舞者。灯光和火苗勾勒出她的背影，他沿着光亮走过去，手里拿着那束花，悄悄地，以一种舞场上锤炼过的脚步走过去，仿佛双人舞里献花的男主角。她厨师一样颠着锅，火苗突然“轰”一声腾了上来，锅燃起来了。

他吓了一跳。她却没有被吓着，左手晃动着，好像在玩着那团火。他定住脚步，痴痴地看着她。火熄了，她放下锅，右手用锅铲挑起一点菜，尝了尝。一个精致的下巴微微探出。他走近了，轻轻把手里的花扔进垃圾桶。刚要说什么，她却回过了身，挑着菜的铲子伸了过来。

“你，尝尝。”

菜在铲子上显得很少，到了嘴里却是满的。他“呜呜”地赞着，疑惑地看着台面上魔术般变出的菜肴：红艳的西红柿、翠绿的菠菜、淡雅的韭黄，还有肉、一条鱼，它们还没有变成菜肴，但也快了。一起上楼的时候她的手上并没有拎菜，那么说，她是早已准备好了，今天是什么特别的日子吗？他想不出，也不敢贸然询问，怕她责怪他粗心。他略有些惶恐，还有些不快，似乎她有什么秘密隐瞒着自己。她继续忙碌着，要准备一桌丰盛的晚餐，肯定要把做饭进行到底。他讪讪地问：“要我帮忙吗？”

“不用，”她愉快地笑着说，“你能帮什么忙？——别闹，别耍无赖了。”他从后面抱住了她的腰肢，脸贴着她的背，脸在上面轻轻摩挲着。她晃晃身子挣一下：“你去坐着，听听音乐吧。”

他听不见音乐。过于熟悉的音乐容易被忽视。客厅的灯光很清淡，茶几、地面、墙壁，所有的平面都在反光，很柔和。这是星期三，一个再平常不过的日子，一个星期的中点。但是它现在有点神秘。其实要是深究起来，神秘的东西可真不少。但是不该深究的就不能深究，这是他的原则。何必要深究呢？生活哪里经得起深究呢？就像这个沙发，他现在坐在上面，但他不知道里面有多少根弹簧；卧室的那张床，他无疑是熟悉的，他熟悉那上面时常变换的温暖的床单，那里自然也曾落下过他的毛发，但他不晓得床底下还有些什么，也从没想过要去看一看；即使是那个简易的衣橱，他也只知道里面是她的衣服，却不知道有几件，是什么样的衣服——其实这倒也是重要的呀，现在是秋天，如果里面还挂着冬天的衣物，也许就说明她还准备在这里继续住下去，在这个城市住到天冷，他们还可能相伴到冬季——可是他以前确实没有留意过。

他心里感到一丝疼痛，突然发现自己害怕她的突然离去。他站起身，想去卧室看一看，看看候鸟预先准备的羽毛。但刚走出两步，他就停住了。他看到了墙上她的两幅照片，也是他熟悉的。一幅是纽约的世贸中心，现在已经成为废墟，她站在远处微笑着；另一幅的背景是浦东，她倚栏而立，那是她出国前生活的地方。光圈 8，百分之一秒，他略懂一点摄影，但他们大学毕业距今已经六年，百分之一秒，你能看出什么？

她不说，你也不要问。

他只知道她毕业后就出国了，听别的同学说又离了婚，然后她突然就回来了。有一天他毫无预兆地接到了她的电话。然后他就渐渐熟悉了这套房子，也熟悉了她的身体，直到现在。

菜摆到了小饭桌上。

就像第一个电话是她打过来的一样，第一个菜也是她端过来的。他跟过去，两人穿梭着，把那些红的、绿的、五彩杂陈的菜肴一个个摆好。两只高脚杯，一边一个，斟满了美艳的葡萄酒。光线透过酒杯，在桌上落下了两个焦点。餐桌是一朵硕大的花朵，又有点像个迷魂阵。今天到底是什么日子，竟有如此盛宴？这是怎么啦？——不过没关系，且听她说。

他似笑非笑地凝视着她，心里其实充满狐疑。她肤色白皙，指若柔荑，她举起了酒杯道："我们干杯。"

他问："为了什么干杯？"

"不为什么，"她一怔，含嗔道，"天下的事都是问得为什么的吗？"许是觉得自己语气生硬了，自失地道，"好，就是为了酒好喝，菜好看，干！"一仰脖子喝了一大口。

他也干了杯中的酒，给她斟上。他决定今天不管是什么背景，决不主动相询。那说不定是在惹事。他永远是谨慎的。这处房子的钥匙，她曾经主动提出要给他一把，他没有要。"我要你的钥匙干吗呢？如果你在，我没有必要拿；如果你不在，我又进来干什么？"他的理由听起来很充分，也许心底还是觉得这钥匙重，拿了就算完成了某种仪式，就有了承诺。

她给他夹着菜，斜睨他道："你说，一对情人，他们什么时候最想见面？"

他期期艾艾，良久才道："他们最想见的时候，他们就见。还要有机会。"

"滑头！"她笑了，"那我问你，他们什么时候最应该见面？"

"那应该是一些特殊的日子，譬如情人节、妇女节、春节、中秋节……"他出语谨慎，总觉得她今天的话里有套子，只好随口开个玩笑，"对了，还有儿童节！"

"你才儿童！"她顶了他一句，"儿童节是属于你儿子的。"

他没有接话。他当然知道另有些日子是更深刻的，比如两人初识的日子，初吻的那一天，等等，可他一时竟理不清他们的经历——似乎，她第一次给自己打电话的那一天是一个星期三，可是星期三，每个星期都有，那可多了去了。

他一时语塞。她黯然道：“你说得对的，节日是女人最盼望的日子，也是最怕的日子。她们希望能和情人一起度过，又怕她的情人不能脱身，其实即使脱了身，又有什么滋味？”她垂首道：“节日是属于家庭，属于夫妻的。”

她款款地夹了一筷子菜伸过来，是爆炒牛柳。他的嘴立即略带夸张地配合着，迎上去。“有你妻子烧得好吗？说老实话！”她微笑着，语气咄咄。他支吾着连连点着头。嘴里虽然塞了菜，但他还不至于说不出话，只是这样的问题让他不由得有点畏闪。妻子是贤惠的，若论烧菜，大概跟她不分伯仲，但生活不只是烧菜呀。他生怕她像电视里那些女人那样，水母一样娇痴地缠上来说：“其实我也能做个好妻子的，我也能的，只要你能给我机会！”他怕这个。他也一直回避着这个。可你虽然没有拿这房子的钥匙，但你总归是进来了，她真要说了，你怎么办？

也许她今天差点就要说了。但她终于还是没有说。此情此景，如此氛围，她没说，也差不多就是说了。她似乎从来都是乐天的，散淡的，并不追寻未来，但今天显然有些异样。他感到压力，开始后悔，也许他今天原本是不该来的。他们一般在星期二或者星期四见面。见面前会提前通个电话。但是今天他没有预先约她。他这时突然想起妻子，还有儿子来了。妻子现在是一个母鸡般唠叨的角色。下了班，他突然不愿回家，想见辛夷，似乎他们已经分开了很久。他把自行车留在单位楼下，打了车子直奔这里。他在车上给家里打了个电话，是儿子接的，他让儿子转告他妈妈，说他出差了，明天回来。他还从来没在她这里过过夜，今天他决定给她一个完整的、一个激情缠绵的夜晚。

但是她不在房子里。楼还是新的，刷着淡黄的颜色，像小孩子的脸。可是别人的窗户都亮着灯，一家家整齐地排列着，只她那里黑着，像缺了一颗牙齿。他站在楼下的树影里，打了她的手机。电话立即就通了，她听说他已经在楼下，显得有点吃惊。她说她在外面，路还比较远，可能要半小时才能到。他夸张着咬牙切齿地说：“我等，半小时我等，等到天亮我也等！”

事实上她几乎马上就到了。刚接完电话不久，有谁在他肩上拍了一下。他吓了一跳，回头一看，是她，嫣然笑着，站在斑驳的树影下。他好奇道：“你不是要半小时才到吗？”

“是啊。走路是要半个多小时啊，骑车可能要十几分钟，我是打车回来的。”她粲然一笑，往门洞里走，回头轻声道，“我归心似箭呀。”

她是空着手回来的。他没有预料到桌上的这些菜。她当时的神色确实是有点喜出望外。

他暗暗思忖，今天肯定不是什么节日，这绝对没有错。他虽然谨慎，却也是个健谈的人。话头既然起来了，又有酒下了肚，壮了胆色，也许，他还是想解开自己的疑惑，他开口了：“其实啊，节日也就是个平常的日子，既不是二十三小时，也没有二十五小时；恋爱的人们特别看重这一天，是因为一种集体暗示。”他侃侃道：“新年还没有到，新日历就公布了，提前好多天，大家就都在准备，准备着到那一天团聚，互相祝福。女人比较细腻柔弱，尤其会受到影响。”

“可是男人们有难处，他们分身乏术，对吗？”她冷笑道，“我想我已经不是那种‘细腻柔弱’的小女人了。”她斜靠在椅子上，手里灵巧地玩弄着半满的酒杯，“但并不是所有的日子都需要男人去分身的！”

她的身姿懒洋洋的，但词锋锐利。他感觉到她话里浓重的怨尤。突然他心中电光石火般地一闪，举杯往她杯子上一碰道：“干了，祝你生日快乐！”仰起头一饮而尽。“其实我早就知道了，要不我为什么要今天来？”

“你怎么知道？我好像没有告诉过你呀。”她诧异道，“我本来想打电话叫你来，但我没打，我就是不打，我盼望你不请自到。”

“我这不是到了吗？”他得意地笑着说，“而且今天不走了。”

“真的？”她双颊酡红，又惊又喜。他心中不由一荡。

“当然真的，”他给两个杯子都斟上了酒，嘴一滑道，“而且我——”他猛然收住了口，“而且我永远不走了”，这话差一点就溜出来！他吓得浑身一冷。不知道她的生日不算什么，她也没告诉过，他只知道这是星期三，星期三多了去了。可“永远不走”却不是随便说的。他掩饰地改口道：“而且，我明年要大大地给你过一回生日。”

“明年？”她凄然一笑道，“明年我还不知道在哪里哩。”

他心中一凛。现在连这个话题他都不敢接下去了。他举举杯子道：“其实呀，天下所有相爱的人，生日都应该在一起过的，除非他运气太差，老婆的生日恰巧和情人同一天。”

看来酒真的是能乱性的。他喝了不少。他从来都回避“老婆”还有“情人”

这些词，可今天嘴一滑就溜出来了。他怕她计较，偷眼看看她。女人重视节日，也许还更重视生日，她们习惯于在某个节日里成就一项重要的事情，喜欢把两个好日子叠加在一起。但是万幸，她似乎浑然无觉，不知是沉浸在对明年那个浪漫生日的憧憬里，还是被今后不知身归何处的情绪浸透了。也许，她是完全被他今天不走的喜悦淹没了，或者，仅仅是由于酒的作用，反正，她没有计较他的用词。

瓶中的酒已经空了，艳红的颜色全涂到了他们脸上。菜也吃残了。她问他吃饱了没有，站起身，自己去收拾碗筷。她不要他帮忙，让他去客厅坐着。

他走进了客厅。音响一直开着，早已走到碟片的尽头。空的。他随手打开了电视，里面是“晚间新闻”的末尾，正在播报天气预报。他随意扫了两眼，没有兴趣。他打开了阳台的门。

门一开，才知道外面的喧闹。嘈杂的声音是从远处慢慢靠近的。一群男女簇拥着一对新人，吵闹着，杂杂沓沓沿着楼群间的道路过来了。城区早已禁止燃放鞭炮，于是他们就闹得格外凶，比鞭炮还要喜庆十倍。这是一场婚礼的尾声，也接近了真正的高潮，如果有兴趣，你可以站在阳台上看他们“听房”，因为新房就在对面的一楼，大红的双“喜”贴在那儿。新娘显然是人群的中心，一袭雪白的婚纱。她的鞋跟大概是太高了，不小心崴了一下，一个趔趄，人群哄笑起来，有一个怪腔怪调的声音在喊：“别急啊！”更大的哄笑鸽群一样轰起来了。

在这哄笑过后，一个家庭即将诞生。

他扑哧笑了。他突然想到要给家里再打个电话，毕竟他那个报告“出差”的电话是儿子接的，毕竟儿子还小。他有些犹豫。他现在怕和妻子说话。他的这次“出差”确实太突兀了一点，而且，他现在是在这边，这套房子里——可是，他为什么就不能出差？他在单位也是个领导，二把手，他工作繁忙，为什么就不能出一个紧急的差？！——正迟疑着，他的手机响了。

他看了看号码，暂时没有接。回头看去，她正在厨房里洗碗，传来一点叮叮当当的声音。他知道他的手机太灵敏了，妻子的耳朵更是一贯灵敏，声音很可能会传过去。这可不巧，没有谁出差会出到厨房里，他又不是厨师去实习。阳台下竟然还传来了“结婚进行曲”的声音，仿佛全世界都在结婚。真是该死！他退回了客厅，把阳台的门关上了。

手机还在不依不饶地响，仿佛是在敲门，妻子马上就要破门而入。他心念一动，飞快给音响换了张碟子，一张随机赠送的测试碟，录有雷阵雨、飞机起飞、打枪、摔玻璃之类的声音——他虽然不知道那个衣橱里具体的衣服，但这里的碟片他是熟悉的，客厅是他经常的场所。他把音响声音调大，随手把电视关了；电视里刚刚播送过天气预报，他已经得到了有用的信息。

手机接通了。音响里传出了“哗啦啦”的雨声。他觉得身上有点冷，仿佛真的站在风雨里。“啊，是我。我下午出来的，来不及告诉你。”他镇定地说，“其实也不算出差，是我们自己的事。”

“什么？”妻子的声音很清晰。

“我帮一个作者在其他出版社弄了个书号，必须要我亲自来处理一下——钱的事情你不知道吗？只能自己经手。”他语气有些不耐烦了，“你要知道那么多干吗？回去再向你汇报行不行？！”

“你那边下雨呀？有没有多带点衣服？”

“没有。问题不大，再冷我会去买一件。挣了钱就是要花的嘛。”他哆嗦一下，似乎打了个寒战，“下雨也不能不来呀，明天回去还要防着单位的暗箭哩。让那些家伙知道就麻烦了。”

漫天风雨。那边的妻子大概也能感觉到冷。他还真觉到了阵阵寒意。这仿佛是一对站在冰库里的夫妇在通话。妻子叮嘱他，事办完早点睡，最好泡个热水澡；儿子不用他操心，他已经睡了。

电话挂了。他抓着手机坐在沙发上。那个城市的雨还在不停地下。陡然一阵暴雷炸响，倒把他自己吓了一跳。幸亏电话已经挂断了，否则秋天的春雷说不定就要把他的谎言震碎。他暗自感到庆幸。就这么两分钟，他感到身心疲惫。他时刻也没把厨房里的她忽略。音响里传出了飞机起飞的啸声，隆隆地从地面响起，然后，宛若刀锋划过玻璃，在湛蓝的天空掠了过去……尖锐的呼啸声裂帛般划过他的心，他突然感到一阵恐慌，似有一种莫名的威胁正向他逼近。他回头看看厨房，却不见她的影子，他立即快步走进了厨房。

她正蹲着把碗碟往低柜里放。他松了一口气，拿抹布擦着台面。她笑了笑，表情有些僵硬，脸像被冻僵了。她洗了手，径自走进了卧室。

他呆立在门口，不知道自己该不该跟进去。如果她进卧室是一种暗示或者诱惑，却也来得太快了一点。“砰！砰！”客厅里竟又发出几声枪声，他被震得一哆嗦。这才想起是音响忘了关。想去关掉，她过来了，她手上拿着一件衣服。

“喏，你的。”

“什么？”他一时反应不过来。

“你不是冷，要买衣服吗？”她微笑道，“上次就给你买好了，你没有带走，今天正好派上用场。”

这是一件灰色的休闲呢上衣，或许，以前就挂在那个衣橱里。他的脸腾地热了一下。他有点尴尬。她把衣服往他身上一披道：“明天记着穿在身上。”她扑哧笑道：“没有我这件衣服，你怎么回家呢？这是行头啊！”

“我身体好，不怕冷，不行啊？”

“是啊你身体好，嘴更硬。”她的眼睛闪烁着，似乎是泪水。他把目光闪开了。

突然有什么被打碎了。两人怔了一下。这是那张碟片上打碎玻璃的声响。两人对视一眼。那声音“当啷啷，当啷啷”，一下，一下，清晰得你能看到玻璃细碎闪烁的光亮；仿佛有个阴沉的疯子，拢了一大堆酒杯、花瓶、装着合影的镜框，一件一件地往地上扔……一下，一下，又一下，每一次响声间都有一个停顿，仿佛那个疯子每拿起一件还要先认真地打量一眼……

他受不了，脑子似乎正被玻璃划着。他快步过去，把音响关了。

音响的效果实在太逼真，地上真像是有玻璃。他下脚时不由得有点犹疑。

他们终于躺到了床上。这是他们唯一的一次完整的夜晚。他们本已是轻车熟路，但今天，他们有些异样。她延宕着迟迟不脱掉内衣，他老是觉得她的衣服有点扎人——出鬼了，还真有玻璃屑？他轻轻款款，同时也是坚决地脱去了她身上的胸罩……她顺从了，但是她紧紧地护住了自己的内裤。

“今天不要。我不方便。”

“嗯？”

“我挂彩了，”她玩笑似的道，“我受了伤，流血了。”

这时候她的泪水流了下来。脸颊湿了，仿佛那个城市的雨水洒到了她脸上。但是灯关掉了，窗帘是厚实的，没有天光，他看不见。他没有坚持，沮丧地住了手。

这一夜没有波澜壮阔的浪涛。他伸着胳膊，轻轻搂着她睡着。他们就像两只缆绳系在一起的小船。

半夜里，他悄悄下了床。因为怕把她吵醒，他没有穿衣服，只披上了那件呢上衣。她一动不动，纹丝未动。他蹑手蹑脚地出了卧室，穿过客厅，走到了阳台上。那个新房的灯早就熄了，看不见双“喜”，红色在夜间也是黑的，也没有听房的人。12 点早过了，刚刚过去的是星期三。多年以前的那个星期三——他现在想起了，他相信那也是个星期三，他和辛夷一起从大学毕业的时候，她的父亲，一个很高大的中年男人约见了他，他说他女儿的未来在国外，一切都安排好了，但没有他的位置。他是个乡下来的小伙子，他陡然明白了，他顶多能留在城市，但到不了美国。现在她回来了，至少她的婚姻是失败了，但他这些年倒还算得上成功。他终于可以平等地与她相处。这是他的一个“坎”，他终于要和她写完一个故事。但她终究只是他生活里的一个旅人。第一次相遇时没有牵手，现在，也只能这样了。

他的酒早醒了。即使酒不醒，他也不是一个糊涂人。

对面的住宅楼，一楼走廊的灯突然亮了。一个男人走了进去。一楼，二楼，楼道的灯渐次亮了起来，一路亮上去。如果你现在就不再看他，你会觉得此人会一直往上爬，爬到三楼，四楼，一直爬上去，最后他要从楼顶冒出去。

这是个好男人。他还知道要回家。即使过了 12 点，他还知道要回到酣睡的妻子身边去，他比自己好。他这么想着，突然念头一转：谁能肯定这个人将要打开的门就是他自己的家门呢？

他打了个寒战。从被窝里带来的温暖已经被耗尽了。他披着呢上衣，里面却只有内衣。他现在还不能回家去，即使他已经衣冠整齐也还不能回去。他还得回到卧室，轻手轻脚地脱掉上衣，躺下去，躺到辛夷身边，争取不把她惊醒。

2002 年

大案

一

岔路口派出所门前的空地上，一辆警车远远驶来，“嘎”一声停住了。民警小赵跳下驾驶室，一把拉开后车门，冲里面说：“出来！”一个三十多岁的汉子磨磨蹭蹭地下车。他还没出来，车上却先蹿出了一条狗。那狗瘦干干的，拖着绳子在地上乱嗅。小赵对那汉子道：“把狗牵上！”走进了派出所。

穿过户籍接待室，再穿过一条过道，就是一个高大的铁门，小赵把卡往门禁上一抹，门就开了。铁门里是一个大天井，几棵小树，边上是一排讯问室。小赵刚把狗在香樟树上拴好，孙队长过来了：“这什么情况？”小赵说：“偷狗的。喏，这是赃物。呵呵，这小子嘴馋了！”那汉子显然被冤枉了，他争辩道：“俄不是的！”

“俄不是的，那你做啥的呢？”小赵在那汉子背后一推，“你进去说！”

讯问室里很简单，一张桌子，几把凳椅。窗户上装的防盗栏很结实，防盗还在其次，主要是为了方便铐嫌犯。但这种偷鸡摸狗的案子，用不上铐子。

案子虽小，却也要例行公事。这汉子衣着寒酸，头发蓬乱，看上去倒也老实。几句话一问，就清楚了：姓名周长根，年龄三十岁，×省×县×乡×村人，收废品的。但他口音实在太重，土得掉渣，“俄叫周长根”，“俄三十”。小赵听得吃力，皱着眉头道：“你不要‘俄俄’地打马虎眼，讲普通话！怎么到这个地方来啦？”

“你叫我来的。”周长根当然会说普通话，要不怎么在城里做生意，“你那么凶干什么，我没做啥。”

“你不老实！”小赵声色俱厉，“说吧，为什么到这里来？你以为我们吃饱了撑的吗？”

“……”沉默。

外面“汪汪！”传来两声狗叫。周长根不吱声。小赵一指外面说：“它都在提示你了！”周长根嘟哝道：“狗。”

“狗怎么啦？”

“我捡的。”

“捡的？据我们所知，这狗是你偷的。”这案子小得鸡零狗碎。要不是有人不依不饶地打电话来举报，他肯定不会出警。“说吧，狗是从哪儿偷的。”

“不是我偷的。真是捡的。它自己跟我的。”

周长根一口咬死。再怎么问，就是这话。小赵一时问不下去。他扭头看看门外，见那狗老老实实地蹲在树下，东张张，西望望，突然抬起腿，撒起尿来。路过的民警吃吃直笑。“捡的，嗯，你捡了一只狗。”小赵突然道，“你从哪里捡的？”

“流浪狗收容站。”话一出口周长根就后悔，但说出去就收不回，再问是哪里的收容站，他只能照实说了。小赵讥诮道：“收容站的狗也是破烂吗？可以当废品捡？既然你不承认是偷，那就先在这儿待着吧！”

外面的狗被谁撩了一下，“汪汪”吼了起来。它丑归丑，叫声却洪亮，还带胸腔共鸣，难怪周长根的邻居吃不消。那家的老人一经过周长根家门口，狗就隔着门狂叫，门板被扑得像要倒。老人是个盲人，猝不及防，实在吃不消这种突袭，于是周长根就倒了霉，小赵也就多了件事。这案子虽提不上筷子，但也得走个程序才能了结。

“流浪犬收容站”这几个字雕在一根一面刨平的大松木上。它原先是一棵大树，就料子做门，正好当一边的门框。松木上还留着几根枝丫，横逸旁出，十分别致。小赵作为管片民警，这个地方也来过。收容站主人是个女的，姓李，可不是一般人。这块地就是她家的。她老公是个房地产大老板，拿的地多，外面的头绪也多，难得回家却也已无余勇可贾，李女士难免寂寞。她是个富有爱心的人，看到家里那两条吃得膘肥毛亮的爱犬，不由想起街上的那些野狗，决定办一个流浪犬收容站。她手一指，一棵老松树立地变成门框；手一圈，栅栏就开始打桩。栅栏里全是狗，各式各样的狗。

小赵先用电话联系过，但李女士没空去派出所，小赵只好登门拜访。离收容站还有老远，就听见狗开始狂叫。等李女士过来开门，狗们简直要跟着冲出来。小赵有点怵，他强作镇定地说明来意，还俏皮地冲狗们“汪”了一声，以示友善。

李女士衣着考究，正托着狗食逗狗。她关上木门，喝住了身后的狗。“我是丢了一条狗，”她看着小赵手机上的照片说，“就是这只。”又看看小赵手上的身份信息，“这个人我好像见过。是个收破烂的吧？”

“对。”

女士皱着眉头道：“这种人，他偷我的狗干什么？”

“不知道。说不定他是想吃狗肉吧。呵呵。”

“啊！他要死啊！你们要好好办他，这种人，不能纵容！”

“嗯。”

狗们隔着栅栏眼巴巴地看着他们，渐渐不耐烦了，一起直着嗓子叫起来。李女士朝里面扔了几块狗食，问：“就你一个人来的？”

“怎么……”

“你应该直接把狗带来，还给我。”

“快了。办过手续我们就通知你。”小赵拿出张单子来，请李女士签字。随口道：“你这里狗可真多啊。”

“那当然。不过多归多，每条狗我都很当事的。”她笑道，“你知道那条狗叫什么名字吗？它叫滚滚。就是滚蛋的滚。”李女士很满意自己的幽默，解释道，“它又瘦又丑又脏，我不喜欢它，老叫它滚，它倒习惯了。”说着，把纸包里的狗食一起扔了进去。

李女士接过单子，按在门框上签了名。小赵发现她的字比边上“流浪犬”那三个字差得远了。他不知道，“流浪犬收容站”那几个字，出自给“蓝岛山庄”“山枫雅地”等豪华楼盘题名的书法家之手，这怎么好比呢？

二

周长根待在派出所没人理。他不想跑，跑也跑不掉。没想到一条狗，就把他牵进了派出所。正愣着神，一个狗头悄悄从门外探进来，“扑哧”朝他喷了个响鼻。这狗不知什么时候挣脱了拴在树上的绳子，在天井里晃荡，逛到讯问室门口来了。狗脸木木的，不急不躁，一副无所谓的样子。周长根突然有些恼火，斥道：“滚，滚滚！”那狗迟疑一下，竟然过来了。周长根想：“到底算是我的狗，还听话哩。”伸出手想摸狗头，狗突然“汪”一声，蹿到门外，还回头冲他龇龇牙。“你个狗日的！”他骂一声，自己也觉得可笑。它本来就是狗日的嘛。

这狗真丑，大概是老天爷太省料，皮肉包不住牙齿，是个龅牙；黄色的毛乱糟糟的，瘦长身子，短腿，还没有老家满世界乱窜的土狗好看。脾气也不好，整天苦着一张丑脸，不哼不哈，突然叫起来又吓人一跳。周长根原本看上的不是它。那收容站里狗多得是，他怎么会弄条最丑的？他每天骑着三轮车收破烂，城里的狗是见得多了。周长根本人并不喜欢狗，是小翠要狗。小翠先是飘话，说："我跟了你这么久，你还没送过我一样东西。"又说："贵的你也买不起，我就要个狗。我老家就养了只狗。"还说："我属狗。就是喜欢狗。"周长根没往心里去，心想一个餐馆择菜端盘子的，养什么狗啊。小翠见他一直没动静，动了气了，说："我跟你又不能明媒正娶生娃娃，养个狗还不行啊？有个狗才像个家的样子。无狗不成家！"说着说着还伤了心，眼泪鼻涕全下来了。周长根这下慌了神，忙不迭地答应下来。但到哪里去弄只狗呢？买是不现实的，买不起；偷也不行。城里的狗常常把他当贼，难不成还真当一回小偷？那可不行。城里人养狗很上心，他听说狗吃饼干，狗穿衣服，狗还用香波洗澡。他还在报上看见城里人登广告，找同种的狗配种，有照片有条件，还开出价码给钱！他觉得好笑。这像征婚哩，比他们那儿找媳妇还正规。乡下的狗配窠多自由，满村子乱跑，看上了就直接上！

不过城里也有一桩好，就是没人管闲事。以前他到饭馆收泔水的时候，和小翠认识了，一来二去就好了。他们在老家都有家，这算是露水夫妻，但城里没人多嘴。小翠也不是天天来，她饭馆里有宿舍，隔三岔五地来住住。她发了话，要是有只狗，她就天天"回家"，还是那句话：无狗不成家！见他弄不来狗，小翠已经好几天不来，来了一回也赌气不让他碰。这可不成。他们虽然不提婚嫁的话，但石头焐热了也暖手。就是为了小翠，他才咬牙租了个小房，正在努力升级转型，准备从收废品向修油烟机的方向发展：这样干净，收入也高些。小翠比他小十岁，很好看，打扮起来比城里姑娘也不差。周长根喜欢她这样，也有点怕。她要养狗，难道是要向贵妇的方向发展吗？这好像有点难，但她要是起了这个心，第一件事恐怕就是要甩掉他！他和小翠商量，能不能养只猫，小翠鼻子哼一声，扭身就走，连电话也不接了。这下他彻底慌神了。

这是个难题。那天也是合该有事。他到老拔子那里交废品，说起这事不免唉声叹气，老拔子骂他："你小子是蠢驴！"一句话就给他指了路："城东那边有个地方，狗，你要多少有多少！流浪狗收容站，知道不？流浪的，没人要的，你去领条狗，人家没准还给你钱哩！"

瞧瞧，老拔子说的是“领狗”。人家到底是“上头”做大生意的，就是牛气。

周长根可没他那么牛气。他只能去试试看。他骑着三轮车拐到那里，爬一个坡，就离收容站不远了。那天他穿得齐整，西装是洗油烟机的时候人家送的，绝对合身。他把三轮车停在远处，自己走过去。没想到刚跳下车，那边栅栏里已经炸了营。无数只狗，威武的、嘶哑的、狼嚎的、奶声奶气的，他走得越近，狗们的叫声越凶。几条身量大的直往栅栏上蹿，简直要扑出来。他腿有些发软。猛一回头，却看见一个女的拎着食桶站在他身后。她粗手大脚，一看就是个工人。她扔下手里的食桶，问：“你干啥的？”

“我，我想要个狗。”

“这里面哪个是你的狗？”

“没有没有。我想领一个，自己养。”

“要填表。”

“嗯。”

“还要交捐助费。”

女工说着，并没有去拿表的意思。她抬眼看看他停在远处的三轮车，上面竖着一个小牌子，写着收废品的价目，里面还扔了个喇叭。她脸上露出讥诮来：“我们这里还有个规矩，要写保证，不许虐待，不许遗弃。”她上下打量着他精瘦的身板：“更不许杀了吃！”这时候木房子那边有人喊：“你在那儿干什么？狗闹翻天了看不见吗？”只有老板才这么说话。女工应一声，一扭身走了。不许，不许，更不许，她说话很有条理，大概是照着条文说的。她拎着桶，身子一扭一扭，腰身也扭得很有条理。狗们只安静了片刻，这时瞧出他不被待见，又一齐大叫起来。周长根垂头丧气地跨上三轮车，一松手刹，车子“轰隆隆隆”直蹿下坡，喇叭咣当掉到地上。娘的，可别摔坏了！他使劲刹住车，捡起喇叭，凑到嘴边试一下：“汪汪汪汪！”

三

养狗其实也有讲究。收容站有一套制度，晚上要基本喂饱，中午这一顿少喂一点。李女士眯眼看着栅栏里正在开饭的狗，心里很润贴。她喜欢那么多狗围着她讨好。她打量着栅栏里的狗，大的、小的、黑的、黄的，还有些不好概括，是花的。它们各有各的脾气，各有各的喜好，品种也是五花八门，有纯种的洋狗，更多的是杂种，要不怎么会流浪呢？这些狗来路不一，大部分是热心人捡了送来的，宠物医院也会送些没人要的狗过来。每一只狗她都很在乎。她巡视着自己的领地，突然就念起了那只狗，那只被偷走的丑狗。她打个电话到派出所，找到那个姓赵的警察，问为什么还不把狗送过来。赵警官说，这件事还没有了结哩，那小子咬死说他没有偷，是狗自己跑出去的。李女士大怒道："他屁话！你信他的？我的狗个个都很恋家，会自己跑出去给他当肉吃？你们快点处理！"赵警官见她发火了，笑着表态说："请你放心，很快就会处理好。"又说："我们不会赖你这只狗的，你要是有黑贝我们倒是想要一条。"

李女士放下电话，气呼呼地愣神。突然想起那条狗的名字——滚滚，"扑哧"笑了出来。那是条怪狗。以前狗少的时候，李女士给每只狗都取了名字：佳佳、花花、点点、笨蛋、老流氓、臭小子、王八蛋，或者直接叫它的品种：沙皮、吉娃、泰迪、黑贝，等等，后来她的心思就不够用了。狗多了，而且不断地迎来送往，铁打的营盘流水的狗，她就不耐烦了，不取名字，喊它们过来，就叫"统统过来"！叫它们走，就喊："全给我走！"后来连喊都懒得喊了，改吹哨子。这么多狗，就那个滚滚是自己认的名字。狗有时也很讨厌，李女士就没好气地骂："滚！滚！"别的狗就会知趣地走开，只那个滚滚，你一喊"滚滚"它就会屁颠屁颠地跑过来，蹲在地上朝你看。它从不抢食，人家吃过了它再吃，像个绅士。但它样子实在是难看，皮癞毛秃的，还长着个龇牙咧嘴、似笑非笑的狗头。不但丑，还怪，整天蹲在靠山坡的栅栏边，等着耗子出洞。山坡上有好多耗子窝，大白天钻进来偷食。别的狗视而不见，只有它好像和耗子做了仇，"呼"地蹿过去，常常一爪子就把耗子按住。有时按不住，就追着耗子满栅栏跑，直到耗子钻出栅栏溜掉。它抓了耗子并不吃，左爪拨拨，右爪弄弄，一口叼起来甩出老远。它也不是乱甩，基本朝着李女士脚下甩。耗子甩过去，身子蹲下来，尾巴摇得像个钟摆。李女士开始常被吓得一蹦老高，觉得这狗很促狭、奸猾，以吓人为乐，后来才知道它其实是在讨好。它这是在学猫哩，连爪子拨耗子的样子都像猫，但是它却讨厌猫。它跟耗子结了仇，跟耗子的天敌猫也是不共戴天。李女士对所有的狗都一视同仁，并不偏心，但是它既抓耗子又咬猫这一点，却使它从众狗当中脱颖而出。收容站难免有野猫钻进来，滚滚只要一发现，立即四爪抓地，体毛奓立，"嗖"一声扑上去。猫比它灵活，急拐弯，猛回头，滚滚穷追不舍，十有八九无功而退。猫还有个必杀技，那就是钻缝出栏。它钻出栅栏，蹿上山坡，冲这边示威嚎叫。可怜的滚滚只能气呼呼地沿着栅栏狂跑，却无计可施。

这狗非同一般，李女士看出它心野，绝不想安居于此。每次有人来认领狗，其他狗都无所谓，有些笨狗连原来的主人都不再认得，滚滚却每次都很期待。它眼巴巴地看着来人，可人家就是不要它。前几天，李女士的一个朋友来要狗，滚滚在木门里焦躁地转来转去，终于绝望了，突然大吼一声，冲远处一只偷吃的野猫追了过去。猫身子一拧就钻出去了。朋友笑呵呵地说："它在嫉妒，你知不知道？"李女士不解。朋友说："它嫉妒猫，猫能自由出入，可它出不去。"李女士笑道："你们谁都看不上它，我只能自己养着咯。"她推销似的说："它还会抓耗子，抓了就上交。""哦！"朋友大奇，他是个教授，很会总结。"它这是在出风头，就像那些演员，想借此上位。哈哈。"他拍着手里挑中的一只京巴，看着滚滚说："可惜你太丑，要不我还真想要了你了。"滚滚当然听不懂人话，但它似乎也明白这回又没走成，还是剩狗，蔫答答的，提不起精神。

一夜过去，天刚蒙蒙亮，女工还没起床，栅栏里就有了动静。大狗叫，小狗也叫，丑狗一声不吭保持静默，机警地朝着栅栏外看。它看见了一个模糊的人影，举着手在栅栏上晃。他手里香喷喷的不知道是什么，狗们全往上涌；他另一只手上拎着根绳子，是个圈套，狗们见了又往后退。狗全被惹火了，几个块头大的家伙纵起身子直朝他扑过去。那人退下去，狗们不依不饶地狂吼。滚滚不与它们为伍，它悄悄跑到栅栏另一边，找到野猫经常出入的小洞，用力一顶，头出去了；再一拱，身子也出去了；四腿扒地一使劲，屁股就不成问题了。它站在栅栏外，抖抖身子，忍不住叫两声以示庆祝，"汪，汪"，谢谢野猫。等女工被吵醒跑出木房，一切早已结束了。滚滚在那人身后叫了一声，返身跑上土路。那人愣一下，立即跟了过去。所以周长根说狗是自己跟他的，也不完全是撒谎。

四

"有两条路：一条是拘留，一条是罚款。你自己看着办。"小赵放下李女士的电话，走到讯问室，着手了结案子了。这种事一般也就警告警告，但话不能说得那么轻描淡写。

"我没钱。"

"那就拘留十五天。"

“我没干啥啊！”

“呵呵，那么它是自己跑到你家里去的了？”那丑狗正在天井里拨弄着一个一次性饭盒，左一爪，右一爪，抬眼朝这边看看。

“它就是自己跑出来的。”

“你要明白，怎么处理要看你的态度。狗的事我们已经很清楚了。说吧，你还干过什么事？不要以为我们是吃干饭的。你说！”

“我没干啥！”问到还干过什么事，周长根底气倒粗了，他确实是清白的，除了这只狗。“我收废品，修油烟机，没干过啥坏事。”

说话间那狗跑过来了，叼着破饭盒，一屁股坐在门口。小赵对狗手一挥：“去去！”突然觉得没劲头。这狗看来十分聪明，但它再精，却也和天下所有赃物一样，不会开口说话。小赵突然觉得这个周长根蛮笨的——你索性别说什么收容站啊！就是捡的，街上捡的，那岂不省事？小赵断定，这还是个老实人，一根筋。他正色道：“我们要通知你的家属，叫她来办手续。说吧，电话号码。”一般而言嫖客最怕通知家属，小偷次之，打架斗殴的最胆大，通知家属等于是帮他喊来帮手。没想到周长根很干脆，劈口道：“我没老婆！”小赵道：“我们查过了，你已婚！我们这里全国联网。”周长根道：“我们那里穷，家里没电话。”小赵冷笑道：“家里没电话，那我们就通过村委会转。嘿嘿，我们是全国一盘棋。”这话显然击中了要害，周长根心念一转，翻翻眼，说出了一个手机号码。反正躲不过，他就报了小翠的。狗是小翠要的，让她知道自己在为她受罪，可以增进感情，即使罚款也算是钱花在了明处。小赵问：“这是你什么人？”周长根吞吞吐吐。正在这时，天井里有人过来了。

来的是记者。小赵也是打惯了交道的。他们消息灵通，无孔不入，一有大案他们往往闻风而至。但没承想，那个扛摄像机的一进来就拉开架势对着天井里的狗拍起来。拿话筒的女记者姓周，她走过来：“赵警官，又麻烦你了——里面那个就是偷狗的？”小赵走出来，把讯问室的门带上，皱着眉头道：“这种事你们也感兴趣？我看你们应该报道报道我们所里，表扬一下。”

“可以啊。”周记者俏皮地道，“不过——为什么呢？”

“因为我们治安工作大见成效，你们都没案子报道了，这才关注这种鸡毛蒜皮的事。”

周记者认真地说道：“偷东西的我们见过，偷狗的没见过，偷流浪犬收容站的狗，我们更没见过。这跟‘人咬狗’差不多。”

小赵一愣，手朝讯问室一摊：“那你们自己去拍吧。”

说是这样说，问话还得他来。摄像机对好，话筒伸过去，周长根立即紧张了。他坐立不安，身子局促得不停地动。问他姓名不肯说，问他职业不肯说，住址那是更不讲。问他犯的是什么事，他结结巴巴地说不出话。突然被逼出一串土话来，又侉又急，简直完全听不懂。“你慢点说！没人和你抢话讲！”周长根话是慢了些，但土得扬灰，那些“灰”就是“嗯、哈、吵、哩”一类的语气词，能听明白的就一句：“我没偷，是它自己跟我的哎。”这句关键的话他不土。扛摄像机的放下机器，朝搭档看看。周记者拉拉小赵，退出了讯问室，对小赵道：“他说的这是哪地方的话？他故意的吧？我们回去字幕都配不起来。我们台可是上星的！”周记者身姿曼妙，十分敬业。早晨她从栏目编导那里得到一个信息，有个女的打电话来爆料，说有人偷了流浪犬收容站一只狗，被抓到派出所了，叫他们快去。周记者觉得这事有意思，不过她并不知道内情：那个爆料的，爆的是她自己“老公”的料。小翠好几天没回“家”，那天估摸着周长根已经出门，就去拿几件换洗衣服，她听小区的清洁工在议论这事，转手就报给了电视台，这样就能拿一百五十块新闻信息费——这个其实也挺有意思，可惜周记者不了解。即便这样，她也已感到这条信息很有价值。她准备了简单的脚本，譬如为什么偷，偷了做什么，知不知道狗也是财产、偷狗也算偷，等等。可没想到这人是滚刀肉，一刀下去四面滑，一点都不好弄。周记者回到讯问室，恼火地说：“你是少数民族还是火星上来的啊？你说普通话！”周长根耷拉着眼皮，不吱声。警察肯定更有权威，但小赵似笑非笑地瞧着，并不介入。这么个偷鸡摸狗的案子也上电视，只会损害人民警察的形象，这节目做不成才好。他摊摊手，表示无能为力。那摄像的关掉电源，“啪”地合上了镜头盖。他径自出门，慢慢靠近天井里那只狗，突然抬腿踢去：“这狗东西！我操！”狗尖叫一声，一蹿老远。周记者歪头看看他，暧昧地笑了笑。这事她虽然还心有不甘，但也无善策。正打算走人，却看见刑侦队的孙队长过来了。

五

都是老相识。大家寒暄几句，女记者伶牙俐齿，声音清脆，叮叮当当就把事情说清楚了。孙队长呵呵一笑，请他们到办公室坐坐，小赵当然还得陪着。孙队长年纪不大，却是一位名声赫赫的侦探，可称战绩卓著。他善于从细微的线索中抓住要害，最大的本领是从看似微不足道的小案中牵出大案。当然他也有灵活性，某些案子他也会适可而止，息事宁人。据传他不久将要升任所长，在所里极有威信。“这案子，呵呵，”孙队长眼睛扫着桌上的讯问笔录，“我们的记者都大驾光临了。嗯，案子这么小你不嫌丢人啊？”

后面这句话是对小赵说的。小赵刚要辩解，周记者连忙说：“不是你们所通知我们的，我们是自己来的。”

孙队长微微一笑：“记者是喉舌，我们要守护一方平安，都算是重任在肩。这样，是芝麻是西瓜，总不能让你们空手。”他挥挥手，示意他们跟过来。他走进讯问室，待摄像机对好，威严地瞪着周长根，突然一声断喝：“你坐好！”周长根身子一震，立即坐正了。

“听说你拿土话唬人，是吧？告诉你，你必须配合，躲到土话里也没用！”他指着话筒上的台标道，“给你介绍一下，这个节目可以只在本市播，也可能在全国播放。到底怎么播，播不播，要看你的态度。”周长根目瞪口呆。“你成心说土话，是不是怕老家的乡亲们文化低，普通话听不顺耳，专门说给他们听啊?！我劝你一句，你不要丢脸专门往老家的人面前丢啊。”周长根顿时萎了，脑袋耷拉了下来。“我，我，我只是弄了一只狗。”他变成普通话了。再问到姓名、年龄、住址，他都答得流利。这棒槌似的话筒伸在嘴边，黑洞洞的镜头对着他，这时候说普通话，怎么着也有点拿腔拿调。他感到浑身不自在，有点像演戏，像做梦。忽然有些不服气，觉得太窝囊，等问到职业，他脖子一梗道：“我资源回收！有资源回收证，政府发的。”

“好，你资源回收。那这只狗是怎么回事？”

周长根语塞。

“你不光回收，你还偷。你至少偷了这只狗。”孙队长侃侃道，“你偷的是流浪犬。你以为流浪犬是没主的，可我告诉你，有动物保护法！这严重了！”他顿一顿，又道，“你还撒谎说狗是自己跟你的，难道，它会自己跟着你一路到家？那好，我可以告诉你，这狗是退役警犬，它功夫还在，它跟踪追击，跟着可疑气味一路追踪到你家了——你说吧，你还做过什么大案?！”

周长根被打蒙了，放在双膝上的手在抖。周记者敬佩地看着孙队长。镜头转了过来，对准孙队长。一个特写。他言辞犀利，正气凛然。他照顾着镜头，话锋一转：“这个案子说小不小，说大也不大。狗毕竟是个癞皮狗，你态度好，也没多大事。”

他撂下这句话，起身出去了。临出门他对周记者说：“你们只管问，保证他竹筒倒豆子，全招。”

周记者咯咯笑着说谢谢。孙队长摆摆手，走到天井里点上一根烟。外国有个探案节目，叫“死人会说话”，咱中国警察也不怕你活人说土话。他蹲下身，朝那只狗招招手，那狗身子一抖跑过来，蹲在几步开外，皮笑肉不笑的样子。它身上臭烘烘的，嘴上还沾着稀饭，真是只癞皮狗。孙队长吃不消它那味儿，喝道：“滚！滚！”那狗应声而起，竟然跑到了孙队长面前。它摇着尾巴，这不要紧，却又猛一摇脑袋，两只耳朵甩得“啪啪”一阵响，这下孙队长可遭了殃，无数馊饭烂叶伴着口水，霰弹一样直射而来！孙队长差点要憋过去。孙队长大怒，正要动点刑罚，却发现这狗舌头很奇怪，竟然是蓝的，像蓝黑墨水。它满不在乎，舌头拐弯舔着嘴边的口水，露出了黑色的牙龈。孙队长是个有探索精神的人，他还从来没有见识过这样的动物。不过这时他还没想深究，是讯问室里传来的话激发了他的斗志。那周长根在里面说：“不就是条狗吗？我们老家满地都是，多哩。”孙队长扔掉半截烟，一个箭步踩住地上的狗绳，冲讯问室那边道：“你们先忙着。我有点事，去去就来。”

那狗乖得很，一牵就走。孙队长出了派出所，拉开车门，狗非常主动地身子一纵，自己跳上了车。孙队长发动车子，绝尘而去。

他这一去，时间可真不短，记者就先收工走了，这一走致使他们错失了一些精彩的镜头，事后大为懊恼。他们走后约莫一小时，孙队长回来了。那丑狗跑在他前面，神气活现，简直有警犬的派头。孙队长撒了狗绳走到讯问室，冲周长根一笑，掏出腰间的手铐，“咔嚓，咔嚓”把他铐了起来。周长根大惊失色：“我咋啦？我咋啦？”他挣扎起来。“你的事大了！”孙队长伸手一按他肩膀，“这狗是洋种，名贵得很！价值十几万！”

“啊！十几万？！”周长根直着脖子喊，“咋能值十几万？你们诓人呢！”立即觉得自己态度不好，软了：“我承认狗是我偷的。我就是偷了吃肉。我嘴馋，我该死！不过——”他哀求道：“这狗也就是个吃货，十几斤肉，一斤狗肉十块钱，这么算还不行啊？”

孙队长冷笑，不理他。周长根呆了。如坠梦中。

好几个警察围过来看。小赵也闻声过来了。孙队长道：“你马上办手续，送看守所。我到农学院动物系查过了，这狗叫拉卡什么——”他皱皱眉，从口袋里摸出一张纸来。“这是教授的鉴定证明，你收好了。”又问，“那两个记者走啦？你抽空告诉他们案子的进展。他们识货。”

小赵接过证明，看看周长根，看看天井里的狗，再看看同事，大家面面相觑。孙队长的注意力还在狗身上，他笑眯眯地说：“我今天还真是长了见识了。”他指指那摇头摆尾的狗道：“这狗舌头上还有几个小斑点，粉色的，教授说，那是胎记。胎记长在舌头上，呵呵。”那狗正好伸了一下舌头，果然奇怪，像一片蓝花布。孙队长刚拿下一桩大案，却不骄不矜，平静淡定，真是难能可贵，很不简单。不过几天以后，这件案子还是让他乐活了一把。狗那时已还给收容站的李女士，当天就被一户富贵人家领养了，李女士十分开心，她不顾孙队长的再三推辞，亲自送来了一面锦旗，上书八个大字：“火眼金睛，除妖降魔。”这像是在表扬孙悟空啊，队长正好姓孙，大家恍然大悟，全都笑得肚子痛。

小赵办好手续回到所里，那只狗正在大家的围观下，拖着绳子绕着香樟树跑圈，跑得不亦乐乎，其乐无穷。这丑狗一直也没看出有多么了不起，至此，所有人都不得不对它刮目相看了。小赵认识到，他要学的东西确实还很多。

周长根被带了出来。夏日的太阳已经偏西，但依然晃眼。他头发晕。走到大铁门那里，他回头眯眼朝狗看看，狗也停下脚步朝他望望。它咧咧嘴，挤挤眼，似乎是朝他笑了一笑。

2011 年

吞吐记

夫妻吵架，那是常事。锅哪有不碰勺子的？舌头和牙齿还要打架哩。但吵归吵，这里头却也有个计较：谁是舌头？谁是牙齿？这是夫妻的重要问题。牙齿绝对强势，受伤的永远是舌头。不幸的是，徐岛就是一条舌头。他做舌头，已经做了三年半了。

他脾气好，姿态高，作为一条舌头，自愈能力极强。锅和勺子那是硬碰硬，弄不好就倒勺砸锅散了伙，只有牙齿和舌头才能兼容，一来二去，不知不觉中他就成了舌头。做丈夫是难的，做舌头更难，但不做舌头，就可能连丈夫也做不成。他们磕磕碰碰过了三年多，平心而论，架没少吵，但大部分时间也还是风和日丽、平平淡淡的。说起来真正的大吵只有两次，除了眼下这次，那一次是三个月前。三年两大吵，说多不多，但都伤了筋动了骨。目前这一次正在冷战当中，孟佳决然回了娘家，后续如何发展，尚不可测。“这日子没法过了，我们离婚！”两次大吵，孟佳都说出了这个话。这是杀手锏，是快刀斩乱麻的那把刀。再深入研究一下，杀手锏和刀还不一样：亮出杀手锏，相当于亮出牙齿，其实不可怕，舌头让得快，身段再柔软些，那就伤不到婚姻；刀却意味着一刀两断。但无论如何，这句话是极值，是顶峰，是夫妻吵架的最强音，三个月前，孟佳说出这句话时，脸上就满是挥刀的表情。情况严重了，她动真的了。“我们没孩子，简单。钱、股票，一人一半，房子归你，”她冷笑道，“反正也是租的。我回我妈家。”话一至此，徐岛张口结舌。舌头成死肉了。

那次吵架的起因其实简单，鸡毛蒜皮，徐岛简直想不起来，想得起来他也不愿再提。总而言之，先是风起云涌，慢慢就电闪雷鸣，渐渐就暴风骤雨、昏天黑地起来，竟有了地震的征兆。说到底还是因为舌头也有血管和神经，还特别能够分辨酸甜苦辣咸，一不留神它还要乱动。你来我往，你一言我一语，虽说徐岛的话软和一些，不那么狠辣，但毕竟还是在回嘴。这在战略上就是个敌进我退、敌驻我扰的格局，未能完全执行不抵抗主义，待孟佳抛出吵架的最强音，基本就很难收拾了。

当时徐岛委屈求和，但孟佳心意已决。陈芝麻烂谷子全倒出来了：讲师当了七年，评不上副教授；臭袜子乱扔，不配对的有一打；整天跟女学生和蔼可亲循循善诱，谁知道想诱到哪里？乡下三姨六舅一大堆，前赴后继地来吃住——还凤凰男呢！凤凰男人不如鸡！鸡还会下蛋呢！徐岛抓住机会笑嘻嘻地指出她的逻辑错误：凤凰男属于雄性，即使是鸡也是公鸡，当然不会下蛋；又说臭袜子乱扔其实不是问题，全买一样的袜子就可以随便配对。这一来孟佳更上火了，说："你是随便配对，我瞎眼配错了人，所以这婚是离定了！"

徐岛虽说是大学讲师，其实有点木讷。但离婚当头，不得不勉力摇唇鼓舌。毕竟是教师，真动起嘴来还是颇有水准。孟佳说她是"瞎眼配错了人"，话一入耳，徐岛立即就分析出这个句子的结构："瞎眼"说的是遇人不淑，识人不准；"配错了人"表达的是结果；整个句子里饱含怨尤、后悔，更多的是指责，指责他辜负了她的青眼。徐岛找到缝隙，立即以柔情渗入。他说你没有瞎眼啊，整个商场那么多人，你就挑中了我，这是缘分，缘分啊！说起来他们的相识很浪漫。不是一般的浪漫，是相当浪漫，简直富有传奇色彩。

那年换季时节，他想起自己还缺衣服，就到商场看看。其时他已相亲多次，正处于将剩而未剩的关口，和商场的打折衣服其实颇为类似。但他当时并没有自艾自怜的感觉，只想挑一件得体的衣服，买了走人。他在一个柜台前看中了一件栗色夹克，出样在模特身上，配着米色裤子，十分中意。于是开始还价。他是学地理的，下知地质水文，上晓日月星辰，但对这上下之间的人间俗事却不擅长，还价只知道拦腰一刀，再步步退让。可这套衣服不让还价，卖法也十分诡异：这男模特身边还有个女模特，米黄上衣配栗色裙装——是情侣装，一起买，六折，单卖就原价。徐岛犯了难。那女营业员笑吟吟地看着他，说这个活动效果极佳，至今没有单卖一件。这对单身前来的徐岛简直是嘲讽，是奚落。徐岛悻悻然，愤愤然，又有点恋恋不舍。这时候孟佳出现了，这是他们第一次相遇。她已经注意他很久，饶有兴味地看他发窘。这时她走上前去，果断指着女模特身上的衣服说："我要这一套。"营业员说："原价。"孟佳说："我们一起买。"营业员斜眼看看她，看看他，说："这个当然可以。不过……"徐岛立即点头，表示可以。但好事多磨，买个衣服竟也一波三折。先是找不到合适的尺码，徐岛的衣服只能从模特身上扒。

模特是不穿内衣的，看着模特被脱得精光，徐岛觉得身上冷。这他也忍了。那营业员却又有话：“你们不试试衣服吗？不试你们还是不能买。”原来这活动十分促狭，为了证明双方真是情侣，必须两人一起到试衣间换衣服！徐岛刚想说那就不买了，孟佳却羞涩地看着他，满眼期待。“试试吧，又不是内衣。”她这基本是出言相求了。羞涩是动人的，信任是可贵的，你只有拿勇气去回报。徐岛涨红了脸，拎着衣服就进了试衣间。孟佳跟了进去。

这就是开始。他们认识了，恋爱了，结婚了，后来闹离婚，那也是后话。当时，营业员们在外面挤眉弄眼，吃吃地笑。她们竖起耳朵，盯着板壁，等待着发生事故。事故当然没有发生，发生的是故事。徐岛在试衣间里老实得很，差不多像是孟佳带进来的一具木质模特……回忆他们浪漫的初恋，是徐岛解决吵架拌嘴的必杀技，常常是他开个头，孟佳的机关枪射速就慢了，连发变成了点射，继而哑火沉默，徐岛再往下说，她忍不住就要纠正他的记忆错误——这些错误基本是故意的，是诱敌深入的那个口子。孟佳说他其实不老实，在试衣间里喘气喘得像干什么似的，这说明他心怀不轨。徐岛说：“我什么心怀不轨啊，我站得笔直，非礼勿视，连动都没敢动。我衣服都没试就买走了，那也算是豁出去了。”孟佳说：“什么豁出去啊，我眼力好，一眼就看出你肯定合身的。”徐岛连忙插话说：“你的眼力绝对好，要不怎么找到我啊……”总而言之，三绕两绕，就峰回路转了。

不过回忆往事这个必杀技也已过时了。上次大吵前就过时了。天下没有永远的必杀技。以前屡试不爽，但孟佳上次就已不吃这一套了。说到买的那两套衣服，徐岛以动作代替语言，马上找出来，试穿一下。上衣勉强可以，穿到裤子可就狼狈了。他肚子收紧，裤腰却还不肯配合。这可不是自找麻烦吗，他连忙想褪下来，孟佳的话又来了。“你看看你自己那个样，我们都不是从前了！”她从小包里拿出离婚协议书，往徐岛面前一扔说，“我字签过了，你不要往后躲。”

所以说，民政局迄今为止他们已去过两次，一次是结婚，一次是上次闹离婚。徐岛可不想再去。所幸他在大学工作，自由时间比较多，有足够的时间自我反省。有一本软性杂志，上面有一碗“心灵鸡汤”，说：我们要学习舌头，它柔韧而坚强，牙齿掉光了，舌头至死尚存。徐岛先是好笑，觉得这是典型的巧舌如簧，“言伪而辩”，突然一惊，这才明白自己自结婚以来，一直就是一条舌头。以前是不自觉的，因为成家不易，因为怕折腾，也因为孟佳持家过日子并无大错，他自然而然地成了舌头。都说唇亡齿寒，其实牙齿更重要。牙齿要是脱了岗，嘴就不成个模样了。嘴是什么？嘴就是家庭。补牙当然也可以，但不管是烤瓷的还是金牙，都亮得刺眼，闪耀着替补或小三的光泽。这个很难看。因此原配的牙齿是珍贵的，不能崩掉，唯一的办法就是继续做一条舌头，做一条自觉的舌头。上次离婚实际上是一场临界核爆，就是说一切都准备好了，按程序滚滚向前，却在最后一刻戛然而止。蘑菇云没有升起，但数据到手了，这数据就是：离婚很伤人，伤心、伤神、伤身体。

眼下这次吵架的起因倒很清楚，和他们的初识一样历历在目。相识带有点玫瑰色，这一次却直接由玫瑰引起。自从有心做一条自觉的舌头后，徐岛悄悄自律了。他变得更富有弹性，这种弹性符合他所揣摩的孟佳的心意。他更少出去和当年的朋友同学聚会，绝迹于娱乐场合，几乎成了一个宅男。舌头完全被牙齿封闭，他更顾家了。他也努力做一点浪漫的事情。情人节那天，他乔痴装傻，到晚上老婆终于忍不住，气哼哼地说："你完全不把我放在心上！今天是什么日子？"徐岛说："我本想给你送花，但今天花太贵。要不这样，我手机里有玫瑰花存着，我给你发一朵。""可你没有发！""是啊，我本来想发的，后来想到一个彩信要五毛，这不符合你的治家理念，我决定用更好的办法表达心意。"孟佳疑惑地看着他。他摸出手机，调出玫瑰花，往她眼前一举道："你看吧。你看看就好了。我们何必舍近求远？"孟佳一愣，继而咯咯大笑。这个结果徐岛很满意。他们至今在为房子的首付而奋斗，这样的浪漫十分实惠，但这种实惠其实隐藏着他们的艰辛和寒酸。不几天，天气逐渐转暖，大地回春，城里随处可见春花烂漫，但孟佳倒开始常常脸色阴沉，时不时地抱怨发难。再提起那朵玫瑰花，她的评语是："我们过的这是什么日子！"徐岛只得开阔胸襟，尽力调节。他回家常常说点趣事。说，他给一个"文凭班"上课，班上基本不是老板就是领导。这天他一进课堂就觉着不对，多了许多年轻面孔，原来的老学员不见了。下课一问才知道，原来年轻人都是秘书。秘书代领导上课。秘书们嘻嘻哈哈给他递烟，还说以后领导基本上就不再亲自上课了，请他包涵。徐岛把这事说给她听，本想逗她一乐，没想到她冷笑几声，开始嘲笑他不也经常代院长写论文？还"被自愿"呢，说到底还是自己没出息。又说你那班上不是有证券公司的老总吗？为什么不问问行情走向？徐岛说："我问也问过的，可他说了比没说还害人，你也不是不知道。"徐岛混得不好，职称上不去，钱挣不到，不多的钱买了股票原以为能多变出几平米，没想到他们可怜的钱一丢进去，就把股市砸下去了，一蹶不振。他混得不好，家就过不好。结婚几年还没有自己的房子就是铁证。

他们租了个两室一厅，稍作装修先住着。徐岛在学校原本也算个人才，也有一笔安家费的，但很可怜，首付都不够。他家里把他培养出来，已无余力；孟佳虽是独生女，但父母是工人，母亲退休，父亲离世，也指望不上。他们房子虽不是自己的，但人气倒很旺。房子在二楼，楼下是一家证券公司。证券公司的大厅里熙熙攘攘，无数的人盯着那个大屏幕，间或还传出叫好声，鼓掌声，有的时候又像是死了人，当场号啕大哭的有，还有的人突然倒下去就没活过来。行情就在他家楼下，在饭桌下，在床底下。幸亏他们吃饭睡觉时一定已经闭市，否则那真是颠簸起伏、波澜壮阔了。股市是他们家邻居，股票却和他们不亲，这真是没办法的事。徐岛认了，就当那笔钱不存在，就当他们家没有一楼，是个空中楼阁。股市比季节要顽固得多，四季轮回，股市绝不回暖，仿佛绝情的情人，焐是焐不热的。孟佳也不管了。他们对股市视而不见。但她有个爱好，那是徐岛的巨大负担：她喜欢看装修杂志，逛装饰城。徐岛是能躲则躲，对他来说，这绝对是煎熬。

这次吵架的缘起是一个过程，由手机玫瑰花开始，后来又是什么“文凭班”，在房子上稍作停留，最后又绕到了他的职称上。如果他的文章不送给别人，何至于两次评不上？如果他多写几篇，即使送两篇给领导，也不至于被别人比下来。这里面酸甜苦辣一应俱全，舌头终于吃不消了。打掉了牙可以往肚子里咽，可舌头受了伤咽都没法咽的。舌头不听控制了。他开始回嘴。他说：“我们现在是困难一点，但现在年轻人除了靠老子娘的，谁不困难？你又不是不知道我，我什么都没有隐瞒过，我学历算高，但个子不高；我智商不低，但情商很低；我老家亲戚不少，但有用的社会关系基本没有；我现在是混得不怎么样，但职称待遇慢慢也是会上的……”他这是展示前景，本意也是劝慰，不想一展示前景却不是劝慰了，是撩拨。孟佳立即打断说：“慢慢会上，我看你就是个蜗牛。我老公是个蜗牛！蜗牛还带房子呢！”徐岛说：“我们现在还没有孩子，这个房子也不是不能住。人家外国年轻人百分之八十都是租房住的，人家也很幸福。”孟佳火气大了：“没有孩子那是你养不起！人家幸福可是我不幸福！”

话到了这个份上徐岛无话可说。广厦千万间，没他什么事。他累了，孟佳也累了，两人中场休息。休息就是上床。孟佳饭也不吃，躺到了床上。她被子蒙着头，表示一句话也不说，什么也不想听。他们的床是靠墙摆的，她躺在床边，明摆着是要将徐岛挤到沙发上。徐岛绝不妥协，他歪在床边上，身子轻轻款款往里挤。楼下的股市早已闭市，家里安静得像月球。孟佳背朝外侧着身子，显出一条好看的曲线。徐岛悄悄把手搭在孟佳身上，又轻轻往她屁股上游移。孟佳打掉他的手，片刻间，手又过来了。“啪”一下，手再次被打掉。徐岛明白女人要哄，光靠语言是不够的。他起身打开了电视。这是他们亲热的第一个程序。这房子隔音不好，动静大点那就成了音响。他躺下来，电视里的声音很欢快。是电视剧。一个女人生了个男孩，她老公得意地大叫：“儿子！儿子！你可是个原始股啊！”徐岛轻轻把身子朝她屁股上挺一挺，没反应。他嘴里说：“我是潜力股。”身子又一挺，继而一纵一送，挺出节奏来了。孟佳死了般不动，突然叫道：“你还原始股！你是原始人的屁股！”她猛地坐起来，呼地站起，跨过他，下床去了。徐岛吓了一跳，直瞪瞪看着她。她以前多次拍着他的屁股说：“你虽说盘子大了点，但还真是个潜力股。”今天这一招不灵了。孟佳叮叮当当开始收拾衣物，临走撂下一句话：“你垃圾股！”

这次吵架徐岛失之于因循守旧。世界在变，吵架也该与时俱进。以前大吵小吵，他抚今追昔，展望前景，再适时动用身体语言，基本都能拨乱反正，柳暗花明。但这里头有个教训，已逐渐凸显，那就是绝不能再着力于空洞的前景。提到前景那是火上浇油。这次徐岛在做好一条舌头的前提下，已十分戒惧。但难就难在，没有前景的夫妻，岂不注定是不到头的夫妻？有的时候现状预示着前景，你不提前景，前景也扑面而来。他一不留神提到房子，被孟佳判定为蜗牛；虽已到了床上，却没干成正事，顺嘴又提到了什么潜力股，这下好，垃圾股岂不就只能等着被割肉？

孟佳跑到娘家，不接电话，不开门。她母亲传出话来，她铁了心要离婚。这话如果是孟佳说出来也许尚可挽回，她母亲当传声筒，则意味着丈母娘和妻子已在思想上保持一致。她家就两个人，团结一心了。上一次她母亲居中调停，还是闹到了民政局，这一回眼看是凶多吉少了。

徐岛孤零零待在家里。他口干舌燥，心烦意乱。除了上班，他不出门。牙齿咬死了，舌头完全被关住。他嘴里发苦。细想起来，孟佳和他只能算是平常的夫妻，和这万家灯火中的千万对夫妻大同小异。不过稍一回想，他们两次大吵，却有个细微的区别。上一次是暴风雨，孟佳眼泪没少流，说到伤心处简直是泪飞如雨；这一次不一样了，是沙尘暴。孟佳没有一滴眼泪，但飞沙走石，字字着肉，徐岛被打得脸生疼。沙尘暴是突如其来的，昏天黑地，能见度极低，你看不见前面的路。

上次他们就闹到离婚了。他们去了民政局，但是那次没有离成。这次孟佳的决心更大，坚持要领离婚证，要“一刀两断”，她把这句话当刀子使，从两人中间下刀。事已至此，徐岛只能随她去了。他们约好，早上九点到达民政局，离婚的和结婚的都在排队。离婚的队伍的长度大约是结婚的三分之一，这很符合社会学家的调查报告。结婚的都喜气洋洋，没想到离婚的人里竟也有欢天喜地的。这似乎不合逻辑，但懂行的就知道，这是解脱，是解放，你没见过几十年前本市欢庆解放的照片吗？民政局办离婚很简单，麻烦的都去法院了。很快就轮到了他们两个。他们呈上了离婚协议和户口本，本以为几分钟就完事。不想那办事的女人看看他们两个，却说手续不齐，还要各自的一寸免冠照。徐岛心中窃喜，想这倒是命中注定，今天离不成。孟佳却沉着脸，说我们现在就去拍。隔壁就是照相馆。拍离婚照比结婚照简单多了，不要化妆，不要换衣服摆姿势，也就是几分钟的事。等他们再次站到办事的女人跟前，她看看离婚协议，嘴里总结道：“没有债权债务。没有孩子。财产一人一半。”却手一伸道：“结婚证。”两人都傻了眼。孟佳问：“我们是来离婚的，要结婚证干吗？”女人道：“我们要收回。”她语气坚决，不容商量。孟佳悻悻然退出队伍，嘴里叽叽咕咕。那女人在她身后补充道：“我们规定要先查验，再收回。有的年轻人把婚姻当儿戏，早上结，下午就来离了。哈，这个不行。”

徐岛跟着她坐到墙边的长椅上。突然觉得好笑，夸张地捂嘴笑了起来。离婚还要结婚证，这很幽默。关键是这个幽默还很有道理。两条队伍里都有不少人在看着他们，徐岛很想问孟佳：“还离吗？”但他不敢问。他知道弄不好这又是火上浇油。马路对面是一家证券公司，和他家那栋房子的格局很像。虽知道他家不住这边，他还是忍不住朝二楼张望。这段时间行情暗淡，证券公司里的人也不比平时多，模模糊糊能看见里面红红绿绿的屏幕。古人说绿肥红瘦，这里却是红涨绿跌。他脑子有点发木。他试探着问孟佳：“那东西好像是放在写字台抽屉。要不，我回去拿？”孟佳不置可否。徐岛苦笑着出了大门。

他回家顺利地找到了结婚证。想想又不甘愿，延宕着不想立即出门。实在赖不过了，正要起身，孟佳发来了一个短信：“你等等。我想起一件事。”这是什么意思？他完全不懂。正疑惑间，门锁一响，孟佳赫然站在他面前。“我……我……”孟佳脸红红的，仿佛雨后的霞光。徐岛大惑不解。“你一贯是个懒鬼。今天还肯跑回来，说明你有改进。”孟佳一屁股坐下，说：“我渴死了。我要喝水。”徐岛忙不迭去倒水。杯子端过去，孟佳一摸就叫道：“你想烫死我啊！”徐岛见她一脸娇憨，急忙换个杯子，到冰箱倒来一杯冰可乐。孟佳道：“你过来，我有话说。”她拿起可乐，举起来，突然倒在徐岛的头上。徐岛一蹦老高，大叫道：“你！你……”孟佳笑吟吟地放下可乐，站起身，搂过徐岛，又猛地抓起热水杯往他头上一倒。徐岛蒙了，要发作，但孟佳笑靥如花，不像有故意伤害的动机，倒像是夫妻间的性虐待。性虐待你怎么发火？他愣在那里，孟佳已把毛巾拿来了，仔仔细细地给他擦。“我要让你记住今天，记住今天的经历。”她叫道，“你做饭去！我要吃饭！”她“咣”地躺到床上，摸出手机摆弄起来。

徐岛确实记住了这个日子。冰火两重天。事后的某一天孟佳温言解释，说她也不是乱来的。她先倒冰水，再倒热水，那是因为舍不得烫坏他，所以先用冰可乐垫垫底。不管这种说法是否可信，总之他没有被烫坏，他们也没有离成，又这么过下来了。当然，过下来是过下来，但并不能保证他们从此以后就永结同心，白头偕老。这不，现下不是又在闹吗？

孟佳发了个短信来：“你为人师表，我也不想去法院丢人。离婚协议我已发你信箱。这一次更清爽。”“更清爽”，这什么意思？他沮丧之中竟有点好奇。打开邮件仔细参详。乍一看几乎是上次的翻版，只不过上次是手写稿，这一回进步了，排版了。有几个错别字，徐岛客串一下编辑，改一改就可以出清样。这真是正规了，严肃了，有了合同的意思。上次的协议已经不在，销毁了，不然倒可以比较一下，做个文本细读。孟佳那天解释了冰火两重天的意思，随手把协议捏成个纸团，扔到了马桶里。可那纸团极具浮力，赖在水面上，冲来冲去就是不走。最后还是徐岛拿钳子捞起来，丢进了垃圾袋。现在想起来这个动作十分晦气，那个纸团这不是换个面目重又浮现了吗？屏幕上的协议，核心部分也就是财产。上次是一刀两断，所有财物一人一半；这次是一拍两散，只不过这散下来的两块与上次略有不同。他给孟佳打个电话，孟佳不接。再打，还是不接。你不接我偏要打！他再一次打过去，接了。孟佳懒洋洋地说：“就我们那点家当，还值得说来说去吗？”她冷笑道：“我不值得你纠缠。你也不是原始股，潜力股，所以股票我全不要，全归你。”瞧瞧，这话不讲理了。徐岛是不是潜力股，跟要不要股票有关系吗？但她意思很清楚，就是既不要他，也不要股票了。他仔细看着屏幕，她果然已按市值算好，她不要股票，拿走相应的现金。这很公道，没什么好指责的。徐岛放下电话，决定接受现实。只是心中尚有不平：我纠缠了吗？我纠缠就有用吗？老婆要离婚，就如同老牛要下河，拽尾巴你能拽住吗？

他们电话约好了办手续的日子。后天，还是九点。孟佳还说，办完手续她就来把她的东西取走。所谓她的东西，主要包括她的衣物和首饰，还有一点化妆品。这已经说得很细了。上次可没有这么细致。这才像个做正事的样子嘛。徐岛正常上下班，吃食堂，晚上回家吃泡面。枯坐无聊，就去阳台看看。

从上次闹离婚到现在，他们过得很平静。正常地上班，吃饭，睡觉。饮食男女。真要找出点变化，那也不在他们家，在外面。阳台上的徐岛听见一阵“吱吱嚓嚓”的声音，像夏蝉幽鸣，像老鼠搬家。不看他也知道那是什么玩意儿：银行不久前在下面安装了一台自动柜员机，看上去就像他们这栋楼的墙上张了个嘴，随时往外吐钱。它吐钱的嘴和徐岛的口袋并不相通，但位置却在他家楼下，看了就闹心。这柜员机吞吞吐吐，银行开心得很，但考虑到它基本是出得多，进得少，那就十分晦气，看上去就不像个过日子的样子。

败家货！

徐岛骂一句回了房间，关上了阳台门。上次离婚不成后，他做过调查研究，暗地里查看孟佳的手机，适当地走访和跟踪，结论是：没有情况。就是说孟佳外面没人，问题还是出在他们内部。这就难办了，内科比外科更复杂，属疑难杂症，只能慢慢调理。调理是急不得的，于是这日子就寡淡了。楼下证券公司也寡淡，这会儿早就闭市散场，静得像个坟场，和它最近白天开市的状况也差不多，只是白天人还蛮多，像无声的追思会。几个月前证券公司也发过几天低烧的，楼板下欢欣鼓舞，但很快就退了热，现在白天也门可罗雀了。大概所有的股票都像孟佳对他的断语一样，成了垃圾股了。幸亏垃圾股并不是真正的垃圾，否则那么多垃圾堆在他家楼下，他们家可就不是铜臭冲天，而是要臭气熏天了。

电话响了，是孟佳，这应该是她在他们婚姻生活中的最后一个电话。她冷冰冰地提醒他，不要忘了约好的时间。她多虑了。忘不掉。他是个教师，从来没出过教学事故的。他还熟门熟路呢。第二天差一刻九点，他提前来到民政局。还是这个地方，还是有很多人在排队，办离婚的还是那个女人。恍若一梦。到这地方来的全都是成双结对的，只有他是一个人，单刀赴会。这很扎眼。今天离婚的队伍里倒没有笑逐颜开的，个个板着脸，这让徐岛立即意识到自己的失败。离婚是失败，连续两次被老婆弄到这里来，那只能算是双重失败。他觉得自己被别人完全控制了，一股无名火腾地冒上来。凭什么啊？正想着从队伍里出去，开路走人，孟佳出现在大厅门口。

徐岛于是继续排队。孟佳站在门口朝他直招手，他装作没看见。孟佳轻轻走过来，一拽他胳膊说：“走吧。走吧。”徐岛一甩袖子，不吱声。好多人开始朝这边看了。孟佳红着脸说："走吧。我们忘了件事。"徐岛被她拉出了队伍，出了大厅。

"怎么，我排错队了吗？"他讪消地下巴朝结婚的那边一指道，"难道我应该排那边？"孟佳亲昵地推他一下，做个鬼脸。徐岛开始疑惑了，但他必须保持某种尊严。"结婚证我带了，户口本我也拿了，协议我已经打印好，三份，照片上次在这里照的，现成。你什么意思？"

孟佳含笑不语。徐岛注视着她。昨天他们才约的时间，这一夜发生了什么？人行道上人来人往，他们像在站桩。行人们从他们身边分流而过，没有人会想到他们和不远处的民政大厅有什么关系。徐岛往墙边靠靠，他身后就是上次拍照的地方，橱窗里凝固着一对对明艳幸福的笑脸。孟佳轻声说："回去吧。我们不离了。"

"你要我。"

"真不离了。"孟佳见他一脸阴沉，立即收敛了笑意，正色道，"反正我不提出要离了。你要离，我们还可以进去。"

这话出来，徐岛哆嗦了一下。无论有什么疑惑，不能硬碰硬，不能逞口舌之快。在这里吵起来也有失身份，况且——，况且她似乎是真的不想离了哩。但是他还是说："请给我一个理由。你这样没有道理。"

"先回家吧。回家才是硬道理。"这话是在回避，还是不讲理，但马路对面的证券交易厅那边却传来了一阵叫好声，掌声雷动，竟像是在为她的话叫好。但他知道，她没这么重要的。他也一样。他们永远不是别人的焦点。徐岛心中一动，若有所悟。他书生气发作，摸出了文件袋里的离婚协议，展开，要开始现场研读。孟佳一把抢了过去。"还要这个东西做啥？除非你想再进去。"她翘着兰花指撕一下，再一下，最后拦腰一下，把碎纸扔进了垃圾桶。"我今天反正调休了，我去街上逛逛。到商场，说不定有情侣装。"她含笑俏皮地道，"你陪我去吗？"

"不去。"

"那我走了。"她笑吟吟地上了天桥。过马路必须要走这条路。徐岛呆呆地站在原地。照相馆边上是一家公司，"brother"，几个英文在大白天里明灭闪亮，"兄弟股份有限公司"。民政大厅里有两对男女走了出来，一对甜蜜亲热得不行，另一对出来后就各奔东西。一望而知的是，离婚的那对年纪小，结婚的那对反而老。这不违法，即使来一对老少配，男的八十二女的二十八也不违法，但徐岛就是觉得好笑。两对夫妻，两个公司。一个公司解体了，一家公司注册登记了。呵呵，夫妻股份有限公司。这地方竟像是工商局呢。他觉得一切都那么可笑。他自己最可笑。他的红本子没有换成蓝本子，进去是一对，出来还是一双。白刀子进去，白刀子出来。呵呵。他的婚姻化险为夷了。他难以遏制地哈哈大笑起来。

抬眼看看天桥，孟佳停在天桥的上坡处，正在看手机。如果没有猜错的话，她八成是在看股市行情。她这不是去逛街，她的目的肯定是对面的那家证券公司。股票突然发神经，暴涨了。红彤彤的行情就像红彤彤的火一样蹿出来，似乎要把交易厅点燃。刚撕掉的那张离婚协议上，孟佳没有要股票，一股都没要：这就是原因。股票涨了，却没她的份，所以她就不离。前一次的离婚协议上，她虽只要了一半股票，按她咬牙切齿的说法，都是些垃圾股，但那些垃圾股肯定有一个或几个突然变脸了，在那天开盘后突然蹿升了，于是她及时从民政大厅抽身而退——原来是这样啊。怪不得上次从民政局回家后，她曾拍拍他的脑袋说："其实乌鸦也能变凤凰，鸡毛也能飞上天的！我们要有信心！"徐岛当时还以为她是重估了他的潜力哩，原来她夸的是股票啊。只可惜那次股票玩的是个假动作，好景不长，她并没能够及时获利出货，他们也就一直拖到今天。今天这样子看来是普涨，大盘发力了，如果能再涨上去，那他们肯定就可以继续过下去。慢慢涨，慢慢过。也就是说，他们的夫妻股份有限公司业绩向好，暂无破产退市之虞。

真的要继续过下去吗？

徐岛想起上次，孟佳玩的那个"冰火两重天"，一杯冰可乐，一杯热开水，十分类似于性虐待。现在他算是看清了，那不是性虐待，是婚姻虐待，是夫妻股份有限公司里大股东对小股东的嘲弄和调戏。但泥人也有个土脾气哩，既然是合股的，他也是股东啊，哪怕他只有 49% 的股份，不控股，但退股总可以吧？这个地方他已来过三次，一次结婚，两次离婚——事不过三！徐岛头脑里突然跳出了这句话。他摸出手机，立即就要给孟佳打电话。他要把她喊回来，继续完成未完成的手续。

但号码一拨出，他又按下了取消键。是的，事不过三，但他不必如此死板。前三次都是由她主导，她次次如意，就且让她连爽三把吧。下面，他可以另起一行了。他有权力在他想来的时候把她带到这里，故地重来。他可以给出理由，更可以什么理由都没有。

想到这里，徐岛只觉得十分杀痒止痛。他抬眼看看，孟佳已到了天桥的中间，身姿曼妙。他去学校要乘地铁。他定定神，走向了地铁口。这对夫妻此刻一个在天桥上，另一个正在穿越地道，呈现了一个上天入地的格局。这是否是他们终将分道扬镳的预兆？可如果这是预兆，那他们今天晚上还将回到同一个家，不也是他们还可以就这么过下去的预兆和引子吗？是的，如果他愿意，他们也可以就这么过下去的。至少可以先过一阵子。身为股东，他也要考虑退股的时机和成本。呵呵，见贤思齐，互相学习嘛。地铁轰隆隆向前，徐岛眼前晃过了孟佳窈窕撩人的身影，他心念一动，突然决定不去学校了。他决定行使股东的权力，就从现在开始。之前，他老是“被意外”，为什么就不能主动意外一把？反正孟佳今天已经调休，那他完全可以借机尝试一下波浪涌动之上的巅峰感觉。对，就今天。他将要求孟佳回家，趁股市还没有休市，解衣、上床，播云布雨，先享受一回波澜壮阔的夫妻生活。这个你懂的，因为他们的床就在股市的上面。

2011 年

郎情妾意

城市广场其实是一个楼盘，一共四栋高层。每到傍晚，楼下的空地上都很热闹。人多，狗也不少。忙了一天，有人喜欢下来转转，还有的人其实愿意待在家里，但他的狗不愿意，必须下来撒撒欢。所以在这个地方，你要保持一点警惕，你必须防备着狗，还要小心脚下的狗屎。

天已擦黑。狗和人都少了，回家了。广场上顿时就有点空。她暂时还回不去，因为克拉不肯回去。克拉是她的狗，小母狗，贵宾犬。克拉平时是很规矩的，出来遛的时候，跟在她的左后方，亦步亦趋，合乎所谓的“训犬规范”。但最近它变性了，不乖了，时而蔫头耷脑，时而焦躁不安，不再安于斗室，有机会就要冲出牢笼。它出了家门就往前蹿，绳子被拉得笔直，主人被拉得趔趄。这不是人遛狗，简直是狗遛人了。该回家的时候却又赖着不走，四个爪子像长了吸盘，拖都拖不动，最后索性趴在地上，任你怎么拉它，眼都不抬一下。

当然最终也还是会回家的。办法总是有的。办法是什么？胡萝卜加大棒。所谓胡萝卜，那是对驴子而言；对狗来说，就是小饼干，牛肉味的。小饼干凑在它鼻子前，拽一拽绳子，再不走，就是一鞋跟。出脚当然不重，毕竟是自家的狗。这样就基本奏效了。克拉好不情愿地起了身，被牵着走了。贵宾犬毛长，修成泰迪毛型，很有些姿容，走起路来也顾盼生姿，但现在克拉垂头丧气，灰头土脸，实在是一副晦气相。主人牵着克拉，像拖着一大团破布，感觉很不好，不由得心情也差了。想起刚才克拉见到别的狗就直奔过去，朝人家屁股直嗅，突然又趴在地上，可怜巴巴地摇尾巴，实在是丢人！克拉的女主人身材凹凸有致，长发飘飘，拖着只疲沓狗还努力做到款款而行，显然是个很注意形象的女子，这克拉真有点配不上她。

这时，天几乎完全黑了，狗主人的容貌是看不清的。你只能看见轮廓。你看不清她的眉眼，更看不清内心。要了解她，你需要一点机缘。了解人从来都不是简单的事情。其实不说人了，即使是事物，譬如养狗，你不养，你就不懂。这一点，克拉的主人就深有体会。没有养狗之前，她只知道狗好玩，不知道狗麻烦；养了狗之后，她知道了狗的麻烦不亚于人，吃喝拉撒，比人还不能马虎。养了克拉她才知道为什么楼下总有一股尿骚味，原来都是狗撒的，路两边每一棵树下都有尿迹，公狗抬腿，母狗下蹲，不放过每一个撒尿的机会——不养狗哪知道这些啊？结论是：浮光掠影是靠不住的。方法是：要知道梨子的滋味，你就要亲口尝一尝。

浮光掠影靠不住，不光由养狗得来，了解男人也一样。这个说来话长，先不多说。总之，因为在认识男人上的曾经沧海，她对表面现象十分警惕，一律怀疑。问题是，明知表面现象不可信，每个人还都要修饰化妆后再给别人看。下面这段文字就是对一个人的描述：

> 某女，32岁，身高1.66，大学本科，城市白领，未婚；善解人意，兰心蕙质，身材好，性格开朗大方；征条件相当之成功男子共度美好人生，公务员或事业单位人员优先。

这是征婚广告。一种约定俗成的格式。虽用辞藻美化过，但基本符合事实。“某女”芳名苏丽，这个在征婚广告里不能说；她养了一只狗，母的，叫克拉，这个不必说；身高1.66米，绝对的理想身高，不过没扣除高跟鞋；身材好，准确地说那是几年前，现在要凹凸有致必须要穿塑身内衣了——可怕的时光啊！大学本科倒真是货真价实的，属国家承认的成人教育，思想政治专业。在这段文字中，“善解人意”可以说是最虚的话，但其实相当符合实际。苏丽一点也不笨，很善于观察别人，洞察人心。至于“善解人意”的另一层意思——体贴别人，那要看对谁了。

这样一个女子，平心而论，即使洗尽铅华，也还有中人之资，不知怎么的，一来二去，就剩下了。必须指出的是，“剩”，是别人对苏丽婚事的看法，相当粗鲁，她自己的看法是：她正处于筛选中，暂且未婚；大量男人被她筛落下去，暂且没有留下的，如此而已。收成不好是一季，找不到好男人是一世，绝对马虎不得。如果要用一句话说明苏丽的婚姻观，二十五岁以前是“没有爱情的婚姻是不道德的”，所以感觉最重要；自从过了二十五，苏丽坚信：“不以婚姻为目的的恋爱是邪恶的，基本等于耍流氓。”少男少女可以耍耍流氓，但大于二十五的女人耍不得，因为那是被男人耍。你应该看出来了，苏丽以前讲求彼此的感觉，现在注重婚姻标准。所谓标准，主要就是房子车子身高长相等硬件。总之，她现在是感觉和标准并重。为了扩大接触面，她不排斥相亲了。征婚广告就是这么出笼的。她字斟句酌，亲自执笔。苏丽见男人，不不，筛选男人，持续好几年了，说是阅人无数也不为过。事后回顾起来，这无数的男人可以分成两类，一类是见了面有感觉，却不符合标准；另一类是符合标准，却没有感觉，即使努力委屈自己，感觉也上不来。其实还有第三类，那就是既有感觉，又符合标准的，这样的人可以托付终身，不过，他暂时还没有出现。所谓白马王子，就是王子骑在白马上，光来匹白马当然不行；来个男人不骑白马，八成也不是真王子。白马是什么？白马是硬件。苏丽真是有点急了。婚姻尚在前面飘忽，但时光的脚步飞快，转眼间就会把婚姻抛到后面。就在这时，克拉出现了。

克拉是她养的狗。但以前不是她的。她的闺蜜，叫杨琴的，早婚，却没有早育。结婚多年没孩子，于是加班加点，反复努力，突然就成功怀了孕。这样，可能影响坐胎的克拉就成了危险分子，不得不送人。苏丽寂寞，狗并不多余，但这只狗的背景却让她不快。哦，你早早地抓了个老公，又马上要有孩子了，狗就多余啦？我没有老公就该和狗做伴？这不是欺负人吗？不过闺蜜到底是闺蜜，杨琴对她特别信任。杨琴说：“你知道它叫什么吗？可拉！就是可以拉一个人过来！”她摸着自己的肚子好像已经大得挺不动，说：“我的儿子就是狗拉来的。”苏丽长期待字闺中，一点迷信是免不了的，想起以前乡下的女孩子多有叫“来娣”“招娣”的，这可拉没准还真能带来运气，见那狗又跟自己似乎特别亲，前世有缘的样子，就接受了。

必须说明一下，克拉以前是叫可拉的，但苏丽用同样的音调叫它，心里却给它改了名字，叫克拉。把名字改掉，就像小孩改成继父的姓，有某种仪式感，少不得。可拉叫了克拉，说不定就可以冲喜，那些明星的婚戒不都是大号的“克拉钻”吗？

相亲依然在继续，克拉也养着。克拉对生活要求不高，有君子之风，一箪食，一瓢饮，它就很满足，就是说，你给狗食盆里添满了水和狗粮，基本就没什么事了。该见人你就去见人，你心情不好回来，它会安慰你。它跟你要吃的要喝的，要你带它出去散心，让你觉得还有人需要你，你不是个没人要的人。

克拉所有的口令、习惯和技艺，杨琴都已经移交了，但她有时还来看看克拉。苏丽虽寂寞，但并不很欢迎。这不仅是养父母对亲生父母的警惕，更主要的是杨琴来了基本不逗狗，却喜欢摸着肚子抱怨她儿子在肚子里蹬她：“我夜里真是没法睡！”当然她夜里睡不着也还另有原因，就是她的老公，她恨恨地说：“他夜里就要折腾！想着法子折腾！我真的好辛苦。”苏丽还是未婚女青年呢，她又羞又气，撇嘴道：“你自找的，两个男人一大一小，一里一外，里外夹攻，哈哈！”杨琴道：“你看你看，我儿子又在蹬我。这里都突出来了！”她口口声声“我儿子”，话头一转鼓励苏丽快找，说眼光要准，下手要快。她很真诚，这符合女人们骂过老公随后就要为别人介绍对象的规律。“好男人都被一轮一轮挑完了，所以你要降低标准。”她总算嘴里积德，没有说出“像我老公那样的现在到哪里找”之类的话，但那味儿还是出来了。苏丽没好气地说：“怎么降低？再低就是负数了！”苏丽认为，男人这个物种，其设计方案是不错的，但现在质量太差，基本都是残次品。因此不能怪上帝，是人自己不好。“这些男人都太小气！”她比画着说，“长得小气，为人也小气。”杨琴道：“如果条件大差不差，你可以改造啊。”苏丽心里冷笑，改造人那么容易？生怕她谈起改造老公来就滔滔不绝，立即把话题转到克拉身上。“人没有狗好！我现在要改造狗。它这几天发癫。在家待不住，不吃不喝，就想出去。是不是发，发……发疯？”“不是发疯，是发情了！”苏丽道：“你说它想男人了？”两人哈哈大笑起来。杨琴一把抓过狗，看看它后面，突然指着克拉的腿叫道：“来啦！它来月经啦！”克拉被她吓着了，挣脱开去，躺在地上舔起自己的腿来。苏丽愣住了。杨琴安慰道：“没关系的，它一年也就春秋两季。每次一个月。”苏丽惨叫道：“啊！这么麻烦。你把它带走吧。”杨琴笑道：“不麻烦啊。你不能只想玩它，一点不想付出。”她站起身，要告辞了。“男大当婚女大当嫁。这是自然规律。解决了它就心平气和了。”她挺着肚子出了门，“你们一起加油！克拉拜拜！哈哈。”

杨琴走后不久，竟又发来一个短信：“你和可拉要互相学习。狗向你学习抬高视点，你向狗学习增强嗅觉。”这是啥意思？难不成有老公和孩子，就有资格充当人生导师了？切！

苏丽今天没有去赴约会。自从征婚广告登出后，她就成了个热门。不断有人联系送检，但一个合格的也没有。她似乎成了男人检验员了。更讨厌的是，她意识到自己已成了那个叫“鹊桥仙”的公司的摇钱树。就是说，公司不断介绍男人约她，她反正看不上，公司却扣除了应该给男会员介绍见面的次数。她条件好，素质高，不想却成了媒子，而且是免费的。她又不傻，这多窝囊！于是她决定不再轻易出山。今天电话又来一个，几句话讲完她就决定谢绝。那人的话写下来是绝对没有问题的，但你要知道，话不是用来读的，是用来听的。那人的声音像刚吃了几斤辣椒，或者才动过喉部手术，比所谓的公鸭嗓子还要怪异。这基本就预示着是个太监，当然不见。今天是个星期天，时间是有的，但她有更重要的事情。克拉的血把家里弄脏了，她必须认真打扫。一检查才知道，寻寻觅觅，狗血点点滴滴，怎一个恶心了得。这些痕迹基本位于正常视线之外，不易发现。再仔细检查，才发现几乎克拉接触过的所有东西，或多或少都沾了血。这说明克拉发情已非一日，而且差不多歇斯底里。苏丽之所以没有及时发现，一是因为她没有养狗经验，二是克拉自己身上很干净，这跟经期的女人们外表看不出而只能从脾气上推测是一样的道理。看着克拉又在那里自舔，苏丽又恼又烦。现在有三个出路，一是把狗送走，但她舍不得，要找个合格的接受者或许跟找对象差不多不容易；二是让它绝育，这不光费心，还要费钱，据说狗的手术费比人贵得多，败家女才会这么做；三就是不管它，随它熬着，火烧完了它自然熄灭——可这万万使不得！杨琴不是说过吗，一个月哩！这一个月她岂不成护工了？其实还有一个办法的，杨琴说，解决了就心平气和了，就是说，它满足了就万事大吉——岂止是万事大吉，这个办法不光人道，还有一个好处哩：可以带来下一代，狗崽。两只或者更多，几乎可以成立狗崽队。贵宾犬属于热门的好品种，据说一只值三五千。三五只约等于一万，这不是一件一本万利的好事吗？

苏丽想定，恨不得立即就出门实施。克拉也是盼望已久，它在家里魂不守舍，坐卧不宁，茶饭不思，彷徨无策。它几乎时刻蹲在门边，眼巴巴地看着你，急了还去扒门，扒门还不理就去瞎咬东西，主要是咬苏丽的裤脚。这基本是揭竿而起的前奏了。老实说，它可真没有人的修养好。恬不知耻，没羞没臊。苏丽站起来，给克拉拴狗绳。克拉兴奋得直哈哧，苏丽却慢腾腾的，有些犹豫。但这时已经由不得她了，门一开，克拉"嗖"地蹿了出去。在电梯前苏丽再次犹豫，但电梯门自己开了，苏丽别无退路，只得跟它下楼。

苏丽犹豫，原因简单。她一个大姑娘，带一只春心荡漾的狗，不伦不类，深究起来竟又是同属待字闺中的一类，羞答答的。谁知道克拉会怎么丢人？她牵着狗，不时拽一下绳子，让克拉慢些。楼下的告示栏贴了不少广告，苏丽一贯懒得理会。但有个人突然说一声："唷，征婚广告贴这里啦！嘿嘿。"苏丽好奇，一看还真是征婚的，不过是为狗征婚，还附了照片："纯种金毛，雌性，两岁，体重 70

斤，体健聪明，柔顺勇敢。征条件相当之纯种雄性金毛，共结连理。非诚勿扰。价格面议。”这与人的征婚广告格式类似，但是最后那句话：价格面议，说中了苏丽的心思。看来狗的征婚广告即使是人写的，也和狗发情的表现一样，都是赤裸裸的。克拉要解决问题，显然要付钱。正觉得为难，克拉又在绳子那头用力，把她拖到另一个报栏前。这里另有一个广告，是卖狗的，正是贵宾，三千起步，价格面议。这个此前她看过了。克拉老实地蹲在脚边，不时抬眼看看她，似乎在说：真的能卖钱呢，别畏苦怕难。可这事是真有点难啊。她一个大姑娘，到哪里找公狗？说都说不出口的！难不成也去登广告？况且，她根本就不愿意出这个钱。她听说公狗发情也是很麻烦的，不光闹心憋气，有时还要闹事。公狗难道不也需要解决？难道不也是“解决了就心平气和了”？凭什么大家都是解决问题，就要母狗付钱？这是性别歧视，不公平啊！

看似狗不讲理，其实是人不讲理。要知道苏丽是做会计的，她不傻。因为她不傻，她才能从出纳升为会计；也因为她太不傻，她未能再接再厉，晋升为财务科长。不过这个原因她自己并不知道，她知道的是单位不讲理。在人事上遇到不讲理也就罢了，在狗事上竟然也这样——这算怎么回事?！

苏丽很纠结。她曾经在找男朋友上跟着感觉走，事实证明这不成功。但是狗的事你却只能跟着感觉走了，准确地说是跟着狗走。跟着逻辑就要付钱，谁叫她的狗是母狗呢？这时，克拉突然竖起了耳朵，它听到了狗叫。它的鼻子明显地在空气中探索，搜到了位置，呼一声蹿出去了。苏丽被拉了个趔趄。她恼火地拽一下绳子，喝住它慢一点，被克拉牵着往广场中间去了。虽说已不能主导，但苏丽心里却也有个态度：乱来是不行的，绝不能见公狗就蹲。这直接关系到下一代的素质。也是计划生育，优育。克拉只管解决问题不计后果，她岂能不管……尚未见到克拉心仪的目标，苏丽心里就已打定主意：克拉跟谁好，必须经过主人批准。克拉不设防，她必须要把关。

克拉的性行为被严格控制了。品种是一个控制线，品种不一致不要，品种不纯也不要。另一个原则是：免费。总有些公狗火急火燎，格外主动；总有些公狗的主人比较厚道，或者信息闭塞，不知道公狗还可以挣钱。如此看来，克拉的性行为，还是与人有关。

当天，克拉的寻找以失败告终。它感觉灵敏，绝无同性恋迹象，只有遇到公狗它才会放下身段。但它又几乎是饥不择食的。第一条公狗它是见了面就起意，可惜落花有情流水无意，人家不理它；而且那是只博美，品种不一，即使博美愿意苏丽也不答应。后来在广场东角又遇到一只贵宾，巧的是主人还不在，而且郎有情妾有意，彼此挨挨擦擦，稍一前戏就要来真的。但苏丽一拽绳子一抬腿，棒打鸳鸯，生生破了它们的好事。这一次品种是匹配的，但色系不一，对方是黑的，克拉可是白狗，这乱不得。苏丽从来就不赞成跨人种婚配。狗是一锤子买卖，无须长相厮守，谈不上生活习惯、文化背景，但混血儿很漂亮，四不像的狗可是一钱不值啊。

克拉可不懂这些。它饥不择食，倒还没有慌不择路，它与公狗之间的直线就是路。苏丽的策略是，找狗由它自己找，把关还得靠自己。这有点丈母娘的意思了。克拉越来越急，呼哧呼哧直喘粗气，完全失去了基本的妇道。在广场中央，它直冲一条黑贝跑过去，摇起屁股跳起了热舞。苏丽恼羞成怒，抬腿就是一脚。你也不怕压坏啊！那黑贝有一百斤，大狼狗，简直就是色狼，见有人干预，本来还装矜持的，这时竟跃跃欲试真想上。苏丽大叫："谁家的狗要流氓！再不来人我就打啦！"说是打，其实也怕，步步后退。那男主人不知从什么地方跑过来了，悻悻地赶开黑贝，觍着脸嘟哝道："你这么猛啊！一夜四次郎啊，昨天才配过的嘛！"说得苏丽立马满脸通红。她差点就要开骂了。这什么话，耍流氓！什么素质！

接下来的几天，苏丽继续带克拉到广场去。她盘算过了，不能在同一个时间下去，原因很简单，狗主人的生活是有规律的，何时遛狗基本不变，这就是说，淘汰了一批狗，就意味着要排除这个时间。为了扩大筛选面，最好连地点也换掉。但这个太麻烦，她做不到。通过第一天克拉与黑贝的邂逅，她得出了一点心得，那就是狗的素质反映了人的素质，或者说是人的素质决定了狗的素质。狗是随人的，狗和人互为镜像。如此说来，克拉找狗，也几乎是在帮她挑人了——她时刻也没有忘记自己依然待字闺中。狗绳的一端是狗，另一端是人，也许是男人，好男人。红绳也没规定不能是狗绳啊。

这个想法很乐观。苏丽看见那些牵着狗绳的男人难免如此想。据说男人十分讲究三大件，手表、皮带和钱包。随着时代的进步，其实男人牵的狗更能反映他的实力和品位。以前的那三大件太敏感了：钱包装钱，其实更是关钱的，不宜多看；手表只能扫一眼，扫的力度和频度太大就有点像小偷了；皮带，那管的是下半身啊，非礼勿视是必须的。但男人手上牵的狗就随便看了。你夸他的狗，基本上就跟夸他孩子差不多。如果他不夹生且有教养，他会投桃报李，反过来夸你的狗——这跟相亲有点类似，但要自然多了。

如前所述，男人养的狗，其教养习惯反映了他的教养；狗的品种，也常常透露出他的品位乃至实力。养小狗的基本房子也不大，养大狗的很可能住的是豪宅——虽然不可一概而论，甚至有反其道而行之的，但大致算有个谱。总之，关于狗的信息是了解一个男人的额外的窗口，狗和他的男主人互为表里，互为佐证，比素昧平生的两个人直接坐到茶馆要可靠得多。苏丽之所以有如此心得，直接原因是她在广场上的际遇，具体说，她在遇到无数“不合适”的狗之后，终于遇到了一个合适的。一个合适的男人，他的狗叫“大喜”。

大喜当然也是贵宾犬，白色，无一根灰色杂毛，眼圆腿健，血统纯正。它极有教养，出来遛时令行禁止，不犯规；撒了狗绳也不跑远，随叫随到；撒尿时腿抬得极高，一点不撒自己身上——这是个很小的细节，但细节直指本质。那个男人，叫宁凯的，身材高大，超过一米八，配得上一米六六的女人。身上的细节看似随意，都很有品位。所谓的三大件四大件，现在还看不全，但所有看到了的，譬如皮鞋、皮带，狗脖子上的皮绳等各类皮具，都很上档次。人不光高，还很挺拔，跟他的狗一样品貌端正。更值得肯定的是，他很得体，不光谈吐得体大方，衣着也得体。所谓衣着得体，对遛狗的男人来说，绝不是西装革履油头粉面，而是低调闲适，却又考究精致。更深入地说，所谓得体，其实就是合适，和苏丽合适。富贵逼人的人她吃不到，所以就说吃不消；各方面平平的她看不上，土豆掉到土豆堆里还是个土豆。她一直寻找的就是一个看上去眼亮，靠近了心动，离开了就心慌的男人，这就是合适的男人。而宁凯就是。

克拉找到了大喜，苏丽遇到了宁凯。这城市人和人相距遥远，虽说是人挤人，但不合适或者不合用的人那能叫人吗？你找修表的，那地方却改换门庭变成卖杂货的了；你找男朋友，却遇到个老尼姑……总之不合用的人你就会急得骂他不是人。苏丽遇到宁凯，殊为难得。这得归功于狗，妙狗偶得。在苏丽的心里，她和宁凯就像两个盲人，导盲犬克拉和大喜，依仗本能的指引，凭借神灵的感应，牵引着他们，相遇，靠近，走到了一起。

如上所述，她之所以对宁凯中意，主要是他得体。所谓得体，还得细说。除了通常的理解，苏丽认为，得体主要还得温和，有亲和力。所谓亲和力，不光是你觉得他亲切，同时他也要对你有兴趣；他不光对你有兴趣，还得好说话。所谓好说话，就是能驾驭。

苏丽以前没有见过宁凯。她在原来的地点，不同的时间，遇到了合适的人。

毋庸讳言，克拉功不可没。看来狗不光可以破案，狗还可以找人；狗不但可以看家，还能帮着成家哩。克拉和大喜天生有缘。通常她是每天傍晚带克拉出去，如果是周末，她就有时间带狗出去两次，每次时间也可以稍长一点。那天，果然是在比傍晚还略晚时才有了收获。就在克拉失望，苏丽也认为这一天又将一无所获的时候，克拉突然兴奋起来。几乎是同时，苏丽看见了宁凯。如果不是对人心存希冀，苏丽的眼睛绝对比不上克拉的鼻子；如果对克拉完全信任，并认为仅仅是它自己的事，苏丽就会狗绳一撒，随它去。但情况并非如此，苏丽是要把关的。她不但为狗把关，因为那只狗的主人看上去合适，她也要为自己把把关。于是她用力拽紧了手上的绳子，而且，脚步也迟缓了下来。这就像买东西，一眼望去就不合适的东西不须再看第二眼，看上去合适的，你倒要仔细打量。

目测的结果相当乐观，令人心动。如前所说，大喜品种优良，貌美体健，生机勃勃，是克拉眼里的白马王子。克拉四爪扒地，使劲向前，显然已经急不可耐。这实在是毫无矜持，有失体面。苏丽使劲拽住克拉，拐弯，退到花台后面远观。那只暂时还不知道名字的大喜显然已感觉到母狗的存在，它被气味激发，开始躁动了。它鼻子在风中探寻，跑两步，先撒了泡尿，朝花台这边“汪汪”叫了起来。那尚不知名的狗主人诧异地朝这边看看，眼睛亮了一下。因为花台挡着，他肯定不会看见克拉，他看见的是人，因此他眼亮只能是因为苏丽。苏丽相当美丽，尤其是远看。苏丽当然也看见了宁凯，她早就看见他了，但她眼睛不发亮，反而是一副意兴阑珊、了无兴趣的模样。她欲语还休，好像要说什么。终于开口了，却是批评狗的。她娇声说：“你发什么癫啊。走。该回去了。”说着拉着狗绳，强行把克拉拽走了。克拉不情愿，继而大怒，竟突然回头冲苏丽狂叫，龇牙咧嘴，像是要造反。苏丽不为所动，手上加力，终于还是拖着它离开了。

苏丽并没有走远，她押解着克拉走到了广场的另一边。天色已晚，这里很清静。她心里还有些迟疑。或者说，她需要进一步确认，需要想好步骤。有两个方面的问题：那公狗显然是优秀的，但它的主人会配合吗？很多人靠公狗挣钱，他会不会很计较，也提出一个价码？另一个问题是，单身男人会养狗吗？或者说，养狗的男人，是否意味着他已经成家？即使第一个担忧获得解决，就是说男人不计较，但如果第二个问题的答案是他已婚，那苏丽大费心思，岂不仅仅是为克拉解决问题了？

苏丽踌躇了。事到临头她有些畏缩。但她是个有决断的人，关于已婚未婚的问题，她立即就放下了。她自己不也是未婚？她不就养了一只狗？况且不去接触岂能了解实情？不去尝试又怎能知道人家是不是要钱？要钱的广告贴在墙上，又不会贴在狗鼻子上。中国女人就是太害羞，太含蓄，完全没有其他哺乳动物的敞亮和坦率！克拉也是女性吧？你看它茶饭不思，焦虑憔悴，有机会就勇往直前，低身求欢，毫不隐瞒春心——简直比男人还勇敢。现在剩男剩女很多，但如果没有人类的阻挠，肯定不会有剩狗——这是绝对的！苏丽对自己不耐烦了。克拉早就不耐烦了。于是转了一圈后，她们又回到了刚才和大喜邂逅的位置。但大喜和主人已经不在。昔狗已乘黄鹤去，此地空余绿草坪。克拉焦躁，在地上使劲地嗅，那里是大喜的尿迹点。苏丽懊恼，怎么一转眼就不见了？怪还怪自己过于犹豫迟疑，裹足不前。正有些恍惚，克拉欢叫着朝远处冲了过去——毕竟狗找狗比人找狗要高效。原来大喜和主人还没有走，只是换了地方，被一簇灌木挡住了。

找狗靠克拉，免费还得靠苏丽。她义不容辞。狗是不用货币的，但是人把钱发明出来了，于是狗的生活也要用钱了。这是现实，你得认。有了钱这东西，也才有了会计这个职业嘛，这是她的饭碗哩。苏丽愿意和钱打交道，进进出出，但决不愿意为克拉的性事付钱。大姑娘倒贴，要不得！关键还是人不好。世上的男人都小气。虽说这世界斤斤计较不能全怪男人，但男性不是主导吗？当然就怪他们。男人捐精不是也能拿钱吗？所以公狗也就要挣钱，这不就是男人的思维惯性嘛！

苏丽果断地斩断自己的思绪。这是在抱怨。这不好。她待嫁这些年，抱怨越来越多，已有些怨妇的味道。她早已警醒，不能再这样下去。男人虽坏，但是少不得。男人大多小气，没出息，但优秀的男人一定是存在的。他们并没有被外星人打包掠走，也没有被别的女人一网打尽，漏网之鱼说不定就在眼前。掂一掂，探一探，甚至撩一撩，才有可能看出这个男人的成色……这么想着，克拉已经把她牵到了男人面前。

成任何一件事，都要看眼力、手段和运气。这三项中还是运气最重要。就拿找对象结婚来说，你眼力好，看准了；手段高，使尽浑身解数，但如果运气不好，不投缘，你还是会以失败告终。这一回苏丽运气不错，否极泰来了，时来运转了。克拉真好。

克拉看大喜，苏丽看宁凯，眼力都算不差；手段嘛，克拉的本能就是手段，苏丽靠的是智慧和筹划。宁凯虽不大富大贵，却也算成功人士。重要的是，他恰到好处地有点散漫。所谓散漫，就是有一点点漫不经心，有一点点满不在乎。就是说，他不是个锱铢必究、斤斤计较的人。这样的男人是绝品啊！当然，他也有点“色”，所谓“色”，就是对女人感兴趣。因此他看见大喜和素昧平生的小母狗一见如故就装作没看见，也许心中还窃喜。狗大喜，他窃喜，呵呵。他差点说：它们看来有缘哩！但毕竟是初次见面，他没有造次，忍住了。他远没有精明到，也不需要精明到靠狗发财的程度，因此他从来没想到靠大喜挣钱。他对两只跃跃欲试的狗视而不见，喜滋滋地和苏丽攀谈起来。他显然被傍晚邂逅的苏丽吸引了。

他们的攀谈，只能从两只狗身上开始，而攀谈的时间长度，基本等同于克拉和大喜从彼此试探到成其好事的时间跨度。两人站在草坪上，交流狗经，苏丽相机向纵深处引导。她的姿态是美丽的，在夜色中简直有魔力。她收着嗓子谈吐，温言细语。这是她的长项，多少次她在镜子前摆好姿势说话，回回都能把自己迷住。她聊着天，时刻注意着狗的情况。她装着没抓稳，克拉脖子上的绳子脱了手。苏丽作势欲追，宁凯要来帮她，她却提议说：“你把绳子也撒了吧，让它们撒撒欢嘛。”大喜瞧出便宜，开始使劲挣脱，宁凯随手就把绳子松了。两只狗“嗖”地钻入灌木，投奔欲海，私奔去了。宁凯说：“狗不会跑没了吧？”苏丽说：“我的狗不会。你的狗也训得不错吧？”含笑道：“好狗都上规矩的。”这一说，大喜岂能被目为不上规矩的野狗？宁凯道：“它很听话的。”扭头看看灌木，叫道：“别乱跑！”狗不应声，但灌木在动。那丛灌木孤立于宽阔的草坪之上，它们不可能在眼前蒸发，他放了心。

和曾经沧海阅人无数的苏丽比起来，宁凯是个大男孩。他身高一米八二，可这不代表他就是大男人，他十七岁就这么高了。他有女朋友，从小学就开始的青梅竹马，已开始谈婚论嫁，所以他知道男女那档子事，当然也隐约看出两只狗想干什么，但他不能唐突佳人，不好明说。他虽通晓人事，但并不知道狗做这种事的细节。很多乡下孩子见过狗干这事儿，一公一母时间没到被人冲散，各奔东西，却分也分不开，那叫个惨！他没见识过，因此也不会细想。面对着佳人神驰此事，那也不是大男孩了。他只是和苏丽闲聊。苏丽虽说阅人多多，但对狗事也只是偶尔想想，绝对想不到具体的细节处，她以为狗的时间也该和人相当，十几二十分钟差不多，超人本就不多的，大喜和克拉也不见得是超狗。她聊着天，粉脸飞红，有点心猿意马。两人聊得轻松，谈得投机，不想灌木那边一个男孩叫起来：“哈哈！抓流氓啊！”他拍手大叫，一边还笑嘻嘻地看着旁边的女孩。这坏小子才十一二岁，就已经脸老皮厚，竟拿根棍子往灌木里捅。狗在里面惨叫，树枝乱摇，宁凯闻声大惊，跑过去，先朝里面看一下，转身挥手叫孩子走开。小男孩不依，举着棍子朝里打枪。宁凯跟过去，一把把棍子夺了，远远扔到一边。小男孩跑过去捡起棍子，继续远射，嬉皮笑脸地为女孩做现场讲解，女孩骂他："你臭流氓！"跑掉了。

宁凯回过身来，尴尬地笑。不一会儿，大喜出来了，克拉也出来了。云收雨散，曲终人尽了。克拉靠近苏丽，在她脚边蹲下，一副心满意足的样子。"丑！"苏丽心里骂一句，生怕宁凯说出什么话来。她已不担心宁凯开口谈钱，他根本就不是那样的人，但他这时只要说出任何与狗有关的话，苏丽都会羞赧难当。她的计划是，她自己分散狗主人的注意力，让克拉得偿心愿，但万没想到会有小孩过来搅局，而且宁凯显然看到了灌木中的那一幕。幸亏宁凯有教养，有分寸。他们的相识从狗身上开始，但这时再落实到狗身上，简直就是公然地调戏女人了。宁凯呵呵一笑，夸张地看看天色，说："嗬，这么晚了，该回去了。"在华灯绽放的广场上，苏丽大方地道："我们留个电话吧。"

苏丽原本担心克拉和大喜那天被撞破鸳梦，草草了事，不成正果，可喜的是，克拉明显起了变化。它不闹了，吃得多，睡得多，它心愿得偿，对苏丽似乎也万般柔情起来。显而易见，苏丽的担心是多余的，狗没有月经，只有"年经"；狗也没有什么安全期，只有发情期，它们效率极高，一发即中。苏丽妙计得手，克拉大功告成了。

好事成双。苏丽和宁凯也开始了经常性接触。所谓接触，当然先是言语接触，闲聊，逐步深入，最后过渡到身体的接触。在言语接触阶段，克拉依然要尽向导之责，待两人熟稔后，克拉就退居幕后了。所谓退居幕后，就是苏丽单刀赴会，不带克拉出去。之所以如此，倒不是新人进了房，媒人扔过墙，而是克拉的变化太明显了，乳头红了，乳房大了，肚子也膨胀了，它"出怀"了，遮掩不住了。俗话说"猫三狗四猪五羊六"，这克拉的进程似乎要快一些。反正，它是不宜再抛头露面了。

克拉在家坐胎，苏丽和宁凯接触频繁。我们都知道，苏丽乃成熟女子，经验丰富，只要她愿意，还颇显风情。相对而言，宁凯是单纯男人，经历简单，人生道路顺遂。虽有个长期女友，但这同时也意味着他曾被长期禁锢。外面的世界好精彩啊，外面的女人也别有一番情致。至少，苏丽的身材就大大优于他清瘦的女友。狗是杂食动物，男人却是肉食动物，更别提那丰饶迷人的肉体还附带了那么令人怜爱的表情和思想……总而言之，宁凯和苏丽顺利地接近了，贴近了，深人了。

苏丽很健谈，但并不饶舌。她思路清晰，有时也适当展示娇痴的混乱。她很会层层递进，若还若往，欲语还休，半推半就。这就像跳舞，三一挽两一带，男人就被带到自己的节奏里来了。譬如通过询问宁凯怎么到这里遛狗，马上就能摸清他住在哪里；问他怎么在这个时间遛狗，就能知道他做什么工作；从工作就可以过渡到收入、家庭，就可以了解他的婚姻状况……世上无难事，只怕有心人。他的女友，苏丽也见到了。苏丽那次没带克拉，她在草坪上没有遇到宁凯，却见到了宁凯的大喜，克拉的丈夫。大喜引导着一个女子从苏丽身边走过，苏丽只看了一眼，没有再看第二眼，就是说目光未作驻留。倒是大喜认识“丈母娘”，跑过来和苏丽亲热。苏丽不看第二眼主要不是因为不想看，而是不须再看。苏丽只看一眼就做出了评估：此人不是对手——有机会！她不看第二眼更因为大喜很讨厌，你再停留它就要顺杆爬，没准会追着她要老婆——这可不行，时机不成熟。她眼下尚未操必胜之算。幸亏没带克拉出来，否则两只狗纠缠不休，情意绵绵，说不定就提前暴露目标了。

她不带克拉出来遛，宁凯也问过为什么，苏丽说送妈妈家了。两人熟悉后，已到了可以在草坪以外的地方约会的程度。宁凯逐渐解放，露出了男人的本质。所谓男人的本质，就是“十个男人九个花，剩下一个是傻瓜”；说得更到位的是“十个男人九个花，一个不花是条件差”。但宁凯不傻，条件也不差，他只是需要一点引导，适度开发。说他们两个一拍即合对宁凯不公平，说苏丽处心积虑苏丽肯定断然否认。这么说吧——缘分。这个词使用率极高，可以解释一切阳光或地下或露水的姻缘。总而言之，简而言之，苏丽和宁凯因狗相识，开始约会，其地点从草坪向茶馆饭店转移，最后落实到更窄小的空间里了。所谓窄小空间，你懂的，就是房间，就是床。双人床，最后双人床当单人床用。到了这份上，宁凯也曾端着酒杯说：“酒是色媒人，我们的狗才是媒人啊，感谢狗！”又说：“它们一见面就干了那件事，嘻嘻。”他手搭上来了：“你的克拉有没有怀孕啊？我的大喜很厉害的，百发百中，上个月我老妈还带它去帮了一回忙，人家要送我们一条小狗哩。”

这话说出去他就后悔了。是苏丽的脸色阻止了他下面的话。他们吃过饭有时会去开房，这天他原本是要让苏丽好好表现一下的，她那么迷人，似乎有无穷无尽的潜力。他要说：马上你要好好谢谢我，犒劳我一下。不想苏丽乍然变色，抬手打掉他搭在肩上的手：“什么那件事这件事，我没看见！”她脸色难看，断然否认，却又娇声补一句："大喜不避人，你也不避人啊？"这其实又是承认了，承认两只狗做过好事。这承认有调笑的味道，再配以娇羞的表情，宁凯简直受不了。但事后回想起来，那天的见面十分晦气，有些话几乎是一语成谶。他们那天没有开房，苏丽说身上不方便。其实哪里是身上不方便啊，她那个"不方便"已经不光临了。她怀孕了。说这话时，她十有八九已经珠胎暗结有孕在身了。

此后两人有一个多月没有见面。宁凯开始是很想的，后来就想得淡些了。她说是出差，培训，回来后再联系。事实上他们常常联系的，说点风话，写下来是颇为肉麻的，但宁凯也不当真。他对联系没有多大兴趣，电波又没有触觉、味觉，见面才有意思。街上的美女是看得见摸不着，电话那头的苏丽既看不见更摸不着。宁凯不是个很随便的男人，却有点随意。突然的分开让他把事情想得简单了。而且他还真的相信苏丽是出差了，因为这话和以前的一句话对上了榫。苏丽曾说，克拉已经送她妈妈家了。单身养狗的人，是没法离家这么长时间的。他相信了第一个谎言，很容易就相信接下的另一个。

苏丽学着克拉，也在家里坐胎哩。说什么猫三狗四，其实克拉三个月不到就生了。一胎四只。大喜真厉害。刚满月她就送了一只给她的领导。这比送其他东西实惠给力。送卡，少了难出手，再多也很快会刷掉；送狗就不一样了。狗是个话题，她可以态度得体地指教领导。这是件活礼物啊，可以天天代她在领导家里转，狗能活十几年呢。另三只小狗待售。她已经在网上把照片贴出去了，应者如潮，不愁没人要。唯一需要注意的就是价格问题，她的小狗健康漂亮可爱聪明，她定将坚守价格底线。她从来不缺乏耐心，如此优良的父本母本，如此优秀的后代，岂可明珠暗投，随便就出手？小狗吃奶，又不吃狗粮，再养一阵子其成本也几乎可忽略不计，她等得起。可见苏丽的耐心是理性的耐心，待字闺中的女人最不缺的就是这个。

之所以说苏丽有耐心，还体现在她自己身上，体现在她的身体上。确凿无疑，她怀孕了。宁凯防不胜防，况且他也不是个步步设防的主。有限的那么几次，他终于"脱颖而出"了。他脱颖而出并不是因为他有过人之能，只是因为他们床上的"领导"有心让他出头。选拔人才是这样，男女之事有时也是这样。苏丽暗施小计，他就出头了，她也就收获了。收获是什么？就是宁凯的一点点，趋近于无穷小，零。

公允地说，苏丽也算是有言在先的。在心醉神迷时，她说过："我什么都不要你的，我只是喜欢你。"这话让宁凯感动，继而激动，然后大动。苏丽又说：

“我什么都不要，我要的差不多就是零……”她百忙之中还抬手做了个圈，一个零——这样的女人多好，你哪里找？他轻装上阵，没有负担，羽化登仙了。可当苏丽挺着个胖肚子出现在他面前时，他傻了。分开八片顶阳骨，倾下半桶冰雪水！他从天界跌到地上，被打回原形，原来还是个色狼！他自己都觉得自己真不是个东西！

有个笑话说：三个小伙子向老头摊牌，都想娶他女儿，一个说有钱，一个说有产业，最后一个穷小子却说我什么都没有，只有一个孩子，他在你女儿的肚子里，于是他就赢了——结论是：在关键的岗位上你得有人啊。他看到这个笑话，也曾乐不可支，哈哈大笑。现在这笑话竟戴着面具撞过来了。他一不留神有了孩子，这孩子他还没见过，就被别人绑架了。他暴跳如雷，继而又如皮球泄气。他心里骂自己不是东西，却也想到反扑。但苏丽风度娴雅，不急不躁。她养胎养了近三个月，一直等到了瓜熟蒂落才现身。所谓瓜熟蒂落，不需要等孩子生下来，而只要等到肚子尺寸足够，目光难以忽略即可。她已经等到现在，绝不会在这个节骨眼上失控；她已经等待了这么多年，也绝不会在最后关头失手。她有理有节，轻声细语，竟然还带点幽默：“我才是受害者，生孩子是女人疼，男人在产房外面呢。”此时说到产房，比说到牢房还要吓人。宁凯根本不敢问她是不是要生下来。他只虚弱地说：“你说过什么都不要的，你说过的。”苏丽道：“我是说过的，我要的差不多就是零。”她羞涩地道：“几千万分之一，几毫升的几千万分之一，无穷小，还不算是零吗？”宁凯呻吟道：“你这下要了我的命了！”苏丽笑道：“我哪会要你的命啊！你的命就是我的命。”她双手拍拍自己幸福的肚子道：“你的命就是他的命，我儿子的命哩。”她终于有资格像杨琴那样说“我儿子”了。

这是十分私密的谈话，比商务谈判更为重要，只能在家里谈。现在苏丽的家里只剩下一只狗，就是克拉。所以即使苏丽如愿以偿跟宁凯结了婚，宁凯也不会知道这三个月内她家里曾完整经历了一次狗的孕产。苏丽永远不会让他知道的。有朝一日他如果知晓，只可能是苏丽的闺蜜，也就是克拉的原主人杨琴说漏嘴。如果他们结了婚，克拉和大喜也就是一家人——不不，一家狗了。不过有一点他们还不知道：两只异性的狗是不能养在一起的。那事儿年年来，月月来也就罢了，要是天天想来那么一下，那可怎么过啊？要一起养，唯一的办法，狗类饲养专家已经指导过，那就是把大喜骟掉。嘿，挨刀子的还是宁凯的狗。

2012 年

视线有多长

1

早上一上班，生产部就送来了两本样书。一本是画册，本校一个摄影家的个人作品集；另一本是精装书，雅致厚重，就像是一块古朴的砖头，这是水文学教授徐恺先生的学术专著，毕生的精华之作。老先生们常说，能写出一本死的时候可以当枕头的书则此生足矣，这本书就是了。上班路过学校工会报栏时，李毓看见了那张讣告。他知道，徐老已经逝世了。这本书出得很漂亮，可惜徐老没能看见。

徐老是1952年院系调整时的本校元老，可以说是国内水文学的奠基者，又是现任校长的老师，所以李毓这个副社长亲自担任了责编。徐老自己对这本书也很重视。翻开封面和环衬，徐老坐在写字台前，面前摆着一本书，他右手拿着老花镜，看着前方，慈祥雍容，不怒自威。书前有两个插页的照片，是徐老从一大沓照片中亲自选定的。几十张照片大大小小，有的已泛黄，不少还裁了花边，是徐老从一个世家少年到留洋博士最后成为业界权威的人生剪影。一个人的一生，和书稿一起摆在李毓的桌上，都在这里了。书稿差不多有半尺高，手写稿，上面布满徐老修改的笔迹。

李毓叹了口气。书出来，人不在了，一些后续的程序有点难办。书稿可以归档，但稿费开给谁？徐老的老伴早年得了老年痴呆，瘫痪在床多年，只有他侄女可以联系。稿费开给她吗？李毓有点犹豫。他把书稿和校样装进档案袋送到档案室，几个同事正在谈论徐老的死。徐老是倒在厕所里去世的，早上保姆来时才发现，人已经冷了，不是脑溢血就是心肌梗死。同事们见李毓进来都住了口，表情讪讪的。李毓出了门稍一迟疑，到办公室取上那袋照片，来到总编办。这是徐老的人生缩影，理应还给家属做个纪念。他指着袋子上“张玫”两个字和电话号码对小王说：“这是徐老的侄女，你联系一下。”他沉吟着说：“或者，你送过去也可以。”

回到办公室，随手翻开那本画册。一幅作品十分扎眼。画面色彩绚丽，主题不明，仿佛一幅油画。晴空碧水间，一只似乎是乌鸦的黑影虚着身子飞掠而过，刺眼而压抑。这样的PS是一种意外，一个恶作剧，你的眼睛无法回避。画册的作者在本校离退休处工作，因此他有机会游历山水。李毓皱着眉合上画册，小王进来了。她说她已经联系过，照片人家不要了，由我们保管。说到“保管”这个词时小王略有停顿，显然考虑了一下措辞。这样的停顿其实流露出小王的态度。是的，心寒。李毓知道对方的原话恐怕还要冷一点。他决定稿费的事他自己来联系。还没等他拨通手机，桌上的座机响了。对面的声音熟悉却又陌生。她的意思是：样书先放在出版社，稿费直接打到账号上。“我最近很忙，这你应该知道。”张玫语气平静，思路清晰，“我的账号你是知道的。”

2

徐老离世了，更多的人都还活着。各人头上一方天，有的是蓝天白云春光明媚，有的却是乌云密布阴雨霏霏。李毓呢，他大概像那幅摄影家的照片，也算得上碧水盈盈风平浪静，却有黑色的鸟在上面飞掠盘旋，驱不掉，躲不开。不过，他已经习惯了。

目前他一人独居。儿子也被带走了。当时的理由是，迪迪上学需要租一个学区房，然后就分开了。分开之前经常吵，现在不吵了，除了周末李毓要去接迪迪，联系也不多。房子是一个三居室，它曾经是一个三口之家的窝，现在却是一笔财产。它实在是太坚固了，钢筋水泥胶结勾连，没有一把爽利的刀能公平地劈开。因为看不清房价未来的走势，他们也就不能断定他们婚姻的终结点。如果能做到双方满意，他们大概早就离了。

就这么耗着。从理论上来说李毓已婚，就是说这个时候如果谁做他的女朋友，谁就是小三。这是个很要命的称呼，在这个庞大的高校很可能会成为焦点。当然，这个城市更庞大，庞大到任何个体都几乎可以忽略不计。想到这个，李毓又觉得自己未免过于自抑了，这两天的心情也太过压抑，当小王拿着两张演唱会的门票悄悄到他办公室时，他稍一迟疑就应允了。

小王不难看，二十多岁时堪称漂亮。年过三十的小王拿着票过来的时候尚未下班，但她已经作了修饰，淡扫蛾眉，暗香盈袖，这让李毓心里产生了一丝被重视的感动。他们约好，各自拿着票找到座位再会面。

这个城市比不得北京上海，上档次的演唱会不多。两张票是分开的，这能看出小王的票来得不容易。不过分开进场也让李毓觉得些许安心。曾经的某一天，他们一家人一起去看演出，是一场打着迪士尼旗号的溜冰表演。那天迪迪是真高兴，全家都乐陶陶的。下午，全家人还上街增添了装备：给迪迪买了个望远镜，老婆也添了一件米色的羊绒大衣。大衣很漂亮，当然也很贵，李毓坚决地买下了。今天他要去的依然是那个体育馆，甚至时间也是晚上七点，但这情形已是斗转星移时过境迁了。

去体育馆之前，他先回了趟家，并给迪迪打了个电话，没提到他妈妈。迪迪也没提，只说作业还剩一题就写完，马上就可以看电视了。他声音还是那么奶憨憨的，李毓喜欢。电话里迪迪的声音立即激活了这个房子里他留下的所有东西，那些玩具、卡通书，一把躺在床上的塑料宝剑，也瞬间恢复了生气。

他还是个有家的人，这让他不知道说什么才好。李毓怔怔地坐了一会儿，打开迪迪房间的抽屉，拿出了那个望远镜。望远镜号称俄罗斯制造，倍数很高，但傻大黑粗的，迪迪的小脸连目镜都不能一起对上，玩了几回就没了兴趣。李毓今天准备带上这东西，郑重其事得有点滑稽。也许内心里他是要提醒小王：这是个有家小的男人哩，你可得想清楚。

演唱会乏善可陈。那么多人，大概超过一万人，都想到这里来嗨一下，但是他们嗨不起来。比起已经长眠的徐老，这里的人都还有找乐的能力，但是他们今天基本算是上当了。几个歌星各自都算卖力，但是他们之间十分不搭，装扮不搭，唱的歌东一榔头西一棒，舞蹈也是瞎混乱搭，完全没有同心协力的意思，像是来唱对台戏的。这倒是一场难得的奇观，仿佛他们本是一家人，现在把矛盾闹到台上，彼此拆台来了。李毓一直在走神，小王倒很有兴致，好像能和李毓坐在一起就足以让她高兴了——李毓找到座位时她已经把自己的座位换了过来。她带了很多零食，自己吃，也要李毓吃，还夸他的望远镜带得聪明："可以把美女拉到跟前，伸手就能摸到！"这话可不像下属对副社长说的话了。李毓笑笑，装作不尴尬，一边接过望远镜，随意地朝对面的观众遥望。他不看台上，镜头微摇，视野飞快地在环形的观众席上扫来扫去。黑压压的，全是人。这体育场追时髦，也有个名字叫“玉兰碗”，现在这碗边爬满了人，全都傻乎乎地盯着碗底，那里有几个跳蚤在蹦跶，是舞台。“呵呵。”李毓脱口道，“肉末。”小王忙问:“什么？你说什么？”李毓的话已经收不回，遥指巨大的观众席上乌压压的人头道：“你说这像不像一层肉末？一个巨大的外星人在天上看见这里灯火通明的，很好奇，一下把顶棚捅开，伸出手指这么一刮，往嘴里一送，啧！地球人，好味道！”小王怔一下，咯咯笑起来：“你骂我们是肉末哦！你也是！”李毓挡开她伸过来抓望远镜的手道：“都是都是，我们全是。”他笑着用镜头继续扫描，突然固定在某个方向，镜头不动了。

此时死气沉沉的舞台上鼓起了一点回光返照的劲头。液态氮喷出来了，云蒸霞蔚。李毓的视线透过去，透过人造祥云，他看见了一张熟悉的脸，那是他的妻子。她那么远，又这么近，近得几乎伸手可及，他似乎可以用手触碰到她薄施粉黛的脸。他用镜头罩住她，也罩住了她身边的那个男人。那男人和她年岁相当，衣冠楚楚，看上去仿佛一对夫妻。他们言笑晏晏，男人的手随意搭在她的肩上，搭在她的大衣上。大衣米色，羊绒质地，价格昂贵，和他手上这个望远镜是同一天购买的。谁能想到，这望远镜和大衣此刻却各据一方，遥相对应？

李毓惊心动魄，脸上不动声色，他仔细打量着她遥远的面庞。她的耳廓下有一颗红痣，胭脂红，很娇俏，他突然记不起究竟长在哪边了。他调一下焦距，但角度不对，还是看不见。他真是犯迷糊了，这似乎很没道理，但她现在这情形难道就有道理？这望远镜号称“军事望远镜”，看来真能发现别样的硝烟。他们已经近一个月没有见面，轮到他接送迪迪也只是电话联系一下，上次见面距现在和镜头里的视线一样遥远。没想到她过得这么快乐，比她应该的更快乐。他突然就想起了死去的徐老，这学校里好多毕业生娶了教师的女儿，或者，侄女；如果徐老没有教过李毓，李毓就不会有这一段姻缘。他放下望远镜，软软地倚在椅子上。小王脸上挂满了疑问，但李毓的样子弄得她又变成了下属。她疑窦丛生却又不好开口，终于好奇心起还是忍不住，拿起望远镜，向她估计的方位搜寻。人海茫茫，她当然看不见情况。她看不见他的现状，也看不清自己的未来。

3

去殡仪馆一次你至少会压抑一天。松柏、菊花、黑纱、尖利的哭声和饮泣，一切都带着死亡的气息。徐老躺在鲜花当中，那张李毓熟悉的照片被裁剪放大了，悬挂在大厅里。他目光散淡地看着他身后这些依然活着的人。这里有人听过他的课，有人和他有过争论甚至争吵，也许，还有女人曾经和他发生过恋情……李毓没有看见徐老的夫人，到现在老太太还被瞒着，其实她即使脑子还清楚也不能来了，她已经完全瘫痪。李毓昨天去看过她，她认不出任何人，你说什么她都似乎没有听见。有一个保姆在床前坐着，李毓没有看见张玫。

告别厅里略有些乱。离退休处的人正指挥着来宾依次站队。来的人很多，大多是门生或同事。隔壁的那个告别厅外老的小的哭成一片，显得这里格外安静。徐老身后寂寞。李毓的视野模糊了。似乎有人在向他招手，让他往前面站，李毓摇摇手退到了队伍里。他看见了张玫，一袭黑色的大衣，戴着黑纱，戴着白花，安静地站在人群最前面。他试图看清她，但泪眼模糊，所有的物象都变了形。他只看见一个晃动的影子。

校长致悼词后，张玫代表家属致答谢词。李毓泪流满面。哀乐低回，李毓跟着队伍慢慢地沿着遗体边的通道走过去。只能再看这一眼了，送别的人们散去后，遗体将被推入熊熊的火炉，化为一抔没有生命的无机物。这具身体里曾经活跃的智慧有一些落在了纸面上，装订成册，摆在了书架上。那一袋照片正安静地躺在档案架上，灰尘飘落静无声。

压抑的啜泣盈满了耳朵。李毓像是失了魂。他梦游一般缓缓朝前移动，出大厅的时候，他木然地握握张玫伸过来的手，什么也没有说。回头看去，她站在大厅门口，向每一个来宾致谢。队伍出了门就散开了，李毓站在远处，这时他倒看清了她的面容。眉眼间，依稀有徐老的影子，那是一些已经死亡的因素。李毓闪开了视线。

人们三三两两地站在绿树环绕的广场上，等待着回城的大巴。冷风刮过，松涛阵阵，绿荫如海，这广场就像一个圆圈，一个句号。所有的人，无论贵贱男女，都将络绎不绝地来到这里，在炉火的推拥下从那个高耸入云的烟囱飞升上去，飘向辽阔的天空。今天来的不少都是本校同事，李毓看见了好几个熟面孔，他们彼此点个头，都有些拘束。他们干站着，此时此地，那些平时再正常不过的问候语都不宜讲，“你也来啦？”“你最近身体怎么样？”“还那么忙啊？”——这些话要么是滑稽的，要么会被理解为一种讥讽。李毓很佩服那个摄影家，他挂着个相机东张西望，见了熟人还粗声大气递烟问好。他或许是见得多了，又或者这洒脱其实也不过是另一种形式的胆怯。大多数人都沉默，觉得局促，似乎连呼吸都不敢太深，小心翼翼生怕把某种不祥的东西吸进去。

来了两辆车，好些人上车走了。未能登车的人大概不愿再站在原地，不约而同地往前走了一段路，李毓便随众人出了巨大的院门站在马路边。马路伸向远方，通往喧嚣的尘世。此时的气氛轻松多了，李毓却一言不发，听着别人谈天。

“前几天我还看到他在学校散步哩，真没想到，”一个谢顶的老先生叹道，“人生也是假的，真没意思。”

另一位头发乌黑看来是染过了的老先生说：“他比我们身体都好，不想他倒走得早。”

“身体好不好，哪能看得出，”一个老太说，“真是没意思的，我家孙女整天吵死了，我一夜睡不到半夜觉，我不烦了，烦不了了！明天就把她送到她爸妈那儿去！”

“你舍得？”

“怎么舍不得？孙女送走我就到黄山去，旅游！”

染头发的老先生说：“我们应该要求离退休处组织了去。”

“得啦，”谢顶的老先生道，“要去自己结伴去，指望单位是靠不住的。我是哪儿都不去，就在家里待着，比什么都好。”

“倒也是，车子还不安全哩，”老太太嘟哝道，“我烦不了了，小孩反正要送走。”

“东奔西颠没意思，”染发的老先生道，“黄山也就那样，九寨沟我也去过的，就那么回事。忙来忙去疲于奔命，想想也没劲——职称又有什么意思？副教授正教授又怎么样？”——他话一跳就跳到了职称，想来这是他的一个遗憾。他转脸对李毓身边的一个中年人说：“小张，没意思的，想开一点。”

中年人没想到会说到自己的职称，顿时显出不快，笑着说：“我怎么想不开啦，迟早要上的嘛——我想得开。就像您老，正教授没上，副教授不一样退休啊，身体还比别人好。”

染发的老先生有点尴尬，嘿嘿干笑着，转脸又继续和他的两个老伙伴聊。

李毓听着看着，心里都被他们说空了。实际上，约莫一小时后他们一起从车上下来，那个声称要把孙女送走的老太抢先挤下了车。染发的老先生在后面说：“你忙什么忙啊？”老太说：“我孙女只吃进口奶粉，再不买就断了。”她头也不回地道：“我比不得你。”说着匆匆地穿过马路去了。李毓哑然失笑。类似的情形他以前参加送别会就见过多次。这世上的牵挂或者羁绊岂是那么简单就能轻易卸下的？

李毓刚要离开，那个中年教师紧赶几步凑过来，很客气地问起自己的书。他有一本专著在李毓社里出版，他希望帮帮忙，尽快赶出来。四月底是职称申报的截止时间，李毓允诺绝不会误事，至少赶几本样书出来。他这才放了心，连连拱手感谢。他们一起等车时李毓就看出他有事要说，那时他确实不方便开口。那些四大皆空的议论和他的职称格格不入。

李毓又在马路边站了很久，反身回到了告别厅附近。告别仪式已经结束了，大厅正在撤空，徐老离开了他最后的栖身之地。李毓用眼睛搜寻着，他看见了她，然后迎了过去。

张玫很漠然，不过还是停住了脚步。他们面对面，是两人站着说话除了恋人之外的最近距离。视线很短，与望远镜的视线无法相比。他这时终于确认，她的那个痣是长在右边的耳廓下。很隐秘的位置。“知道你这几天很忙，”他看到那个摄影家脖子上晃着相机匆匆跑过去，引导着校长的车掉头，“不过，有学校操办，你应该还好。”她看他一眼，不说话。“我去老太太家里看过，没有见到你。”他几乎就要说他曾用望远镜看到过她，但忍住了。她辨出了他话里的味道，皱起眉头道：“有什么事你就说吧。我还有事。”

她一开口李毓倒被噎住了。她确实还有事要做。徐老最后的房子她无论如何不能再叫别人代领。李毓忍不住说：“我们还是好好商量商量吧。”他没有明说商量什么，但她是个聪明女人，应该想到他们那个她已久未光顾的家，那套房子。李毓闪开视线不看她的脸，他看着她身上那件黑色的大衣，比那件米色的似乎更显俏丽，他像被电了一下似的突然说：“老先生的房子怕是也会归你吧？呵，你看得远，比用望远镜看得还远。”他冷笑道：“我看老太太那里你还是应该多去去。我听说老年痴呆是一时糊涂一时清醒的，说不定她什么时候就完全清醒了哩。”她的脸突然绯红：“这不劳你操心！”她狠狠地瞪着他道：“你自己不要犯糊涂才好。我已经找了律师。不相干的事请你不要费心。你说完了吗？”李毓无语。张玫说：“那我走了。”

李毓说：“好吧。你走吧。”

2013 年

吐字表演

据说恭维女人是男人的基本功。但真正的美女相对稀缺，夸女人有时会难以下嘴。于是，有人撰文指导说：如果她长得不漂亮，你可以夸她身材好；如果身材也不好，就夸她气质好；如果她什么都不好，那就夸赞她聪明，兰心蕙质，性格好。这篇文章可谓用心良苦，称得上曲尽其妙。但面对含逸，这篇文章派不上用场。含逸是个真正的美人，她面容秀丽，身材曼妙，气质超群。极言女人之美，套话很多，倾国倾城，国色天香，闭花羞月，沉鱼落雁……其实都夸张了，但看到含逸你眼前不由一亮，这是免不了的。眼前一亮是因为惊艳，也因为你面对的是电视机，电视屏幕是很亮的。

含逸是播音员，省电视台的新闻播音员，是台柱子。她在这个位置已经待了十二年了。十二年，电视机从荧屏到等离子再到液晶，都换了好几代了，但含逸没换——你把旧电视淘汰了，买个新的回来，一打开，含逸还在那里。除非你不看新闻，否则几乎每天，你都可以在固定的时间、固定的地点，也就是你家电视机的位置，见到这个女人。好多男人早已不正眼看老婆，但他们天天看含逸。

含逸所在的电视台早已“上星”，全国都能看得到。全国我们姑且不说吧，在省内，她即使不是尽人皆知，但家喻户晓那是肯定的。“今日要闻”晚上六点半开播，“正在播报”是中午十二点，如无特殊情况，含逸如约而至。所谓如约而至，就是她通过电波，准时深入你家里，或客厅，或卧室。她在你家里操着标准播音腔，侃侃而谈，娓娓道来。人们早已熟悉含逸的声音，倘若那些重要的国际国内以及省内新闻偶尔不从她嘴里说出，你简直不适应，要怀疑它的真实性。她的声音具有了某种权威性。说到声音，含逸的声音十分难得，极富魅力。所谓魅力，就是不但好听悦耳，而且富于变化。作为新闻播音员，字正腔圆、大方庄重自不必说，难得的是她有时还很亲切随和，在节目的后半部，新闻常常与民生有关，这时的含逸自然亲切，那语调，抑扬顿挫，声声养耳，恍若邻家小妹。

这其实是两套迥异的声音系统。唱美声的唱不了通俗，唱通俗的唱起美声来，无疑赶鸭子上架。但含逸按照新闻的内容，顺时应节，操控自如。总体说来，她的声音珠圆玉润，悦耳动听，但细细品来，她既能如一行白鹭上青天，也可以是两个黄鹂鸣翠柳；有时是清平乐、满江红，有时却又踏莎行、声声慢，亲切。她这一亲切，很多人竟恍若置身于间关莺语，沐浴着冬日暖阳了。

十二年了，日子是一天一天过来的。含逸在这个位子上正襟危坐十二年。这个"危"字，看节目的人只看到含逸坐得端正，潇洒，但含逸自己另有所感。年轻的丫头们一茬一茬长出来，一个比一个漂亮，一个比一个会来事，她们对这个位子心驰神往虎视眈眈。十二年，含逸的男搭档已经换了四个，她的声音其实也有了变化。喜欢她的人说更有磁性了，尤其是每一句的尾音部分，多了点沙哑，带了点滞涩，不客气地说，这是老了。这种滞涩她无法控制，可以控制的是播音的姿态。她花在化妆镜前的时间更长，妆也浓艳了不少。播音的时候，该庄重的时候更庄重，该亲切的地方更亲切，往观众身上贴。庄重是因为内容的需要，也是因为她内心的需要，那架势有点理直气壮，舍我其谁，这位子就该我坐的派头。近来，她播时政要闻的时候也有了些细微的调整，她在庄重里又糅杂了点随和，一点点漫不经心，那些新闻主角的名字——都是大人物——从她嘴中亲切地吐露出来，有点像是说着自家的事。这就透露出某种背景了，这或许可以阻吓那些企图取而代之者，但含逸自己清楚，她只是跟台长很熟，跟那些更大的人物，她没有交情。这种心态必然会体现在她的工作里，她自己也无法控制。播报完毕后，她要跟观众道再见，她的脸微侧，下巴一收，深深的一个点头："各位观众，这里是正在播报，我是含逸。再见！"最是那一低头的温柔，诚恳，甚或还有一丝巴结。

"正在播报"的片头是全省俯瞰加祥云缭绕，但含逸并不生活在云端里。播音结束，她摘下耳麦，走出播音室回家，她踩的不是云，也就是一般的马路。马路上有污水，有垃圾，也有凹坑。她住的四方城虽是高档小区，但雨后的路面也有积水，一不留神，驶过的汽车溅了她半裙的污水。

最近一直在下雨。梅雨季节，下雨是常态。如果雨只是淅淅沥沥的，路面还不至于积水，早晨雨稍大，这小区的排水系统就吃不消了。当年只知道这里是高档小区，没想到档次高，地势并不高，再加上偷工减料，实实在在留了个暗疾。

好在含逸家住 20 楼，只要到了家，永不至于担心水漫金山。

含逸早晨出门，心里还是悠闲的。丈夫是一家电气公司的老总，上班早；她一般总要赖到十点以后才去上班。“正在播报”中午十二点开播，她只要提前一小时到岗就没问题。她吃了早饭拾掇好自己，临出门，随手带上了墨镜。自从成了名人，这墨镜已成为她出门的必备之物。墨镜很大，几乎遮住了脸的三分之一，它既标示这是个名人，又免除了遇见熟人时眼睛做出笑容之累。她锁好门，墨镜还没戴上，突然看见走廊里站了两个人，正朝窗户外张望。含逸吃了一惊，她注意到他们的脚下摆了一个长提箱，比小提琴盒略长。她狐疑着站住了，觉得不安。那人冲她说道：“没你事。你走你的。”含逸正犹豫是回到家里关上门，还是继续走过去，说话的那个人朝她走了过来。

含逸的心咚咚跳。她强作镇定地站住。那人板着脸走到她面前说：“我们正在执行公务。”随即他眼睛睁大了，带了笑意：“哦，是你？”含逸慌乱地点点头。她知道他是认出了自己。她稍稍平静了些，道：“那打搅你们了。”那人一笑：“你忙你的吧。”含逸迟疑着挪动脚步，朝窗户那里看看，快步走了过去。

她见过大场面，是名人，但终究是个女人，面对这样的情景理所当然会感到害怕：这是含逸事后给自己的解释。进了电梯后她又想起，那说话的男人手里还拿了副望远镜，这充分说明他们绝不是冲自己来的。他们要看的是远处，真的是在执行任务。到底是什么任务，含逸一无所知。

这一天含逸心里一直有些不安。她并不是一个关心国家大事的人，那些国家大事、省内要闻从她嘴里播出，那只是她的工作。她在镜头前发音，发音的内容由不得她做主。她只相当于那个话筒，只是一个零件。她也曾做过一段时间的时事评论类节目，但她当时只觉得恐慌，觉得是老了，被退居二线了，一点不感到指点江山的快感，很快就努力推辞不做了。所谓努力，其对象就是台长。台长当着新闻部主任的面宣布，含逸不再做时事类节目，继续专心做好新闻主播。所谓专心，就是稳定的意思，所以这是维稳的谈话。台长强调：“你们新闻部是很重要的，含逸的工作也十分重要。国家的大政方针，领导的动态，要通过我们传达给人民。”他幽默地一笑：“你们很重要，我们都很重要。领导做了些什么，我们不播，从某种意义上讲，就等于没做过；领导到过某个地方，我们不播，对人民来说，可以说就是没去过。”毕竟也是个不小的领导，这话水平高。含逸不知怎么的，一下子就想起了台长的这番话——看来，今天早上遇到的事，说明上面某个重要领导到省城来了。那两个带着装备的男人确实是执行特殊任务的。这当然不关含逸什么事，她只是好奇：是谁来了？这么大的阵势。来了做什么？她不想推测，也不必推测，总而言之，新闻稿一定会送到她面前来。

早晨的事转眼也就过去了。一切都还是稳定的。她在大办公室和同事说说闲话，翻翻报纸，很快就拿到了新闻稿，然后“正在播报”也就播完了。一点差错都没有，新闻内容也没有任何特别。唯一的不快是接到了丈夫的电话，问见到台长没有，台长有没有空。她知道他找台长什么事，他是做电气工程的，这电视台大楼如果去掉水泥，剩下的不是钢筋就是密如蛛网的电线电缆，正是丈夫的衣食之源。从理论上说含逸不能反对他找台长，但她不愿意他多找，更不喜欢他通过自己去找。那语气，有点巴结，还有一点赖到自己身上的样子。要知道是台长管着她，她又不管台长。她没好气地拒绝了他联系台长的要求，扔下手机，继续卸妆。她和丈夫的关系有点奇怪，不冷不热，也不吵不闹。他上班很少待在自己办公室，这会儿肯定不在家。含逸正犹豫着是不是先回家，她的替补，那个字幕上叫夏波、外号叫波波的丫头迎面走了过来，她颔首一笑，莫名其妙地叹道：“淫雨霏霏，好讨厌啊！快变天吧！”说着还扬了扬手里的值班表，擦身走了。含逸知道值班表上今天的“今日要闻”还是自己出场，没那个波波什么事。她大度地一笑，站起身挺胸走了。

但她心里窝火。回家的路上又被溅了一裙子的污水，更是倒霉。她到家后飞快地换了身装束，出门，上街去了。所谓换一身装束，除了裙子，还包括配套的上衣，鞋子和包包，还包括上一点淡妆。这一连串的动作麻利而果断，没有丝毫的犹豫，倒似乎是她中午回家，就是为了要换一身装扮，就是为了换装后出门逛街。

蒙蒙细雨下，街上湿漉漉的。潮湿的天气并不能减少街上逛街的人数。很多人逛街，并不为购物或者其他消费，逛街本身就是目的。含逸以前并不同意这种断语，她认为这是男人们不解风情或者为了保护钱包的的托辞。女人们常常上街前并无明确的想法，回来后手里拎着的购物袋就是收获，这个过程怎能说没有目的？况且，那些美丽的女子，譬如她自己，收获的又岂止是购物袋？路人的艳慕尤其是男人们的惊艳眼神，颗粒归仓都收在她心里带回去了。据说，延续了原始社会男人狩猎、女人采摘的天性，男人目标明确，女人沿路收摘，但面对着含逸这么漂亮的女子，光天化日之下，男人们只敢拿眼神去射箭。这样的爱慕之箭，每一支都能给含逸带去自信。

街上的含逸风姿绰约，光彩照人。她的姿容、装束，包括墨镜、包包，都散发出一种比高级白领更高一点的气息。但又不是通常的所谓贵妇，她有一种优雅，一点书卷气。街上行人如过江之鲫，因为连日阴雨，好些人因为怕污水溅上裤脚，走出了花步来。含逸抿嘴一笑，她的心情似乎明朗了些。但突然，她犹豫了，不知道要到哪里去。她的包里有各种各样的卡，但她不需要购物，厂家赞助的衣服源源不断，有的只在镜头前出现过一次就被挂在衣橱里。去做美容？她不想去。美容基本是骗人的，短暂的效果以皮肤吸收乱七八糟甚至假冒的护肤品为代价，后患无穷；整容才是真家伙，在脸上动刀子，但含逸不需要这个。她天生是个美人坯子。台里女人扎堆，整容是个经常性话题，一般是谈的人不做，做了的人不说，但这个规则是逐渐形成的。以前，几个女人还会谈论着商量着，互相打气，搭伴去做。那时候含逸刚坐稳主播的位子，可以说是稳如泰山，也尚未感觉到韶华易逝，嘴也快，但她从不参与这个话题，这不光因为她自己不需要去动这个手脚，也因为讨论别人脸上的缺陷，几乎等于公然嘲笑，态度越恳切，越显得自鸣得意居高临下。但有一次她还是忍不住插了嘴，那是因为她的前任三番五次把话头往她脸上引。含逸忍无可忍笑道："玻尿酸，肉毒杆菌，嘿嘿"，含逸是很讲究吐字发音的，"尿，毒——有病！"最后这四个字她吐得轻重有度，节奏清晰。边上的夏波哈哈大笑："尿，毒，症！"那时小丫头夏波还真只是个小丫头，在含逸面前十分巴结，气得那个前任直翻白眼。夏波恭维道："人家含逸是天生丽质。"她双手虚拢着含逸的脸，端详一下，说："一般一般，世界第三。"一时哄堂大笑，嘻嘻哈哈，各种笑。现在的夏波，双波越发凸出，经常虚虚实实地在含逸前面晃，也不知是真的假的。

前面就是一家整容医院。含逸有意无意地瞥了一眼。就这一眼她有了发现。她看见了一个熟悉的背影正走进医院。是夏波？含逸不能确定。夏波的双波挺高，鼻梁却不高，这是她脸上众多缺陷中的一个。她的傲人双峰并不别致得像骆驼一样长在背上，所以含逸并不能确定那就一定是她。含逸扑哧一笑，往前走几步站住，暗自希望夏波能出来"偶遇"一下，突然又觉得这地方也不宜久站，弄不好会被误认为自己也是整容医院的顾客。笑笑，往前走了。

一想起那个关于大象、骆驼和蛇的笑话含逸就忍不住要笑。这三个活宝互相嘲笑对方乳房或鸡鸡的位置长得不对，引得台里那些色鬼好一阵子都热衷于互相调笑。有的男人属大象，鸡鸡长在脸上，一望而知是色鬼；还有些男人像蛇，鸡鸡长在脸的后面，脸很冷峻，一本正经。私下里，台长平易幽默，什么话都说，他也曾对这个笑话有所评点。想到这里，含逸的脸沉下去了。牛毛似的小雨洒在身上，顿时感到了重量。细雨如雾，绝不是怀春的柳絮，含逸只觉得厌恶。含逸跟台长的事是台里不能说的秘密，但知道细节的却只有台长和一些女人，含逸是其中一个。台长在私密场合也就是个男人，一个有特点的男人。想到他的特点，含逸鸡皮疙瘩都起来了。含逸跟他也放得开，什么话都说得出口。含逸曾调笑台长一定属蛇，因为他的鸡鸡藏在脸后面。台长哈哈大笑，说我倒是想属蛇，属蛇我还能多干几年，又严肃地说："蛇不如我。你要注意一个事实，蛇的鸡鸡虽然很长，却蜿蜒弯曲，我可是直的！曲直是非不可不察啊！"想到这里，含逸竟然嘴角带了笑，边笑边骂自己无耻，不要脸。

有些事是不能多想的，多想了你就活不成，更当不了主播。含逸踏上台阶，走进了电器城。

这是淡季，电器城里人不多。门口的地面亮晃晃的，是顾客带进来的雨水在闪亮。含逸漫无目的地东看看西望望。新潮流行的小电器都摆在一楼，因为逛街的人可能随手就买了；要买大件电器，你就必须上楼，你有目的地来，就不该嫌麻烦。这就是商家揣摩的人生。含逸冷笑一下，承认商家有理。她踏上自动扶梯，远远就听到了熟悉的声音。

这是这世界上她最熟悉的声音，她自己的声音。整整三面墙，层层叠叠，摆放着各种电视机，一个比一个靓，一个比一个大，最大的那个仿佛墙上开了一个巨大的落地窗，不过窗外不是风景，是含逸，含逸"正在播报"。这是复播。那声音，那语调，那美丽的姿容，含逸无比熟悉，此刻却又格外陌生。许多电视机都呈现着同样的画面，她置身于三面宽阔的电视墙中，面对着无数的自己。她们以同样的姿态，说着同样的话，环绕着含逸。虽然含逸今天不是为了这个场面而来，但她早已预见到这一幕，因为她在这十二年中已领略过许多次。还有些电视里播放的是高清风景片，它们点缀其间，使含逸也成了这世上最美风景的一部分。她不得不承认她享受这个场面。一时间她竟感到虚幻，仿佛自己是孙悟空，拔一把毫毛就幻化了无数的替身。她朝迎过来的营业员微笑着摇摇头，突然想提醒他们，不该开这么多电视的，太浪费了，但是她没说，这有点矫情了，多此一举。她连墨镜都没有摘下。她早已不需要被认出，被搭讪。她如果摘下墨镜，那简直是在主动去招人了。正要离开，营业员又过来了。他手里拎着一副厚重的眼镜，说这电视是立体的，效果绝佳，请含逸试试。含逸摆摆手，转身离开。立体的含逸还没走到楼梯那里，手机就响了，是台长。

含逸皱起了眉头，那边的台长不可能看见。他依然是一如既往的腔调。电视里的自己继续侃侃而谈，一脸的国计民生，经国大业，含逸突然觉得厌烦，她听着手机，快步走下了台阶。台长又在召见她了，即使她推托，今天晚上下班前她也得去奉召。就是说播完“今日要闻”，她还得“加班”。“加班”这两个字，几乎已成为他们之间的密语。所谓加班，其地点就在台长那个位于顶楼、配套设施齐全的办公室里，他们将坦诚相向，她也将继续保持工作状态。所谓工作状态，具体说就是播音，含逸需要再次播报新闻，内容不拘，一般就是当日的国际国内大事。台长十分重视新闻工作，她播得好，台长的状态也就好。这也是新闻的效应。

重要的事情往往要延后。含逸把雨水弄脏的裙子拿去干洗了，第三天又拿回来，那条预料中的重要新闻才送到她的面前。确实是重要新闻，因为来的人物很大，大得除非他到地方上去，一般只会在中央台的屏幕上出现。领导带来的是关于文化发展的精神，高屋建瓴，无疑是春风化雨。含逸播报前凝神聚气，播报时语调庄严，绝不亚于中央台的水平，难得的是，她的神情还带了一点欢欣鼓舞，有久旱甘霖之意。所谓声情并茂，大方得体，就是这个境界。含逸内心并未看出这条新闻与自己有什么直接关系，却能播出如此效果，这就是功力。出了直播间，她居然有一点成就感，仔细回味，播报堪称无懈可击，却似乎少了点东西。她卸完妆，又坐了一会儿，这才明白少的是什么：凡遇特别重要的新闻，台长都高度重视，在播报前鼓励，播报后肯定，可今天没有。在这条新闻的画面里，含逸曾看见台长，一闪而过，看不出任何异常，但播前播后这两个环节的缺失却不能不说有点异乎寻常了。

近两年来，有关台长升或者退的传言一直不绝于耳。所谓升，就是到广电总台或者厅里去，升不上去，就逼近退居二线的年龄了。但传归传，并没有人公开谈论，要谈他们还不如谈点饮食男女，谈点美容养生。两天前，台长召见含逸时也看不出什么端倪。当时两人重整衣装，含逸随口说起了在整容医院看见夏波的事，台长慈祥地呵呵笑道：“年轻人，想进步，有勇气！”含逸听了这话十分不爽，冷笑道：“我看你也要去整形！”台长一惊，皱着眉头道：“你是说我丑？嫌我老了？”说到“老”字，声调拔高，有点声色俱厉的意思了。含逸不慌不忙道：“你只要去做两项，一个丰胸，一个隆臀。”含逸站起身一手抚胸，一手摸臀，摆出个S形：“这样，你就可以随时摸，想摸就摸。”台长一愣，哈哈大笑了。大笑的效果是台长再贾余勇，又“高升”了一回。

电视台从来不缺少消息灵通人士。这两天传闻渐起，含逸谨言慎行。她除了播音，基本闭嘴；摘下耳麦，耳朵张得大大的。这些传言来路不明，莫衷一是，虽呈七上八下之态，但确有点渔歌唱晚的味道了。或许，台长对重要新闻表现出的轻慢或者疏忽，也是一个印证。按理说这事只有有限的几个人注意到，但新闻部主任知道，就等于尽人皆知。大多数人难得见到台长，无法察言观色，含逸算是台长身边的人，但她一切如常，看不出特别。

所谓台长身边的人，你懂的，就是那个意思。含逸也知道这个意思。她没有喜欢过，但也从来没有拒绝过。但这两天，她竟有点分神，坐在那里，总觉得凳子上有人用手骚扰，坐不稳，要庄重大方得靠毅力。坐不稳也还罢了，“正在播报”时嘴里还出了错，幸亏号称直播，其实有十多分钟的延时，要不然就真无法补救了。她这分神来得真不是时候，真要命，却无处可说。要说也只能跟台长说。台长喜欢她跟着一起忙。他自己忙上忙下，忙得不亦乐乎，含逸也不能闲着。所谓不闲着，也就是播送新闻。从朱唇玉齿中，那些重要的国际时讯、国内要闻娇喘吁吁着鱼贯而出，别有一番风情，传播效果极佳，台长显然受到鼓舞，精神振奋，干劲更足了……所谓“加班”，还真不全是调笑。这样的加班是一味药，这药对含逸也有效果，效果一是含逸的位子坐得更稳，效果二就是坐着的含逸面对镜头有时会走神。含逸职业素质高，对这第二个药效已经产生耐药性，也就是说她基本不会在正式播音时娇羞或者磕巴了。要不是近来谣诼四起，牵涉台长的位子，她这次绝不会在播音时突然红脸。

能免除第二个药效其实也不容易，就像他们达成和谐与默契也有个过程一样，开头总有点难。台长刚开始私密约见时，嫌她太闷，叫她出声。含逸知道自己的强项，却含笑道：“出什么声？我不喜欢出声。”突然想起什么，自己笑了出来：“你是让我叫？”台长一愣，笑道：“啊对，你叫——”这其实滑到段子上去了。于是含逸轻轻叫道：“床——床——床——床！”她叫出了四声，叫出了平上去入，果然不同凡响，显示出功力。台长乐不可支，板起脸道：“你啊你啊，这么好的声音，怎么能浪费到如此简单的单音节上去？”于是台长开始示范，含逸简直不敢相信自己的耳朵，犹豫迟疑着开始“复播”。从此她掌握了台长的药。这药从她嘴中金丹般吐出，字字珠玑，台长即使白天工作再疲劳，也能重整旗鼓，再掀高潮。

不能说含逸现在急于见到台长，但说她有所期待并不为过。傍晚下班前，那夏波竟戴着个硕大无朋的墨镜到台里来了，她忍着术后感染的危险那是她的事，可气的是她竟拖腔拖调地朗诵起诗来：“啊！与其在悬崖上展览千年，不如在爱人的肩头痛哭一晚，啊！”去掉这两个“啊”，这是舒婷写的《神女峰》，因此她也没忘记摇晃自己肚子上方的峰。这实在太过嚣张了。她的朗诵里提到了两个男人，一个叫悬崖，一个叫爱人。台长含逸暂时还没见到，丈夫的电话却来了。丈夫告诉她，他跟台长联系上了，那个工程基本搞定，他要去上海一趟，这就动身。含逸心里大致有了数。果然，今日要闻刚播完，台长的电话来了。台长约见含逸，但这次地点不在他的套间办公室，他要去含逸家里坐坐。所谓“坐坐”，其实必定要动动，但到含逸家里去，一头扎入最基层，却是前所未有的。他还有如此兴致，似乎暗示了他大局稳定，甚至心想事成，但也可能是他自感去日苦多，再鼓余兴，究竟怎样，一时还真无法判断。含逸不肯去家里，但拒绝无效。半小时后，她驱车到家时，台长的车已经停在楼下的停车场了。

这是一次异乎寻常的约见。含逸的家很大，很豪华，近两百平米的平层，卧室三个，电视机有四台。这四台电视并不能证明含逸的虚荣或自恋，事实上，她并不嗜好在家里的电视里看见自己。电视都是丈夫搬回来的，他是电器工程的行家里手，对各种新设备保持着狂热的兴趣。最新式的立体电视摆在客厅里，茶几上摆着两副立体眼镜。

台长坐到沙发上，拿起立体眼镜摆弄一会儿，戴了起来。立体眼镜含逸没戴过几回，因此两副眼镜都可以说是丈夫的，她看着台长，眼里闪过一丝烦恶。台长戴着大白框眼镜，十分不搭，而且看什么都是虚的，含逸的厌烦也是虚的，他没看见。考虑到台长的职务，他深入收视终端，研究最新设备的使用情况无疑也算是职务行为。他摘下立体眼镜拎在手上，用他的老花眼含笑打量着含逸。含逸被他看得不自在，只得领着他四处参观一遍。台长边走边赞，站在卧室门口不动了。

含逸走开，随步走到客厅的镜子前，看一眼自己。镜子里的自己面若芙蓉，眉头轻蹙。她今天本怀了察言观色的心，但台长毕竟老到，她什么也看不出，也不好出言相询。她打开镜前灯，看到了自己眼角细微的皱纹，心中不免一沉。那边突然传来了含逸的声音，又是复播！是台长打开了卧室的电视。含逸怔住了，突然觉得怪异。面前的镜子里的，那个女人瞪大了眼睛，但她看不透镜外人，电视里的那个女人又何尝不是幻景？如果此刻家里另三台电视也都打开，调到同一个频道，那这房子里就将有六个含逸！这太滑稽，简直是恐怖了。她“啪”地关掉镜前灯，抢在台长踱过来之前离开了镜子，因为接下来的那一出她已预见到，台长将会凑过来站在她身后，端详她，伸出双手搂住她。

但那双手终究还是要伸出。台长抓着她的手，半搂着，把她带到了主卧室。他这是反客为主了。既然来了，当然就要占据要冲，哪怕只是暂时的。这是战场的主峰，是一个家庭的要津。野渡无人舟自横，他现在是这里的主人。是男人就要做主，即使不能做大楼的主人，做做一个房间的主也别有意趣。除了略施小计腾出这方天地，对此后的过程他并不费心去构思。从心所欲才是真正的做主，他今天决意随心率性。

他斜躺在床头，含逸没有过来，也没有说话。这是个聪明女人，她什么也不问，他当然什么也不会说。她坐在圈椅上，拿起遥控器，把自己换掉，随意调着电视频道。屏幕上的画面顿挫闪烁，变化莫测，刚看见一个孩子正在舞台上卖萌，突然又是一场婚礼；婚礼进行曲尚在回旋，忽然变成了哀乐，是追悼会的场面。含逸把声音关掉。于是无声的屏幕上，那个在主席台上做报告的人，大开大合的手势和嘴就显得十分夸张。含逸抿嘴一笑，手轻轻一动，串到了法制频道，一双手铐扣住了一双手。一支话筒伸进了画面，对准了一张沮丧的脸。

含逸打开声音，那嗫嚅的嘴正发出忏悔，垂头丧气语无伦次，却也主题鲜明。她偷眼看看台长。台长舒适地倚在床上，看不出任何情绪波动。他动了一下身子，朝圆茶几上指了一下。那是另一个遥控器，空调的。含逸把空调打开，朝台长摇摇手，拨通了丈夫的手机。

一分钟不到她就收了线。对面的声音断断续续，是最令人放心的音效。其他的任何声音背景都可能是虚晃一枪，只有高铁风驰电掣带来的效果才让人安心。空调已有了效果，房内的气氛也暧昧起来。她放下手机，垂眼不看台长，脱掉外衣。她身姿窈窕，有如成熟的浆果，饱满而艳丽，轻轻一碰就会热液流溢。但这浆果依然悬挂在枝丫上，就是说，她依然坐着没动。台长站起身，走了过去。

下面的过程已是水到渠成。但这是一个特别的场所，最近似乎也是个特殊的时期，正因为最近流言四起，她才勉强答应在这个场所见面。然而她还是什么也看不出，哪怕电视里出现贪官被抓的场面也对他毫无触及。这真是个老江湖哩，摸不透。含逸松了身子，任其所为。她甚至不得不有所迎合。就在即将真正开始的时候，台长似乎对她不甚满意，他停顿一下，说："开始。"

所谓"开始"，你懂的，就是播音。不从千家万户的电视里播出，只为一个人表演。这种播音是为他伴奏。含逸今天突然不想开口了。她"哦"了一声，伸手摸到电视遥控器，乱按着，很快就传来了正在播报的复播声。她把音量开大，整个房间立即弥漫起自己的声音。她的意思是用这个作为替代，讨个巧。她以前偶尔也使用过这样的简易工序，但是台长今天不愿将就。他看着含逸询问的眼神，坚持说：“开始，走你！”

含逸只得打叠起精神，换了一口气，开始播音。这是一种特别奇异的感觉，此地远离电视大厦，是在自己的床上。含逸吞吞吐吐，娇喘吁吁，与电视机里的含逸判若两人，相映成趣。这奇幻的场景显然激发了台长的工作热情，他如疾风暴雨，似惊涛拍岸。含逸弱不胜风，几乎语不成句，所有的标点符号被打落一床。她深吸一口气，突然灵光一现，脱离了电视里提供的文稿，现编现播了。

以前也不是每次都照播今日要闻。偶尔台长白天工作时过于劳心费神，晚上简直如沉疴难起，这时候，他就会拿来最权威的报纸，要含逸浏览一下最重要的新闻，让她脱稿播，还说这是考验含逸的应变能力。往往新闻的级别越高，出现的人物越大，台长的激情就越高，简直有起死回生之效。含逸今天反其道而行之，她没有多想，方才电视里的贪官新闻就是启示。她略一思忖，一条官员贪腐下台的消息就成了形。她义正词严，正气凛然，将官员“就地免职”了。台长顿时愣了神，然后，飞快地缩小了无数倍。

他居高临下，喘息着看着含逸。半晌，他昂起头，评点说：“你够狠，但是还不准。”含逸嘴里的新闻主角纯属随嘴乱说，前面说的是张三，被撤职查办的却是李四。台长说：“就地免职便宜他了！”他看着含逸询问的眼神道：“就是某某某！他收受贿赂任用亲信，该当撤职查办！”含逸的眼睛瞪得更大了。某某某是本省最高首长，台长如此要求，特别怪异。含逸有点晕，有点怕。但台长幽默地说一声：“走你！”用身子一催促，她不得不开播了。她无法播得连贯，檀口香唇不大利索，也播不出某某某犯事的具体情节，这倒无意间符合了高级别官员负面新闻的通常格式。最后一句话她说得流利：“移送司法机关侦查处理。”说时迟那时快，台长如山涧湍流，飞花溅玉。他嘴中念念有词：“我 × 死你！我 × 死你！……”句子虽短，主谓宾俱全。有道是飞流直下三千尺，疑是银河落九天。霎时云收雨散，他眼前直冒金星。

良久良久，含逸衣装整齐地坐在沙发上发愣。家里只剩下她一个人。洗衣机轰隆隆地旋转着，床单在里面纠结缠绕，她脑子里也在缠绕。看来，台长目前位子还够稳，至少看不出马上就不管用。他曾经强调说：领导做了些什么，我们不播，从某种意义上讲，就等于没做过！含逸起身，走到主卧室的电视机前，仔细察看。电视关着，屏幕是黑的。她弯下腰，伸手到后面，果然摸到了一根线，拽一拽。然后，她走到丈夫常睡的小卧室里，打开了电脑。这些设备都不是她安装的，是丈夫的手笔，但她早已有所警惕。没用多久她就找到了那个文件。她用 U 盘拷下来，把电脑删除干净。

小卧室里的电视也黑着，没有任何画面，当然也没有艳照。U 盘在她随身的包里装着，只由她掌握。和天下所有拍下此类视频的男女一样，她认为这东西将永远由自己掌控。

2013 年

要你好看

他朝门口摇了摇手，她眼一扫，看到了，款款走了过来。她扭头看看周围的环境，坐到了他对面。这是他们第三次上茶馆，第一次只到茶馆坐了坐，第二次他们从茶馆出来后去了宾馆，后来再见面茶馆的环节就省略了。按理说，男的应该很喜欢这种省略，但这次到茶馆却是他约的。他觉得他们应该说说话。

这茶馆他也是第一次来。他坐一个小时高铁，然后坐出租车，随意看着车外，说一声停，就进来了。他给她打电话。电话里他听出她有些诧异，也有些迟疑，但还是答应来了，来得还挺快。透过落地窗看见她从出租车下来，据此他推测她家离这里并不很远，但等她坐下来，他又觉得这也未必。她的头发比上次见面时短了很多，显然刚打理过，还散发着淡雅的护发素味道，焉知她刚才不是在美容店里，正巧弄完头发呢？

“你这样，也挺好看的。”

“是吗？你是说头发？天热了，我喜欢清爽一点。”她让服务员加了个杯子，等他斟上红茶，说，“我每年都是这样的，天热了就剪短发。等长长了也就冬天了。”她轻轻晃了晃脑袋，汇聚在下颌处的头发随着晃动向两边抬起来，脸瞬时小了。她微笑着说：“明年这时候，你就会知道我说的是真的。”

“好吧。明年。”

茶馆里不热，也很安静。这是下午，一大半的桌子空着。一眼扫去，客人们全都是一男一女两两相对，除了一桌打牌的；即使打牌，也男女均衡，两男两女。他们很安静，听不见争执，轻轻地叫牌落牌。捉对厮杀，他竟然想起了他和她在某个情境下用过的这个词。打牌的人捉对，却不是捉对厮杀。他轻轻笑了起来。

“你笑什么？”

“没什么。我笑这里男女各百分之五十。一比一，基本正是人类的比例。”

“你挺会琢磨的。你还琢磨出什么？”

“我什么也琢磨不出来了。你，做什么工作？家里到底什么情况……”

“现在查户口？晚啦。”她“切”了一声，“告诉过你的，我下岗了。”

他看看桌上她的包笑道：“是啊，我还听说过有人开着宝马去当保姆呢。对了，那也是个女的。”

“那好，那你这个男的告诉我，你做什么工作？家里到底什么情况？”

“我的工作我说的是真的；家里的情况你没有问过，不过现在也有了变化……”

他沉吟着等着她问，但她不问。于是自己说：“我离了。现在一个人。”

“哦，你自由了。”

他接口道：“你也可以自由的。”

“我？”她似乎没想到有这一说，“难道，自由还能传染吗？”他不说话。她微笑道：“我抵抗力很强的。”

他转动着手里的杯子，脸上有一点失落的表情。茶馆和客房不一样，确实是个谈话的地方，但他的话题显然还是冒失了。至少她觉得冒失。如果不是他在网上跟她试探过这个话题而她总是不领会，顾左右而言他，他也不会觉得他们有面对面聊聊的必要。这算是明确答复吗？不管怎么说，他这是受挫了。有点丢脸。好在这里没有人认识他们，他们的声音也很轻。他确认自己这不是求婚，顶多算是求爱，再爱一点。他只是在试探一种可能。他给她的杯子里斟满了茶，一时默然无语。

这茶馆原是个老私家洋房，叫船厅。屋顶雕梁画栋斗拱飞檐，呈船篷状，门口还摆着一只硕大的铁锚，极似一艘船。当年也许是地形所限不得已而为之，现在看来倒显得匠心独运了。镂空隔断把里面的空间分隔开来，也是船舱的模样。茶馆的地势高出马路，透过垂满藤蔓的落地窗看出去，是马路，车水马龙。他慵懒地看着窗外的车流，感到这船正在向前方行驶；可是把目光抬高一点，马路对面的车流却告诉他，他其实和船的行驶方向相背。

他收回目光，船不动了。很安稳。她安静地坐在他对面，啜着茶。半空传来了球赛的声音，那是悬着的电视机，正在转播欧洲的联赛。他的目光刚转过去，她就问：“你喜欢看球？”

他笑笑，无所谓的意思。“你喜欢看，肯定也喜欢踢。”她看着他的手臂，这是他除了脸之外唯一当众裸露的肌肉，她说，“你很结实，我喜欢。”

他含笑看她一眼。她以前就夸过他的身体。他当然也夸过她。这样的夸赞有客房的气息。球场上是两个豪门俱乐部，你来我往正在厮杀。她看得挺入神，她入神的样子很好看。这时他们两人都侧着脸，仿佛目标一致眺望前景的样子，但其实不是。有人大力射门，球偏了，划门而出，她“吁”了一声，很惋惜的样子。他问：“你，知道场上一边多少人吧？”

她嗔了他一眼，意思是小瞧人。他说：“看着他们，我觉得自己很自在，很自由。”他用调羹搅着茶，叮叮当当地脆响。“他们一共22个人。你要知道，这22个人挣的可都是欧元，他们都是亿万富翁。22个亿万富翁在那里汗流浃背，争着抢着表演给我看，你说这是什么待遇？”他身体往椅子上再松松，“而我，清凉，悠闲，云端里看厮杀，我喜欢这样。”

“你可真是自我感觉良好。他们有钱，你有闲。嘿嘿，你可真是有闲，总是有空出来见女人。”她约他见面，他似乎随时都有时间，果真也从不爽约，只是开的房都是快捷酒店，有方便面的味道，不上档次。她讥诮地扬扬眉道：“人家下了球场，马上开豪华车，回海边别墅，漂亮的妻子在等他。男人就该这样。”

“哪怕他终年四处征战，你大部分时间独守空房？”

“是啊。这没什么。他下了球场就回家，我不在乎等他。”

“我知道了，”他冷笑道，“他就是这样的人。我说你丈夫。他也是个大忙人，成功人士，对吗？”

她默认。继续沉默。他眼睛掠过她那昂贵的包，心里涌起一团怒火，被藐视的愤怒。他似乎看见了她丈夫的样子，衣冠楚楚，肥胖，手臂上不见肌肉。忽然间觉得好笑，那胖子在外打拼挣钱买包包，她在家给他织帽子，绿帽子。他差点说出什么来，突然心中一凛，被自己的恶毒吓住了。这太过分了，她织帽子，而他自己就是那个送帽子的快递员。他吓得不敢说话。半晌，他正要开口，却看见她木着的脸上突然有了变化，似笑非笑。循着她的视线看过去，电视上激战正酣。那评论员亢奋到极点：“……球被守门员挡向边路，落在9号脚下，插入，很坚决，好！进去了！再射——”远处的牌桌那边哄笑起来。

他莫名其妙，立即也回过味来。这是第二次射门。此前评论员的声音就已经失控：“……中路插入，大力射！哎呀，机会不好，他射早了，操之过急了。”牌桌上的两个男的笑得把牌都摔了，女的矜持些，抿着嘴，乐不可支。他忍不住扑哧笑了。

他们不经意间对视一眼，瞬间闪开目光。这评论员的嘴里无论怎样跑马，评论的也不是他们两个，但想到某个场景，他不由得有点心旌神摇。“这评论员明天一定火了。”她说，“网上放不过他的。”

“嗯。火了不好吗？”

“不好。这样火起来，你觉得好？”

“是是。”他说，“他嘴里乱射。乱射哥。”

她含笑瞪他一眼。那边牌桌这么一笑开来，声音也大了。“我单张。”“你有老婆，单什么张！我跟，我比你大。”“大起来。”“我又粗又大，大鬼！”另三人齐声说：“你流氓！”又哄笑起来。

他也笑。刚才有一阵子他有点局促，甚至想过提前离开，这会儿松弛了。这是评论员的功劳。他是特邀的，不是老手，大概耳机里导演提醒他了，他再不乱射，拘谨了，基本不出声，该说也不说。“你看那边那个女的，也是短发。”他努努嘴，示意她看，“不过你比她好看多了。”她听到赞美依然不予理会。于是他说：“我突然想起一个人，我很羡慕他。”她抬眼看看他，不动声色。

“我想起了你丈夫。”

她斜睨他一眼。

“我很羡慕他，因为他有两个老婆。”

她坐直了身体，突然眼睛瞪大了。

“是的，真的两个。不骗你。”

她瞪着他，立即又把目光闪开，以示不屑。

“真的两个哩。热天一个，冷天一个，”他坏笑着说，“一个长发，一个短发。”

“滚你的！”她把杯子往桌上一蹾道，“这话一点不好玩！不幽默！没有幽默感的男人不可爱，装幽默的更讨厌！你啊，也可以有两个，谁都可以。”

“可我连老婆都没有了。我离了。”

“你又来了。我连你是不是结过婚都不能确认，当然不可能谈得上是我叫你离婚。”她宛若举着盾，同时平端着矛，稳固而尖利地看着他，“这是你自找的。”

他哑然。遂自嘲说：“不过这样也好。我至少可以有机会多见见你。怎么样？”

“什么怎么样。我没说过不见你。不过——你更有机会多见见其他人。其他，网友。”她吃吃笑了。

“你是说你自己吧。你不要说你只见过我一个。”

她立即说："我就只见过你一个。"她的语气不容置疑，但他认为这句话只是她预置在心里的回答。他正要说他不信，一声汽笛声突然响起，由弱变强，停顿，然后又是一声，一声。这是报时，这个茶馆独特的花样。他略一错愕，她面前突然"嘀嘟"了一声，桌上的手机活泼地振动起来。这是微信在工作。她拿起来看一下，摁掉。她平静的表情是在申明，这不是什么网友，是亲友，但亲友她为什么又不搭理？

不远处的牌桌有个男的叫道："我拖拉机！"其他三个都哑住了，大概没想到他来这一手。"你狠。我不要。""过。"最后那个女的叫道："什么拖拉机，现在这叫拖油瓶！你拖家带口的，一点都没错！"说完怪笑起来。

他想拖油瓶确实比拖拉机狠，是坦克，孩子是副驾驶，轻易别去惹。那边男的又叫牌："一个对子。"

有人跟："大对子。"

"小对子。"

"不要。我就缺对子。形单影只，苦啊。"

她终于憋不住，"扑"地笑出几星茶来。他擦擦自己手臂说："他们这几个，还真不知道是怎么配对的。我是说，关系复杂。"他视线无意间扫向窗外，有一男一女前后过来了。他们并没有并排走，但某种说不清的东西告诉你，他们肯定是一个对子。

他们沿着通往茶馆的栈道往前走。栈道用木材铺就，人走在上面微微颤动，还"嘎吱嘎吱"地响，其实更应该叫栈桥。他们走过栈桥，进了茶馆，找个位子坐下了。那位子不靠窗，偏僻，显然他们要谈的是私事。这对男女坐下后很快就开始说话，他们声音抑制，很私密。牌桌那边心无旁骛，自己玩自己的。

他说："这船其实是个岛。它永远在这里搁浅。有人上来，然后，下去；然后又是另一些人。到了晚上，一个人都没有了，这船就空了，夜泊枫桥了。"

"好，你开始抒情。我知道你文笔好。"

"不是抒情，是观察。"他继续道，"到这个地方来的，我是说茶馆，如果是一男一女，绝大多数是两种情况，一种是初识，譬如相亲，要么就是分手。喏，你听那两个。"

那一男一女已开始争执，他们压低了嗓子，但已经带了火气。他刚才已注意到这两人上栈道的时候，那个女人走在前面，男的跟着，这说明他是被拖着来的，不情愿。看起来，分手也是那女的主动。他显然自得于自己的结论，问:“你说对不对？”

“这有什么？小儿科。”她讥诮地说，“要我说，宾馆也有规律的。有那么一天，特别明显。”

“你是说——情人节？”

“对啊。这一天高档酒店基本没人，因为情人不敢去，学生们去不起。”她顿一顿，还是说出来，“学生只能去钟点房或者快捷酒店。”

她看他一眼。她以前含蓄地调侃过快捷酒店，但他这会儿似乎没在意，他侧头想想说:“有道理。”

必须承认，她脑子是清楚的，对未来，对她自己目前的生活，都有稳固的定力。“看起来，头发长见识短，还真有道理。我是说，你头发剪短了，思路更清楚。”

“这下领教了吧？不过我一直这样的。”她被夸了，有点刹不住，“我头发留长了，思路更顺畅。到时你再看。”

他注视着她活泼的短发，看得她疑惑起来。她伸手捋捋，抖了抖头。他说:“可我不见得就能看到。”

她怔住:“哦，你想分手了？”她一脸意外，转瞬间就平静了。“怪不得你刚才说，茶馆不是初识就是分手。”

“不不，我不是这个意思。你知道，我到这里不是要分的。”

“好吧。你也知道，是你叫我到这里来的。我可没想来。”她妩媚地笑道，“我恐怕还是长发好看。对吧？”

他直愣愣地看着她，沿着她询问的眼神说:“哎，你知道吗，长发有的时候很麻烦的。我上高中时，有个女生头发很长，留了两条长辫子。我那时候不知道用功，特别调皮。”他还没有说下去，脸上就露出了顽皮甚至是促狭的表情。“我喜欢捉弄她。她讲话细声细气的，很秀气——”他看着她，停什了。她挑挑眉说:“别说她像我。”

“不怎么像。你是狐狸眼。我很喜欢她的长辫子。想摸，不敢；想用火燎一燎，更不敢。有次上课，我悄悄把她两根辫子梢绕过椅子背上的木撑，并起来，用细铁丝拧死。后来老师喊她回答问题，她一站起来，呵呵！”

两人都笑。她指着他说:“你喜欢她。喜欢辫子是表象，其实喜欢这个人。后来呢？就恋爱了。”

“嗯。”他陷入回忆，“整个高中阶段她不理我，我也不理她，但彼此的眼神都懂得。后来考大学，我们在一个城市，就好上了。”

“然后……？”

“然后就分手了。那个人条件比我好。当时很痛苦。”

“你不必遗憾。如果你们真的成了，未必就美好。老话说，不做夫妻是好夫妻。真的在一起也就那么回事，这个你得看破。最美妙的分手就是永不再见，又永生难忘。你们就是了。”

“是吗？不过当时还真是挺痛苦的。我……”他犹豫着要不要说下去。描述痛苦似乎没必要，也说不清。正沉吟间，身后突然传来“呯”的一声，回眼看去，隔着花窗看不真切，但声音隔不断。那女的说：“你不要太过分！”然后是一连声的斥责。那男的起身，搂住女的身子，想让她轻一点。女的声音是小了，但霍地起身，坐到另一面，继续斥骂。牌桌上的人全住了手，往那边看。

女的开始哭，边哭边说。男人嘴里嘟哝着一连串东西的名称，还有一些数字，大概是价格。“你这是干什么？我没有跟你要这些东西。”他再次起身，走到女的身边，把桌上的一些什么东西往女的包里塞。女的一动不动，任他忙活。牌桌那边不知谁说了什么，嘻嘻地笑。

他的预判果然不错，这一对是分手的。那对男女暂时平静了，那女的坚持着什么，男的还在温言劝说，甚至哀求。“这真是弄的哪一出啊？痛苦！”她捂嘴笑，有点幸灾乐祸的意思，“他们肯定是哪一个以前话说得满了。你，还是接着说说你吧。”

“我？我什么？”

“你分手后痛苦。”

“哦。”他犹豫着似有难言之隐，抬眼看看电视机，正好一个特写，光头裁判很酷，他笑了，“没什么的。痛苦。然后，我就把自己头发剃了。”

“剃了个光头？哈哈，你这是剃头明志呀。厉害。别说，你光头倒不难看。”她端详着他，眼睛在他头上扫来扫去，看得他局促起来，“不过我肯定，她再也不理你了。”

他苦笑：“是。”

门口的风铃“叮叮当当”一阵乱响。一个男人铁青着脸进来了。他摆手屏退服务员的招呼，把各个隔断间巡视了一遍。这是来找人的，而且没有找到他的目标。风铃又是一阵乱响，他出去了。茶馆很多，他的腿肯定很累。

这人进来时，他还略有些不安。是她的淡定安抚了他。于是他问："奇怪，他怎么不打电话？"

"谁？"

"你家那个。"

她摆弄着手机说："你还真是会操心。没事打什么电话？他信任我，从来不查岗。"

"你也不查他的岗？"

"对。将在外，君命有所不受。为什么总想把别人搞清呢？我们家各司其职的。"他插话说："我知道，他负责赚钱养家，你负责貌美如花。"她说："差不多。"她笑得有点没心没肝，不过很娇媚。可他忽然觉得心里窝得慌。

她手上的手机响了一下，还是微信。她看都不看，不理。他说："我记得，我就是被你摇出来的。"

"什么？你赖皮。是你摇我的。"

"好吧。一起摇的好吧。"他看着她凹凸有致的曼妙身材，心里的某种欲望慢慢燃了起来，"茫茫人海，我们漂泊。在各自的地点，在同一个时间，我们摇到了一起……"他正要说"我们摇到了这艘船上"，她打断他说："又抒情了。你漂泊，我可是停泊着的。"正要再说什么，那边分手的男女又弄出了动静。椅子在地上划出一道响，很难听。接着是牌桌那边"啪"一声甩牌的脆响，一个女的说："交枪！我抠底了！——你们别装呆！她拍着桌子道："看这边，这边！"

牌友们都在看戏。那边，分手的男女终于还是崩了。"咣当"一声，女的推翻了椅子，昂然奋起，鞋跟"笃笃"地过来了。她回身把一个纸团狠狠砸向身后跟着的男人："你记着，不要后悔！"她丰满，身量挺重，走过桌边时桌面都在震动，三级地震。那男的嘴里说着什么，刚要抢上前去挽留，女的已出门了。他快步跟过去，服务员伸手拦住他："先生，您还没结账。"他尴尬地站住了，掏钱包。

牌桌边的人全站着。一个男的"啪"一声扔下牌，怪声道："你确实抠了底啦。我投降！哈哈！"

掏钱包的男人恨恨地瞪他们一眼。他急于脱身，但他包里很乱，越急越不行，十分狼狈。好不容易摔出一张钱，飞快出门。几个风铃被他的头撞得荡起来，"当啷啷"好一阵脆响。

"你看出来没有？"她说，"女的怀孕了。"他一直有点发蒙，怎么就抠底了。这下明白了。他就没看出怀孕，女人的眼光就是厉害。

那桌牌索性不打了。嘻嘻哈哈地商量着叫简餐。有个男的大声道："还是我们这样好啊，对不对？简餐，简单，别那么麻烦嘛。"牌友们都嬉笑着附和，说大餐不是随便吃的。他们说的当然不止是吃饭。可以肯定的是，他们是老牌友了，也许曾经关系复杂过，但现在早已删繁就简了。

门口的风铃声密集了，不绝如缕，不断有客人进来。不经意间，他察觉背景音乐也变了，是《泰坦尼克》的主题曲，很缠绵、很深情的旋律。如果这旋律早一点响起，在那对男女争吵高潮时响起，会是什么效果呢？他哑然失笑。这一笑他倒想起了，刚才他们吵架时也是有音乐的，《人鬼情未了》，一样哀婉悱恻，只不过被球赛和争吵淹没了。他看看刚才拦住那男人要求结账的小伙子，无端觉得这里的音乐一定就是他操作的。这是个调皮机灵鬼。他鼻子嗤了两声，笑了出来。

她诧异地看看他。他说："你也饿了吧？到饭点了。"他朝牌桌那边吸吸鼻子。她"唔"了一声，但是说："这个时候再熬一熬，可以消耗脂肪。"

"你不需要再瘦的。你现在正好，哪里都正好。"

她领会了，暧昧地朝他横横眼。他随手拿起自己的手机，在屏幕上点点划划，再点一下。他皱起了眉头。"你知道我们现在的距离吗？"他把屏幕对着她，"300 米！它说我们现在相距 300 米！"

"是吗？"她摆弄一下自己的手机，"呵呵，我这里是 500 米。可见这东西有多不靠谱。"

"不啊。可见这东西多精确，不虚夸。它是说虽然我们面对面，但其实相距遥远，是步枪的射程。真的，我能看见你，但你的容貌还不如我梦里那么清晰。"

她手指往嘴上一竖道："不要抒情。"

他说："你的显示 500 米，我的 300，这说明你和我彼此的感觉不一样。"

"你又开始深刻了。"

"这东西叫'附近的人'，其实我们要找的都是远处的人。可远处的人即使坐到你对面，就像我们这样，至少也还是几百米。"

"你没完啦？"她有点不耐烦了，"太深了，女人不喜欢！"

他一愣，笑了。她羞怯地笑，花枝乱颤。她的胸部在衣服里颤动。他的心随着跳动起来。他越笑越乐，终于笑出声，哈哈大笑。

汽笛响起，迎头撞上笑声，他的笑声沉没了。这是船，会沉的船。但其实这船筑在土堆之上，砖木结构，它永远都不会启航，也永远不会沉没。这周遭唯一真实的东西就是那只巨大的锚，它稳重而诚实。他们出门去吃饭，走过锚的身边，他忍不住摸了一下。无数的手抚摸过它，光滑，尚余太阳残留的温热。

下得栈桥，他们发现，船头方向的不远处就是一家好餐厅。他们点了不少菜，还喝了酒。他说他酒量差，倒是劝她喝了不少。吃完后他看着她酡红的脸，含笑道："我累了。你不累吗？"他们第二次喝茶后他就是这么试探她的。"还真的有点累了。"她当时这么回答。现在她不理他。是的，现在已不需要回答了。他们上了出租车，按他的指点飞驰而去。

他们靠近了。他把她拉过来，依偎着自己。她喝了不少，酡红着脸，微微发烫。"我们现在零距离，"他悄声说，"一会儿我们的距离会更加靠近，靠近成负数。负距离。"

"臭流氓。"她攥紧了他的手。

他贴着她耳边说："他，你丈夫，他突然看见你的短发，肯定很惊喜。"他抚弄着她的短发："我也很惊喜。"

"短发泼辣啊，我辣妹子。"她吹气如兰似的吹着酒气，"你们这些男人。哼，你就等着吧。"

车停了。还是一家快捷酒店。上楼梯的时候，他说："快捷，就是一夜情的意思。"

她一愣："我们不是第一次。"

"我们是多次的一夜。"

她不答话。这有点煞风景，但她必须承认这是事实，而且也是她自己愿意要的。于是她立即不再计较他这话。这是个定义，但这个定义没有败坏他们的欲望，他们的进程更快捷了。

她显然大有酒意，可这酒意加上那定义，也远不如欲望强大。她很快洗了澡，躺到了床上。然后是他，飞快洗好，微笑着向床走去。

玉香温软。大汗淋漓。

最活泼的果真是她的头发。短发果然另有别样的灵动与活跃。现在她似乎已耗尽了力气，连头发都累了。她的脑袋引领着短发贴在白枕头上，宛如白桌上摆着一个黑盘，盘里是艳丽的桃李，惊心动魄的美丽。她闭着眼，显然已不胜酒力。他让她睡一会儿，自己坐到小沙发上端详着她，脸上似乎爱怜横陈。她笑着说一句"你还是身体太好，打好手机闹钟"，很快就传出了轻微的鼾声。

他走过去，轻轻掀开薄被，站远些，用目光抚摸她的身体。他赤着脚，把房间所有灯都打开了。床头灯直射在她脸上，应该刺眼，但她依然沉睡，没有反应。他再次靠近她，坐到床边，摩挲她的头发。头发有点湿，是癫狂后的汗水。恰到好处的湿度让他穿过头发的手感到十分顺滑和舒服。他摇摇她，她嘟哝一句什么，顺势平躺着。他站起身，一个个按动开关，只留下墙角的一盏落地灯，然后，从旅行包里拿出了电动剃须刀，又一次走向了她。

剃须刀蜜蜂般“嗡嗡”作响，侧光下，他手臂结实，动作温柔。他意外地发现，有些事远没有想象的那么难。片刻间，她的头发全部落到了枕头上。她的头真圆，脱落的头发依然保持某种形状，宛若某种圆形果实被剥离的须。他把头发仔细收起，抓在手上。他用力聚拢，看起来那么多的头发原来也不过盈盈一握，放到装拖鞋的塑料袋里正好一袋。他把塑料袋装进了自己包里。

拿剃须刀前他就预先穿好了衣服。除了代替房卡插电的身份证，再无遗漏。虽然这身份证本就是假的绝对无所谓，他还是抽走了。他拎上包，悄悄出了房间。

临出门时，他忍不住再看了她一眼。

2016 年

绝对星等

一、75 光年

中大曾有“东方最美的校园”之誉，小青山又是中大最幽美的地方。它位于校园西北角，因为遍植常绿植物，一年四季郁郁葱葱，春秋两季，山花满坡。

这里不但僻静优美，而且别致。山顶上有一个巨大的半球体，曾经名列城市十景，名曰“穹庐夕照”。那是天文馆，醒目的穹庐是小青山最独特的标志。僻静优美的地方从来都是恋爱者的乐园。到了傍晚，成双结对的男女沿着山坡拾级而上，找到中意的地方，花前月下，探寻人生奥秘。

星期六，八点过后，郑先生穿过校园西北门，踏着石阶踽踽而上。小青山海拔 82 米，并不算高，但他已略有些喘。他驻足歇歇，抬腕看看表，约定的时间显然还没有到。手表上有时间还有日期，当然没有年份，没有这样的表，但郑先生一瞬间却看见了一个日子，很清晰：快四年了。他已经从这里退休差不多四年了。

身边，一对学生三步并作两步地超过。女生因为男生不等她，娇嗔地蹲下，赌气不走了。郑先生笑笑，慢慢地上山。类似的情景他见得太多，对小青山除了科研教学以外的这个功能，他早已熟知，习焉不察。他也年轻过，而且——他突然哑然失笑——他今天，简直也算是来赴约的哩。

前方的穹庐是山顶的主体。在夜空的衬映下，呈现出一个完美弧线。郑先生当年来这里读书时，这穹庐地位还很高，作为中大科学精神的象征印在招生宣传画上，因为一个外系的同学戏称这其实就是小青山戴了个钢盔，郑先生还和他吵了一架。后来做了老师，他向学生的描述是：“这是眼睛，地球的眼睛，人类共同的眼睛。”底下的学生眨巴着各自的眼睛，若有所悟；郑先生继续道：“而你们很快就要接触到的天文望远镜，那就是你们的眼睛。”天文望远镜首先是郑先生的眼睛。

不过这两年他去得少了，越来越少。不是因为退休，退休前他就不常去了。准确地说，在他真正的科研时间，夜晚，他不怎么去了。不是对本行失去了热情，也不是因为那几台望远镜逐渐落伍，主要原因是，天际线已被楼群蚕食，耀眼的城市灯光已差不多把星光淹没了。此时的穹顶反射着城市灿烂的灯火，从某个角度看过去，炫目的霓虹灯在半球上明灭，仿佛做着无奈的鬼脸。

这里现在只是情侣们的乐土。他们探究人生，或许也会看看天上的星星。但他们的要求不高，有那么个意思就行了。他们没准儿还喜欢朦胧哩，“月朦胧鸟朦胧”。可郑先生喜欢的是清澈，清澈晴朗的黑夜。那才是属于他的夜。

他站在穹庐前，初春的夜风从衣襟灌进去，有点冷，却也让他略感兴奋。八点一刻了，一进大厅，那巨大的时钟就在提醒他，约定的时间快到了。

天圆地方。这大厅是一个模拟的天空。天象仪可以在这里呈现虚拟的星空，每颗星体都按自己的轨道运行。在郑先生眼里，星空是寂寥却也是热闹的，每颗星体都有自己的容颜和表情。但这会儿，大厅空无一人，死寂荒凉。那门卫大概也快退休了，他见来的是郑先生，也不多问，打个招呼就要去值班室开电梯的电闸。郑先生说不用，自己走楼梯。门卫诧异地怔一怔，继续玩自己的电脑游戏去了。

通往天台的楼梯一共 123 阶，郑先生有点吃力。爬到三楼，那里有个房间曾经是自己的办公室，现在黑着。他皱皱眉头，赵婧呢？她应该是已经到天台去了吧？

今天，这个时间，是一个约定，在这里。对他，对赵婧，应该是不言而喻的。可是在天台上他不见赵婧。

赵婧是他的学生。早年的本科生，后来硕士、博士，再后来留校，都跟着他。所谓入室弟子，就这个意思了。赵婧天分好，人也端正，四十刚出头就晋升为教授。不过，升教授后不久，她就离婚了。具体什么原因，郑先生也不问。他曾经有意无意用目光询问过，赵婧说：“老师你是关心我离婚的事吧？宇宙多复杂，人就多复杂。不可解。”这等于什么也没说。

郑先生刚才出门时儿子孙子全都在。儿子对郑先生这个时候出去，而且似乎掐着时间，很狐疑。老妈去世好几年，老爸现在这是什么情况？老爸临出门，儿子说有事要和他说——这房子就要拆迁了，现在什么进展？郑先生说：“再说，再说。你急什么？”抬腕看看表，出门走了。可他到了小青山，进了天文馆，不见赵婧；他登上天台，赵婧也不在这里。他略有些动气。平心而论，从非专业角度看，城市的夜色是美艳的。凉风习习，灯火璀璨，浩大广阔的不夜城有如环形画卷。他之所以能撇开专业眼光，是因为再等——嗯，八分钟，他将迎接他最为醉心和向往的真正黑夜。对这里的一切，他熟极而流，八分钟，足够他做好相应的准备工作。

在他期待的视野里，一刹那，天空暗了下来，甚至漫射过来的市光也暗淡了。此刻是晚间八点半。“地球一小时”，为了环保和低碳设立的国际活动，天文学沾光了。绝大多数景观灯都熄灭了，路灯也熄掉了至少一半。郑先生期待的黑夜，如期而至。

还得感谢连日来的北风，它吹散了灰蒙蒙的市尘。天空晴朗而清澈。郑先生当然是真正的专家，但他此刻的心竟加速了跳动。他自嘲有点没出息，深深地呼吸几下，先用肉眼在天空扫视。这是浏览，是阅读前的享受。这无尽的繁星，真是久违了啊。

这是 3 月的星空，他十分熟悉。星空稳定而又变幻。它亘古如此，却又有无尽的未知。有一种公认的理论，说宇宙是无限的。郑先生曾对这个理论提出过质疑，但有一点却绝对明确，那就是人类对宇宙的了解还极其有限。1977 年发射的“旅行者一号”，至今也才穿越太阳系千分之一的距离。太阳系、银河系、河外星系、宇宙，我们近乎一粒尘埃。只有光，从天际传来的光线，才是它们唯一的信息。

北斗很清晰。勺子形，七颗星。移动视线，那个反着的问号加一个三角，并不怎么像狮子，可它就叫狮子座。你好，狮子。郑先生喃喃问候，然后他又看见了牧夫座，这牧羊人亿万年来都不躲避狮子来袭。你胆子真不小哦，郑先生忍俊不禁，笑了。

郑先生收回视线，却发现天台上有了些变动。几座相对较大的望远镜不见了。尤其是那台口径 430 毫米的折反射望远镜，还是二十多年前郑先生经手置办的。原来的位置上安着一台小东西。郑先生一眼就看出，这东西口径 150 毫米，业余级的，谈不上研究，只能用于教学。教学当然没什么不对，但这是大炮换了鸟枪，将就着看看罢了。

是的，就是看看而已，谈不上观测。这台东西可以看见月球上的环形山，但是此刻月亮正在地球的另一边。按说没有月亮才是真正好的黑夜，但待郑先生对好角度，调整旋钮，才突然发觉，他自己竟不知道究竟要看什么。他手上早已没有科研课题，即使天台上所有的设备都在，他大概也只是来检阅，来重温，来看望一下久违的星空图景。

北斗七星很清晰。这是大熊座的尾巴。最近的那一颗离地球也有78光年。实在是太遥远了啊。郑先生一时有些恍惚。他看着星星，或许，在某个不可知的星球上，也正有一双眼睛朝着地球方向，聚焦，遥看这个穹庐。谁知道呢？这是一个未知，一个谜，一个没有人知道确切答案的谜，但有一点郑先生十分清楚，那就是，如果那双眼睛确实看见了这个天文馆，那么，他应该处于距离地球小于75光年的某个位置，因为中大的天文馆建造于75年前。75年前的10月10日，天文馆竣工，它的影像出现，其光线经过75光年的漫长跋涉，现在才刚刚触及那一双眼睛，不可知的生物的眼睛。如果他位于75光年以外，则穹庐的影像尚未抵达。

这其实算是常识，但郑先生想起这个心里竟有些高兴：这说明他的脑子还管用，基本概念和理论依然能够在他的大脑里运行。天台上有点冷，但他不想离开。地球一小时，因为仅有一小时才弥足珍贵。可是，赵婧怎么还没来呢？她应该来，她怎么可以不来？郑先生掏出手机拨通了赵婧的电话。

那边很快接通了。“你在哪里？”郑先生其实是多此一问，他打的是赵婧家里的座机，赵婧说：“郑老师啊，你在哪里啊？有事吗？”

“我在馆里。观测台。”他顿住了，沉默其实就是诘问。赵婧听出了郑先生的语气，笑道：“郑老师，对不起啊。你恐怕还不知道吧？天文馆马上就要拆啦。”

“什么？”郑先生瞪大了眼睛，“拆的不是我们那边的住宅吗？怎么要拆馆？”

“一起拆，造酒店。四星级大酒店。”赵婧看来心情不错，她还要说什么，郑先生的手机已经挂了。

马上就9点半了，这难得的一小时即将结束。如果赵婧所言属实，这一小时将是绝唱，最后的告别。郑先生已无心情享用剩余的十几分钟。他抬起头，星空是一如既往的表情。这半球已在这里耸立了75年，为什么要拆掉它？它碍着谁了？他决定去了解情况，必要时有所行动。不能拆。他的目光再次投向星空，喃喃道：“你们知道吗？你们也许正看着我们，但我们愚蠢的同类却要自挖眼睛了。如果你们天上有知，请阻止他们——”转念间他自嘲地笑了。在数光年的范围内至今尚未发现外星生命，更遑论智能生命，即使遥远的生命看见这个穹庐轰然倒塌，那也是几年，甚至几十年几百年之后了。所谓的叫天天不应，就是这个味道了。

郑先生临走前把望远镜转个方向，对准了自己家的位置。即使是这小儿科的玩意儿，这么用倍数也实在是太大了，而且，成像是倒的。没法看，甚至找不到目标。这时候还是肉眼管用。西边，校园的围墙外，跟树梢齐平的位置是四楼，他家的灯还亮着。

二、暗物质

他家很近，出校门穿过金银街就是。儿子和孙子都还在。自从老伴去世，他们来得更勤了。这是好意。最近他们就会搬过来一起住，因为孙子马上就要上学了。

这里将要拆迁郑先生早就知道，小区布告栏里的告示一直在那里贴着，其中有一条：户口冻结，只出不进。反正孙子的户口一直落在他这里，因为是原地安置，他原本一点也不反对拆迁。就在刚才这一小时，拆迁协议的样本已经送上门来了。他进了家门刚坐下，儿子就把一张纸往他面前一推，说："你看看老爸，好事真的上门了，早点把字签了吧。"郑先生拿眼绕着协议在桌子和茶几上一转，孙子已经把老花镜送上来了。孙子很可爱，协议也没有问题，学校还提供过渡房。但郑先生皱着眉，不说话。儿子诧异地看着他，想说什么，郑先生摆摆手，在电话机上按起了数字。

还是打给赵婧。她毕竟还在天文系工作。她证实，系里已经传达了，天文馆肯定要拆掉，跟住宅区的地皮连成一片，造一座星级酒店，青山大酒店——你看，连名字都预定了，但郑先生毫不知情。是的，他退休了，可那个穹庐跟他有关系！他可是天文系的元老。就不谈科研吧，若论科研，它用处是不大了，但天文专业的教学怎么办？学生们大眼瞪小眼，怎么学天文？赵婧说："郑老师你不会反对吧？其实我们反对也挡不住的。"她顿一顿，语气竟然带一点娇痴了："你别反对好不好？"郑先生沉默，她也五十好几了，这腔调他感到不适应。赵婧说："你们那个小区拆掉，建两栋高层，除了安置老住户，我也有机会。我现在的房子又小又旧，你知道，我分房的分数会蛮靠前的。"郑先生"嗯"了一声，把听筒搁下了。他曾经在某一天突然察觉自己对赵婧的莫名好感，也有热心人主动请缨要去张罗，但现在，他们的问题显然出现了。这是分歧，立场的分歧。

儿子和孙子在看电视。电话里说什么，儿子听不清，但赵婧的声音他熟悉。

这情况很像是老爸刚才去和赵婧约会，但闹了别扭，所以老爸回家后还要电话追过去。这个，他做儿子的不操心。但是，隐隐约约的黄昏恋再加上拆迁，让他坐不住。他丢开儿子的手，询问地看着郑先生。郑先生不看他，抬眼望着虚空里。赵婧说反对了也没用，真的如此吗？他脑子在转，高度逻辑地运转。半晌，坚决地说道："天文馆，不能拆。"

他的思路是：拆天文馆是为了造酒店，住宅不拆地皮就不够；地皮不够酒店就造不成；酒店造不成，则天文馆会依然屹立。

他现在能完全支配的也就是他自己。他不同意，谁也不能拿枪逼他。他不能支配别人，但他或许可以影响拥有支配权的学生。

他学生里发达的不多，改行的不少。现任章副校长本科是天文，硕士博士读的是地理，分管基建。郑先生曾戏谑说："章副校长你上知天文下知地理，通才。"章副校长顿时红了脸说："郑老师，你永远是我的老师，就叫我章立凡，好不好？"不过后来郑先生碰到他还叫他章校长，他也不再纠正，回一声郑老师好，也就罢了。章立凡的办公室整洁气派。寒暄数句，绿茶一杯，郑先生正要说事，桌上的电话响了，章副校长拿起电话听一下，正色说道："我这里有个很重要的客人，嗯，是我的老师。我知道你急，你半小时后再打吧。"郑先生顿时觉得心头一热，这学生心里显然还有他这个老师，本来心里带的气刹那间全消。半小时，他不应该耽误更多的时间。他说明来意，简明严谨地阐述了自己的观点。章副校长含笑听完，逐一予以解释："教师住宅年久失修，学校有义务改善，此其一；学校的活动很多，各路宾客纷至沓来，接待条件太差，而宾馆是学校的门面，也能增加学校的收入，此其二；第三，天文馆已经很落伍，这个，老师你比我更明白，拆掉了，学校将会在新校区建造一个更好的天文馆，不光支撑教学，科研设备肯定更上一个台阶！"章副校长看见郑先生脸色渐和，心中一喜，不想郑先生问："新馆什么时候能建起来？"章副校长一愣："正在造计划。应该也快。"

郑先生正要说话，电话又响了。章副校长对着电话说："快了吧，应该快了。"放下电话对郑先生说："天文系的赵婧，在催呢，问什么时候能住上新房。"他顿一下，这一顿是想顿出点压力。郑先生"啊"一下，似乎这才想起是哪个赵婧。但他不接茬，接着道："新馆没影子，老馆就要拆，这就是现状，对么？"

章副校长说："现状还有你住的房子只有 71 平方。太小，太小了啊！"

郑先生说："我五十几块的工资拿了快二十年，我惯了。我也想要大房子，但我舍不得老馆。没有天文馆，天文系怎么办，天文学专业还要不要？"他有点动感情了，有点求的意思了。他说：“和天文馆比，我的房子不重要。”

章副校长娓娓道：“我记得你教过我们一个术语，叫星等，就是星星的亮度；还有个术语叫绝对星等，就是假定把各个恒星放在距地球32.6光年的地方测得的亮度，这个最客观。老师啊，我觉得天文馆，你的住房，还有酒店，它们距离我们远近不一样，但把它们放到同一个距离看，你的住房和酒店，显然亮度更高。”

郑先生皱眉看着学生苦笑道：“你还记得这个。”他看看阳光灿烂的窗外，太阳，绝对星等4.83。他喃喃道：“拆掉天文馆，我觉得对不起日月星辰，对不起这太阳。”章副校长似乎没听清。郑先生说：“你的意思我明白了。我的大脑觉得你们不是没道理，但是——”他指指自己心口：“我的心还是难以接受。”他把大脑和心分开，这不符合科学，但他的神色是认真的。

章副校长确实很忙，电话又来了。这次是开发商。他放下电话，握着郑先生的手说：“那边在催着动迁哩。学校造酒店缺资金，造新馆也没有钱，开发商拿走两栋住宅，这才能做起来。老师，理解吧。”

郑先生叹了口气。“暗物质，”他嘟哝着，和章副校长摆摆手出了门，走出校长办公楼，他继续嘟哝道，“暗能量。”他恍惚看见了一些东西。如果谁真的发现了暗物质和暗能量，那将是一个诺贝尔物理学奖级的发现。他只是察觉到了资金和钱在电子流里运行。暗物质占宇宙质量的23%，暗能量占宇宙能量的73%。寻常看不见。这就是宇宙。

突然想起了赵婧刚才的电话。她和章立凡是同学。他似乎看见了她急切期待新房的表情。原来她和自己不光隔着师和生，隔着近十年的年岁，他们的距离其实应该用光年来测算。他当然还会看见她，但是，无法靠近。

三、地外生命

房子确实小。已经住了快二十年。但这里离学校近，菜场、医院都有，什么都方便。更重要的是，离天文馆也近，遥遥相望。那个穹顶是一个坐标原点，看见它，郑先生就能明确自己的位置，甚至人生的位置，它提醒自己虽然是个退休老头，但也曾经搞过天文学。现如今这已不再是个值得炫耀的身份，但郑先生很在意。作为一个天文学教授，他明白四季农时几乎全由太阳和月亮把控，他也知道潮汐甚至地震的发生与引力有关。他看过一篇外文论文，文中通过数据分析证明，婴儿的出生与月球引力存在明确关系，一天中月球对地球引力最大的时刻，也即满月或满潮时，婴儿的出生相对集中。另一则资料表明，临终的病人有一种特别的现象，其呼吸在满潮时比较平静，退潮时则呼吸急迫，甚至出现呼吸窘迫。生和死是人生的括弧，这两个半月形，都与天象有关。

这些也无非是常识，对中大这些具有良好教育背景的同事来说，即便不是同行也很容易理解，他们不需要你来科普。在郑先生对天文馆的态度已经广为人知的情况下，他一开口别人最讨厌他说这个，不骂他神经出了毛病已经算是很儒雅了。郑先生不再和别人沟通，但他难以拒绝别人来和他沟通。学校派了多个颇具身份的人登门拜访，结果是空手来的空手而去，提了礼物来的也被要求原物带走。吃了人家的嘴软，拿了人家的手短，郑先生的手没有失控，那个字他不签。

天文系当然也来人了。来的是赵婧。她是学生，身份合适，但她一进门就发现自己带来的礼物很不合适，她开始都没敢从信封里拿出来。郑先生很冷淡，也很客气，称呼她赵馆长。她是现任天文馆馆长，郑先生强调这个，其实已暗示了自己的态度。他站在阳台上，遥望穹庐，任赵婧在他身后硬着头皮劝说。郑先生不答话，突然问："宇宙是无限的吗？"

赵婧一愣，一时回不过神来。半晌，她看着郑老师提问的眼睛说："传统的理论认为宇宙是无限的。但法国天体物理学家让-皮埃尔·卢米涅等人基于 WMAP 的数据提出了宇宙有限的猜想。他们认为，宇宙的直径可能仅仅是 600 亿光年。他们设想了一个模型，宇宙的样子就像是一个大足球，它由 12 个两两相对而略微弯曲的正五边形组成，但它没有边界。我倒是觉得爱因斯坦说得更明白一些，他认为宇宙有界无边，就是说宇宙的空间是有限的，但你不可能找到它的边界，不过——郑老师，我们这个层次搞天文学的，还触及不了这类问题。"

郑先生默默地听着，神情飘忽，看上去有灵魂出窍的苗头。赵婧心中忐忑，她咬咬牙，把信封里的杂志抽了出来。这上面有一篇论文，她和郑先生联合署名，是关于国内虚拟天文台建设的一篇文章。她想用杂志把郑先生拉回现实。郑先生拿眼一扫摆了摆手，轻声道："比陆地广阔的是大海，比大海广阔的是天空"，他抬眼看着深不可测的夜空，脸上突然现出了奇怪的笑容，"比天空更广阔的是什么？"赵婧接口说："是太空？"郑先生说："不是，是欲望，人的欲望！可人心有时候又那么小，"他看着赵婧，手在身边挥出一个圈道，"就只关心这一亩三分地。"

这话一出来，赵婧知道他的心总归还是落到实地了。她回到自己的目的，说："章立凡前天开了个拆迁动员会，您大概没去，他有句话很有道理，他说，新起的房子，大家很快就能住上，大家交的房款远低于市场价，简直微不足道，这等于是学校给每家奉送了一大笔福利。”她看郑先生神色有变，连忙说：“我知道新房子您要住不会卖，但新房子确实条件好得太多了啊。”郑先生冷冷道：“楼层太高，不接地气。”赵婧说：“这个好办，学校肯定可以给您楼层低一点的。”“那我嫌上面压得慌。”郑先生扑哧笑了，“你别说了，我已经不讲理了。你来过了，完成了任务，我油盐不进，好不？”

赵婧只能告辞。郑先生岂止是油盐不进，他一会儿神游天空，一会儿又要接地气，简直思维混乱了。赵婧以前和郑先生谈论过地外生命和外星人的问题，她对世界各地的外星人传闻持高度怀疑态度，但此刻，她倒觉得自己像个高度智慧的外星人，她面对的郑先生，活脱是个进化水平极低、一窍不通、冥顽不灵的地球人。她无可奈何，又气又急，这才想起有个重要的理由她忘记讲了——双学区！开发商神通广大，新房子造起来就是双学区房。事实上她忘了讲，此后老邻居老同事可没少讲：“双学区哩，你那宝贝孙子可不就沾光了？那是一劳永逸啊！”郑先生装聋作哑，似乎听不懂；你再解释，郑先生丢下一句话：“什么双学区，我又没有两个孙子！”拂袖而去了。

老邻居兼老同事气得脸煞白，恨恨地说：“他变性了，不是以前那个老郑了。他这是顽固不化，自绝于人民。”另一个道：“当年马寅初说，我虽年近八十，明知寡不敌众，自当单枪匹马出来应战，直到死才会罢休，决不向任何人投降！他倒还真是个有风骨的哩。”马上有人反对：“什么有风骨，不就是个钉子户吗？他这是蚍蜉撼树以卵击石，自不量力。他以为他是谁啊？我倒要看看这事最后是个什么结局！”

什么结局郑先生不知道，但他有信心。动是不动，不动是动，他的信心来源于他的手，他的手长在自己身上，他不签字，神仙也没办法。时间倏忽而过，拆迁动员大会开过后半个月，前面那栋楼突然闹哄哄地家家搬家，然后仿佛一夜间，轰隆隆就被拆掉了。随后机械却停了，橘红色的挖掘机雄踞于破砖瓦砾中，像个巨大的怪兽。郑先生心里有点慌，但立即又涌起一种悲壮感，他觉得自己很强大，一支笔像个千斤顶，顶住了挖掘机的要害，它只能趴窝。但是它不撤走，似乎随时都会启动，钢铁的巨掌随即就会伸向他这一栋楼。

环境已经很差，瓦砾遍地满目疮痍且不说，邻居们，尤其是他这栋楼的邻居，看着他像看着一个怪物。有流言讥讽他，说一辈子也没搞出什么成果，还真以为自己是个天文学家了！一个同事的遗孀甚至指桑骂槐，老远朝他飘话，说还真以为自己能得诺贝尔奖啊？做梦！是诺贝尔先生在招他去哩！这是咒他死，他并不在乎，真正刺痛他的是说他一辈子没搞出什么成果。这是他的痛，痛入骨髓。他们这一代，谁搞出像样的成果了？你？我？他？谁都没有！可你得支持下一代搞出成果。你总得在下一代身上留点希望吧？

人在荆棘中，不动则不痛。他不分辩。他站在阳台上，遥望夕阳下天文馆的穹庐，心中泛起一丝温情。忽然间，前面废墟里挖掘机启动了，轰轰地挪动一下，长臂一转，轰隆隆地又往后退。郑先生的心在抽搐。脚下的阳台微微颤动，他几乎已经绝望，觉得大地沦陷，天文馆将轰然坍塌，天崩地裂。然而，挖掘机摇晃一下，停住了，熄火了。这是试车。他们暂时还没敢动手。这是僵持，是对峙，是军事演习。郑先生跌坐在阳台的藤椅上。

夕阳勾勒下，他看上去很安详，其实远非安若泰山。可笑的是，刚才看见挖掘机骤然熄火，心中还蹦出一句话："撼山易，撼我老郑难！"他自己也知道这其实可笑。这样的局面，绝对不可能是了局。让他稍感心安的是，儿子孙子最近来得更勤了。儿子话不多，看父亲这个样子，也不大提房子的事。孙子很可爱，这是他的血脉，他的希望。他紧绷的神经唯有孙子才能轻轻拨弄出一丝悦耳的声响。儿子闷坐着看电视，郑先生拿本杂志，似看非看地听着热闹的电视剧。孙子在沙发上摆弄着他的玩具，突然跑过来，问："爷爷，你离我有多远？"郑先生一愣，伸手摸摸他的脑袋说："一手臂多，大约一米。"孙子晃下脑袋跑远些，说："现在多远？"郑先生迟疑地道："三米吧。"孙子头直摇："不对。爷爷你要说多少光年。"郑先生乐了，他确实跟孙子说过光年，孙子听不懂，却记住了。郑先生欣慰了，他笑呵呵地说："光年太大了，用在我们生活里那是杀鸡用牛刀，高射炮打蚊子，我们一般用'米'就够了。"儿子插话说："柴米油盐，米是基础哎。"他朝郑先生看看，这目光有意味有重量。生活里只要米，不要光年，这岂不正是现实？郑先生怔了一下，现实通过儿子的话抽了他一巴掌。但郑先生是执拗的，他继续对孙子说："光每秒走 30 万公里，光线一年走的距离就是一光年，我跟你讲过的。"孙子似懂非懂，突然一蹦老高，跑到房间里，半晌，先出来的是一束光，然后他摇着手电筒出来了。他认真地走，板着脸往前走，走过郑先生身边，走向阳台，然后回过身说："爷爷，我就这样拿着电筒一直走，不吃饭不睡觉，也不撒尿，走一年，就是一光年吧？"

郑先生略一错愕，哈哈大笑。也只有孙子，一个错误的说法能让他如此开怀。他摘下滑到鼻子下的老花镜，走过去，一把抱住孙子。这种抱是奶奶式的抱，孙子简直不适应。郑先生笑着笑着笑出了眼泪。他想如果老伴还在的话，她一定也不会支持他，她肯定同意拆迁。房子能值多少钱她未必在意，但仅仅是学区就会让她立场鲜明。孙子在郑先生怀里有些不知所措，挣开去，问："爷爷我错了是不是？"郑先生说："你确实没说对。但是，你很有想象力。再大一点你就懂了。"孙子说："那我长大了就学天文学吧，那就一定能懂。"郑先生心中一动，问："聪聪，你真的想学天文吗？"孙子说："嗯。"

郑先生相信这是传承，是遗传，隔代遗传，是潜移默化润物无声，是书香继世长，但他看看儿子，又有点疑心这是儿子提前教好的。但他不追问。儿子插话说："天文那么好学的啊？爷爷可是留过学的。你得先上好的小学，好的中学，知道吗？"孙子说："嗯。我就在爷爷这里上学。"

郑先生相信，至少这话是他爸爸教他的。但郑先生不反感，他对那些对他侧目而视、怨气冲天的邻居同事也不反感。他们都没有错，错的是要拆掉天文馆的人。他反对，是希望能逼出一个理想的方案。他必须坚持。他对孙子说："聪聪，小学你当然在爷爷这里上，上最好的小学。你好好学习，爷爷还等着你学天文呢。"郑先生并不狭隘，但不管孙子以后学不学天文，天文总得有人学，要有天文馆让他们学。天文馆拆掉了，什么时候能建起来，还建不建，天晓得。

"你不要劝我，你想的我都明白，"郑先生看着儿子，"老实说，房子原地重起一下，就能纳入中学学区房？这我还要打个问号哩。而且，聪聪初中就不能考上更好的学校吗？隔壁的中学顶多也就是个保底。"儿子说："保底就是有人兜着啊！要是没有兜底，又考不好，上个好初中要花多少钱？！"郑先生手一抬，止住了他下面的话。他说："孙子是我的，我会负责到底。如果需要，我花钱，肯定进好中学。但房子也是我的，我也做主到底。"他手摇摇，意思是不要再说了。

儿子的嘴素来不凶，打小就这样，后来不顺遂的生活又把他的嘴缝小了一圈。他走进阳台，叽咕道："都拆掉一栋了，他们就这么算了？你也不想想。"郑先生佯装没听见。

四、琉璃

他以沉默面对世界。对儿子，对同事邻居均不辩白，不解释。他没有战友。不远处的挖掘机也沉默着，仿佛突然发觉他们拆错了，于是连工人都撤走了。但推土机的存在是一种罔罔的威胁，只要来一个人，插上钥匙一点火，它立刻就会还魂，张牙舞爪地扑过来，脚下的楼板瞬时就会坍塌，整个楼马上就会成为瓦砾，然后天文馆就会轰然坍塌。郑先生夜里常常会被这一幕惊醒。

脆弱的睡眠，脆弱的僵局。郑先生曾想有所行动，再给章副校长打个电话，甚至直接找校长。但是他们一定会说到资金问题，而且整个工程已经启动，开发商早已介入，学校不能违约——他怎么回答？既知难以回答，郑先生这个电话不打也罢。说到钱，说到学校的资金情况，他根本无从置喙。虽说现在宽裕些了，但他穷了大半辈子，并不自命视金钱如粪土。和儿子说到学区房，说到以后可能要交择校费，他口气很大，其实底气不那么足——这可真不是小钱。那天当着儿子和孙子的面，为了表示自己的坚定，他把拆迁协议撕掉了。不光没签字，还撕掉，团成一团，扔到纸篓里。他对孙子说："我们聪聪不需要保底，我们自己考，初中、高中、大学，都上好学校，连中三元！"孙子说："好！连中四元五元，还有硕士博士哩！"郑先生呵呵直乐，突然又觉得这三元四元五元的，怎么像是在数钱呢？

他盯着阳台下的推土机，数着日子过，期待着变局出现。远处的天文馆在他目光的抚摸下，安然屹立，反射着庄严的光辉。他遥望着，有一丝爱怜，也有一丝忐忑。每天晚上他都到阳台上看上一眼，看上一眼才觉得心安，这是他的安眠药，却又似乎是兴奋剂。他很难入眠。躺下了才觉得累。浑身酸痛。他仿佛是那穹庐的受力构件。他在撑着。第二天早晨起来，他刷着牙，走到阳台，突然手停了，牙刷像木棍子戳住了他的嘴，他的嘴死鱼般张得老大，他瞪大眼睛，以为自己看错了方向。但太阳是不会从西边出来的，他没有错，他的眼睛也没有错，可是，他的视野中，那白色的穹庐不见了！它消失了！

夜里似乎听见过一声轰响的，在半梦半醒间那声音很遥远，他不认为在这个到处拆建的城市里远处的轰响与自己有关。他疏忽了。这该死的神经病似的睡眠！天文馆确实已被拆掉，绝不是外星人动的手脚，是定向爆破。穹庐肯定像蛋壳般塌下去，瓦砾都不会乱飞——哪怕飞一片到郑先生的窗玻璃上，也能给他报个信。

报了信又能怎样？那也是在轰然坍塌之后，跟现在毫无差别。郑先生现在能做的，就是吐掉嘴里的牙膏沫子，操起电话打给赵婧。赵婧正在操场晨练，有伴舞的音乐隐约传来。赵婧说她也不知道，也是刚才听别人说的。这明显是搪塞之词，如果真的才知道，那她作为天文馆馆长的办公室以及一切用品，都被爆破了。

郑先生冷笑道："你瞒得我好啊！"把电话按掉了。也许所有人都已提前知晓，只瞒着他一个人；更可怕的是他身边的人，最亲近的人，其实还有更重要的事瞒着他。事实上他很快就知道了真相。章副校长在电话里诧异地说："郑老师您不是同意搬迁了吗？您不同意他们哪敢动啊？基建处告诉我您签字了，我真是蛮高兴的，想打个电话感谢您支持学校工作，一忙又给耽搁了。该骂，该骂！"郑先生道："没耽搁，现在木已成舟了。你不该骂，该嘉奖。我给你一百分！"他满腹狐疑，电话打到基建处，处长告诉他，是他儿子把协议书送去的。

签字自然是假的，但儿子是真的，亲生的。如果追究，基建处一定说是受了骗。问题是，骗人的是他的儿子，被骗的却十分欢喜，甚至心知肚明。天文馆已经拆掉，一切已无可挽回。郑先生跌坐在沙发上，像挨了一闷棍，他脑袋里碎砖烂瓦乱七八糟，就像那坍塌在地上的穹庐，星星点点的碎玻璃闪烁着刺眼的光芒。

他后悔最近几天没有去天文馆看看，虽说爆破防护网肯定是天黑后才拉起来的，但只要一去，自当发现端倪。但发现了又能怎样呢？他能爬到穹顶上，振臂高呼，誓与穹庐共存亡吗？他做不出。现在剩下来能做的，只能是搬家。除他之外，这栋楼所有的人都喜气洋洋，好像是郑先生签字让他们过节了。学校果然不食言，留给他的是相对较好的过渡房。拿到签好字的拆迁协议，他们先拆天文馆，这确实是个高招。郑先生能计算出狮子座流星雨最近一次出现的精确时间，但他绝对无法预知陨石会砸到谁头上。他被砸蒙了。他不得不承认，他面对的都是高手。除了在电话里把支支吾吾的儿子大骂一顿之外，他有气无处撒。儿子自告奋勇把杂七杂八的事全包了，他索性袖手旁观。看儿子陪着小心忙得灰头土脸，他要继续数落都无法开口。小孙子乐颠颠地收拾着自己的玩具，搬家公司的人正雄赳赳地搬运重物，这时候骂儿子他也丢不起那个脸。搬家当天完成，晚上就住到了新居，看孙子欢天喜地地和别的孩子玩成一片，他只能落寞地叹了口气。

这是一种奇特的居住方式，老体育馆里加了天花板，被隔成许多个独立单元，浴室厨房一应俱全。不但孩子们喜欢，老住户们也很快活，他们不一定是真的喜欢比邻而居，而是已进入倒计时的新房子让他们不再计较。他们的交流更多，扯闲话也更方便了。郑先生赌气似的不去关心新房子的进度，但邻居们几乎每天都会在跑道上发布相关消息，新房子正在一天天长高。

说他对新房子完全漠不关心那是假的。如果不出意外，那将是他毕生最后一套房子，最后的栖身之所。他只是不愿表露出心有所系的样子。他从来不去工地看，接孙子放学他也绕过那一段。理由是现成的：那里乱哄哄的，不安全。因为这，他和孙子要绕老长一段路。儿子清楚他心里的结，也不去点破。邻居们终究是有素质的，或许还感念他终于高抬贵手，也不再对他冷言冷语，没有人在他面前主动提到房子。此前的纠葛恍若前尘旧梦。

他自己也想开了。既然不能阻止它拔地而起，索性随遇而安好了。他一辈子就挣了这一套房子，那就等着，住进去。他没有必要把新房子当成自己失败的象征。他只是按照自己的想法做过一件事，没有做成而已。他这一辈子的失败难道还少了？科研上未有重大建树，老伴的病发现得太迟，儿子没有大出息，如此等等，他只能接受结果。就像儿子偷偷代他签字，最后他只能默认一样，不接受又能怎样？他告诫自己，不要把新楼当成肉中钉、眼中刺，否则没法活，可那天文馆却像他失去了的一个器官，他冷不丁就会有感觉。他睁着眼睛，看或者不看，天文馆都已经消失，但只要闭上双眼，那白色的穹庐就幽然浮现，巍然屹立。

这样的状态很不好。他简直不知道该如何处置自己的眼睛。睁开，或者闭上，这是个问题。他必须迈过这个坎。那天下午接孙子，去的时候他犹豫一下，还是绕开了那一段；接到孙子，祖孙俩说得高兴，不知不觉就走上了通往工地方向的路。他突然站住，有些迟疑。孙子使劲拉着他的手往前走，郑先生要是再回头连自己都觉得是个怪物了。来看一下又怎么啦？印证一下，目睹一下，也确认一下，这或许正是他必须补上的一课。

这是一个仪式，是凭吊。这样的仪式大概只对郑先生一个人有意义。没有人在意，也上不了校史，连他匹马单枪的阻止也上不了校史。工地很规范，就是说虽然在大干快上，却井然有序。塔吊在旋转，混凝土搅拌机嗡嗡运行，楼群已建到四五层了。回头望去，小青山上静悄悄的。穹庐当然已经消失，想要看清遗址，他必须沿着台阶爬上去。但一根绳子把台阶拦住了。

也真是不需要上山的。拆掉穹庐的山顶一定平坦而开阔，四周山坡上依然郁郁葱葱。从天空俯瞰，一定像一个沧桑的头顶。就是这样了。

小青山上将要耸立起一座酒店，它将每天占据他的视野。住宅楼很快就会建好，毫无疑问，他将在此终老，可他一时间没觉着和自己有什么关系。孙子在边上问："爷爷，我们家住几楼啊？"郑先生一愣，说还不知道哩。孙子说："最高多少层啊？"郑先生说可能是十八层。孙子说："我要住十八，我要住最高！"郑先生随口问一句："为什么啊？"孙子说："看星星看得清楚啊！住得高不是离得近吗？"

郑先生的脸上漾起了笑容。孙子对天空星辰感兴趣，这总是有出息的苗头，无论他今后做什么。郑先生慈爱地看着孙子，正斟酌着怎么再给他引导一下，孙子却说：“爷爷，你知道天蝎座吗？还有双鱼座，你知道在哪儿吗？”郑先生弯下腰，奇怪地看着孙子。孙子说：“我就是天蝎座的，娇娇说她是双鱼座，她和我最配！”郑先生怔住了，他没想到孙子说的是这种星座。孙子郑重地说：“娇娇还要我小心婷婷，因为她是牧羊座的！”郑先生愕然，他终于明白了孙子说的是什么。此星座非彼星座。现在满世界都是追星族，连小孙子都对电视里的明星如数家珍，但他们与自己这样用望远镜追星的人，终究是南辕北辙。郑先生直起身，轻轻叹了口气。

他感到失落，也有怨气，却无法对任何一个明确的人去抱怨。历史车轮滚滚向前，而他是个小人物。他熟知很多星星的星等，无论用目视星等还是绝对星等来衡量，他都是一颗最黯淡最微不足道的星。天上一颗星，地上一个丁，丁就是人，他这个丁人微言轻，岂是挖掘机推土机的对手？他原本把阻止拆迁当成一件大事来做，现在可以彻底放下了。不过，失之东隅收之桑榆，双学区的新房总算是一个补偿。孙子能好好读书，总归会比他爸爸强。他看看隆隆旋转的吊塔，心里说：“搞不过你们，那你们就忙去好了，我坐享其成。”他拍拍孙子的后脑勺说：“我们走吧。”

刚走几步，郑先生停住脚，在路边蹲下了。他捡起一块闪光的瓦片，用手指搓去上面的浮土。孙子问：“你捡到什么了？爷爷，这是什么？”郑先生解释说：“这是琉璃。不是玻璃啊。回去给你看。”孙子突然一蹦老远，指着草丛说：“蛇！爷爷，你看，蛇！”郑先生大惊失色，挡到孙子前说：“哪里？哪里？”他看见了，不是蛇，是蛇蜕。艳丽的蛇蜕。离他捡琉璃瓦片的地方很近，刚才他完全没有注意。他拉住孙子的手，告诉他这是蛇脱的壳，附近可能会有蛇，赶紧走。他边走，一边继续搓着瓦片，他相信这肯定是穹庐的碎片。

五、流星雨

琉璃瓦一直放在书桌上。孙子只玩了一会儿就打成了两片，没兴趣了。

新楼日新月异，高度已超越周围的楼房，站在体育场也看得见了。那是遥遥在望的话题，那么显眼，那么切身，躲都躲不开的。儿子有天回来说，有人来跟他谈新房子的事了，就是正在造的房子，人家愿意出钱买，七百万。郑先生以为自己听错了，他不懂。儿子强调说：“七百万，不是日元韩元越南盾，是人民币七百万！”虽说章副校长曾展望过新房子的美好前景，但七百万这个数字实在令人难以置信。郑先生被这个数字砸晕了，他像是挨了一棍，灌顶而下，双脚被夯进了土里，半晌迈不开步子。他曾被人讥讽为绝缘体，但七百万这个电压太高了，刹那间击穿了他。看着儿子那副立了大功等待表扬的样子，他觉得魂魄都从脚下走掉了。儿子得意扬扬地安排说：“七百万，我们可以买个稍远一点的房子，至少还能到手一半钱。反正聪聪小学已经上到了，再好的初中二十万也绝对能够搞掂。”他并没有见钱眼开放弃他儿子的学业，郑先生连反对都无处下嘴。

核实完全是多此一举。邻居们都在疯传这事。因为选的房号不一，有的人被出了五百万,六百万，倒没听说有超过七百万的。有一次他在路上遇到赵婧，听见她正接着电话：“反正我不急，等房子建好我们再谈吧。”郑先生远远地听着，没有过去打听。听说有人已经草签了协议，他也不去验看。他如果凑上去，那相当于自抽耳光了。已经有人说他因为拒绝签字反倒得了好处，房号好得超出了他的资历，他至少多拿了一百万——“人家签字拿钱，他不肯签字倒多得，这道行，深啊！”郑先生万没想到他拒绝拆迁的行为被标了价，而且其溢价约等于他一辈子的工资总额。多得一百万。他啼笑皆非。但这是事实，无可置辩。儿子问他对新房子是什么主张，他没好气地说：“随你们搞！随你！”对儿子他还可以摆摆脸，对周围邻居，他简直不知该怎么面对。平静了几个月，他再一次被侧目而视，无奈地成了议论的话题。他曾坚定地站在那里，挖掘机先把他推开，现在满载巨款的推土机又轰隆隆从他身上碾过了。躲都躲不过的。任谁都难以对几百万巨款无动于衷。等新房建好，他还真的不见得就能住进去。届时，他或将远离他工作生活了大半辈子的校园，这些邻居也将星散。

深秋了。落叶萧萧。

郑先生丢下手里的琉璃瓦片，起身走出家门，出了体育馆。这是晚上八点多，秋风飒飒，体育场上十分热闹。自从体育馆变成过渡房，这里就形成了一个广场舞群落。乐声响亮，动作整齐，他们情绪饱满热烈。郑先生远远地撇开去，沿着跑道散步。他不时抬头看看天际。狮子座流星雨今夜将在东北方向的夜空出现一个峰值，今天好天气，是难得的观测时机，不过他现在只能在操场上逛逛了。

流星尚未出现，他先遇到了赵婧。她穿着运动装，显然也是来跳舞的。她不忙入列，陪老师走了一圈。她告诉郑先生，她也快退休了。郑先生心里一咯噔，想想还真是，也就只剩五年了。她也已青丝染霜，来跳舞是提前找到了队伍。他摆摆手，催她过去。他眼看着她汇入人群，看不见了。他远远望着跳舞的人群，突然想起了房子。他们都背负着对房子的期待，是背着房子在跳舞。蜗牛。郑先生忍不住笑了。他继续沿着跑道走。耳边飘来了他们的口号："我调和阴阳天，打通小周天！我面向北斗星，紧握大周天……"

他站住脚，下意识地抬起头。突然，一道弧线划过夜空。流星！那么绚烂，那么短暂。流星划过他的视野，划过他的脑际，如此清晰。他的老花眼简直相当于望远镜哩。他呆呆地站在那里，等待着第二颗流星的出现。

他等不到的。现在离每小时十五颗的峰值出现时间还早，看到一颗已算难得。他只是站着，遥望东北的夜空。

他又愣神：我没有保住天文馆，却有了七百万，这是怎么回事？什么意思？

据说地球生命来自彗星。倘若如此，彗星当然也会在其他星球播撒生命，外星人真有可能存在。那些智慧远超人类的外星人，也许能轻易破解这七百万是怎么回事——但是，他们不说话。

郑先生在操场盘桓良久。跳舞的人说散也就散了，稍一走神他们已烟消云散。郑先生站在广阔的操场中央，留恋地驻足，举头再看一眼星空。扫视。凝眸。熹微的星光洒落在他脸上。满天繁星。那是宇宙的复眼，在看他。

2016 年

然后果然

这是个好天气。清晨，百鸟婉转，红日满窗。连日的阴沉雾霾后能有这么个好天，本该使人心情愉悦，甚至精神一振，但王弘毅愉快不起来。对人的心情而言，坏天气是雪上加霜，好天气应该能锦上添花。可他不是锦缎，被面才是锦缎。他是床褥里压死了的棉絮。总而言之，这天气好得像个反衬，简直像个讽刺。

但是他外表不流露，行动举止不流露，面部表情也如常。早晨总是风风火火又有条不紊。他嘴里叼着牙刷，去催女儿起床，老婆在厨房里忙早饭。早饭简单而准时，女儿起床却复杂拖沓。光动嘴还不行，有时还要去拖。把她从平躺变成坐姿一般需要重复数次。做爸爸的好脾气，左手把她拖正，手一松又躺下去了。再拖，还下去。这父女俩斗法，斗的是个角度问题，从 180 度变成 90 度，是日常生活中的几何难题。于是他双管齐下，左手拖，右手在她后背推一把，固定，含着牙刷的嘴说："大丈夫能伸能屈。"女儿睡眼惺忪地反驳："你才大丈夫，我是小女子！"看看，才四年级，就小女子了。话这么说，90 度终于稳固了。女儿穿衣不算太磨叽，片刻后，她就会呈直立状走到餐桌前。

鸡蛋，面包，牛奶；水果一两种，随季节变化。三个橘子在桌上，鸡蛋摆在盘子里等着他剥壳。老婆在厨房里热牛奶。王弘毅听着微波炉的嗡嗡声，扭头看看盥洗室的女儿，抓起一个鸡蛋准备放入自己口袋，略一停顿，飞快地剥去蛋壳；又抓起一个橘子，也剥掉皮，抽几张餐巾纸一起包好，塞进了口袋。那边微波炉"嘟"一声，老婆就要出来了。他突然想起自己分内的面包还没有处理，眼一扫，飞快地把面包塞进了包里。包被塞了食品很安静，他空着的嘴倒吧唧起来了："好吃！你妈买了新品面包，你可以快点啦。"女儿对镜梳头，并不正眼看他，嘁一声说："馋猫！"

老婆很能干，双手可以端三杯牛奶。他跑过去接过一杯，不喝，摆在桌子上。坐下来，继续剥好剩下的鸡蛋，他舌头余味未尽似的在嘴里转一圈，抽餐巾纸擦擦嘴和手。老婆说：“牛奶。”王弘毅说：“牛奶不喝了，肚子有点咕咕的。我到办公室喝茶。大红袍，解腻。”老婆说：“你最近应酬不多啊。”“晚上是不多，”王弘毅无奈地说，“现在基本改中午了，中午目标小。”

“目标小，防止被发现。嘻嘻。”女儿拿起个鸡蛋，捏在手上，斜眼看看她爸爸。她人小鬼大，还懂目标小的意思。这会儿王弘毅的胃属于假大空，不平则鸣，咕咕叫唤。他坐在餐桌边看着她们吃。聪明的女儿，美丽能干的老婆，晨光勾勒出她们宁馨的侧影。时间差不多了，他拎起上班的包，说他今天有个重要的洽谈，不能再等了，得先走。通常他开车先送女儿和老婆，然后自己去上班。但他今天工作忙，他把车钥匙递给老婆，说自己打车去。

一个多小时后，他终于吃上早饭了。衣袋里的橘子和鸡蛋还有点模样，面包就一塌糊涂了。烤过的面包片很脆，七零八落地落在包底，他的手必须呈鸟喙状，到包底去撮。他吃自己的饭，却像个寻食的鸟，这令人气恼。他把包弄个底朝天又摇又晃，这才算弄干净。包里一些文书被抖搂出来，是一些药品和医疗器械的说明书。这提醒他，他以前也在公司干过的，那时他干得很不错。

是的，那是以前。就是说，他宣称今天有个重要的洽谈，那是哄人的。重要还算重要，因为这是他的新工作；洽谈却是早已谈好了。在网上谈好，不谈好他也不需要空着肚子，不谈好他也拿不到那几百块定金。两天后，如果不出意外，他还可以拿到剩下的几百块。他把草皮上散落的说明书捡起来，塞回包里。路过的人朝这边瞅瞅，但人家并不再多看一眼。这里是医院，这些说明书出现在这里再正常不过。倒是几只鸽子，早已习惯了人来人往，他一离开，它们就围过来啄面包屑。它们安静地啄食，头一点一点像在致谢，不时还侧脸端详他。王弘毅突然觉得有点讪讪的，顺手把墨镜戴上了。

接下来到哪里去，这是一个问题。医院他再熟悉不过，不但这个医院，全市近十家三甲医院，他没有不熟悉的。但医院不是个能容留的地方，这里氛围不好，除非真生了病，没有人喜欢到这里来。他没有病，全身上下十分健康。三十八年一路走来，除了脚上的两个鸡眼，他什么毛病都没落下，实在是运气。但他目前状况不好，他跳槽了。有人跳槽是往高处跳，他不是，他有点像是跳河。以前的公司就像只船，他待不下去了，“扑通”就掉水里了。就是说，他目前落水，没有稳定工作。找工作是急不得的，他总得先做着点什么，最好是骑驴找马。“马”不知在哪里，“驴”他先骑起来。他的驴说到底是他自己，是他自己的身体。他自己骑自己，靠好身板先撑着。

其实也不耗费身体的。又不是干苦力。他只是使用自己的身体。具体说，他目前的工作是代人体检。有人因为某种原因必须去检查身体，却又不想不合格，这时候，一个好身体的替身就很有价值，于是，王弘毅的身体就具备了价格。这真的不耗费什么，用一下身体而已。说起来，任何工作都必须使用自己的身体，概莫能外。高级如那个科学家霍金，全身瘫痪，但他也用着自己身体的一部分，脑子，脑子不转，他就歇菜;低级的吧，像有些姑娘，不也在磨损自己的身体么?他此前推销医疗产品，用的是腿、嘴，还有脸上的表情，只不过现在用得更全面而已。

说是全面使用，其实主要的就那么几项，几个部位。他是学过药学的，知道自我保护，抽血、验尿、B 超基本无所谓，X 光他就比较谨慎，有伤害的。有伤害就是有成本，必须控制间隔和次数，价格也就高一点。他靠身体吃饭哩。

今天的项目是抽血，必须空腹。抽血很简单，静脉血，几毫升，几百块，简直单价可观。他甚至想，即使以后找到新工作，这活儿也未必就完全不做。零伤害，高收益，做个兼职有什么不好?别让人知道就是了。

不让别人知道他做这个不算难，瞒老婆却必须用点心。好在老婆虽然贤惠却也粗线条，瞒她并不很难。就这么过了快三个月，他已经掌握了一点技巧。从医院出来后到哪里去，曾经让他十分为难。茶馆，麻将档，本来都是好去处，但这需要成本;找朋友打发时间也不是长久之计。他一般到东湖公园去。那里很大，也有幽静处，怎么都容得下一个杀时间的人。他在那里也不是纯粹发呆，他经常要看看手机。他接活儿或者找一份稳定工作，都离不开网络。

公园是免费的，公交车很便宜。这很好。他拎着公文包，如果忽略手臂上抽血留下的一点疼痛，连他自己都要认为他还是个忙碌的白领。刚进公园，他皮包里“嘀嘟”了一下。他停下来，查看手机。

来活儿了。他本以为是他发的求职信息有了回复，不是，是一单新活儿。这也不错啊。这是个顺利的上午，刚才他还因为抽血没能和腹部 B 超一起做而略感遗憾，这新生意不就又来了吗?这人的项目更简单:代检色盲。这比所有项目都要简便。几块色卡，幼儿园的孩子都能看出是什么图案，可如果你色盲，你就只能乱说，他曾亲眼看见有人把一个美女看成了一只鸡。他只要去瞅两眼，几百块就到手。好事啊！可是问了地点，他拒绝了。手机里的人很急切，问为什么不干，钱还可以再商量。王弘毅说不是钱的问题，是安全问题。对方说这个你不用担心，车管所他找过人了，不会太顶真。为了说服他，对方还在屏幕上幽默了一句："又不是枪毙，不会那样验明正身的！" 王弘毅说："不是这个安全问题。你红绿不分，开车就是杀人。" 对方好半天没回话，然后传来一句语音。王弘毅听了一半就按掉了。那边在开骂。王弘毅迟疑一下，把这人黑掉了。他自己女儿上学，最担心的就是交通安全。无论多忙，只要他答应当天接孩子，从来都没有失职过。此人换过驾照就会蹿上街，那就是个无差别杀手。

他不肯去看色卡，只能在公园看风景了。他看风景，却不愿意风景里的人看他，最好没有任何人看见他才好。年纪轻轻的，大白天的在公园里晃荡，怎么看都扎眼。但他别无他法，只能在外面盘桓到下班时间。公园很大，山清水秀，最佳处是临水的长堤。长堤上人来人往，他只把后脑勺露给他们；前面是浩渺的湖水，偶尔有鱼会探个头，但除非他还能从包里掏出面包屑，鱼绝不会对他产生丝毫兴趣。他找个长椅坐下来，突然就想起了医院里的鸽子。人为财死鸟为食亡，但鸽子和鱼都活得挺好，蛮自在。他忍不住苦笑了一下。其实代检色盲他是做过的。此前有个人要入职，竞争激烈，他就代做了。那个职位跟辨色力半毛钱关系都没有，但那人担心被有背景的人找理由挤掉，他的一脸惶恐让王弘毅觉得自己应该挺身而出，很有点仗义执言主持公道的感觉。要说他接活儿还有什么明确的标准或者原则，也真说不上。他凭感觉。他需要钱，可也不愿意太憋屈自己。除了这种零碎的，他做得比较多的是保险体检。来找他的有买保险的，也有卖保险的业务员，他们要拿提成。他肯去做倒不是因为他以前在医药公司也靠提成吃饭，而是觉得保险公司赚钱太容易了，也太多，董事长竟然年薪几千万，不帮他漏掉一点简直不公平。这一块是他的业务大头，做起来既安全还又理直气壮。他以前在医药公司，钱虽然不算少，但压力极大，压力不大他也不至于丢工作。找个工作是真不容易啊，就是他现在这份"工作"，也不是那么容易干的。有的业务他没法干。有个男的把女人肚子搞大了，人家扯住他不依不饶要结婚，他想找个不育的人代自己体检，以此洗脱，这事他就干不了。少精、弱精、畸精，诸如此类，跟他完全不沾边。即使他不在乎缺德不缺德，这个单子他也接不下来。他的身体实在是太好了。

风和日丽，春风送暖。突然就想起了老婆。老婆漂亮，也是从小镇考大学出来的，很干练，工作上从来不要他操心，也顾家。得妻如此，夫复何求？在家庭上他运气不错。虽然目前工作有点问题，但他相信一定能熬过去。倒是女儿没少让他操心。女儿娇气，小可爱，也有点小任性。不过，不为女儿操心，这家不缺了点味道么？他和老婆有时想亲热，可女儿就是不睡，他们三番五次地过去又哄又骗，最后还要悄悄地去侦察确认，想到这里他扑哧笑了。他看看周围，没有人注意他，可他自己的身体却有了反应。这有点尴尬。他站起来，举起双手抻了抻身子，笑骂自己没出息，目前这状况还有心思想这个。不过也不能怪，天气太好，暖洋洋的，还真是饱暖思淫欲了。这时忽然觉得，肚子有点饿了。

老婆暂时抱不到，可饭总得吃。快到午饭时间了。他起身上了湖堤往公园外走。公园大门是一座古城门，城门内是一片巨大的草坪。很多退休的老人聚集到这里，放风筝，抖空竹。天上的风筝很安静，你都不知道线在谁手里。空竹呼哨着围绕着那老头儿上下左右翻飞。这地方人最多，人多眼杂，他本不愿意在这里多停留，不知怎么的，竟站住了。那老头儿玩得兴起，冲他做个鬼脸，手臂一挥，长长的竿子一带，空竹忽然飞过来，绕着他响了一个圈。他缩了一下脖子，咧咧嘴表示他不计较，心里却突然焦躁起来。风筝是未来的工作，在天上，你找不到线；空竹倒是好玩，可即使你玩得转，那也得等到退休啊。他还远不到退休年龄，况且现在连工作都没有，哪谈得上退休？他快步走开了。

公园周围有很多小饭馆，填饱肚子不成问题。

小饭馆里也有好饭食。价格低，味道也不错。他一会儿就吃光了。正犹豫着是不是还回公园去，手机响了。

是个陌生的号码，招聘的。他很需要这样的信息，可这个电话没多大意思。对方是保险公司的，招聘业务员，说白了就是招跑保险的。他一时转不过神来。那些跑保险的多次介绍人过来找他代检，身份一翻他自己也要这么干么？他觉得有点滑稽。做保险的都在名片上印着“业务经理”的头衔，可他以前是“区域经理”，那是正式任命的。他目前还没有到山穷水尽的地步，这么搞下去，那真是一路向下了。

事实上他原本也还犹豫，但他的手机很快就从网上接到了一笔新生意：抽血加腹部B超。比早晨的项目大，同样要空腹。那人看来不差钱，很大方，在价格上一点没费口舌。约好了时间和医院，王弘毅很高兴。他觉得至少目前他还可以这么做下去。

下午总归还是空着了。空落落的下午还是消磨在公园里比较稳妥。王弘毅戴上墨镜，算是小小地改变了一下容貌。城门前的停车场车来车往，人流如梭，乱哄哄的。离城门还有一箭之遥，王弘毅看见前面出了事故。一个小伙子被车碰了，倒在地上哇哇直叫，几个人正围着车主理论。那车主开始嘴还挺硬，一看到人家红肿的脚踝也有点慌了。他是错过了一个车位，又倒回来，责任显然在他。他嚷嚷着说要报警，又说要找人，但手机拿在手上就是不拨号。王弘毅探头朝倒在地上的那人瞅了瞅，那人原本半躺着抱着腿，被他这一瞅索性挺在地上哭起来。王弘毅对那车主说："你还是私了吧。商量商量赔点钱了事。"车主说："你跟他们是一拨的！"王弘毅笑道："我跟他们一拨？你什么眼神啊？嘁！"他扶扶墨镜摆摆手走开了："我为你好，不听拉倒。"

那躺在地上的人他见过，是碰瓷的。前不久他开车，在一条狭窄的马路上路堵了，他见前面吵得凶就下去看了看。就是这个人，倒在地上抱着肿脚，连叫的声音和表情都一样。当时他并不知道是碰瓷，今天再看见，不是碰瓷是什么？他们转移战场了。那只伤脚是真肿，十有八九还真的骨折，不怕跟人去拍片。保持到现在都不去治，也算坚韧不拔。虽然不能排除是一次意外骨折启发他们走起了这条钱路，但王弘毅更相信是自伤。那几个帮腔的狠角色把这伙计弄伤了赚钱，谁叫他的眼泪来得那么顺溜呢？这伙计肯定是从了，很可怜，也很没出息。

湖边的长椅垂柳掩映。他点着手机，心里总觉得郁闷。今天是10号，发工资的日子。只简单的点几下屏幕，他就把"工资"转到了老婆的卡上。他卡上的钱目前还够。钱转出去他突然觉得坐不住，站起来走几步，索性在草皮上躺下了，皮包挡在他脸上。他只多了个皮包，否则这姿势跟那碰瓷的很像。那鸟车主说他跟他们一伙，也算是一种眼力。转念一想，真要去做保险，他倒可以自己直接代人体检，省去中间环节，拉保险和体检就一条龙了。他坐起身，想回个电话过去，想想又作罢了。这么快就反悔，有点反复无常的意思，让人小瞧了。他卡上以前有点小私房，再加上最近接的活儿，尽够再付两个月的。且再看看吧。

太阳西沉，湖水更亮了，金光耀眼。该回家了。女儿的放学时间不确定，如果开车他会去那里弯一下，碰上放学就接。女儿有时会故意捣蛋，明明看见家里的车却由着他按喇叭故意不理。这丫头，撒娇哩。想到女儿，他的脸上漾出了笑意，不过他今天没开车，接不了女儿。

家里的气氛今天有些特别。他是第一个回来的，时间不长，老婆和女儿差不多前后脚也到了家。女儿板着个脸不高兴，嘟嘟哝哝的，大概是抱怨又没人去接她。老婆一点也不计较，她关心一下丈夫，摸摸女儿的头，还亲一口，转身出去，不一会儿就买回了不少菜，很丰富，做好了摆在桌上更显得丰盛。她不要丈夫帮手，喜滋滋地忙得很麻利。长发微摇，脚步轻盈，碗碟清脆。这是个喜上眉梢的老婆，是沉静稳重的老婆溢出了喜悦。王弘毅知情识趣，开了红酒，女儿喝果汁。三人碰一下杯，他终于忍不住，叫老婆别卖关子了。老婆举举杯子一笑，说没什么。女儿撇了撇嘴。王弘毅说："你妈妈今天有好事了。我们猜猜，是什么好事。"他有心凑趣，拿来纸和笔，说我们写出来对。女儿又撇嘴，还是写了，写完一推，跟王弘毅的纸并在一起。女儿写的是"升官发财"，还打了三个惊叹号，他写的是"提拔"。老婆抿嘴一笑，说真的没什么的，就是工作有了点变动。王弘毅夸张地"耶"一下，要跟女儿击掌，女儿说："俗！"埋头扒饭。他抬起老婆的手，与她对拍一下。女儿吃吃冷笑两声，大咧咧地把他的酒杯拿过去，抬头就是一大口；酒杯也不还他，伸手把自己的果汁推了过来。她妈妈要制止，她举杯说："庆祝，庆祝哩！"又是一小口。她没准还等着爸爸也来制止，可王弘毅见杯子里酒已不多，笑笑就随她去了。他本就不该喝酒的，他没有忘记明天还要体检。

女儿并没有把酒全喝掉，饭也还剩一点，她把碗一推，到自己房间去了。王弘毅帮着收拾桌子，问明了老婆具体的情况。简而言之，还在原来处室，升了副处。这真不容易啊。此前肯定好一番竞争，还有程序，但老婆基本没在家里唠叨。他一直都蛮省心的，但这会儿心里也有点泛酸。这不该当，老婆的好事当然是全家的好事。他笑着对老婆说："以后你就不要老是陪领导啦，嘿嘿，你就是领导啰。"老婆酡红着脸说："去！不就是个副处吗，还是个干事的。"王弘毅忽然有点后悔，他如果早一点知道这个喜讯，就应该多汇出一点"工资"，就说自己上月业绩特别好，那就是个双喜临门了。只不过这个"囍"字，其实被风雨打掉了半边。

这个家是温馨的，而且安宁。他和老婆正说笑，那边女儿房间却不安宁了，乒乒乓乓动静不小。过去一看，女儿躺在床上，脸上捂着一张纸——这样子倒和他下午躺在草皮上的姿势很类似，只不过她脸上捂的是试卷。卷子上的分数让两口子大惊失色，才 89 分！这真是不得了了。数学是女儿的强项啊，出大事啦！夫妻俩一左一右，强作镇定，温言有加，循循善诱。沉默，然后又滔滔不绝，无非是批评和自我批评，难免要检讨做父母的各种失职。女儿继续躺着，没有了试卷挡脸，她只好紧闭眼睛。终于还是老婆细心，她发现女儿在偷笑。眼不笑，嘴在笑，一咧一咧的。她捅捅丈夫，围着女儿观察片刻，一声娇叱："好了！我全知道啦！"她抖抖试卷，女儿扑哧笑出来了。

原来是虚惊。女儿考的是 99 分。她改成了 89。若非老婆明察秋毫，那只能等女儿憋不住自己揭晓。她揭晓的同时肯定还有一句话：“你们都不和我玩！”这句话她终究没憋住还是说出来了。王弘毅佩服老婆，躺到床上，简直有点敬畏。躺在边上的是副处长。他们原本规划好，她做公务员，他从商，最佳家庭搭配。现在躺在副处长身边的是一个早晨刚抽过血的人。这抽过血的男人有心亲热一下，却不行了。好在老婆很体贴，也不硬要。两情若是久长时，又岂在天天亲热？老婆以前累了说不要，就这么说。没有这样的懂事老婆，他撑不住；为了这样的老婆，还有女儿，他必须撑住，并早日结束目前的状况。

第二天早晨检查很顺利，倒是他自己曾有点纠结。如果不是仅仅定金就达到了一千块，他很可能会中途违约。找他的人是个胖子，说话举止显然是个领导，眉眼间跟他以前的上司还有几分神似。这貌似以前的圈子正朝他窥探，王弘毅有点不自在。抽完血把 B 超单送去排队，因为人多，王弘毅就先到医院外面等着。那人远远地跟了过来，点上根烟和王弘毅拉呱。王弘毅十分好奇他这个身份为什么要找人来帮着代检，藏着掖着的咋回事？别忘了，王弘毅可是做过销售的，口才超好，几句话一套就全问出来了。原来这胖子的单位第二天就年度体检，他想弄个一切良好。他提前一天来做检查，明天滑掉这几个项目，所有单子最后也都是全的。他伸手拍拍王弘毅的肩膀说：“兄弟你放心，体检科我打过招呼了，没事。”嘁！他王弘毅干吗不放心？他不管这个。说话间胖子接了一个电话，他扬着头，左手一指一戳的，声调虽不高，但那派头就仿佛前面正有个下属在接受指示。这个电话把他弄得感觉良好，他对王弘毅说，上面吃饱了没事干，搞什么重新聘任，个个都争着头朝上拱，脚往下踹。“兄弟，我别的软档那是没有，就一个，脂肪肝，还有酒精肝。这不就找你了么。”原来他拥有两个肝，脂肪肝和酒精肝。两个肝的人来找一个肝的冒充正常了。他鼻子上也全是脂肪。王弘毅突然感到厌恶。他以前的上司，那个酒糟鼻子让他离职时说的是：“你先休息一阵子，好吧？”于是他就休息了。王弘毅对胖子说：“其实，你也可以先休息一阵子，养好身体再说嘛。”胖子大惊失色：“那可不行！”王弘毅朝他的油鼻子笑笑，说去看看 B 超排到没有，就匆匆去了。即使这胖子不与他的前上司眉眼神似，王弘毅认为他也不配当领导。他有心不辞而别去吃早饭，又觉得白拿人家定金有一点过分，如果不是胖子紧接着打电话过来催，眼一眨竟找到了他，还拽着他说要加钱，他肯定已经走掉了。

他有点窝心，触碰了自己也说不清的底线。憋屈。不过这一天他业务不错，难得的兴旺。看来有病的人还真不少，这满大街的人，不少人面带喜色，走起路来还雄赳赳的，其实没准他就有病，他知道了不说或者暂时不知道罢了。即使健康如他王弘毅，左右脚不也各一个鸡眼么？不过鸡眼算不了什么，这一次次的体检反复增强着他对自己身体的信心。有个好身体，何愁没有新工作、好局面？

下午他又接到一单，验尿。这也是个简单快捷的。

说起来他的第一单生意正是从验尿开始的。几十年的老烟枪个个都记得第一根烟是怎么抽上的，谁给的，他虽不知道第一次请他代检的是什么人，当时的情景却历历在目。他那时刚离职，依着惯性到医院去碰碰运气，看能不能凭着老关系继续小做一点，哪怕只卖几把止血钳。当然是失望。没想到他去上厕所，倒无意间看见了别人的隐私。一个男人捏着个瓶子走了进来，他不去接自己的小便，迟疑了一下，却拧开水池上的水龙头，接了一点自来水。王弘毅一愣，突然明白了，忍不住扑哧笑了出来。那男人吓了一跳，手里的瓶子差点掉到地上。那人看起来忠厚老实，尴尬得不行。王弘毅从拐角那边的便池过来说："你这样可不行。"他提醒道："自来水一眼就能看出来的。茶水还差不多。"

那人僵在那里，赔着笑问："你不是来看泌尿科的吧？"王弘毅说不是，问他什么意思。那人说："帮个忙，借你点尿。"他手从裆下往外一扯道："就一点点。我付费。"

这就是第一次。门道就是这么被发现的，可见天无绝人之路，只可惜这路不是康庄大道，是虚线，有一搭没一搭的。

今天这老兄的处境比第一次的那男人要困难得多了，因为他老婆陪他或者说是押着他一起来的。不过这老兄胆大心细，他们约好，在某个时间段，王弘毅在厕所里等着。天幸还有男厕所这么个女人永远不能跟进来的地方，也幸亏这老兄安排周密，王弘毅只闻了十几分钟臭气他们就顺利交割了。王弘毅先出去，他看见一个女人正守在外面，眉眼憔悴，看上去是个本分女人。她也真是不容易。他当然装作陌路人，只忍不住朝她两腿间瞅了一眼。

事儿完了，等会儿出结果那小子自己会去拿。王弘毅找个水池仔仔细细地洗了手，突然对刚拿的钱也疑心起来。他应该马上把钱存掉。可即使钱存到卡上了，他恐怕还会觉得卡也不干净。那小子不是个好东西。他老婆真是蛮可怜。他突然发觉今天这活儿有一个明确的欺骗对象，而且刚才还曾打过照面。这前所未有，是第一次。如果不是景况所逼，这事他不会干的。

医院边上就有家银行。他找个柜员机，钱却被吐出一张。再试，还是吐。这意味着这可能是假币。糟了，不知是谁给了张假钱。这真他妈过分啦！是谁？那个双肝的领导？刚才借尿的？也有可能是昨天那个验血的。他捏着这张钱，一时不知如何是好。

他慢慢走上马路。突然想，如果假装把这钱掉在地上，会发生什么情况呢？正瞎想着等着过马路，突然听到身后有人在争吵。是一男一女。他不多管闲事，只下意识地回了一下头。这一回头不要紧，那男的直冲过来一把抓住了他："鸟人！你别跑！"王弘毅也认出来了，就是刚才找他借尿的人。王弘毅蒙了。他不知道这算是哪一出。那女的站在一边，一副不明所以、难以置信的样子。王弘毅有点醒了，但他张口结舌说不出话。那小子揪着王弘毅的衣领，手里"哗哗"抖着一张纸："妈个逼，你他妈的有病！我算是被你害惨了！"他扭头看一眼老婆，抬手对王弘毅就是一拳。王弘毅退后几步，差点跌倒。那男人又逼过来，把检验单往他脸上一摔，喊道："钱拿来！"王弘毅怔一下，随手把那张假币朝他扔过去。人群迅速围上来了。王弘毅见势头不好，闪身冲出重围，跑了。

他毕竟身体好，一般人哪能追得上？他一路狂奔，跑到安全地带，躲到一个小巷子里大喘粗气。我的尿有问题？有性病？这难道是真的？！

眼眶被打肿了，有点睁不开。变形的视野里出现了刚才那个老婆。她一言不发，冷眼旁观。突然又浮现出自己的老婆。身姿窈窕，贤淑的老婆，忙碌上进的老婆。他以前也许是忽略了什么。刚才跑得急切，那张单子掉在地上没有拿——究竟是什么病？

他摸出包里的手机，正犹豫着是不是给老婆打个电话，她电话却打过来了。他拿着手机，突然觉得不知道怎么跟她说。下意识地接通，老婆急切地说："丹丹逃学了！学校刚才来电话，说她最后一节课没上。"王弘毅脑子嗡了一下，眼睛在疼，心脏突突的。小学生不让带手机，他现在想联系女儿也没办法。他让老婆别急，先回家等着，自己马上去学校。老婆说她现在就在学校，要他立即回家。老婆说："还有两个男生也不见了，他们肯定是在一起。"她已经带了哭音："她小小的人，胆子怎么这么大啊！"

王弘毅挪动脚步，到路边招车。他的样子有点狼狈，衣领被撕大了，眼眶也肿着。他伸手到上衣口袋找墨镜，没找着。肯定是刚才撕扯中掉了。墨镜几百块，正好跟他收的代检费相抵。这时候他还想到算账，连他自己都觉得惊奇。

他上了车，脑子出奇地镇定。前面的后视镜里，司机木然地瞟着他。他自嘲地笑笑，没说话。坐垫很干净，洁白如新，只有一根微曲的毛发，不知道是哪个男女落下的。他突然觉得自己的下体有点不舒服，比眼眶的疼还挠人，持续，不可忽略。他动动屁股，往边上靠靠，睁大眼睛看着窗外。路上有不少放了学的孩子，撒了脚丫互相追逐。虽然没有看见女儿，但他相信女儿马上就会回家，就像他最近“下班”这样，顶多比正常放学晚一点点而已。她也肯定不会主动说她逃了课。

但愿如此。一定如此。他本来一回家就要质问老婆，找她算账。他要问她，他为什么会查出脏病，这是怎么回事？不管为了自证清白，还是为了实施反击，她去医院检查几乎都不可避免。可马上就要到家了，他决定今天不提这事。

2017 年

七层宝塔

1

鸡叫三遍，天还没亮。这是个阴天。唐老爹（音 dia）躺在床上愣了会儿神，穿衣下床了。古人闻鸡起舞，唐老爹是闻鸡起床，大半辈子都这么过来了。鸡是个好伙计，冬天日头短，夏天日头长，鸡按季节调整报晓，比闹钟体贴得多。去年搬家，进城上楼，好些旧家什只能扔掉，几只鸡他还是带来了。好在他是一楼，有个院子。说是二十几个平方，其实也就是两三厘地，但没有院子哪还像个家呢？院子虽小，但接地气，通四季。搬家的时候，老两口有几分不舍，也有几分欣喜。毕竟是新房子，毕竟进城了，还有个院子。除了鸡，锄头钉耙粪桶扁担之类，不占多大地方，他也带来了。带来是因为有用，院子虽小也可以种种菜。即使用上了抽水马桶，粪桶也能摆在院角，积积鸡粪。

新房子离老宅五六里地，原来是个大土丘子。土丘被挖掉了，造了新城。搬进来的时候是秋天，按理说青菜菠菜之类都还都可以种，不想却根本种不好。土太瘦了。开地时他就知道种不好，土黏滋滋的像橡皮泥，瓦瓷砖石崩得手疼。盘古开天地以来这里就不是庄稼地，菜果然长得异怪，种子撒下去，出倒是出了，却只往上长，什么菜都长得像豆芽。锄掉却也舍不得，偶尔去弄弄，当个景致罢了。

也不能说住新房子哪里都不好。厕所就在家里，方便干净；老宅的厨房在院子里，冬天吃饭，菜端到堂屋就凉了，现在没有这个问题。问题是除了吃和拉，你总还要做别的事。唐老爹以前，每天的事排得满满的。种菜，读读三国西游，写写字，接待乡邻，再出去转转拉呱拉呱，一天不闲着。现在客厅倒还是有一个的，进了防盗门就是，刚搬来时还有老邻居来串门，现在基本没有了。大概大家感觉差不多，那防盗门像个牢门，串门有点像探监。唐老爹有心去看看老乡亲，但从前村子的格局，路啊，桥啊，大槐树啊，都被抹掉了，房子被垒起来，六层，平的变竖的了，他爬不动。爬得动他也找不到，村子打乱了，乡亲们各奔东西，几十栋楼，长得都一样，他犯晕。

早饭还是老三样，馒头稀饭就咸菜，咸菜也算一样。几十年下来，就这个合胃。用上新厨房，得济的是老伴，她天天夸，夸了个把月。洗衣机也省事。总之她比唐老爹适应，连广场舞都学会了。唯一让她抱怨的，是吃菜还要去买。以前吃不完还要去卖菜的，现在倒要去买菜，而且天天要去。以前是地里有什么吃什么，现在她挑花了眼，不会买菜，而且嫌贵。饭桌靠墙的那一边卷着一叠报纸，上面镇着砚台，现在唐老爹偶尔还会写几张，但今天却没兴头。吃过饭他三个房间转转，朝窗户外望望，叹口气，又转回客厅来了。他看到的都是墙，东西两面是自己的墙，南北透过窗户，隔着路，是人家的墙。他自己一下子都说不清，他想看到的是什么。“家徒四壁”，头脑里突然冒出个词，也知道用得不对。家里其实满当当的，老立柜，家神柜都带来了。家神柜上烛台香炉也照原样摆，可客厅到处都是门，只能摆在朝北的房间里，不成体统。好在这房间并不住人，不糟污，想来祖宗也不至于怪罪。

天阴着，一时半会儿不会下雨，也出不了太阳，不爽快！唐老爹一时不知道做什么。还是躺在床上睡着了好，一伸手，左边还是墙，右边是几十年的老伴，熟悉，安心。起了床，他竟不知道怎么安置自己这个身子。住老宅的时候，他是黎明即起，洒扫庭除，现在这院子，稀稀拉拉的菜地，不说扫，看他都不愿意多看。可是鸡把他叫起来了。现在他人起来了，身子竖起来了，可村子也竖起来了，他没个去处。老伴听他说要去买菜，喜出望外，一叠声说了几个好。

出门的时候，老伴正在院子里喂鸡。出了门洞，遇到了楼上的阿虎。阿虎正在捣鼓他那辆面包车，扯着透明胶带往车灯上贴。抬头看见唐老爹，他笑嘻嘻地喊一声“二爹”。按辈分他本该就这么喊，从前也一直这么喊，但今天唐老爹却被他喊得怔了怔。搬到这里不久，这“二爹”他就不出口了。他们楼上楼下住得别扭，彼此都不舒坦。唐老爹本以为是他看出阿虎的车原来是个破车，阿虎不好意思才礼下于人，但个把小时后他回来，就知道不是这个原因。他没想到，才个把小时，家里就出了事。

出门时他当然不知道会有事。他是去买菜的。难不成老伴不知道怎么买菜，他倒知道？不是的。他也就是借机出来转转。没人晓得他早晨站在窗户前张望，是在看什么。出了小区，一抬头，远处的宝塔遥遥在望。不要动脑子，他的脚自然地就朝那边去了。这时他才清楚，他在窗户前找的就是那座塔。看见宝塔，他才觉得安心。耳边传来了“叮叮当当”的声音，是宝塔顶层八个角上个挂的铜铃在风中响，好听。宝塔叫“宝音塔”，西边一箭之地就是他的老宅。老宅已成瓦砾，现在连瓦砾都清掉了，只有宝塔还在。暮鼓晨钟消失了，宝塔还孤零零地立着。这时他突然确认了他夜里睡不实在的原因：铜铃还在这里响，可是新房那边听不见。

土路，衰草，野风，唐老爹走得有点气喘。宝音寺已经拆掉一半，僧人早就散了伙，不过塔还是老样子。唐老爹在塔底稍一迟疑，爬上去了。风很大，满塔的风。片刻后，他站在了七层，最高处。

他朝老宅那个方位看看，又在塔顶转了一圈。全平了，地似乎矮了下去。光溜溜的大地，已经被大路小道画成了格子，河填的填，挖的挖，像是刀豁出来那么直。这是未来的开发区。朝北边眺望，黄墙红顶，一排排整齐的楼房，那是他现在的家。家具体在哪里，他找不到，也看不见。可以肯定的是，他将老死在那个水泥盒子里。此刻他满耳的风，心里却空落着，他不会晓得，此刻老伴正在那边又骂又叫。待她找到手机，她的声音才能传到唐老爹这边。

2

唐老爹的步子有点急。他急的不是出的这件事，是老伴那急火攻心的声音让他不敢怠慢。这么个岁数了，火上了房似的，至于吗？不就是几只鸡么？

鸡死了。一公两母，都是腿笔直毛糟乱，死在院子里。那公鸡性子猛，还在唐老爹眼前乱蹬了一阵腿，脖子昂起来挣一挣，彻底不动了。老伴坐在院里的杌子上抹眼泪，嘴里乱骂，哪个天杀的药了她的鸡。唐老爹拍拍她肩膀，在院子里转了一圈，东看看，西瞅瞅，心里有数了。院墙外已经有人看热闹，老伴见来了人，骂得更起劲。唐老爹拿眼睛瞪住她，笑着说：“没事，没事”，见人家没有散去的意思，只好给出答案说：“几只鸡瘟了。”他可不愿意把日子过得像发了案子。他把老伴推进屋里，随手关上通院子的门。老伴说：“你当我眼瞎啊？鸡瘟是这个样子？”唐老爹说：“那你说是怎么弄的？鸡可是你喂的。”老伴说：“是我喂的我才说！我可没喂过那些碎玉米！”说着就开门要他到院子看。唐老爹摇摇手说不用看，他又不是瞎子:“可你能说清玉米是哪里来的吗？”老伴手往天花板上一指：“不是他家还有谁？”唐老爹摇摇头说不见得。“院墙外面也能朝里扔，”他一锤定音，“你不能排除其他方向，就不能一口咬定是楼上干的。”他走到窗前朝院子看看，其实也心疼，但又接着说:“即便是楼上做的手脚，楼上也不就只有一家，上面五层哩！我们要讲道理。”

他讲了一辈子道理。这句话一点不带虚的。前半辈子他按道理过生活，年过半百后，他在村里辈分渐渐高了，再加上为人端方，断文识字，无形中生出些威望，还常常要给别人讲讲道理。他们村唐姓是大族，村里但凡有个家长里短，邻里纠纷，都愿意找他说说，评评理。他评理讲的是公道良心，有时比法律还管用。他不是族长，倒常常胜似干部。村干部也尊重他，乐得有个帮手，私下里评价他说，唐老爹虽不懂法律，却懂得人伦民俗。这话传到唐老爹耳朵里，他哈哈一笑，心里说:唐宋元明清，从古走到今，不管你是大唐律大宋律还是大清律，讲的还不就是个天地伦理？他讲了一辈子理，搬进新村却形势不一样了。这房子一叠起来，风水似乎也变了。找他评理的少归少，也还有，但是大多是新问题，唐老爹断不清是非，说了也不管事。这不，眼下他自己就遇到了新问题。这几只鸡，就是个闹心的事。

刚才在院子里一转，他心里已有了数。早晨出门时阿虎朝他笑眯眯地喊“二爹”，其实就不自然。他早就鼻子不是鼻子脸不是脸了。阿虎对院子里的鸡很反感，主要是公鸡不好，早晨乱叫，让人没法睡；二是母鸡也不好，下个蛋嚷个没完，还鸡毛乱飞；三是鸡屎鸡食很臭，惹老鼠。老伴很抵触，说鸡养在我院子里，关你什么事？唐老爹也抵触，其原因更是因为阿虎的态度。一个没出五服的孙辈，一下子平起平坐了，说起来还一条一条的。最后阿虎媳妇连狠话都飙出来了:“他不自己杀，有人帮他杀！”这过分了。有明火执仗或者持刀剪径的味道了。唐老爹不能服这个软。但现在这个格局，楼上楼下的，人家这三条虽说是几次上门来零碎说全了的，但唐老爹总结一下，觉得也不无道理。其他邻居也有给阿虎帮腔的。唐老爹从善如流，折中一下，决定鸡自己处理，一只一只杀了吃。一次性杀掉吃不了，面子也下不来。这可好，人家等不及了，还是一次性全弄死了。

他心里憋气。于是写字。随手写，不临帖。三更灯火五更鸡，正是男儿读书时，这是颜真卿的诗。桑榆郁相望，邑里多鸡鸣；晨鸡鸣邻里，群动从所务，这是唐诗，不记得谁写的，说的是村里有鸡，人各忙各的。现在这里虽然叫新村，但可真不是村了，容不下鸡了。可这下手的也太狠了一点，太阴了一点。唐老爹看着老伴到院子里把死鸡全拎了回来，放在厨房的地上。“你这是干啥？这能吃么？”老伴眼巴巴地看着他，嘴直哆嗦。唐老爹放下笔，把鸡拎回院子说：“埋了吧。肥田。”

他不愿意老伴揪着这几只鸡闹事。居家诫争讼，讼则终凶，古人早有告诫的。他其实刚才就看清了毒玉米的来路。墙角的那棵桂花树，也是老宅移过来的，唐老爹看见桂花的叶子上落了不少碎玉米。玉米粒被碾碎了毒才进浸得去，这说明是故意的；落在墙角的树叶上，这明摆了是楼上而不是院墙外扔下来的。不是阿虎家扔的还有谁？

邻居好赛金宝，唐老爹岂能不知？以前是各家大门进各家，虽也有东家树丫伸到西家，这家的鸡蛋生到那家的事，但远没有现在这么复杂。搬到新村后，几个自然村被打散了，这栋楼只有阿虎家原本就是老邻居，唐老爹还蛮高兴。万没想到楼上楼下这一住，好些问题接踵而至。阿虎为鸡来提意见，顺带还提出过院子里种菜不好，夏天到了蚊子吃不消。还说楼下那棵老桂花树太高，树枝长到他们家窗台边，老鼠沿着树爬到他们家，东西都咬坏了。他手一指他家窗户，窗纱还真被咬了个洞。唐老爹无话可说，当即拿把锯子，把几根高枝锯掉了。唐老爹确实讲理，人家说得对他就听。菜地不再弄，除了土太瘦长不好，也考虑到阿虎的意见，索性劝老伴不再折腾。但对几只鸡暗中下手，这让唐老爹吃不消了。从心所欲，不逾矩，阿虎是光从心所欲了，忘了个不逾矩。过分了。

主要还是个面子。好几天过去，鸡埋了，鸡的故事还在新大街上晃荡。遇到熟人，人家还是要跟他扯起鸡的事儿。他有时眯着眼装聋，有时洒脱地一挥手，“鸡瘟，鸡瘟！你扯哪儿去啦？”就躲过去了。说这事有什么意思呢？他这一贯帮人家调解的人，难不成还要旁人帮自己评理？好事不出门，臭事传千里，这一点倒是乡风不改哩。

其实鸡的事只算是鸡毛蒜皮，其他杂七杂八的还有不少，有的事提都不好提的。阿虎上门来提意见时，老伴忍不住，也反击了两点，一是晚上他们回来太晚，关单元铁门手也不带一带，“咣一声，就像在我耳边打一下锣”；二是晚上看电视太晚，窗户又不关，半夜三更地吵得人睡不着。老伴还有第三，其实她最在乎，唐老爹及时用话岔开。唐老爹补充的第三是请他们晒衣服时尽量挤干些，免得水滴到下面晒的衣服上。他说得很客气，口不出恶言，省得让人难堪。不想老伴不满意，直接指出晒女人内裤尤其要注意，滴水不干净。唐老爹堵住的是她的第三点，是小两口有点不自重，深更半夜在床上折腾，声响不小，老年人吃不消。这一条她没说出，就顺嘴说起内裤，算是旁道出气。那天阿虎媳妇没有跟着来，否则两个女人肯定是一顿吵。阿虎倒不斗嘴，却针对第三点提出了改进意见。他说有院子好啊，衣服可以晒到院子里，除非下雨什么水都滴不到。还说他很羡慕有个院子，话锋一转，笑嘻嘻地提出能不能租下这个院子。他说院子开个门就是个门面，做什么生意都是呱呱叫。

唐老爹自然是回绝了。他这院子外面就是路，院子离小区大门不远，开个店还真是好市口。但他钱够用，又不是财迷，还不至于拿清净去换钱。也有点好奇，阿虎到底想做个什么生意。自从拆迁迁居，好些村民摇身一变，猪往前拱，鸡朝后扒，各使各的招数，做起了各种生意，东西南北货，金木水火土，齐全。阿虎年轻闲不住，想找点事做很正常，总比那些吃着拆迁款整天打麻将的败家子强。不过他问阿虎打算做啥，阿虎看出他纯粹是局外人的好奇，并不会改变主意，反问一句："你关心我啊？"就把唐老爹堵回去了。

两家真正的计较恐怕就是这事开始的。那是去年秋天的事。

3

计较归计较，日子也就这么一天天过。秋分、寒露、霜降、立冬，唐老爹家用的还是老式台历。搬家时因为一年还没过完，扔掉不吉利，就顺手带过来了，现在倒也不是完全没用。早晨起来，唐老爹说："看，霜降了哩。"老伴说："都霜降了，还不落霜！"出门的时候唐老爹穿少了，老伴喊住他："都立冬了，帽子还不戴！"节气基本也就这点用了。他们不再按节气劳作，暂时还按节气生活。江山新村几十栋楼，夜晚看和其他住宅区没什么两样，白天就不同了。广场上晒太阳扎堆闲聊的人，他们说话打招呼的腔调口音，明显有共性。别的地方的人绝不会谈论节气，他们只知道节日，但这里的人会庆幸已过大寒却一点不冷，或者抱怨小雪大雪都过了，一片雪花没见到。说这不是好兆头，来年虫多，庄稼怕是长不好。

抱怨不下雪的就是唐老爹。有人赞成他，也有人说其实是现在路好了，水泥柏油路，不怕雨雪，你这是盼着雪景玩雅哩。唐老爹被奚落了也不气，人家说得不是没道理。他呵呵笑笑，往前去了。

他常常是不知不觉就转到了宝塔那边。今天刮风，旷野的风迎面吹来，宝塔遥遥在望了，但他却没听到铃声。这有点奇怪。走到塔基下面，他侧耳细听，呼呼的风声中确实听不见铃声。他急忙爬上去，气还没喘匀，就看见檐角的铃铛不见了。他转一圈，八个铃铛都不在，一个不剩。唐老爹蒙了，天空中有鸟儿绕着塔盘旋，翅膀猛一扑棱，不知飞到哪里去了。这里的八个铃铛竟都不翼而飞了！

他一时不晓得怎么办才好。看看塔下面，那一面影壁早就倒了。上面原来写的是：度一切苦厄。现在影壁碎了，散了，看见的只是“度、苦、厂”三个字。唐老爹头一阵晕。刚才上塔时一圈圈转上来有点急了。他赶紧挪几步，离边上远点。

塔上真冷，他哆嗦起来。下塔时他很小心，寸着脚步一阶一阶地下。到第三层，他无意间朝外面一望，看见了三个人，正从东面过来。这三个人他都认得，居委会的赵主任还有个办事员，可怎么还有个是阿虎？他来这里做什么？

这个问题一下子跳到脑子里，可问是不能问的。你这把年纪腿脚都不方便了还来，人家就不能来？这不讲理嘛。其实还有个问题，那就是阿虎怎么会跟主任一起来，无论是他请主任来还是主任喊他来，都奇怪。不过唐老爹什么都没问。塔下的主任老远看见唐老爹下来，扬手打了个招呼，继续和阿虎说话，他们谈了没几句就要走，事后想来这很有点鬼鬼祟祟的。唐老爹跟上去，说塔顶的铃铛没了，丢了，一定是被人偷了。唐老爹围着塔基东一脚西一脚地走了一圈，当然没有发现有铃铛掉在地上。唐老爹说：“只有一个可能，被人搞走了。”

主任也很气愤。说：“这说明要采取措施啊，不能就这个样子。”又说：“上面文物局不让拆，弄个半拉子。这不留给了收废品的了吗？”还说：“要尽快想办法。”想什么办法，看来需要研究，所以他也就不往下说。阿虎在边上插话说：“除非找人看着，要不连砖头都保不住。”斜眼瞅着唐老爹说：“二爹，守夜你吃不消吧？”

这语气明摆着挤对人。唐老爹说：“那你来！”头一扭，径自走了。

宝塔的铃铛没了，梵音悠扬已一去不回，不久，阿虎老婆倒在二楼的阳台角上挂了一串风铃。他当然不能冤枉阿虎把塔上的风铃拿回了家，这是玻璃的，这么小，但他心里不舒坦。耳朵更不舒坦。这声音薄，碎，轻佻，不过唐老爹渐渐也就习惯了。倒是空调的声音更烦人。阿虎两口子会享福，天稍一冷就开空调，外机就装在唐老爹家的窗户上边。嗡嗡嗡，一阵一阵的，弄得窗户像在打摆子。唐老爹和老伴都后悔他家装空调时没有预见到这一茬，现在再说，难。老伴也硬着头皮笑嘻嘻地说过一句：“你们家现在就开空调啦？”那阿虎走路急急的，回头说：“嘿，这天真他娘的冷！”抬脚就走了。你说他，他说天，你能有什么办法？老伴一肚子气回家，迁怒于风铃，拿根竹竿就要去捅风铃。唐老爹好说歹说才拦住。

现在总结起来，很多事你应该有先见之明，要长“前眼”，空调的事就是个教训。哪怕你不能提前防备，事后的处理也要有个策略。就像炮仗的事，虽有些波折，却有经验可以吸取。总之，最好不要单打独斗。

去年过年前，街上热闹起来，家家店铺生意都红火了，连居民区的大路上都摆上了许多临时的摊子。大家都在赶“年市”。阿虎也在卖南北货的店铺里匀了个巴掌大的地方，做起了生意。他卖的是炮仗和焰火。这本来没什么，不承想没几天，唐老爹就不得不管了。他没想到，阿虎竟然把他自家当了仓库！他仓库里摆什么？炮仗和焰火！这是在居民楼，是唐老爹家楼上啊。

开始时唐老爹并没有在意，以为阿虎是拎点炮仗回家，自己过年放着玩。后来就不对了，阿虎的面包车每天都要往家里带几捆；更明显的是，不但有进，还有出，他老婆大概是受他电话遥控，时不时地带人来拿货。这明摆着是个仓库，还物流了。炮仗焰火都是见火就着的东西，是炸弹，是火焰喷射器！城门失火还殃及池鱼呢，这楼上楼下的，岂不是在炸弹下生活？

原来阿虎想租下唐老爹的院子，做的竟是这个生意。幸亏唐老爹有先见之明，拒绝了，不想他拒绝了炸弹进院子，这炸弹绕个圈子，上了楼，倒摆到了他头顶上。唐老爹坐不住了，老伴又气又急，站都站不住了，在家里团团转。鉴于以前跟阿虎打交道的经验，唐老爹交涉前先进行了调查研究，他知道阿虎肯定会说他只是暂时摆摆——这“暂时”两个字是实情，年后，过了正月十五，炮仗生意基本都做不下去。阿虎也一定会说实在是没地方——这也是实话，阿虎匀地方的南北货店逼仄得身子都转不了，确实摆不了多少炮仗，即使摆得下人家也不会让他堆货，人家是连家店，楼上住人哩。这正说明了谁都怕出事。唐老爹住在炮仗下，他明知话不好说也必须要说。他找到阿虎，阿虎果然说出上面两个理由，他做出承诺，保证家里一定小心火烛，一点点火星子都不会落到货上。“我比你还怕死！你的命是命，我的命也是命啊！”阿虎嬉皮笑脸的，也许还想幽默一下，“二爹，我比你怕死啊，我们还比你年轻哩！”你听听，这是什么话呀！不光平起平坐，他的命还更值钱了！

4

交涉以失败告终。你总不能使坏，放水把他家淹掉。要淹也只有住三楼的人家才有这个地势。唐老爹对选这么个底层真是感到后悔了。从前在村子里，他家的位置那个好啊，整个村子在个大缓坡上，最高处自然是寺庙和塔，隔一条路，不多远就是自家的宅子。坐北朝南，前面开阔，后面有靠，是个椅圈的架势。现在居于人下，可不就只有受气的份？跟阿虎交涉之前，为了表示诚意，他还把阿虎带到自己院子里，指着晾衣绳子上自己动手做的灯罩一样的“机关”说，你看，你说老鼠沿着绳子爬到你家，可绳子不挂这么高晒不到太阳，我做了这么个东西串在绳子上，这下老鼠过不去了吧？他脸上甚至有些巴结。没承想阿虎虽点头表示赞许，但说到炮仗，白牙森森的嘴紧得很，就是这么两点：临时摆，小心火烛。更可气的是，他说到小心火烛，意思不光他家自己要小心，楼下唐老爹家也一样要小心，那意思好像唐老爹家最好都不要开伙了。

对不讲理的人，其实唐老爹是讲不过人家的。晚上的饭当然要做，不开伙喝西北风去？老伴胡乱下了点面，老两口草草吃了，电视开到夜里，上了床还是睡不着。第二天起来，老伴唠叨得他在家里坐不住，他霍地站起，恶狠狠地说：“我还不信了！我找居委会去，就不信找不到管他的人！”老伴看他硬起来，劲头上来了，说：“我跟你去。”唐老爹手一挥止住她。找政府实属无奈，如果打得过阿虎，他宁愿自己动手，就像最近新村里的一些矛盾那样，自己动手武力解决。既然去讲理，自己就足够。他出门时老伴追着说：“你要发动群众！难不成就只有我们怕出事？”唐老爹不理会，出门去了。

事实证明还是老伴更明事理。她更管用。唐老爹找到居委会赵主任，有条有理说了半天，口角都起了白沫，赵主任好像才有点明白。他表态说这肯定不对，却又要唐老爹体谅邻居，说现在百业不旺，生意不好做，熬过年也就罢了。“以后这里也会禁放，你送他炮仗他都不会要。”还说他们没有执法权，没权力上门没收。当然他也不是毫无作为，他给阿虎打了个电话，责成他立即整改。他放下电话，端起茶杯，意思是他已尽到了责任。唐老爹当然不依了，指着桌上的记事本，要他记下来，或者给个字据，保证不出事。赵主任不傻，落字为证他坚持认为没有必要。正争执间，老伴过来了。她不是一个人来的，还带了两个老太，一个是隔壁单元也姓唐的，另一个唐老爹不熟悉，只知道是老伴一起跳广场舞的伙伴。这不熟悉的老太更有战斗力，她说她家虽然住后面那栋楼，但万一爆炸她也没得逃。还说她儿子是武警，消防队的，“你信不信，我叫我儿子带消防车来，把他家浀个水漫金山”！赵主任这下慌了，他最怕的不是浀水，却是唐老爹的老伴。她不是空手来的，她卷了个铺盖扛在肩上，说家里住不得了，她要住在居委会，这里还有空调，还不要电费。

老伴这一招确实狠。赵主任只得把阿虎叫来，勒令他立即把炮仗搬走。“这违反消防法！二十四小时，明天这时候我去现场检查！”赵主任神情严肃，不讲价钱，连阿虎递来的烟都挡了开去。阿虎很识时务，他摆出个二皮脸，对唐老爹等人横眉立目，笑嘻嘻地朝赵主任赔着笑脸。阿虎原先和主任不熟，后来却熟到能一起到宝塔下指指点点地谈事，炮仗的事怕就是个开头。当然这是后话。当时问题总算是解决了。阿虎答应把炮仗搬走。赵主任第二天现场检查，下了楼还到唐老爹家里来了一趟，以示管理严格，验收完毕。

其实炮仗是不是真的搬完，唐老爹并没有亲眼看见。可以肯定的是，此后楼上的炮仗是个有出无进的局面。老两口把心放回肚子里，算是过了个安稳年。阿虎路上遇到了，鼻子不是鼻子眼不是眼，这是预料之中的，想来事情过去慢慢就淡了。可没想到，还真是冤家宜解不宜结，鸡突然被毒死，就证明了这一点。好在只是几只鸡，不是人。罢了罢了。

阿虎毕竟是晚辈，唐老爹不同他计较。他是看着阿虎长大的。这小子特别顽皮。半大不大的时候，常常点个炮仗往鸡中间一扔，几只鸡以为来了吃食，争先恐后地围过来，“砰”的一声，鸡吓得直往树上飞。后来学会抽烟了，难得也给别人敬个烟。有次一个外地打工的回来，阿虎递上一根烟，还点上火，热情地和对方寒暄。那人吸一口烟，突然嘴边吱吱冒烟，吓得一抖，手里“砰”的就炸了。阿虎也亏他想得出来，在烟里卷了个炮仗。他乐得哈哈大笑，笑得直打跌，人家不依了，一把揪住他动了手。这事最后也由唐老爹出面调和。他骂了阿虎一顿，阿虎辩解说他算过的，放的是小炮，又有个过滤嘴，断断出不了大事。那人在外地打工，不比阿虎是个坐地虎，也只能算了。现在想起来，阿虎做炮仗生意，倒也不是没有因由，他就喜欢这些咋咋呼呼的东西。他长成了一条壮汉，但那身子里住的，还是小时候那个鬼精灵。他点子多，也出去打过工，也做过生意，但东一榔头西一棒，未见他发达起来。炮仗焰火果然年后就不做了，阿虎在楼下把剩货一个个点了，噼里啪啦震得各家窗户响。周围邻居都松了口气。老伴双手一拍大腿：“阿弥陀佛！”唐老爹也以为他生活中最大的隐患已经解除，“万象更新春光好，一年巨变喜事多”，唐老爹每年要给村民写春联，搬进新村后门上贴都不太好贴了，当然就不再写，但那些老对子他还都记得，“爆竹声中一岁除，春风送暖入屠苏”。这震耳的炮仗预示着良好的开端，唐老爹不再去惦记阿虎还会不会再做生意。事实上，阿虎的生意换个名堂又继续做了，而且，还会和他们有关，还更闹心。

5

人年纪大了，就不怎么会往远处看，不展望。展望了又能如何呢？世事无常也有常，除了能看见自己最后会老，会死，其他的你基本上预见不了。唐老爹就没想到，他祖祖辈辈住的村子会被平掉，他的房子上还会有别的人家。他更没想到，宝音寺有朝一日会成为废墟。如果不是村民反对，闹到上面而上面又发了话，连宝塔都会成为一堆砖瓦。唐砖汉瓦清朝的木头，都吃不消那大铁爪子一抓。现在僵在那儿，所有人都以为那宝塔肯定能继续留着，原因有两个，一是建开发区，宝塔并不碍事，还美观吉祥，算是一景；二是宝塔有灵性，动不得，也没有人敢动。拆寺庙那个开铲车的，听说回去就得了“闭口痧”，一句话都不能说了。这第二条唐老爹并不全信，因为传言那人是这个村那个村的，还有人说就是唐老爹原先村里的，可这个不对，没这人。不过他不说破，有点畏惧才好，这传言不正是护塔的金刚么？从前四乡八舍都有个敬天命畏鬼神的老理，遇到事喜欢拿神灵发誓赌咒，我若是怎么，就怎么报应，手朝宝塔那边一指，分量是很重的。唐老爹帮人调解纠纷，这场面他见得不少。没人敢去动那宝塔，他巴不得。根据他从小区广场得到的消息，镇上依然有人在打宝塔的主意，说宝塔占据了最好的“网格”，其实就是地块，太浪费。只不过上面的文物局还没松口，动不了。

这是“上面”的事，镇上归上面管，也怕“上面”，唐老爹对此很有信心。至于“闭口痧”之类，传来传去已成了铁案，应该足以吓住动歪心思的人。可没承想，胆大的人永远都有，唐老爹那天到宝塔去，竟然发现塔上挂的一块匾不见了！匾上四个字，“佛光普照”。太阳明晃晃地照着，可匾确实已经不在。先是铃铛不翼而飞，现在连匾也被偷，唐老爹简直气晕了。这匾跟他颇有渊源，据说当年清兵南下时，塔过火损了，由他的高祖牵头本乡耆老，捐资修缮，匾就是那时挂上的。他喊几个老伙计去了现场，全都动了义愤。恰巧在路上遇到赵主任，大家群言汹汹，七嘴八舌把情况反映了。

赵主任也很生气，说谁这么胆大包天，这简直是太岁头上动土，老虎嘴边拔毛嘛。他说他知道那匾是清代楠木的，现在很值钱，一定是有人相中了抢先动了手。这“抢先”两个字，其实已透了底，但当时没有人在意。赵主任说这塔现在上面有话，谁都不能动。上面不让动，那就不能动。围着塔的老头老太们你一言我一语，都说这塔灵验，是个神物，宝塔就是气运风水。赵主任这时显出比一般人水平要高，他说这塔是不是文物，现在也还没有结论，要由专家鉴定评级，总之不让拆就要保护；怎么保护他会找派出所会商，这是他们的职责。

阿虎当时也来看热闹。他笑嘻嘻地说，那匾是个好东西，人家拿去了挂在家里，省得风吹雨打的，家里也吉利。两个老太盯上他，说没准就在你家，我们要去看看；就是今天不去，总归我们也能看见。阿虎说你们是偷牛的逮不到，抓我这个拔桩的，谁家能挂下那么大个匾啊？他撇开众人，跟着赵主任，说有事要跟领导请示。大家都有点疑惑，不知他要说的是什么事。阿虎回过头对唐老爹没好气地说："我想开店没门面，要请领导帮忙。你们谁家门面多，想让一间是不是？"他这一说，众人就都散了。

那段时间，整个新村里不少人都像得了怪病，有事没事注意人家的客厅。那匾要是挂在家神柜上方，虽说大了些，确实很搭配。但唐老爹知道，偷来的鼓擂不得，再傻的人也不会把贼赃挂在墙上。可不知为什么，他总觉得阿虎那天凑热闹，路数有点不对。赵主任应承说一定要保护，但明显很被动，不情不愿的味道。他说"上面不让拆就不拆，我们基层就是要服从大局"，这其实话里已有了话，是个不祥之兆，可哪个又能想到，最后是那么个结局？阿虎当时跟着赵主任，说是要找门面，还真弄得唐老爹脸一红，有点不好意思。自从两家因为炮仗闹矛盾，阿虎跟赵主任成了熟人，唐老爹觉得这也正常：你的院子不租，人家找领导帮忙，这再正常不过。

他不认为宝塔上的匾和以前丢的铃铛，与阿虎有什么关系。阿虎关心的是门面，不是宝塔。因此他有天看见阿虎的面包车后伸出几根长长的木把子，并没有起什么疑心。车上没有那块匾，这一点可以确定。那长把子家什铲头是圆的，从来没见过。这小子，从小躲着锹、连枷和钉耙，碰都不肯碰，怎么弄来这么个东西？唐老爹看不懂，问又不能问。他看看也就走过去了。

事后回想起来，这是个证据。可惜除了那天傍晚看过一眼，那奇怪的家什从此就不见了。自从鸡被毒死，唐老爹就抱定了决不多管阿虎闲事的方针。能忍自安。要等宝塔出了事，他心里才又对那家什起了疑心。

6

那天夜里月黑风高。唐老爹半梦半醒中听见一声闷响，连床都轻轻晃了晃；大早一起来，还没走到广场，路上人已经在传，说宝塔倒了！

好多人跑去看，唐老爹赶忙跟过去。塔倒是没塌掉，但塔基被人掏了个大洞。洞很深，黑乎乎的什么也看不清。有胆大的举着手机上的手电筒，往里探几步，出来时脸都脱了色，喊道："不好了！里面有个小房子，东西被偷啦！"有人纠正说，那不是小房子，是地宫。唐老爹长叹一声道："里面供奉的是佛骨舍利子。说不定还有其他东西，都是宝贝啊。"老辈人说过宝塔底下有地宫，现在这地宫洞口大开了。那一声闷响留下的硝烟还没有全散去，呛人。有人跑回去拿来手电筒，唐老爹弯腰朝里照照，空空如也，除了几块像箱子板的烂木头。

当然去报案了。赵主任显得很着急，立即指示打字员给上面写报告，还说要去现场拍了照片附上去。唐老爹提醒他注意一下塔身，说塔身已经有点斜了。

新村里人心惶惶，好多老头老太如丧考妣，见了面都咒骂挖地宫的不得好死。基本的判断是：外地人干的，文物贩子专干这个，他们不怕报应。更多的人猜测那地宫里到底藏了些什么。佛骨舍利是无价之宝，不好买卖，肯定是金盆玉碗惹了眼。他们说得活灵活现，几个盆几个碗，玉光宝气，好似亲眼看见一般。唐老爹那些天老是叹气，总是睡不实，早晨起来就在家里发无名火，老伴算是倒了霉。她气不过，说："你睡不好就会怪我！"手一指院子外说："我也睡不好呢！他这车停在我家外面，天不亮就轰隆轰隆的，个破车！你怎么不叫他开走？"唐老爹鼻子里哼一声，坐着不动。看见阿虎的车回来了，他出门迎了过去。

"阿虎啊，我夜里睡不好，被你这车吓得一惊一抽的。"阿虎从车上下来，好像没听清他的话。"我说你这车，"唐老爹大声说，"你天蒙蒙亮开车，为什么要轰轰两下，还又不走？"阿虎应该听懂了，似笑非笑地不答话。这个样子让唐老爹无名火起，他的话不好听了："知道你年轻人，有汽车，你车就停在我院子外面我能不知道啊？不轰那几下行不行？"

阿虎脸板下来了："我这是个破车，二手的，等换了新车我就不轰。"他还是笑嘻嘻的笃定模样。"二爹，车你是不懂的。不轰说不定出去就要熄火，熄了火你帮我推啊？"

唐老爹说："那你就不要停这里。"

阿虎说："凭什么？我停你院子里了吗？"

"你就是不能停我家院子外面！"唐老爹老伴出来了，"你不光轰，还有废气！污染！"

阿虎还没开口，他媳妇下来帮腔了："我就停这里。这是我家楼下，我不停这里停哪里？你就是现在去买个车，这地方也还是我们的车位。上厕所也讲先来后到的！"

唐老爹气得直哆嗦。老伴说："你不讲理！"

阿虎说："她还真不是不讲理，我们最讲理。这个地方是大家的，共用面积你懂吗？不懂我讲给你听。"他飞快地上楼，取了房产证土地证出来，摊开来说："图看得懂吧？院子里是你的，道路是共用的。共用就是大家能用我也能用。看明白了吧？"他晃晃手里的证："这可是法律文书哦！"

唐老爹说："那你这车吐的废气不要飘到我家。"阿虎媳妇说："什么废气！人吃饭还放屁哩！废气在哪里？你抓给我看看啊！"老伴说："好，院子是我的，那我院子里的鸡是怎么死的？"阿虎两口子一愣，阿虎接得快："那得问你自己。病毒无国界。"他后面这一句老两口好半天才听懂，被噎住了。阿虎媳妇挑着眉说："声音也无国界。我家地板就是你家天花板，共用。你能顶，我也能踩。以后别在外面乱说。"阿虎嬉皮笑脸地说："除非你把这楼拆掉，否则我们还是要好好相处，对不？"这倒全是他的理了。

围了不少人，没几个多话的，顶多是劝阿虎口气好一点。阿虎最后这一句，说还是要好好相处，态度像是好点了，但却是个做结论的架势。唐老爹脑子里蒙蒙的，耳朵里所有声音都像延时了好几秒。不知为什么，他这时突然想起了宝塔。回头望去，楼挡着，他知道那塔虽然歪了，但还在那里。阿虎车上早已不见那些奇怪的长把子家什，唐老爹这时怎么突然想起这个，他自己都搞不清。要等到阿虎有了门面，新店开了业，他才似乎想出点眉目来。

7

阿虎不久弄到了门面，虽不在大街闹市口，但据说是街道自留的一间办公房，他路子可还真是硬。做的生意也邪乎，在不在闹市无所谓，甚至本就不适合在闹市。他的店叫“一路向西天堂店”，专卖丧葬用品。“天地响”一轰，几串万响的炮仗在地上火蛇般乱窜一通，就算是开了张。看热闹的人都有点傻眼，但死人的事是经常发生的，奈何桥上蹲无常，这生意找了个偏门，你说不出什么。他店里货色齐全，别墅花圈、家电汽车、美女保姆一应俱全，当然是纸扎的。更多的是大理石墓碑，光溜溜的，等着把人的名字刻上去。这让人心里发瘆。喜气的倒是那些冥币，一百元的看上去跟真的一样，面额大的是几百兆，“0”都数不清。嗬！真是有钱了。阿虎要发财了。

这时候有一张告示悄悄贴了出来。等有人看见时，已经被雨打湿，风掀去一半，但那公章还在，是公家的告示。大家连读带猜，突然就明白，宝塔要拆了！理由倒能看出来，说是宝塔不幸被不法分子盗掘，造成塔身歪斜，已危及宝塔安全。为了保护文物，经上级部门同意，将进行“保护性拆除”，择地重建——这不说白了就是要拆吗？择地重建，那还不知道猴年马月哩！

围观的人站不住了。不少人气鼓鼓地往南面去。唐老爹腿脚慢，他才走出新村，前面脚快的已经回头了，一边嚷着说：“别去啦，早拆完啦！”唐老爹稳稳神，继续往前走。绕过挡着视线的楼他就停住了：塔不见了，真的拆掉了！他们看见告示的时候就拆掉了。没准告示没贴出来就已经拆完了。毕竟三五里哩，毕竟也不是所有人都关心着这个塔。人家手脚快，终究还是拆掉了。宝塔一去不复返，白云千载空悠悠。直立千年的宝塔没了，唐老爹的腿软了。他站不住，慢慢蹲在地上。

塔已经没了，连老砖老瓦都已被运走。唐老爹想起那个公章，可这时去找赵主任有什么意思？两年前这边搞开发区的时候，看到他们把老河填的填，挖的挖，搞得横平竖直的像地上打了格子，唐老爹就去多了嘴，说水无常形却有常势，天水落地流成河；水自己流成的路叫河，你挖的也就是个沟。可人家说他不懂科学水利，这叫“裁弯取直”。他说了半天等于没说。现在再去说宝塔，更是个白说了。

这天唐老爹是被人扶着回家的。刚看见宝塔变成一片白地，他还只是腿软站不稳，回得家来，他连坐都坐不住了。好像宝塔拆掉，他的脊梁也撑不住了。他这是病了。躺到床上，耳朵里呜呜的，有怪声在啸。合上眼皮，眼睛里却清澈得怕人，一座宝塔，通体透亮，屹立在那里。眼一睁开，什么都模糊的，连老伴凑在面前的脸都看不清。

第二天好些了。腿踩在地上硬实了些。他在家里乱转，嘴里还冷不丁冒两个字：“阿虎。”老伴看得害怕。她自然讨厌阿虎，但不知道最近又是啥事惹着老头子了，也不敢问。院子外汽车从远处响过来，停了。是阿虎的车回来了。唐老爹眯眼瞅着，冷笑，嘴里说：“晦气！”他哆哆嗦嗦找了面小镜子，瞄一下方位，对好车停的方向，把镜子摆在窗台上。这意思老伴是懂的：泰山石敢当，照妖镜辟邪气。她迎合老伴，说明天去买不干胶，镜子就粘在院墙上。看唐老爹这个样子，她实在很心疼。她躲着唐老爹悄悄打了个电话，举报有人在卖假币——说是冥币，其实足够蒙活人。她怕公家不管，加油添酱，说已经有人做生意收到假钱了，不得了啦。她其实只是出出气，为她的鸡报仇，不想公家这次动得快，下午阿虎急匆匆下了楼，半晌又回来了。他铁青着脸，从车上拎下几捆冥币。“妈个 ×！哪个要死的撩事，不要以为老子好欺负！”他骂骂咧咧地上楼，不一会儿他媳妇也下来一起拎冥币。他媳妇嘴更辣火，说谁买不起纸钱就站出来直说！死了我白送，要多少有多少！

唐老爹见他们把冥币往楼上拿，有心去阻止，但实在提不上力气。他们瞎骂，他并不知道他们是在骂自己。他只是觉得这东西拿上去不吉利，炮仗是明火，这个是阴风，更堵心。他老伴挂着个脸，有苦说不出。唐老爹一开始还以为阿虎是门面突然没有了，店开不成，这才把货往家拉，后来阿虎媳妇骂得清爽了，他这才知道原来卖不成的只是冥币，门面照开。这就对上榫头了。阿虎明摆着跟公家关系很铁，人家能把自留的房子拿出来给阿虎当门面，这简直就像是在奖励有功之臣。阿虎有什么功劳，唐老爹没法说出来。要证据，他一个没有。宝塔要不是先被炸药掏歪了，不见得会拆。那残留的硝烟味，时不时还在唐老爹鼻子前面缭绕。那就是个大炮仗啊。阿虎的功劳莫不是就是点了个大炮仗？

但这说不得，几乎就是瞎扯。宝塔拆掉后他比画着问过一个老伙计，知道了那长把子家什叫洛阳铲，专门用来盗墓的，但这现在也是空口无凭。阿虎媳妇是个臭嘴，几乎骂了一顿饭工夫。临了，还扬言说，不就是拿回来摆两天吗？上面也就是走走过场，扬扬土眯眯眼，别以为真能得逞，过两天还摆着卖！她扯着嗓子叫道：“方便你家做事哩！”

这是在炫耀他们家跟公家关系好，可话太毒了。唐老爹听不下去，很想出去教训她积点口德。但老伴眼神闪烁，怕怕的，他也不敢再引火烧身。他真的是累了。

当夜，清风拂面，冷月照影。他在院子里站了好一会儿。宝塔明月交相映，他能准确找到宝塔原先的方位，却再也看不见如此旧景。睡到半夜，他心口疼。像是有手使劲揪他的心。他忍着。头上出虚汗。这时他听见楼上阿虎两口子又在折腾了。使劲折腾。响。叫。忍着疼的唐老爹倒没叫唤，楼上倒叫唤起来了。那么多冥币哦，说不定就摆在他们床前，这是个什么架势啊。唐老爹说不出话，他用力推醒老伴，指指自己心口。

后面就乱了。老伴号起来。使劲拍对面邻居的门。打电话。可救护车迟迟不来。车！这当口车就是命！有人敲阿虎家的门。阿虎披着件衣裳出来了。这时候不能再计较了。老伴双泪齐流，拽着阿虎的衣袖求他帮忙。阿虎大概早已听出出了事，随身带来了车钥匙。车后盖一掀起来，两个邻居就把唐老爹往车上架。唐老爹两腿软软的，可一条腿刚被搬上车，却蹬住，不肯上了。老伴急得哭叫，使劲推他后背。他摇头，不说话。老伴看见车里躺着一块石板，闪着黑光，是墓碑，看不清上面刻了字没有。阿虎已经打着了火，他轰一脚油门，又轰一下。唐老爹耷拉着脑袋，目光正对着墓碑边的几朵纸花，那应该是这车子给人家送货时花圈上脱落下的花。

午时三刻

少妇秦梦媞，年过三十，有一夫一女。她拥有一个幸福的童年，一个郁闷的少年，随后就进入了修正主义的成年。十八岁即算成年，那一年她考上了大学，一个普通大学的播音主持专业。她中学成绩一般，走偏门报了艺考，人家也就要了。秦梦媞姿色平平，相貌中等，脸型、眉眼、鼻子、嘴，均未臻上乘，摆在一起也就是个中人之姿。报到前她很纠结，很忐忑，因为想象中这是个美女如云、帅哥满眼的地方，不知道自己会不会无地自容。开学后同学到齐了，齐刷刷地坐下，她顿时矮了半截。不得不承认，真正的美女有好几个，相貌不如她的女生有，但寥寥无几；男生本来就少，但几乎个个堪称帅男，如此局面下，她断定这几个英俊男生将跟自己没有半毛钱关系。哪个男人的目光，不先被美女扯着走？不说男的，就是她这个女人，看着那些美女婷婷袅袅，微仰秀丽的小脸从面前经过，也不由得多看几眼。是的，确实是多看几眼，而不是像某些男人那样只看一眼却一直盯着。她看一眼，觉得自惭，躲开目光；忍不住又看，看过以后更加羞愧，甚至愤恨。

婷婷袅袅不算什么，秦梦媞的身材也堪称优异。关键是脸，她假如走起路来也努力风摆杨柳，好看倒也好看，只可惜她的容貌压不住她的身姿，就是说，她的脸配不上她的身体。

自惭是正常的，愤恨就有点复杂。人家的容貌是爹妈给的，上天赏的，又不是从你脸上抢过去的，恨人家只能在心里恨，其实站不住脚。准确地说，秦梦媞愤恨，愤怒的是她运气不好，恨的是她父母不给力。他们二人都相貌周正，母亲年轻时还是个美女，只生这么一个女儿，却未采取优选法，把两人的优点集中起来遗传。但秦梦媞是个受过高等教育的人，虽说播音主持专业有点“水”，但也算读过大学，她当然知道，这事怪不得父母，只能说运气不好。造人不是射击比赛，只能算举枪乱射，打不出好成绩再正常不过。小时候她是父母的掌上明珠，不谙世事，并不觉得自己长得不好看，所有的亲友也都夸她可爱。到了中学她就明白了，可爱不是漂亮，她也许可爱，但绝不漂亮。她宁愿从来没有人说她可爱，但渴望有人夸她漂亮，哪怕只是客气，哪怕只是玩笑。但是他们不说，父母不说，老师同学也没人说。高二时有次班上一个女生迎面走来，看着她，“哇”一声，说：“你今天真漂亮！”秦梦媞震惊，喜出望外，受宠若惊，几乎欢喜得要晕倒，要知道这个女同学是班花甚至校花，从来拿眼角看别人的。秦梦媞正手足无措，那班花接着道：“你这裙子哪里买的？”秦梦媞傻了。她呆立在原地，说不出话，别人已经走远了。

秦梦媞躲到厕所里大哭一场，回家就把那件裙子脱下收了起来。这是她的耻辱，她的伤口，那裙子从此被打入冷宫，不说再穿，想起来心里都要痛的。她的少年时代是苦闷的，幸亏发育没有再忽略她。她抽条了，挺拔了，该有的都有，不见得比别人差。她音色好，朗诵课文悦耳动听，这一点还比别人强。于是她被选入了学校文工团，诗朗诵，唱歌，也有一席之地。虽说中学生不许化妆，但演出例外。只有化上浓妆她才觉得安心，觉得平等。她躲在浓妆后面，大声发出优美的声音，她满心欢喜，理想飞扬。然而，这只是生活之外的一幕戏，洗去铅华，她依然是个平常的女孩。声音好，你也不能只出声不露脸；声音再好，你也不能把声音收拢起来，变作艳光照人的脸。

事实上，她虽不漂亮，但并不能算难看，走在路上，就是个路人甲，跟惊艳不沾边，可也不至于吓人。但她不得不承认，所有电视台上的女主播，中央台那就不说了，省、市，哪个电视台的，其容貌确实都在她之上。她看着电视，挑剔人家的吐字发音，有时也忍不住挑剔一下别人的长相，但脑子里刚一想，就恍惚看见屏幕里那人手朝她一指：“嘁，你看看你自己！”天啦，这还只是个县级台的啊！她如被电击，泪奔。

到大二，学姐们的就业信息开始流传了。故事很多，段子也不少，精彩纷呈，总结起来，颜值第一，声音第二，学业第三。这是摆在明面上的，其实有所偏颇——关系！怎么能忽略关系呢？即使长相略差，只要关系硬，当不了主播，可以当管主播的领导，比电视台更好的地方也不要太多了！可是，那些好的或更好的地方跟秦梦媞没有什么关系，因为她完全没有关系。她绕不过颜值、声音、学业这个排序。所幸上帝给你关上一扇门，同时会给你打开一扇窗。现在资讯发达，科技先进，一切皆有可能。一个高她一级的学姐，叫王晴的，为她指点迷津了。她们原先不很熟，王晴为她指路也不是靠语言，她是现身说法。暑假过后，秦梦媞遇到了王晴。她远远过来，远看是王晴；近一点，不是王晴；走到近前，依稀仿佛还是王晴。但是，她变了。一个暑假旧貌换新颜了。秦梦媞明白，她整容了。

这样的变化让秦梦媞震惊，羡慕，她心如惊鹿，心驰神往。整容她当然知道，甚至还上网查过。但一想到落在自己身上——不，脸上，她就火烫了似的跳开去。她怕。怕手术风险，怕别人笑话，也怕没钱。现在一个活生生的例子就摆在面前，榜样的力量是惊人的。她必须向王晴求经。她曲意接近，小心试探，目的是为了求教。不想王晴十分大方爽快，有问必答，没问到的也说，可谓倾囊相授。她说："某某，某某某也做过的，你没看出来？"这两人都是同系的，秦梦媞确实没在意。王晴轻晃自己整过的脸说："她们微整，效果一般。"又说："某冰冰，某璐也是整过的，十个明星九个整，还有一个在外面等！这是我的主刀医生告诉我的。"她这番话展示了整容的普遍性。接下来她又阐述了手术的安全性："打一针，全麻；睡一觉，好了。"王晴的腔调带点口音，整容整不掉这个，就声音而言，秦梦媞足可以自信，她小心地问："醒过来后，不疼吗？"王晴说："疼啊！但也没见哪个疼死了啦。我这不好好的回来了吗？"她在自己脸颊上轻弹一指说："疼，值得。我感觉良好。"

秦梦媞是很自爱的。想到那一针麻醉下去，她的生命要就此消失几小时，说不定还醒不过来就此终结，她觉得恐怖。但王晴打消了她的一切顾虑。一个不美丽的人生，失去知觉几小时，算损失么？哪怕就此死了，不也是带着美丽的希望死的？这才是真正的安乐死啊！明知山有虎，偏向虎山行。舍不得孩子套不着狼。舍得一身剐，敢把皇帝拉下马。风雨过后是彩虹。还有句话怎么说的？"我要扼住命运的咽喉！"谁说的？不记得，但很得劲儿。扼住命运的咽喉，对她而言，不是要去掐谁的脖子，而是自己去接受麻醉，把脸交给科学。总而言之，她，秦梦媞，一个相貌平庸的女人，一个不甘心被命运捉弄的人，决定去做整容了。

这是三年级的暑假。她求职前的最后一个暑假，也是最后的机会。

要整容，秦梦媞首先要跟父母打个招呼。毕竟是手术，不得到父母同意说不过去。更重要的是钱，她没有钱，父母不支持她就做不成。她家是个小康人家，这笔钱不成问题。问题是，他们会不会同意。

秦梦媞原本忐忑，但也还乐观。她并不是生病，她很健康，这种手术父母大可不必担心。她这是改良，是往好处做，向漂亮挺进。谁不愿意女儿更漂亮呢？哪个父母不希望女儿有个更美好的前程呢？况且父亲是中医，母亲是护士，虽都已退休，但都是懂科学的人，他们的医院里就有整形外科，早就该见怪不怪了，秦梦媞相信，他们肯定能坦然面对，甚至欣然接受。

她在心里做足了功课，就业形势和王晴的榜样都将是她的论据。她在家的前半程一如往常，无非是围桌吃饭，收拾碗筷，拉拉家常，其乐融融，但后半程风向却悄然生变。秦梦媞看看双亲，父亲清癯挺拔，母亲矮胖，但都有一张不难看的脸。他们坐在沙发上看电视，秦梦媞捏着遥控器把音量调小了，小到听不清，只成了个背景。老人并未在意。父亲说："你妈嫌你吃得少，我看也是。你气色不好。"母亲说："你身材够好，不要减肥的。营养很重要。你随你爸，怎么吃也不会胖的。"墙上挂着早年的全家福，年轻时的父母，简直是人中龙凤。秦梦媞突然无名火起，她举起手机，用黑屏当镜子看看自己，平静地说："我不是气色不好，我是脸不好。我要去整容。"

为了以示郑重，这句话她半端着播音腔。吐字准确，发音清晰。父母的反应是惊诧，疑问和反对接踵而至，川流不息。秦梦媞索性丢弃修饰，轻装上阵了。还是用真嗓子舒服啊，小时候她就伶牙俐齿，只是在懂事后她的口才才被相貌压抑，这会儿触及关键问题，她的潜能被激发了。她时而言辞激烈，时而款款软语，时而抹泪沉默，但态度始终坚决如一。

你来我往无数个回合，母亲的态度率先起了变化。事实上，从一开始，她的态度就不那么激烈。她的反对其实是顺从，是护士对医生的服从，妻子对丈夫的附和。渐渐的，不知在哪里一转，两方对垒变成了三岔口，母亲的态度变得含混暧昧了，终于她轻声说："哎，女儿，你倒是早就该做了！"这是暂时冷场中的一句话，特别刺耳，母亲自觉失言，连忙又说："我是说，要做就应该早点做，高中毕业就做，那个假期多长。"这已经进入了操作层面，她试图用技术性的话给前面的话涂点粉霜，但为时已晚。"你早该做了！"有这么说女儿的吗？太伤人了，剐心啊！但秦梦媞时刻没有忘记，她此行的目的是说服父母，所以她不能节外生枝，她必须忍，至少母亲的话表明了她的同意，对一个同意自己的人，不能再计较语气。秦梦媞皱着眉不说话，倒是父亲勃然大怒。他霍地站起，戟指母亲喝道："你这什么意思？有话你就直说，不要吞吞吐吐！"母亲板着脸不吱声。父亲简直像被伤到痛处，继续痛斥："说话不要遮遮掩掩，鬼鬼祟祟。有话就说，有屁就放！"母亲猛吸一口气，像要顶嘴，突然又泄了，紧闭双唇不吱声，连眼睛都闭上了。

秦梦媞冲父亲使劲摇摇手，阻止他说话，柔声道：“我只是去整个容，在脸上修改一下。又不是整了就不是你们的女儿了。”母亲头垂在沙发背上，动也不动，鼻子哼一声。父亲说：“我反正不同意。”秦梦媞耐心地继续道：“爸，我这也是治病。我治的是丑。”父亲说：“你丑吗？你不丑！我看还蛮漂亮！”秦梦媞苦笑道：“那只是你的看法。说不定还言不由衷。”父亲说：“你要治的是心病。”秦梦媞道：“我就是治心病。不整容我的心病治不好。”父亲说：“心病动刀没用的。心病还要心药治。这个我比你懂。”这绕来绕去，又绕到医学上来了，看似理性科学，其实问题无解。这样下去如何是个了局？秦梦媞已经忍无可忍，她抓起电视遥控器，瞎按着频道。一个个美女，全是美女，烦！她把遥控器往沙发上一扔，遥控器弹起老高，“啪”地掉到地上，摔成了两半，盖子掉下来了。她不去捡，站起身说：“爸，妈”，她手指电视机：“如果这电视送到家里就是坏的，你会怎么办？”父母错愕，说不出话。秦梦媞去把遥控器捡起，慢慢按上后盖，柔声说：“你们肯定要退掉。厂家肯定要返修。我，就相当于是个次品，我现在提出的，就是返修。我没有钱，手术费你们要支持。”她把遥控器往桌上一扔，开门走了。

父亲母亲瞪大了眼睛，面面相觑。他们听懂了：他们出产了残次品，用户现在提出返修，他们必须出钱。道理是通的，但这残次品是个人，是女儿啊，怎么听来都不是味儿。做父亲的看看老伴，做母亲的大怒，在沙发上挺直了身子，斥道：“看我干啥？！她走了，你还不去看看！”

秦梦媞径直回了学校，也不接父母电话。第二天，五万块钱打到了她卡上。

她最后那一番话，真是蛮伤人的，当然也可以理解成效果特别好，因为钱毕竟是要到了。那句话完全在计划之外，也不知道怎么的，嘴一张就冲出去了。究其原因，还是她此前有过这个意识。具体说，就是那个“返修”意识。再深挖，这样的意识其实也不是她自己想起来的，是同学说起过类似的意思。她在向整容前辈王晴求教后，也曾听到过同学们的议论。总之，面对一张突然变美的脸，说什么的都有。其中一个天然美女，就曾得意扬扬地说：“我不要整。嘿嘿。”她这嘿嘿一笑后面，自然跟着同学几句艳羡和赞美，她顺势继续自赞：“我妈妈肚子就是整容医院，我整好了才出来的！”这话太牛 × 了，赞到根子里去了，直逼DNA，进入了细胞学水平。秦梦媞当时十分气愤，但无言以对。这话虽嚣张，四面带刀，但被伤害了的秦梦媞却显然记住了她这句话。正如伤口能够愈合，但是很难长平，总是会凸起，秦梦媞被她的话伤到了，却越发坚定了整容的决心。不让整，她简直活不下去，她会去死。

这下她不要去死了。希望就在前面，她只需要暂时“死”一下，麻醉一下。正如此前所说，不美丽的人生“死”去几小时算得了什么？真死了也就是个一了百了！这是一种大无畏的精神，怀揣着这样的精神她去咨询交流，去敲定蓝图，去挨刀去恢复，一切都不在话下。因为钱充足，秦梦媞去了韩国，父母不放心，借旅游之名前去陪护。绷带拆下的那一刻，红，肿。终于恢复了，一家人查看新产品，检验“返修”的质量。父母看着她，她看着镜子。哈哈，镜子真是个伟大的发明啊！如果没有镜子，父母说好说丑，岂能当真？同学众说纷纭，你能相信？可镜子不会骗你。镜子里的秦梦媞似曾相识又大变其貌，改进了，美化了，精致了，有层次了。这么说吧，她现在的相貌，就是冰冰加上她的原貌除以二，冰冰一百分，她达到了五十以上。所谓颜值，就是这么量化的。她虽还说不上完美，冰冰才完美，但突破五十分，就基本可称漂亮了。漂亮的秦梦媞虽然还没有完全称心如意，但大可以直面人生了。

但现实似乎并没有她想象的那么顺心。她可以改相貌，但现实更在大踏步改变，就是说，就业形势越发严峻，她这个行当，找个称心如意的工作更加不易了。进入四年级，眼看着同学们有的签了大电视台的小主持，或者是小台的大主持，也有去电视台当出镜记者的，也有到电台的，五花八门，有高有低，找到工作的或喜气洋洋，或无奈接受。秦梦媞呢，高的里面没有她，低的她也不愿去。她明白，有一些同学并不对外泄露就业情况，其原因无非是岗位特别高级，高级得让人觉得神秘莫测，索性讳莫如深；另一些就可怜了，没人要，或者是要去的地方实在说不出口，譬如网络主播之类，就是在网络房间又唱又扭的那种，名声实在不大好，只能不提。这些工作林林总总，高低云泥，跟个人素质有点关系，跟各人的社会关系倒更有关系，跟相貌也不能说完全没有关系——如果没有关系，秦梦媞花的钱，吃的苦，岂不都白瞎了？那也太逆天理了，也太让人伤心了！她在脸上东描西画，在城里东跑西颠，最后她也找到工作了：到电台，签的是记者、编辑。但他们有允诺，说你这个条件，锻炼一下当主播希望很大。

“希望很大”，秦梦媞理解成允诺，实际上只是个展望。类似于驴子前面的水果，你一直走，可就是吃不到。她也真是一直在走啊，除了上下班，她几乎每天都要外出，这个城市每天发生无数的新闻，她要去现场。她觉得在这个台，她永远只能在路上跑，跑，跑到退休，跑到老。这个台号称是城市交通广播电台，后来她发现，不是的，是号称，其实是一家区电台，用区电台的名目才能申请一个频段。如果不是上面有一次整顿，所有什么交通电台、文艺电台、新闻电台突然一齐停播三天，她这个小记者永远不可能知道真相。可知道了又能怎么样呢？薪水不高，但也可以养活自己，“高就”在哪里，她眼前茫茫看不到。有段时间，她一直期待一件事发生，她等待着那几个坐在直播位子上的女主播突然生病，台里求她火线顶班，可这几个女人虽然长相还不如现在的她，却人人拥有金刚不坏之身，连个感冒发烧都不来光顾。不生病，哪怕来个车祸呢？可等来等去，车祸也不肯出来帮忙。倒是秦梦媞自己，有一次出现场，倒被一辆骑反道的电瓶车撞了个正着，倒在地上号啕大哭。

不是真的那么疼。裙子摔破了，有点皮肉伤，并未伤筋动骨，可她不知怎么的，悲从中来，放声大哭。她刚才采访的是一家整形医院，就是她爸退休前那家医院的附属医院，一个女孩整形失败，做双眼皮，两只眼睛整成了大小眼，不得不始终保持睁只眼闭只眼的人生态度，就来医院闹。围观者众。秦梦媞采访时心有戚戚，百感交集，庆幸自己运气不差，在评点时她秉持了理性和客观，劝告听众整容有风险，选择要谨慎。不想刚通过手机与台里连过线，自己就挨了一撞，而且那人还跑了。脸没伤，手机摔坏了台里会补偿，但秦梦媞此刻已是百感交集，脑子里一团乱麻。但有个念头十分明确：不能再干了！她必须离开！没有高就，未必就一定得低就。至少她的相貌化过妆后颇为上镜，她的声音依然出众。

可声音出众又有什么用呢？颜值也不过刚超过五十分，即使加上窈窕的身姿，也就刚及格而已——必须说明一下，这个分数是秦梦媞的自评，难免过苛，客观地说，她整容后基本可称秀丽，但在这个美女如云的时代，相貌平庸这个帽子还是摘不掉。她出现场时使用的也是最平庸的装备：电动车加所谓直播连线的手机。手机摔坏了，车子还能骑，只是到处乱响，未到电台那栋破楼，还趴窝了。后来遇到个同事，管设备的黑潘，他正好外出，就把她捎上了。

汽车在前进，街景在移动。秦梦媞羞愤难当。此后的几年里，她注定就要这么一路羞愤下去。工作换过几个，但都做不长。最靠谱的，是一家国企的展览馆解说员，至少也算是发挥专长了。这是她目前的工作，身穿制服，薄施粉黛，手里捏个激光笔，领着来宾从进口入，出口出。展览馆蜿蜒如肠道，秦梦媞觉得自己每天都从食物变成了粪便。大量的时间也是闲着的，同伴们都在值班室看电视，秦梦媞能不看就不看。这也难怪，她每天就是那一套说辞，说得自己心里冷笑，可电视上，她的同学，整过容的王晴和那个天然美女，一个在省台，一个在卫视，人家国家大事尽在嘴中，城市新闻侃侃而谈，在普通人眼里，艳丽而凛然，都具有了某种权威性。当年，谁不知道谁啊？可是，现在谁还知道她秦梦媞呢？不过好消息也是有的，那就是王晴突然从电视上消失了！不见了！秦梦媞偷笑。可悄悄一打听，原来人家是生孩子去了，几个月后果然复职，还越发靓丽。天然美女不久也消失了，这次秦梦媞不再打听，可消息自会飞过来找她，这消息是：天然美女嫁人了，嫁了个老头。秦梦媞还没来得及幸灾乐祸，消息的后半段又来了：人家嫁的人是个亿万富翁，才不到五十岁。她们凭什么如此风光，如此顺遂？还不就凭脸！真要脱下来比，秦梦媞必胜。可问题是，总不能见人就脱衣吧？

秦梦媞舍得在衣装上花钱。钱不够，父母自愿不自愿地也支持不少。当然，更重要的还是脸。她换过的几份工作，最不济的是在商场当导购，现在能做解说员，已算是止跌回升，可离她的理想还相差甚远。换工作有什么用？如果能像聊斋里那样，能换头多好。摘下旧头，抬腿一脚，滚——可天下哪有这等好事呢？她只能继续在旧貌上修补，又去过一次韩国。她愿意彻底翻新，推倒重来，她情愿吃这个苦花这个钱，可医生跟她说：治大国如烹小鲜——这句话他说的是汉语——他说这个急不得，病人必须懂得手术的局限性，这是一；第二，她必须处于一个良好的心理状态下才能手术，任何操之过急或期望过高的时候都不适宜动大手术。一席话说得秦梦媞无计可施。他拿腔拿调的那句汉语，没有增强说服力，倒让秦梦媞心生狐疑，怀疑他是同胞冒充的，让他大动干戈怎能放心？结果是，她只做了一次微整，顺便对以前做过的地方做了适当保养更新。

自从她整容，家里的气氛就变了，有点诡异。当着女儿，父母之间的争吵十分节制，他们之间有多少追忆、埋怨和后悔，悉数屏蔽着女儿。这第二次去韩国，临行前的劝阻照例失败，天要下雨娘要嫁人，女儿要整容，只能随她去。母亲抓着她的手，还曾试图做最后的努力，她夸张地端详着女儿，上一眼下一眼，左一眼右一眼，啧啧赞道：“你这么好看了，漂亮啊，何必再去受那个二茬罪？”秦梦媞说：“我不觉得我漂亮。如果效果不好，我还愿意去受三茬罪！”父亲道：“真的比假的好。年轻比什么不好啊！”秦梦媞呛他道：“年轻好，年轻有什么好！如果年轻不漂亮，我宁愿不年轻。”她看看母亲：“我宁愿像你现在这么老，再也没人计较你漂亮不漂亮。”父亲哑着嗓子问：“你就这么讨厌你自己吗？”秦梦媞叫道：“讨厌！我什么都讨厌！”她没有说出更难听的来，但她射过来的眼神，明确宣布她厌恶她的父母。

说话间她父亲接到一个电话。是卖血糖仪的。网络推销。对方那女的语气亲热，一口一个叔叔，声音如莺歌燕鸣，一听就受过训练，秦梦媞立即就产生专业性的耳熟。待父亲放下电话，她冷笑道："这是我的一个同学，我听出来了。长得丑，就只能干这个。"父母语塞。他们只能用不再陪她去韩国，表明自己的态度。自从女儿毕业工作了，他们更在意的是她的婚事。可她还要继续在脸上动手脚，让他们连催婚都很少能下嘴。

到机场接送都是那个黑潘的事。他积极主动，秦梦媞也就顺水推舟。黑潘长得黑胖，姓潘，因此得名。本来整容这么私密的事，不该让那黑潘介入，但秦梦媞掂量过，自己对他具有压倒性的优势，也就顺其自然。公允地说，那黑潘当时还不那么胖，说是魁梧也可以。哪承想，他结婚后竟吹气似的又肥了一圈，人家放大一圈还能把黑色素撑稀一点，白一点，他可好，更加黑，头上脸上起油光。大概是顶上脂肪外溢，把头发顶掉了一小半。秦梦媞以前哪能想到会跟这个人结婚呢？她是经常坐他的车，第一次是她采访摔伤后搭他的顺风车，哪里想到这车开啊开的，一直开到她家楼下，把她直接接到婚礼上去了。开到婚礼现场前的某一天，他先载着她开到了宾馆，把她弄上了床。第二次从韩国回来后，父母的催婚更频繁，像是生怕这个相貌平庸的女儿窝在手上，剩在家里。她不得不穿梭相亲。这正如找工作，她挑人家，人家也挑她。她见了觉得恶心的倒还继续来电话，稍微顺眼心动的，一律没有下文。她终于受够了，大哭一场，大醉一场，买单时钱包又被偷了，于是黑潘赶来结账，然后就到宾馆去了。

没料到黑潘原来还粗鲁。胖猪终于露出了獠牙，是野猪。最大的特点是嘴狠，不饶人，优点是他一般不打人。急了才打。问题是秦梦媞本身就伶牙俐齿，胸中常年有不平之气，如此一来挨打就是难免的了。黑潘手很巧，精通各类电器结构，哪里是要害，哪里无关大局，他清楚得很。他动起手来也很有数，就秦梦媞这个击打对象而言，脸上是动不得的，人工装置，比较娇贵，太容易打歪打坏。除非他要把这张脸弄得一塌糊涂，他绝不朝那里动一指头。打人不打脸，这一点他恪守，但伤人不伤心这句话，他才不管。他不打脸，那是为他自己。脸打坏了，只要这女人还是他老婆，他肯定要出钱去修。秦梦媞总结出他拳头的套路，有时故意把自己的脸当盾牌使，快速用脸凑上去，抵挡他的拳头。他立即收手，拳头绕行，动作十分夸张，这种夸张本身就是一种强调，一种侮辱，说的是你这假脸咱动不起。在动手前的动嘴阶段，秦梦媞曾威胁他："你再这样我就不客气了！"黑潘说："不客气就不客气，有什么了不起！"他嘿嘿冷笑："大不了你卸妆了吓我。"这猪头，这是一刀毙命啊！

还又懒，不思进取。因为电台老员工有事业编制，他打定主意，混吃长胖等死。他何时死，秦梦媞并不在乎，但这个胖她实在承受不起——是承受，这个词没有用错。难以避免硬着头皮的夫妻房事，她不得不硬着肚皮，硬着身体的所有肌肉，否则两百斤的肉压下来，谁吃得消？这两百斤还不是纯肉，是带骨猪肉，胳膊又没劲，这就是个时刻置别人于危险之中的局面。好吧，这个就不说了，换换体位也可以的，问题是一寸膘一寸短，再这么胖下去，他那东西怕就永远只能在肥肉里藏拙了。

秦梦媞心里苦。有苦无处说，只能选择性地跟父母诉诉苦。命不好，生下来就落实在脸上了。黑潘的私生活她懒得管，想来他也没那个本钱。但她自己又有多少本钱呢？年龄渐大，女儿也生出来了，就她这副长相，有了外心也难得有个称心如意的外遇。她有行动，但露水姻缘，一夜情不难，两夜也有过，这大概还借助了她丰美的身体，可三夜四夜乃至长久，事实已证明很难。她现在懂得骑驴找马了，当年她一气之下辞职，没有先找下家，就吃了不少苦，现在她决定暂时在婚姻里待着，至少下次整容的钱，黑潘有义务分担。

女儿是不期而至的。与她的奢望相反，与科学原理相符，女儿不好看，简直难看。

秦梦媞的一夫一女，丈夫黑丑，女儿嫩丑，这就是现状。都说女大十八变，但据她的经验，女儿变美的可能性几乎为零。回想一个丑女孩的郁闷痛苦，想到一个丑女人的人生艰难，秦梦媞心中哀痛，难以自拔。她听说过隔代遗传，就是说祖辈可能把基因隔一代遗传到孙辈身上，她父母年轻时堪称英俊美丽，跳过她也就算了，如果能让女儿得益，也算是优质遗产。但遗产没有，全是债务。黑潘又太丑。女儿就是个小黑胖子，连胃口都和他一样大，活脱脱是黑潘的缩小版。这简直令人绝望。

结婚前，她曾经在心里埋怨父母做事潦草，敷衍了事，结果生出她这么个丑女儿。等她自己生女儿了，她才知道这事不那么简单。黑潘虽懒，倒还疼女儿，有时被她抱怨得烦了，说："你这么嫌她，有本事你把她塞回去！"这话还罢了，后面的就粗俗了："知道你这样，我当时还不如把她射到墙上去！"秦梦媞冷笑："你有那个本事吗？你哑火，打出来的也是臭子儿！"近墨者黑，跟着黑潘她的话也越来越狠，越来越黑。父母没有把美丽传给她，她和黑潘倒一股脑地把丑陋加到女儿身上，这真是命。秦梦媞一贯不认命。就在这时，她接到了一个电话，是国际电话，韩国那个医院打来的。他们说现在技术有了进步，他们又引进了一个真正顶级的主刀，她期望的根本性的改观，现在可以实施了。

她稍作犹豫。所费不赀是个问题，但家庭开支就是个塑身内衣，该挤的挤挤，该凸的就能凸。她决定最后一次对自己大动干戈，削骨。将大脸变小，下巴削尖，把颧骨磨平。所谓削尖脑袋，说的就是这个了。说一点不怕，那是假装的，但单位的某种态势强化了她的决心。展览馆隶属大型国企，但她一直是个合同制身份，前不久领导放出话来，明年要提拔一个展览馆副馆长，当了副馆长，就有可能转成事业编——这一步，天壤之别啊。好几个姑娘已经往上贴了。她们的姿色不在秦梦媞之下，即使她整过两次容，也只能打个平手。她的优势是身材好，呻吟好——不不，打错字了，是声音好。不过呻吟好也说得通，但这个“好”要到关键时候才能展示；可恨现在正值深秋入冬，哪怕你甘愿感冒发烧乃至肺炎，好身材也难以尽情施展。最好的手段无疑还是整容，据说有希望达到冰冰的七成乃至八成。据她研究体察，男人大多迟疑跟“假女人”结婚，但他们绝不介意跟“假女人”露水。领导知道她秦梦媞去整了容，说不定还特别感动呢！想到这里，秦梦媞浑身充满了力量，手术需要请假的难题也迎刃而解了。跟领导直说呗。

剩下的事就是告知家人。父母若能分担经费更好，不分担也拉倒。秦梦媞觉得黑潘没理由反对。她当然不能明说她整容是为了讨好领导，但其实对黑潘最具压倒性的理由还正与此相关：如果黑潘的家里有背景，副馆长那就是手到拈来；哪怕他父亲只是一个不那么大的官，正好掌握着提拔权，一切不也水到渠成？手握提拔权的公公，总不会给儿子戴绿帽子吧？所以问题还是出在黑潘自己身上，他根本没资格反对。

可黑潘还就反对了。反对无效，他就去岳父家提告。父母一个电话接一个电话，把女儿一家催去了。父母弄了一大桌菜，因为那天据说是她生日——这话有点怪怪的，生日为什么要“据说”？可秦梦媞就是这么看待这一天的。一个人何时出生，她完全不知道，还不是听父母说？就是个“据说”。小时候父母带她去北京故宫玩，在“钟表馆”，琳琅满目的钟，时间却看不懂。墙上有介绍，她字认不全，父亲告诉她，什么是一天十二个时辰，什么是午时三刻。她就是午时三刻生的，相当于现在的十二点四十五分。她母亲对丈夫掉书袋很不耐烦，说记得哪一天就行了，午时三刻，喊！对母亲这一“喊”，秦梦媞长大后才明白了是什么意思，原来午时三刻是古时候杀人的时刻。这个她不在乎。自从懂得对自己的长相不满，她对生日就很轻慢。

家里的房子在老小区，车要停在一站开外再步行回去。街上很乱，小贩穿梭，一家挨一家的店面都在促销，“亲爱的市民朋友们，为了搞活市场盘活资金，本店大促销，让利于民，外贸产品，一律五折！走过路过不能错过……”这种专业性的播音腔，打了岂止五折啊？秦梦媞心中焦躁，拉着女儿的手，快步往前走。她家楼下站着一个推车的小贩，突然举起手里的喇叭，一阵音乐，然后一个女声扬声说：“酒酿！桂花酒酿！”秦梦媞小时候卖酒酿的还是小贩自己喊，土话难懂，她一直误以为是“九娘”“卖桂花九娘”，现在喇叭里，侃侃解说起酒酿的历史传说了。看出女儿馋，秦梦媞买了两个。正要上楼，母亲也端着碗下来了，她是买给秦梦媞吃的。秦梦媞阻止母亲再买，那小贩有点失望。他胡子拉碴，面容愁苦，一般来说，这正是教育女儿认真读书的好教材，但秦梦媞今天没有借题发挥。这些吆喝声对她的人生正是个讽刺。她已不再年少，再往下滑溜，有朝一日帮人家录这种声音，以此打打零工也不是完全不可能。她带来了一张照片，是韩国发过来的虚拟照，约等于几个冰冰的综合体。这本是说服家人的好材料，但除了女儿，家人们毫无兴趣，多看一眼都不肯。

这已经是亮出态度了。午饭后，吃生日蛋糕。女儿玩着切蛋糕的塑料刀叉，跑东跑西，其他人都坐下来，摆出了开会的架势，但谁都不愿意起头。女儿觉得奇怪，看看这个，看看那个。奶奶把她拉过去，擦掉她脸上的奶油。秦梦媞觉得，奶油不擦掉，女儿还喜气好看一些。父亲把秦梦媞的手拉过去，右手轻轻地搭在上面。“还好。”他端详一下女儿说，“我看你这次不要再去了，我不觉得‘她’这样就好看。”他说的“她”，当然是茶几上的虚拟照，“我们中医讲究望闻问切，‘她’这种脸，我什么也望不出。”

黑潘忍不住插话说：“假的嘛！皮笑肉不笑，”他光说这一句也就罢了，可说得嘴滑，又接一句：“硬笑也是笑里藏刀。”秦梦媞脸黑下来了，黑潘继续说：“笑里藏了手术刀。”

秦梦媞忍住。忍字头上一把刀，她不发作。女儿好奇了，使劲挤出个笑脸说：“笑里怎么藏个刀呢？”她摸着自己的脸问：“刀在哪里啊？”外婆连忙笑道：“你爸爸说的不是你，是‘她’。”女儿跑去摸那张照片。黑潘说：“那是假的。”秦梦媞冷笑道：“是，‘她’是假的，我们都假，只有你是真的。你丑是真的！”

黑潘霍地站起，差点儿开骂。他讪讪地去抱起女儿：“我们到楼下玩。”女儿在他肩头问：“外公，什么是整容？”黑潘说：“整容就是用刀子在脸上划！”女儿吓得一怔，手里的塑料刀掉在地上。黑潘抬脚把刀踢开，扛着女儿出去了。

提前离开的人，常常是现成的话题。秦梦媞说：“你们看看，这是什么男人！

百里挑一！”母亲说：“你自己找的。漂亮也不能当饭吃。”秦梦媞顶道：“可我看着他吃不下饭。”这其实又跑题了。他们只在虚拟的“她”和黑潘身上打转，一直避闪着真正的标的。秦梦媞决定敞开心扉，不再绕弯。她滔滔不绝，侃侃而论。她不再说服，只是在倾诉。准确地说她是在陈述。父母偶尔反击一句，立即被她的话语覆盖。她的幽怨、哀伤和不甘，依附强大的逻辑，滚滚而下，无可阻挡，父母如立湍流，摇摇欲倒——即使他们还没有瘫倒，但坐在沙发上也早已直不起腰，抬不起头。秦梦媞刚说过丈夫，又说起女儿，她说她的女儿难看，丑，这她没有办法，她唯有自责，满心内疚。她如果早一点懂事，早一点去整容，她的女儿一定要漂亮得多，绝对不会这么丑——她举手阻止父母的反驳，说自己脑子没有乱——她说她如果早一点下决心，早一点完成修整，变得花容月貌，一定会有无数俊男帅哥前来求亲，她一定会帅中选优，选一个优质的男人成婚，绝不可能落在一个猪头的手心。虽然整出的美貌不能遗传，但俊朗的父亲生不出猪头的女儿——父亲浑身一震，张口结舌，秦梦媞不予理会，继续道：女儿这么丑，她这做妈的看在眼里疼在心上，女儿今后必然也要整容，否则她如何成家，如何立业？想起自己一路走来的辛酸坎坷，她椎心泣血，痛不欲生。女儿的整容要早，一等发育定型了就要做，不能偷懒怕疼，不能怕花钱，这种成本比什么都值！女儿找到漂亮的男人，他们的血脉才能改良，后代才能变得漂亮——秦梦媞捏起那张虚拟照，挡在自己脸上，轻声说：“我就再做一次，最后一次。我将会变成这样。”

正午的阳光射进窗户，落在她脸部，呈一片漫射的白光。此时大概是午时三刻，三十二年前的此刻她降临人世，秦梦媞看看桌上狼藉的生日蛋糕，坚定地说：“我要新生。”这话说出来，顿时觉得轻松。母亲看着她，满脸惊骇。父亲蔫头耷脑，肩膀随着呼吸一耸一缩的。母亲突然一声惊呼，跑过去晃晃丈夫的脑袋：“你怎么啦？怎么啦？”父亲抬起头，色如死灰，但是他说：“我有数。没有事。”秦梦媞心里掠过一丝后悔，她不该回来的。她又不是赴死，人家自杀都不要父母同意的，她何必回来多此一举？母亲脸色也难看。秦梦媞道：“爸，你还是老中医哩，也没见你和妈身体有多好。”这话是为了表达关心，但话还是有点硬，于是笑道：“爸，你们自己可得多保重。你如果不寿比南山，我可要笑话你是电线杆子上瞎贴的老中医啰。”她调皮地伸伸舌头。母亲的目光像刀子一样划过，说：“我们保重。你该走了。”

一个多月后，还是在这里，父母家的客厅，秦梦媞面对母亲。她脸上，手术后的肿胀尚未消退，暂时还看不出日后的姿容。母亲说：“现在，有件事，我必须告诉你了。”秦梦媞疑惑，侧耳倾听。

“你并不是我亲生的。”秦梦媞浑身一震。母亲说：“你不是我亲生的，你爸却是你的亲生父亲。我不能生育，可我们又那么喜欢孩子，你爸和我商量了，去医院抱一个孩子。”秦梦媞瞪大了眼睛，眼角欲裂，她疼得抽一口凉气。母亲说：“后来我知道了，他和别人生了你。而且，我知道了那个女人是谁。”秦梦媞说：“妈你胡说！你骗我！”秦梦媞想从母亲脸上看出哪怕一丝伪装，可母亲面无表情。她听见身后，父亲说：“她没骗你。”她倏然转身，父亲的照片挂在墙上，围着黑纱，他淡然微笑，亲切地看着自己。

母亲侧脸看看墙上的丈夫，说：“你的母亲已经死了。得病死的。那时候你小，现在可以告诉你了。”她艰难地站起身，对着墙上的照片说：“你叮嘱我告诉她。我现在说完了。”她背对秦梦媞说：“你说你爸是电线杆上的老中医，你说中了，他挂起来了。”

秦梦媞呆立。欲哭无泪，这倒无意中符合了医生的医嘱：不能流泪。她亲生父亲走了，生身母亲也早已不在，所有那些她曾厌憎的基因已经失了来路。她一时不知身在何处。“你说你爸还是没有说准，他不是挂到电线杆上，他是挂墙上了。”母亲在边上说，“相信你说你自己，能说得更准；相信你对自己的预期，都能实现。”母亲直愣愣地注视着她，脸上泛出凛冽怪异的笑意，“但愿你心想事成。”

2018 年

图书在版编目（CIP）数据

视线有多长 / 朱辉著 . -- 北京：作家出版社，2025. 1. -- ISBN 978-7-5212-3136-6

Ⅰ. I247.7

中国国家版本馆 CIP 数据核字第 2024V2M839 号

视线有多长

作　　者：朱　辉
责任编辑：向　萍
封面设计：贾　莹
出版发行：作家出版社有限公司
社　　址：北京农展馆南里 10 号　　**邮　　编：**100125
电话传真：86-10-65067186（发行中心）
86-10-65004079（总编室）
E-mail:zuojia @ zuojia.net.cn
http://www.zuojiachubanshe.com
印　　刷：河北星强印刷有限公司
成品尺寸：155 × 220
字　　数：256 千
印　　张：14.75
版　　次：2025 年 1 月第 1 版
印　　次：2025 年 1 月第 1 次印刷
ISBN　978-7-5212-3136-6
定　　价：88.00 元
